KB151036

Unter Haien

상어의 도시 1

초판 1쇄 발행 2014년 7월 2일
초판 6쇄 발행 2017년 11월 27일

지은이 넬레 노이하우스 | **옮긴이** 서유리

펴낸이 신경렬
펴낸곳 (주)더난콘텐츠그룹

기획편집부 송상미 · 박귀영 · 김순란 · 현미나 · 조은애 | **디자인** 박현정
마케팅 장현기 · 정우연 · 정혜민 | **관리** 김태희 | **제작** 유수경

출판등록 2011년 6월 2일 제2011-000158호
주소 04043 서울특별시 마포구 양화로 12길 16, 더난빌딩 7층
전화 (02)325-2525 | **팩스** (02)325-9007
이메일 book@ibookroad.com | **홈페이지** http://www.ibookroad.com

ISBN 979-11-85051-58-1 03850
　　　　979-11-85051-60-4 (세트)

• 이 책 내용의 전부 또는 일부를 재사용하려면 반드시 저작권자와 (주)더난콘텐츠그룹 양측의 서면에 의한 동의를 받아야 합니다.
• 잘못 만들어진 책은 구입하신 서점에서 교환해 드립니다.

상어의 도의시 1

Unter Haien

넬레 노이하우스 지음

서유리 옮김

북로드

여동생 밀라를 위하여

독자에게 전하는 말

저의 첫 번째 장편소설인 《상어의 도시Unter Haien》가 타우누스 시리즈의 그림자에서 벗어날 수 있는 기회를 얻게 되어 매우 기쁘게 생각합니다.

1990년대 중반에 뉴욕으로 여행을 갔다가 떠오른 영감을 바탕으로 그러니까 올리버 폰 보덴슈타인과 피아 키르히호프를 떠올리기 훨씬 전부터, 독일 투자은행가인 알렉스 존트하임의 이야기를 쓰기 시작했습니다. 몇 년 동안 시간이 날 때마다 틈틈이 이 작품에 매달렸고 저의 모든 역량과 열정, 연구 결과를 이 책에 담았습니다. 그리고 마침내 탈고한 뒤에 흥미진진한 스릴러를 썼다는 확신을 가지고 여러 출판사를 찾아다녔습니다. 하지만 허사였습니다. 그렇지만 저는 수차례의 실망과 거절에도 포기하지 않고 결국 이 책을 자비로 출판했습니다. 그리고 이제 몇 년이 흘러 《상어의 도시》가 타우누스 시리즈로 유명한 울슈타인 출판사에서 새롭게 출간되었습니다.

저자에게 첫 번째 작품은 늘 아주 특별한 책으로 남기 마련입니다. 독자 여러분에게도 타우누스 시리즈와 마찬가지로 이 책이 많은 사랑을 받기를 기대합니다.

넬레 노이하우스

　빈센트 레비 회장은 LMI빌딩 30층에 위치한 자신의 사무실 창가
에 선 채 생각에 잠겨 밖을 바라보았다. 흐릿한 2월 오후의 날씨 때문
에 동쪽의 베라차노 내로우 다리도 희미하게 보였다. 자유의여신상
은 하늘을 향해 팔을 뻗었고, 허드슨강을 운항 중인 배들이 검은 강
물에 흰 물거품을 일으키며 지나갔다. 하늘에는 눈발이 날리고 차가
운 동풍이 맨해튼 고층빌딩 숲의 유리창을 때렸다.

　빈센트 레비는 50대 초반으로 이 회사의 4대 소유주였다. 그의 종
증조부(증조부의 형)가 1902년에 레비앤빌러즈 은행을 설립한 이래,
그의 가문은 신중하고 보수적인 경영철학으로 1세기 가까이 별 탈
없이 금융계의 온갖 거친 풍파와 스캔들을 잘 헤쳐 왔다. 하지만 그
는 선조들과는 달리 탄탄한 민영은행 경영만으로는 만족하지 않고
1980년대 중반부터 이 은행을 투자회사로 변신시키기 시작했다. 그
결과 레비앤빌러즈 은행은 '레비 맨해튼 투자지주회사(LMI)'로 간판

을 바꾸어 달았다. 이때 회사의 미래를 믿은 상당한 재력가가 출자에 참여했는데, 그의 기대대로 회사는 경쟁사를 인수하고 최신 컴퓨터 기술에 막대한 자금을 투자함으로써 마침내 오늘날 전 세계 금융계의 거물로 성장했다.

레비는 과감한 혁신도 두려워하지 않았다. 그는 뛰어난 전략과 선견지명, 그리고 때로는 거침 없는 결정으로 15년 만에 LMI를 전 세계 2,000명의 직원을 거느린 투자회사로 성장시켰다. LMI의 모든 부서는 직원의 능력을 최대치로 끌어내는 유능한 팀장들이 이끌었다. 외국채나 파생상품 거래, 프로그램 매매와 유가증권 거래, 점두시장(OTC), 컨소시엄, 지수차익 거래와 위험차익 거래, 선물거래나 지분금융을 막론하고 LMI는 탁월한 성과를 거두었다. 그 원동력은 뉴욕 증권거래소에서 활동하는 자사의 증권 브로커와 14층 딜링룸에서 일하는 200여 명의 직원들에 있었다.

하지만 이렇게 잘나가는 LMI도 레비가 개인적으로 가장 신경을 쓰는 분야만큼은 온갖 투자와 노력에도 별 성과를 거두지 못하고 있었다. 즉 월스트리트에서 M&A 분야는 다른 회사들의 안마당이었다. 최근 활발하게 진행되는 인수합병 붐에도 LMI는 제대로 손을 써보지도 못하고 막대한 돈이 다른 회사의 주머니 속으로 들어가는 것을 지켜봐야만 했다. 정말 참기 힘든 상황이었다. 하지만 이제 곧 상황은 달라질 것이다. 레비는 어제저녁에 월스트리트 M&A계 최고의 스타인 알렉산드라(알렉스) 존트하임이 경영진과의 갈등 끝에 모건스탠리에 사표를 내고 새로운 일자리를 구하고 있다는 소식을 접했기 때문이다.

문소리가 나자 레비는 허드슨만을 바라보던 시선을 돌렸다.

"세인트존, 어서 들어오게. 자리에 앉게."

레비는 방으로 들어온 사람에게 인사를 하고 책상 앞에 앉았다.

"왜 불렀어요, 회장님?"

재커리 세인트존은 레비의 신경에 거슬리는 특유의 버릇없는 말투로 물었다. 레비 회장은 아직 신통치 않은 M&A 부문을 맡고 있는 그를 처다보았다. 세인트존은 자기 분야에서 에이스는 아니었지만, 월스트리트에 활동하는 모든 사람과 두루 알고 지내는 마당발을 자랑했다. 그가 9년 전 프랭클린앤마이어스와 드렉셀 번햄 램버트를 거쳐 LMI에 왔을 때, 그는 거의 모든 LMI 임원진과 사전에 접촉을 했다. 당시 레비는 그가 별로 마음에 들지 않았다. 약삭빠르고 탐욕스러운 기회주의자로 보였기 때문이다. 하지만 나름대로 아주 쓸모가 있는 사람이었다.

"자네도 알다시피 LMI가 M&A 분야도 장악하는 게 나의 오랜 숙원일세. 그런데 믿을 만한 소식통에 따르면 어제 알렉스 존트하임이 드디어 모건스탠리에 사표를 던졌다고 하더군."

레비는 잠시 말을 끊고 이 놀랄 만한 소식을 들은 세인트존의 반응을 살폈으나 그는 놀라기는커녕 회장이 이런 따끈따끈한 업계 정보를 알고 있다는 것에 대해 별다른 반응을 보이지 않았다.

"이미 알아요. 알렉스가 모건스탠리에 더 머물지 않을 거란 것은 이미 예견된 일이었죠. 알렉스는 그 얼간이 반 샌드 밑에서 더는 2인자 역할만 맡을 생각이 없었거든요. 그런데 3일 전에 반 샌드가 알렉스의 텍스오일 거래를 엎어버리니까 알렉스가 닐 새들러한테 사표를 던지고 나와버렸죠." 세인트존은 거만한 미소를 지으며 말했다.

"그래?"

레비는 세인트존이 이렇게 자세한 사정까지 알고 있는 것이 그리 놀랍지 않았다.

"알렉스에 대해 또 뭘 알고 있나?"

세인트존은 몸을 뒤로 기대고 다리를 쭉 뻗었다. 그는 이틀에 걸친 바하마 출장길에서 막 돌아오는 길이라 얼굴이 갈색으로 그을렸고, 빨간빛이 도는 금발머리는 늘 그렇듯 뒤로 빗어 넘기고 기름까지 완벽하게 바른 모습이었다.

"알렉스 존트하임은 독일 출신이죠. 35살, 미혼이고, 유럽 비즈니스 스쿨에서 공부했고, 장학금을 받고 스탠포드 대학으로 유학 왔어요. 스탠포드에서 수석으로 MBA를 졸업했고요. 골드만삭스 인턴 프로그램에서 최고 점수를 받아서 그곳에서 곧바로 일을 시작할 수도 있었죠. 다른 모든 대기업에서도 팔 벌려 환영했지만 그 여자는 임금이 가장 형편없는 글로벌 에쿼티 트러스트라는 브로커 회사에 들어가서 펀드매니저로 근무했어요. 2년 후 프랭클린앤마이어스로 자리를 옮겨 거기서 파생상품과 선물거래, 그리고 약간의 M&A 업무를 담당했죠. 그리고 다시 모건스탠리로 이직해서 8년간 M&A 업무에 전념을 했어요. 알렉스가 얼마나 유능한지는 이제 다 아는 얘기죠."

빈센트 레비는 고개를 끄덕이며 엷은 미소를 지었다. 알렉스는 기업 인수합병 분야에서 그야말로 '스타'였다. 최근에 어떤 건도 그 여자의 손을 거치지 않은 것이 없었다. 알렉스를 데리고 올 수만 있다면 그의 오랜 꿈을 이룰 수 있었다. 세인트존이 계속 말을 이었다.

"알렉스는 야심이 대단하고 인정사정이 없어요. 바로 이런 점 때문에 알렉스와 반 샌드의 사이가 틀어졌죠. 뉴욕에서는 누구나 알렉스가 중요한 거래를 맡고 있다는 걸 알아요. 하지만 반 샌드는 회장의 사위죠. 알렉스는 절대 그 자리를 차지할 가능성이 없어요. 알렉스는 결국 2인자로 만족할 여자가 아니거든요."

빈센트 레비는 그를 무표정하게 쳐다보았지만 머릿속은 빠르게 돌아갔다. 그는 〈월스트리트 저널〉에 톱으로 실릴 기사가 벌써 눈앞에 선했다.

'알렉스 존트하임 LMI 품으로……'

"혹시 알렉스한테 무슨 약점이나 과거에 저지른 실수가 있나?"

레비가 물었다.

"제가 알기로는 없어요. 알코올 중독인 전남편 같은 것도 없고, 혼외 자녀도 없고, 전과도 없고, 안 좋은 소문도 없어요. 그 여자는 일을 위해 사는 사람이죠. 똑똑하고 강철같이 강한 여자예요."

세인트존은 고개를 저으며 말했다.

"자넨 그 여자에 대해 어떻게 그렇게 잘 알고 있나?"

레비가 궁금해하며 물었다.

"전 원래 우리 업계에 몸담고 있는 사람은 모두 일거수일투족을 꿰뚫고 있거든요. 그리고 알렉스하고는 프랭클린앤마이어스에서 함께 일했던 동료 사이였으니까 아주 잘 알죠."

세인트존은 히죽거렸다. 목소리는 조금 전보다 우쭐하게 들렸다. 그는 다 아는 체하는 자신이 마음에 드는 모양이었다. 레비는 눈을 가늘게 뜨고 예리한 눈빛으로 그를 쳐다보았다.

"만약 알렉스를 우리 회사로 데리고 오면 자넨 실업자가 될 텐데."

레비가 말했다.

"그렇지 않아요. 제가 비록 알렉스 같은 스타는 아니지만, 상무이사 자리에는 적임자라고 생각하는데요. 회장님 생각은 어떠세요?"

세인트존은 억지스러운 미소를 지으며 낡은 수첩을 뒤적이더니 다시 고개를 들며 말했다.

"그건 차차 생각해보겠네."

레비는 차갑게 대꾸했다. LMI에서 상무이사 자리는 약 1년 반 전

길버트 셰너헌이 증권거래위원회에 조사를 받으러 가던 길에 트럭에 치여 죽은 이후 공석으로 남아 있었다. 불쌍한 셰너헌은 그 자리에서 즉사했다.

"저는 아주 충성심이 높은 사람이에요. 제 말이 무슨 뜻인지 아시겠죠?"

세인트존은 몸을 앞으로 숙이며 말했다. 그의 눈빛이 의미심장했다. 레비는 무심한 표정을 지었으나 세인트존이 '충성심'이라는 단어를 애써 강조한 것이 영 개운치 않았다. 세인트존은 지금껏 셰너헌과 관련된 불미스러운 사건 배경에 대해 한마디도 꺼낸 적이 없었다. 그래서 레비는 이자가 당시의 사건에 대해 아주 자세히 안다는 사실을 거의 잊고 있었다.

"그 얘기는 때가 되면 다시 자세히 하기로 하지. 지금 당장 알렉스 존트하임에게 접촉해보게. 할 수 있겠지?"

레비는 이렇게 말하며 세인트존에게 이제 대화가 끝났다는 신호를 보냈다. 세인트존은 눈썹을 치켜 올리더니 미소를 지었다.

"당연한 걸 물으세요? 오늘 당장 할까요, 아니면 내일 할까요?"

세인트존도 자리에서 일어났다. 레비는 차가운 미소를 지었다.

"1시간 내에 하는 게 제일 좋겠네."

레비는 이렇게 말하며 전화기를 들었다. 세인트존은 의도를 이해했다. 그는 목례를 하고 레비의 방에서 나왔다. 레비는 세인트존이 문을 닫고 나갈 때까지 기다렸다. 그러더니 자리에서 일어나 장이 있는 곳으로 걸어갔다. 장 안에는 근사한 바가 차려져 있었다. 레비는 얼음도 없이 잔에 스카치를 따르고 다시 창가 앞으로 걸어갔다. 알렉스 존트하임을 고용하면 그의 오래된 꿈을 실현시킬 수 있었다. 그 꿈을 이룬다면 어떤 비용이나 노력도 아깝지 않다는 생각이었다.

1
부

Unter Haien

알렉스 존트하임은 모건스탠리에서 LMI로 이직한 것을 단 하루도 후회한 적이 없었다. 그리고 2월에 자신에게 영입을 제안했던 빈센트 레비 회장 역시 후회하지 않는다는 것을 알았다. 연봉 200만 달러에 보너스와 이익배당을 받는 알렉스는 뉴욕 최고 수준의 연봉을 받는 투자은행가가 되었다. 그리고 이미 세인의 이목을 끄는 3건의 거래를 성사시킴으로써 그녀를 회의적으로 바라보던 LMI 임원진을 침묵하게 만들었다.

레비는 금전적인 이익과 별개로 무엇보다 경쟁이 치열한 기업 인수합병 시장에서 회사의 명성이 급격히 높아진 것에 고무되었다. LMI는 알렉스를 통해 블루칩인 제너럴 엔진스와 유나이티드 브레이크 시스템스의 인수합병을 성공적으로 성사시켰다. 〈월스트리트 저널〉은 LMI가 M&A 분야에서 메릴린치나 골드만삭스, 모건스탠리와 어깨를 나란히 하며 중요한 경쟁자로 부상했다는 기사를 실었다. 이는 전적으로 알렉스 덕분이었다. 알렉스는 시장을 제대로 판단하는 동물적인 감각과 통찰력, 냉철함, 풍부한 경험, 그리고 이 분야에서 우뚝 서는 데 필요한 인맥이 있었다.

LMI빌딩 14층에 자리한 그녀 사무실의 유리 창문 밖으로는 미드타운 맨해튼의 고층빌딩뿐만 아니라 엠파이어스테이트 빌딩까지 내다보이는 환상적인 전망이 펼쳐졌다. 정말 숨이 막힐 정도로 멋진 광경으로, 그녀가 최근 몇 년간 믿어지지 않을 정도로 승승장구 해왔다는 사실을 단적으로 보여주었다. 알렉스는 만족스러운 미소를 지었다. 35살에 최고의 자리에 올라섰다. 오로지 혼자의 힘으로 여기까지 온 것이다.

한참 생각에 잠겨 있던 알렉스는 전화벨 소리에 문득 정신이 들었다. 프랭클린앤마이어스에서 함께 일했던 동료이자 지금은 LMI 상무이사가 된 세인트존의 전화였다. 이곳에서 새 일자리를 얻게 된 데는 세인트존의 입김도 어느 정도 작용했다. 세인트존은 알렉스에게 갑자기 소집된 임원회의에 참석하러 30층으로 오라고 전했다. 알렉스는 노트북 컴퓨터를 닫고 서류 가방을 챙겨 서둘러 딜링룸을 가로질러 지나갔다. 이미 금요일 늦은 오후 시간이라 평소에 정신없이 급박하게 돌아가는 거대한 딜링룸 안에는 청소부 외에는 아무도 없었다. 주식 시장이 끝나자마자 직원들은 주말을 즐기러 사라져버렸다. 알렉스는 엘리베이터 문 옆에 있는 슬롯에 출입카드를 대고 그었다. LMI의 보안 규정은 미국 국방부만큼이나 철저해서 출입카드를 사용할 때마다 중앙 컴퓨터에 기록이 남았다. 엘리베이터를 타고 소리 없이 16층을 더 올라가면서 알렉스는 거울을 들여다보았다.

이런 지위에 오른 여자는 동료와 사업 파트너에게 인정받고 존중받는 것이 남자에 비해 상당히 힘들었다. 알렉스는 남자처럼 강하고 절대 뜻을 굽히지 않으면서도 하이에나처럼 보이지는 말아야 했다. 월스트리트에 12년 동안 몸을 담다보니 알렉스는 이제 이런 아슬아슬한 외줄타기를 완벽하게 구사하는 능력이 몸에 배었다. 그녀는 거울에 비친 자신의 모습을 향해 호의적인 미소를 지었다. 이제 뉴욕에서 그녀를 과소평가하는 실수를 저지르는 사람은 없었다. 누군가 그녀더러 냉정하고 인정이 없다고 비난한 적이 있었지만 알렉스는 이런 말을 칭찬으로 받아들였다. 거친 남자들의 세계에서 살아남기 위해서는 그래야만 했다.

엘리베이터는 나직한 벨소리를 내며 30층에 멈춰 섰다. 알렉스는 깊이 숨을 들이마시고 벽을 마호가니 목재로 마감한 복도를 따라 걸어갔다. 복도 벽에는 표현주의 화가들의 작품들이 우아한 조명을 받으며 걸려 있었는데, 모두 가격이 어마어마한 진품들이었다. 붉게 반짝이는 대리석 바닥 위에 깔린 두툼한 오뷔송 카펫이 발걸음 소리를 흡수했다. 전체적인 인테리어가 품격과 권력, 성공을 내뿜었다. 이곳 30층에 앉아 있는 사람들은 그야말로 성공한 인물이다. 알렉스는 미소를 지었다. 그리 멀지 않은 시일에 그녀의 이름도 지금 지나가는 방 가운데 하나에 적혀 있을 것이다. 의심의 여지가 없었다. 알렉스는 30층을 사랑했다.

알렉스는 건물 전체 폭만큼 넓은 회의실 문을 노크하고 안으로 들어갔다. 바닥에서 천장까지 이어지는 창밖으로는 동쪽으로 이스트강을 넘어 퀸즈와 브루클린까지 이어지는 환상적인 전망이 펼쳐졌다. 알렉스는 이미 여러 번 와본 곳이지만 새삼스럽게 회의실 분위기에 압도당했다. 바로 이런 이유에서 회의실을 이렇게 꾸몄을 것이라는 생각이 잠깐 스쳐 지나갔다. 강한 인상을 남기고 사람을 주눅 들게 하는 것이 목적이었다. 전체 임원진이 광택을 낸 옹이무늬목으로 만든 커다랗고 동그란 탁자에 둘러앉아 있었다. 마치 원탁의 기사 전설에 등장하는 한 장면 같았다. 빈센트 레비 회장, 아이자크 루빈슈타인 부회장, 마이클 프리드먼 자금관리이사, 휴 와인버그 수석 애널리스트, 프랜시스 데이튼 스미스 법무팀장, 론 셸렌바움 이사회 대변인, 존 쿠와이 이머징 마켓 및 해외 거래 책임자, 그리고 재커리 세인트존 상무이사가 앉아 있었다.

"안녕하세요. 제가 너무 늦게 온 게 아닌지 모르겠어요."

알렉스는 미소를 지으며 인사했다. 빈센트 레비는 자리에서 벌떡 일어나 미소를 지으며 알렉스에게 다가갔다.

"그럴 리가요, 알렉스 팀장."

그는 알렉스에게 손을 내밀었다. "참석하러 와줘서 고마워요. 갑자기 알렉스 팀장을 회의에 참석시키는 것이 좋겠다는 생각이 들었어요. 최근 몇 달간의 반가운 실적들이 상당 부분 알렉스 팀장 덕분이니까요."

알렉스는 회의에 모여 앉은 사람들을 향해 미소를 지어 보였는데 호의적인 눈빛도 있었지만 경계하는 눈빛도 보였다. 레비가 어떤 사람인지는 아직 갈피를 잡을 수 없었다. 그의 부드러운 태도 뒤에는 쇠처럼 단단한 알맹이가 감추어져 있었다. 월스트리트에서는 친절함과 겸손함만으로는 출세할 수가 없었다. 알렉스는 존 쿠와이와 세인트존 사이에 앉았다. 회사 내에서 가장 막강한 남자들 사이에서 그들과 동등하게 앉아 있다고 생각하니 심장이 두근거렸다. 지금 하는 일이 흥미진진하고 만족스럽기는 해도, 이 회의실에 모여 앉은 사람들 틈에서 확실한 자리를 차지하는 것이 알렉스의 다음 목표였다.

레비는 M&A 분야에서의 괄목할 만한 성과에 대해 언급했다. 그밖에 파생상품 거래와 주식 거래, 유망한 닷컴 기업들과의 컨소시엄에서도 좋은 성과를 거두고 있다고 말했다. 휴 와인버그는 앞으로의 전망에 대해 보고했다. 레비는 와인버그를 푸르덴셜 증권에서 스카우트했다. 와인버그는 월스트리트 최고의 정확한 분석과 전망을 하기로 유명했다. 그런 인물이 알렉스의 실적에 대해 좋은 평가를 한다는 사실에 알렉스는 뿌듯했다. 와인버그의 시장분석 보고가 끝난 후에는 마이클 프리드먼이 지난 분기의 매출과 수익에 관해 무미건조하게 보고했다. 6시 반쯤에 레비가 참석자들에게 감사 인사를 전하고 회의를 마치자 알렉스는 자신을 왜 불렀는지 의아해졌다. 알렉스가 자리에서 일어나서야 레비가 기다리라는 신호를 보냈다.

"알렉스 팀장, 우리는 알렉스 팀장이 우리 회사에서 하는 일에 매우 만족하고 있어요."

두 사람만 회의실에 남게 되자 레비 회장이 친절한 목소리로 입을 열었다. "휴 와인버그는 알렉스 팀장의 철두철미한 시장 지식에 대해 깊은 인상을 받았어요."

"감사합니다."

알렉스는 다음에 어떤 말이 이어질지 기다리며 미소를 지었다. 이것은 어차피 그녀가 하는 일이다. 이 일을 하라고 200만 달러의 연봉을 받는 것이다. 그가 진짜 하려는 말은 무엇일까?

"알렉스 팀장이 맡은 일의 효율성과 실적이 아주 확실합니다. 그리고 알다시피 우리는 알렉스 팀장이 거둔 성과에 대해 포상금을 지급할 생각입니다."

그는 빙긋이 미소를 지었다. "우리는 보너스 15만 달러를 생각하고 있어요. 특별수당과 별도로 말입니다."

레비가 말을 이었다. 커다란 회의실 안에는 정적이 흘렀다. 알렉스는 자기 귀를 의심했다.

"엄청난 금액이네요."

알렉스는 애써 놀라움을 감추고 침착하게 말했다.

"그렇죠. 하지만 알렉스 팀장은 1주일에 80시간 근무를 하고 정말 괄목할 만한 결과를 보여줬어요. 5개월도 채 되지 않는 기간에 말입니다. 다른 사람 같으면 5개월은 보통 새 직장에 적응하느라 다 보내는 시간이죠. 그리고 LMI가 M&A 분야에서 최고의 명성을 얻게 된 것도 다 알렉스 팀장 덕분이에요. 그런데 어떻게 회사가 고마움을 표시하지 않고 그냥 넘어갈 수 있겠어요?"

레비는 너그러운 아버지 같은 미소를 머금었다.

"어머, 정말 관대한 보상이네요."

알렉스는 놀라움을 감추고 침착하게 말했다. 신중해야 한다는 느낌이 들었다. 왜 그런지는 모르겠지만 그냥 그런 느낌이 들었다.

"알렉스 팀장한테 한 가지 제안을 하고 싶군요. 우리 둘이만 아는 사항이고 서면으로 남기지는 않을 겁니다. 일종의 협정이라고 해두죠. LMI에서는 통상적으로 주식옵션의 형태로 보너스를 지급합니다. 하지만 우리는 알렉스 팀장에게 보너스를 현금으로, 즉, 세금을 떼지 않는 외국 계좌로 입금해줄 수 있어요."

레비는 아무렇지 않은 일인 듯 미소를 지었다. 조금 전에 탈세를 제안한 기색 같은 건 전혀 없었다.

"선택은 알렉스 팀장한테 달려 있어요. 주식옵션도 좋겠지만 알렉스 팀장의 세금 부과 등급을 고려하면 현금 지급이 훨씬 유리하다는 것은 당연하겠죠."

알렉스는 레비가 한 제안이 얼떨떨했지만, 자신을 오늘 왜 이곳으로 불렀는지는 조금 알 것 같았다. 레비는 알렉스가 합법적인 선을 어느 정도 넘어설 마음의 준비가 되어 있는지, 그리고 도덕적 양심이 어느 정도인지 속을 떠보려고 하는 것이 아닐까?

"아주 조금 불법적이기는 하네요. 그렇죠?"

알렉스는 가볍게 말하며 미소를 지었다.

"불법적이라. 정말 듣기 싫은 말이군요. 그런데 알렉스 팀장도 이미 세금은 충분히 내고 있다는 생각이 들지 않아요?"

레비가 조용히 웃으며 말했다. 알렉스는 고개를 끄덕였다. 투자은행가들은 모이기만 하면 절세 방법이 화제가 되기 마련이었다. 업계에서 받는 높은 연봉에 걸맞게 떼는 세금이 너무 어마어마하기 때문에 바하마나 케이맨 제도, 스위스 등지에 계좌를 갖는 것은 그리 특별한 일도 아니었다.

"결정이 되면 세인트존에게 알려주세요. 그런데 알렉스 팀장하고 상의하려고 했던 용건이 또 있어요. 알렉스 팀장 부서의 독립성에 관한 겁니다." 레비가 친절하게 말했다.

"회장님께서는 독립성을 강조하시는 줄 알았습니다만?"

알렉스는 의아했다.

"물론 그래요. 오해하지 말고 들으세요. 알렉스 팀장이 하는 일에 비밀 유지는 목숨같이 중요한 일이죠. 그리고 우리도 아주 만족하고 있어요. 하지만 앞으로는 고객과 첫 번째 협상에 들어가기 전에 임원진한테 조금 귀띔을 해주셨으면 합니다."

레비가 힘주어 말하더니 잠시 멈추고 알렉스의 반응을 살폈다.

"임원진은 회사 각 부서 내에서 어떤 일이 진행되고 있는지 알고 싶으니까요. 순전히 궁금해서 그러는 거지 감시하자는 건 아니에요. 결정은 알렉스 팀장이 지금까지 해왔던 것처럼 자금담당 이사와 법무팀과 상의한 후 혼자 내려도 됩니다."

알렉스는 레비를 잠시 쳐다보고 천천히 고개를 끄덕였다. 다른 모든 시장 참여자보다 먼저 예정된 거래 정보를 알면 무엇을 할 수 있는지 그녀는 너무나 잘 알았다. 기업의 인수 의사를 공식 발표하기 전에 인수 대상 기업의 저평가된 주식을 사둔 다음, 인수를 공식 발표한 뒤 그 기업의 주가가 급등하면 큰 돈을 벌 수 있다. 간단히 말하면 이것은 내부자 거래로 불법이다. 따라서 중요한 규제 대상이었다. 브로커와 투자은행가 사이에 이른바 '차이니즈월'이라고 부르는 기업 내 정보차단 제도가 괜히 있는 것이 아니었다. 비밀 정보가 새어나가 불법적으로 이용되는 것을 막기 위한 안전 조치다. 그런데 레비는 알렉스에게 '차이니즈월'을 비껴가라고 살짝 종용하고 있는 것이다. 알렉스는 레비가 얼마나 바짝 긴장하며 답을 기다리는지 강하게 느꼈다. 그녀는 결국 그의 요구를 들어주기로 했다.

"알겠습니다. 회장님께 진행 상황을 알려 드리도록 하겠습니다."

잠시 망설인 후 알렉스가 대답했다. 레비의 얼굴에 아주 잠깐 안도감이 스치더니 다시 온화한 미소를 지었다.

"좋습니다. 우리가 잘 통할 줄 알고 있었어요. 알렉스 팀장은 세인트존한테 직접 알려주시면 됩니다." 레비가 만족스럽게 말했다.

*

재커리 세인트존은 은행 업무에 필요한 특별한 동물적 감각은 없었지만, 월스트리트의 권력 구조를 판단하는 능력은 탁월했다. 그래서 그는 배터리 파크시티에 위치한 자신의 펜트하우스에서 정기적으로 파티를 열어 그가 중요하다고 생각하는 사람들을 초청했다. 이 자리에 알렉스도 초대를 받았다. 알렉스는 그곳에서 어떤 사람들을 만나게 될지 잔뜩 기대에 부풀었다. 월스트리트에 몸담고 있는 사람들은 누구나 세인트존의 파티에 초대받고 싶어 했다. 최고의 음식과 값비싼 프랑스 샴페인이 나올 뿐만 아니라 중요한 새로운 정보를 교환하고, 인맥을 쌓으며 거래의 물꼬를 틀 수 있기 때문이었다.

그날 저녁, 알렉스는 한참 동안이나 어떤 옷을 입을지 고민했다. 처음에는 보통 입고 다니는 비즈니스 수트를 입고 갈까 생각하다가 결국 어마어마하게 비싼 붉은색 베르사체 이브닝드레스로 결정했다. 알렉스는 평소 지적이고 냉철한 이미지였지만 이날은 그래도 자기가 여자라는 사실을 부각시키고 싶었다.

9시 반 무렵 펜트하우스에 들어섰을 때 알렉스는 잠시 숨이 멎을 뻔했다. 뉴욕에서 돈 있는 사람들이 어떻게 사는지 제대로 볼 수 있었기 때문이다. 500평방미터 정도 규모의 널따랗고 호화로운 홀에 약 200명의 손님들이 삼삼오오 앉거나 서서 파티를 한껏 즐기고 있었다. 세인트존은 팔을 벌리고 활짝 미소를 지으며 손가락 사이에는 두꺼운 코히바(쿠바산 시가-옮긴이 주)를 낀 채 알렉스를 맞이했다. 그는 알렉스의 드레스와 늘씬하고 쭉 뻗은 다리를 보고 감탄하면서 그녀에게 중요한 손님들을 소개했다. LMI 전체 임원진도 파트너를 동반해서 참석했고 그 외에도 손님이 많았다. 변호사와 브로커, 애널리스트는 물론 모든 분야의 투자은행가들이 자리를 함께했다. 알렉스가 처음에 느꼈던 어색함은 곧 사라졌다. 손님들은 아주 당연하게 알렉스를 맞이해주고, 모두 그녀와 이야기를 나누고 싶어서 안달을 했다. 알렉스가 존 쿠와이와 휴 와인버그와 한참 대화를 나누고 있을 때 세인트존이 다시 나타났다.

"한창 대화 중인데 미안합니다. 금방 다시 여기로 데려다 줄게요."

세인트존은 알렉스의 팔을 잡고 다른 사람들에게 양해를 구했다.

"무슨 일이에요?" 알렉스가 의아하게 물었다.

"나를 따라가 보면 알아. 아주 중요한 사람을 소개해줄게."

세인트존은 이렇게 속삭이며 비밀스러운 미소를 지었다. 알렉스는 세인트존을 따라 펜트하우스를 쭉 가로질러 커다란 테라스로 나갔다. 편안한 라탄 의자에 남자 몇 명이 모여 앉아 코냑을 마시고, 여기 저기 널린 두툼한 시가를 피우며 웃었다. 알렉스가 테라스로 나오자 그중 한 명이 뒤돌아보면서 두 사람의 눈이 마주쳤다. 머리카락이 짙은 갈색인 그 남자의 얼굴에서 웃음기가 싹 사라졌다. 그는 잔을 낮은 탁자 위에 내려놓고 자리에서 일어났다.

"누구예요?" 알렉스가 세인트존의 귀에 대고 슬며시 물었다.

"세르지오 비탈리. 이름 들어본 적 있지?"

당연히 들어본 적이 있었다. 뉴욕에서 세르지오 비탈리를 모르는 사람은 없었다. 그의 얼굴은 시도 때도 없이 텔레비전과 신문에 등장했다. 그는 뉴욕에서 가장 영향력 있는 인물 중 한 사람으로서, 건설업자이자 부동산 거물이었으며, 언론을 곧이곧대로 믿자면 억만장자였다. 그는 사회복지 시설에 거금을 기부하고, 뉴욕에서 잘나가는 사람들만 초청받는 화려한 리셉션을 열었는데, 그곳에서 뉴욕의 중요한 일이 많이 이루어지기 때문에 자주 신문에 등장했다. 세르지오는 미국 경제의 간판스타였다. 〈포브스〉에 따르면 그는 미국 최고의 부자 반열에 드는 사람이었다. 맨해튼 절반이 그의 소유였다. 라스베가스와 리노, 애틀랜틱 시티, 마이애미에 호텔 체인과 카지노는 물론, 복합기업의 소유주로서 자가용 제트기를 타고 여행을 다녔다.

"알렉스, 이분은 세르지오 비탈리 회장님이셔. 비탈리 회장님, 이쪽은 알렉스 존트하임입니다. LMI에서 M&A 부문 팀장을 맡고 있죠."

세인트존이 두 사람을 서로 소개해 주었다.

"말씀 많이 들었습니다. 드디어 직접 만나게 되어 정말 반갑습니다. 명성은 익히 들어 잘 알고 있습니다만, 아무도 나한테 이렇게 아름다운 분이라는 말은 안 해주었군요."

세르지오 비탈리의 목소리는 편안하고 고상했다. 알렉스는 수줍게 웃으며 그가 내민 손을 잡고 악수를 했다. 세르지오의 손은 단단하고 따뜻했다. 그의 손을 잡은 알렉스는 배 속에 무언가 따뜻한 불이 켜지면서 급속히 온몸으로 퍼지는 느낌을 받았다. 지금껏 이렇게 강렬한 관능적인 카리스마를 내뿜는 사람을 만나본 적이 없었다. 무엇이든 자기가 주도하는 것을 좋아하는 알렉스로서는 그에게 끌리는 것이 몹시 당황스럽고 언짢았다.

"저도 만나 뵙게 되어 영광입니다."

알렉스는 이렇게 말하며 애써 태연한 미소를 지었다. 세르지오 비탈리는 알렉스가 지금까지 만나본 남자 가운데 가장 매력적인 남자였다. 검고 숱이 많은 머리카락은 관자놀이 부근이 희끗해지기 시작했고, 입가와 눈가에 주름이 잡힌 잘생긴 얼굴은 마치 로마 조각상과 닮아 보였다. 쉽게 잊히지 않는 그런 얼굴은 할리우드에서도 성공할 수 있을 것 같았다. 하지만 가장 인상적인 것은 강청색 눈동자였다.

이때 세인트존이 활짝 열린 테라스 문 앞에 서서 손뼉을 친 후 사람들에게 잠시 주목을 해달라고 말해서 두 사람의 대화는 더 이어지지 못했다. 세인트존이 짤막한 연설을 했지만 알렉스는 한마디도 귀에 들어오지 않았다. 알렉스는 세르지오의 알 수 없는 시선이 자신에게 고정되어 있는 것을 느꼈고, 본능적인 거부감과 기묘한 매혹 사이에서 마음이 오락가락했다. 알렉스는 그런 끌리는 마음이 좋은 것인지 아닌지 알 수 없었다. 어쨌든 그는 아주 유쾌하고 친절한 대화 상대였다. 그는 알렉스에게 자신의 친구이자 변호사인 넬슨 반 미렌을 소개해 주었다. 넬슨은 세르지오와는 정반대인 남자였다. 작고 뚱뚱

하고 대머리에, 두툼한 입술에 온화한 미소를 머금은 신사였다. 처진 통통한 볼에 첫인상은 편안해 보였지만 경계의 눈빛이 서려 있었다. 넬슨은 12시 반 무렵 먼저 자리를 떴다. 그래서 알렉스는 갑자기 세르지오와 단 둘이 테라스에 남게 되었다. 알렉스는 평소보다 샴페인을 많이 마셨고 그를 처음 보았을 때의 경계심은 금세 두근거리는 호기심으로 바뀌었다.

새벽 2시 반이 되자 알렉스는 자신이 내내 세르지오와만 대화를 나누었다는 사실을 새삼 깨달았다. 알렉스는 세인트존에게 초대해주어 고맙다고 인사하고, 집까지 태워다 주겠다는 세르지오의 제안을 정중하지만 단호하게 거절한 뒤 파티장을 빠져나왔다. 알렉스는 여전히 흥분을 감출 수 없었다. 뉴욕에서 가장 영향력 있는 남자에게 깊은 인상을 심어주었다는 생각에 뿌듯했다.

*

마크 애쉬턴은 9월의 어느 금요일 오후 LMI 빌딩 14층에 위치한 사무실 책상 앞에 앉아 있었다. 그의 책상은 커다란 공동 사무실에 있었지만 그는 별로 개의치 않았다. 개인적인 사생활보다도 회사일을 즐기는 그는 하버드를 졸업하고 법조인이 되었다. 그러다가 12년 전에 월스트리트에 발을 들였다. 6년 정도 뉴욕의 대형 로펌에서 근무한 뒤 LMI로 옮겼는데, 딜링룸에서 비참하게 실패를 맛보고 말았다. 정신없이 일하고 스트레스에 시달리는 것이 그에게 맞지 않았다. 게다가 그 바닥에서 성공할 정도로 탐욕스럽거나 모질지 못했다. 마크의 요구에 따라 인사부에서는 그를 결국 컨소시엄 부서로 발령을 냈고, 3년간 비교적 만족하며 잘 지냈다. 그는 정밀한 계산이나 결산, 경영 평가 업무가 오히려 적성에 잘 맞았다. 하지만 2월에 새로운 M&A 팀장이 들어와서 지루한 조사 업무를 할 사람을 찾았을 때 마크는 충동적으로 지원을 했다. 그리고 마크는 그 선택을 후회하지 않았다. M&A는 흥미진진한 분야였다.

마크는 잠시 하던 일을 멈추고 동그란 안경을 벗어 눈을 비볐다. 알렉스 존트하임은 마크가 지금까지 만난 상사 중에서 가장 똑똑하고 유능했다. 또 팀원들을 잘 다독이고 동기부여 해주는 능력이 탁월했다. 그녀는 부하직원들의 실수나 약점을 알아차려도 절대 망신 주는 법이 없었다. 하지만 준비 없이 그녀의 방에 들어가는 일은 큰 실수였다. 알렉스에게 칭찬을 받으면 마치 훈장을 받는 것처럼 뿌듯했다. 그녀는 다른 부서에서 차출되어 모인 직원들을 최단 기간에 하나의 팀으로 뭉치게 만들고, '우리'라는 공동체 의식을 심어주는 데 성공했는데, 이는 월스트리트 이기주의자들의 세계에서는 흔치 않은 일이었다. 필요할 경우 팀원 전체가 불평 없이 야근도 하고 주말도 반납했으며, 함께 성공을 축하할 일이 있으면 '세인트 존스 인'이나 '루나루나', 또는 '레지스 앳 하노버 스퀘어' 같은 곳에서 팀원이 다 같이 모여 회식을 하곤 했다.

마크는 직장생활을 하면서 처음으로 효율적인 팀에서 존중받는 중요한 팀원이 된 느낌을 받았다. 이는 모두 알렉스 팀장 덕분이었다. 그렇기 때문에 마크는 충성스럽게 알렉스를 돕기로 마음먹었고, 바로 그런 이유에서 그가 새로운 잠재고객에 대해 조사하다가 알아낸 사실에 대해 알렉스가 관심이 있을지 궁금했다. 아주 특이한 경우라서 마크는 어떻게 받아들여야 할지 몰랐다. 미국 굴지의 제지회사인 헨슨 페이퍼밀은, 유명하기는 하지만 파산 직전인 아메리칸 로드맵 출판사를 인수하는 데 관심을 표명했다. 마크는 어떤 시너지 효과도 예상할 수 없는데 왜 인수를 하려는지 의아했다. 그래서 더 자세히 알아보기 위해 헨슨 페이퍼밀을 조사하다가 놀랍게도 헨슨 페이퍼밀이 파나마에 있는 세비코(SeViCo)라는 지주회사 소유라는 사실을 알아냈다. 세비코는 1985년 영국령 버진 아일랜드에 설립되었는데, 이 회사는 다시 선셋 프라퍼티라는 회사의 소유였다. 그런데 선셋 프라퍼티사에 관한 정보는 전혀 없었다. 사실 여기까지는 별로 이상할 것이 없다. 하지만 놀라운 사실은 아메리칸 로드맵 출판사 역시 모나코 회사인 새기멕스SA를 통해 우회적으로 선셋 프라퍼티의 소유라는 점이었다. 소유자가 같은 회사를 인수하려는 이유가 무엇일까? 마크는 생각에 잠겨 아랫입술을 깨물었다. 헨슨과 아메리칸 로드맵에 대해 알아낸 사실을 알렉스 팀장에게 보고해야 할까?

"관두자. 대수롭지 않은 일이야."

마크는 결국 혼잣말로 이렇게 말하며 고개를 저었다.

그가 맡은 일은 솔깃한 인수제안서를 작성하는 데 필요한 수치를 계산해내는 일이었다. 그 외의 모든 일은 성사될 경우 어차피 법무팀에서 맡아서 처리할 것이다.

*

정말 정신없이 분주한 하루였다. 몇 주 전부터 주식 시장은 이유도 모르게 불안하게 돌아갔다. 개장과 함께 시작되는 분주한 모습은 슈퍼볼 결승전 분위기만큼이나 후끈 달아올랐다. 알렉스는 새로 맡은 일에 온 힘을 기울였다. 하루 종일 연이어 전화상으로 회의를 진행하는가 하면 책상 위에 쌓이는 복잡한 분석 자료를 틈틈이 들여다보기도 했다. 점심은 샌드위치로 대충 때웠다. 주말 내내 일하지 않으려면 저녁 식사는 생각할 여유가 없었다. 그러다가 3시 반 무렵이 되자 외선 전화벨이 울렸다.

"여보세요?" 알렉스는 피곤한 눈을 비볐다.

"안녕, 알렉스."

너무 갑작스럽게 카랑카랑한 목소리가 귓가에 울리자 저도 모르게 맥박이 가파르게 뛰기 시작했다.

"나야, 세르지오."

"어머, 안녕하세요, 비탈리 회장님."

알렉스는 애써 침착한 목소리를 유지했다. 세인트존의 집에서 파티가 열린 그 다음날 이미 세르지오 비탈리는 알렉스에게 전화를 걸어 점심 식사에 초대했다. 세르지오를 감도는 권력의 아우라가 알렉스에게 깊은 인상을 주었다. 알렉스는 세르지오가 자신에게 관심을 보이는 것이 좋았고 그와 친하게 지냄으로써 얻을 수 있는 엄청난 여러 가지 가능성 때문에 그의 치부 과정에 대해 세간에 도는 안 좋은 소문과 그가 유부남이라는 사실을 뒤로 젖혀놓았다. 그 후 잦은 만남을 통해 알렉스는 세르지오가 그녀한테 완전히 매혹되었다는 것과, 그녀에게 좋은 인상을 심어주기 위해 애쓰는 것을 느꼈다.

알렉스는 그를 확실히 사로잡았다는 확신이 들 때까지 차갑게 대하고 조금 거리를 두었다. 세르지오 비탈리 같은 남자를 휘두르고 있다는 느낌은 정말 짜릿했다. 한 번도 느껴보지 못한 황홀한 느낌이었다. 알렉스는 남자를 오래 사귀어본 적이 없었다. 시간이 늘 부족했다. 가끔 남자와 하룻밤을 보내기는 했지만 아침이 되기 전에 늘 먼저 나와버렸다. 하지만 세르지오 비탈리는 알렉스가 지금껏 알던 남자들과는 달랐다. 그는 의심할 여지 없이 남자 중의 롤스로이스이자, 뉴욕의 상류사회로 들어가는 입장권 같은 존재였다.

알렉스가 23살에 뉴욕에 왔을 때 유일한 소원은 성공하는 것이었다. 이제 그 소원은 이미 이루어졌다. 알렉스는 화려한 장관 뒤에서 매일 펼쳐지는 수십억 달러짜리 게임판의 일부였다. 그녀는 금융계의 중요 인사였다. 예전에는 성공하기만 하면 만족할 줄 알았다. 하지만 이제는 그것만으로는 만족할 수 없고, 더 높은 곳을 향하는 야망이 꿈틀거리고 있다는 것을 깨달았다. 알렉스는 롱아일랜드나 웨스트체스터 카운티, 또는 케이프 코드에 대저택을 소유하고, 뉴욕의 중요한 행사에 당연히 초청받는 사람들처럼 되고 싶었다.

6주 정도 뒤에 알렉스는 세르지오의 끈질긴 구애를 받아들였다. 세르지오와 잠자리를 갖는 것도 알렉스에게 힘든 일이 아니었다. 세르지오는 놀랄 정도로 매력적이고 잘생긴 남자였다. 2주 전에 알렉스는 파크 애비뉴에 있는 세르지오의 황홀한 저택을 보고 세르지오를 더욱더 갈망하게 되었다. 복층 펜트하우스는 그야말로 호화로움 그 자체였다. 4미터 높이의 천장과 반짝거리는 대리석 바닥, 강화마루, 응접실의 진귀한 고가구, 프랑스 샹들리에 조명, 두꺼운 카펫으로 장식이 되어 있었다. 알렉스는 최고의 갑부만이 산다는 이런 집에 대해 익히 들어본 적이 있었다. 하지만 웬만한 별장보다 더 큰 집을 직접 본 것은 처음이었다.

세르지오와 함께 보낸 첫날밤의 기억이 떠오르자 알렉스는 자신도 모르게 전율했다. 좀처럼 평정심을 잃지 않는 이 남자가 완전히 자제력을 상실하는 것을 지켜보는 일은 짜릿한 권력욕이 충족되는 기분이었다. 세르지오는 알렉스에게 완전히 빠져버렸다. 알렉스는 세르지오가 어떤 사람인지 생각하기만 해도 무척 우쭐해졌다. 하지만 단 한 번의 짜릿한 잠자리만으로 자신을 완전히 가졌다는 생각이 들지 않도록 알렉스는 세르지오가 잠에서 깨기 전에 나왔다. 그로부터 8시간도 채 지나지 않아 세르지오는 그녀의 집 앞으로 찾아와 통째로 빌린 '윈도즈 온더 월드' 레스토랑으로 알렉스를 안내했다.

'저를 감동시켜 주세요.'

알렉스는 며칠 전 세르지오를 만났을 때 이런 말로 그를 도발했고 그는 그러겠다고 약속했다. 그리고 그의 약속을 지켰다.

"잘 지냈어? 일은 어떻게 돼가고 있어?"

"일에 파묻혀 질식할 것 같아요."

알렉스는 서류 파일을 들고 온 비서 마르샤에게 서류를 책상 위에 올려놓으라는 손짓을 보냈다. "하지만 저는 이런 게 좋아요."

"오늘 저녁에 혹시 선약이 있는지 물어보려고 전화했어."

세르지오가 말했다.

"글쎄요."

알렉스는 책상 위에 산더미같이 쌓인 서류들을 흘깃 쳐다보았다.

"제가 해야 할 일이 많이 쌓였어요. 하지만 상황에 따라 달라질 수 있죠."

"상황에 따라 달라지다니?"

"어떤 제안을 하시냐에 따라서요."

알렉스는 살짝 미소를 지었다. 손가락만 튕기면 당장 달려가는 그런 부류의 여자가 아니라는 사실을 세르지오도 이제 알아차렸을 것이다.

"글쎄, 당신이 좋아할지 모르겠고 조금 갑작스러운 제안이기는 하지만, 오늘 저녁에 스티븐 프리먼 재단에서 주최하는 자선 디너쇼가 시티 플라자에서 열리는데, 같이 갈 생각이 없는지 물어보려고 전화했어."

세르지오는 마치 같이 스케이트라도 타러 가자는 듯이 무심하게 말했다. 알렉스는 자세를 바로잡고 앉았다. 쌓인 일과 서류 뭉치는 갑자기 싹 잊혀졌다. 이런 순간에는 우선순위를 정하는 것이 중요했다. 세르지오가 제안한 그런 절호의 기회는 당연히 최우선순위가 되어야 했다.

"하지만 당신 일이 그렇게 많다면……."

세르지오의 목소리는 안타깝게 들렸지만 살짝 놀리는 기색도 섞여 있었다.

"일은 어떻게든 되겠죠." 알렉스가 말했다.

"그럼 나하고 같이 갈 거야?"

"네, 물론이죠."

"잘됐네. 8시에 데리러 가지."

알렉스는 전화기를 내려놓으며 흡족한 미소를 지었다. 오늘 저녁 뉴욕에서 정말 중요한 사람들과 가깝게 지낼 수 있는 절호의 기회가 생길 것이다. 그리고 세르지오 비탈리와 함께 첫 등장을 하면 틀림없이 많은 사람의 이목을 집중시킬 것이다. 알렉스는 유리창에 비친 자기의 얼굴을 향해 의기양양한 미소를 지어 보이고 다시 전화기를 들었다. 완벽한 모습으로 등장해야 하는데 시간은 4시간 정도밖에 남아 있지 않았다.

*

자선 디너쇼에서 알렉스는 세르지오 비탈리와 뉴욕시 건설국장인 폴 매킨타이어 사이에 앉았다. 같은 식탁에는 빈센트 레비 회장 부부도 함께 자리했는데, 그는 자기 회사의 M&A 팀장이 세르지오 비탈리와 함께 등장한 것에 대해 겉으로는 놀란 기색을 드러내지 않았다.

그밖에 유명 부동산 투자자인 데이비드 베인스, 프레드 호프만 상원의원 등 주요 인사들이 자리를 함께했다.

알렉스는 한참 동안이나 매킨타이어 부인과 레비 부인이 케이맨 제도에서 보낸 휴가와, 이어서 건설국장의 아내가 비탈리가 제공해 준 럭셔리 스위트룸에 대한 수다를 건성으로 들어주다가, 결국 이 유력 인사들의 부인들은 비호감이라고 규정해버렸다. 알렉스는 원래 여자들의 수다에 관심이 없었다. 수다는 그저 최고의 시간낭비라는 생각이었다. 그 대신 알렉스는 스테이튼 아일랜드에서 추진 중인 건설 프로젝트에 관해 이야기하는 남자들의 대화에 귀를 기울였다.

알렉스는 호화롭게 꾸며진 연회실 안을 둘러보다가 다른 유명 인사들을 여럿 알아보았다. 알렉스는 자신이 이런 사람과 자리를 같이 하고 있다는 사실에 승리감을 만끽했다. 하지만 대부분의 참석자들은 알렉스를 호기심 가득한 눈길로 쳐다보았다. 세르지오 비탈리가 얼굴이 잘 알려지지 않은 아름다운 여자와 함께 나타나는 것은 이례적인 일이었기 때문이다.

알렉스는 저녁 시간 내내 세르지오의 전폭적인 관심을 받았다. 그는 참석자들과의 사소한 일화를 들려주면서 알렉스를 끊임없이 웃게 만들었다. 7가지 코스로 구성된 갈라 메뉴는 최고급 요리였고 와인 역시 최상품이었다.

공식적인 연설이 다 끝난 후 세르지오는 알렉스에게 같이 춤을 추자고 제안했다. 알렉스는 춤을 잘 추지는 못했지만 댄스홀에 워낙 사람이 많아서 어차피 제자리에서 빙글빙글 도는 것 말고는 할 수 있는 것이 없어서 다행이었다.

"빈센트 레비 회장님이 우리가 같이 등장할 때 어떤 표정을 지었는지 봤어요? 지금 속으로 무슨 생각을 하고 있을까요?"

알렉스가 낄낄거리며 물었다.

"아마도 여기 모인 모든 사람과 똑같은 생각을 하고 있겠지."

세르지오는 미소를 지으며 파란 눈동자로 뚫어지게 쳐다보았다. 알렉스의 온몸에 익숙한 짜릿함이 번졌다. "우리가 같이 자는 사이라고 생각하겠지."

알렉스는 애써 태연한 미소를 지었다.

"당신이 그렇게 평판이 안 좋은 사람이라는 걸 미리 알았다면 당신하고 관계를 맺지 않았을 거예요." 알렉스가 말했다.

"정말? 난 당신이 내 평판 따위에는 관심이 없다고 생각했는데."

세르지오는 눈썹을 치켜 올렸다.

"그렇긴 하죠. 하지만 '내 평판'은 중요하죠."

알렉스는 미소를 지었다.

"나는 당신의 그런 점이 마음에 들어, 알렉스. 당신은 내 모습을 떠올리게 만들어. 당신은 목적을 이루기 위해서 무슨 일이든 할 사람이야." 세르지오가 흥미롭다는 듯 말했다.

"무슨 일이든 다 하는 건 아니에요. 내가 물론 야망이 많기는 하지만 지켜야 할 선은 분명히 지킨다고요." 알렉스가 반박했다.

"당신이 지켜야 하는 선이 뭔데?"

"알아맞혀 보세요."

알렉스는 그의 파란 눈동자를 빤히 쳐다보았다. 세르지오 역시 그녀의 눈을 쳐다보았다. 알렉스의 허리에 있던 세르지오의 손이 맨살이 드러난 그녀의 등으로 옮겨갔다. 그는 알렉스를 더 가까이 끌어당겼다. 어떻게 6주 동안이나 이 남자와 거리를 둘 수 있었을까? 알렉스는 이제 온몸으로 이 남자를 갈망하고 있었다.

"그렇게 하지. 나는 당신에 대해 모든 걸 알고 싶거든."

세르지오가 중얼거리며 속삭였다. 너무 귀에 가까이 대고 속삭여 알렉스는 소름이 돋았다.

두 사람은 음악이 끊기고 악단이 짧은 휴식 시간을 가지기 전까지 말없이 한참 동안 춤을 추었다. 세르지오는 다른 사람들이 댄스홀에서 빠져나가는 동안 알렉스를 꼭 껴안고 한참 쳐다보았다. 알렉스는 세르지오와 팔짱을 끼고 댄스홀을 빠져나왔다. 세르지오는 식탁으로 돌아오는 길에 아는 사람들과 인사를 하느라 번번이 멈춰 서면서 알렉스를 소개해주었다. 마침내 식탁으로 온 알렉스는 옆에 있는 세르지오가 순간적으로 살짝 움찔하면서 경직되는 것을 느꼈다. 알렉스는 세르지오의 시선을 좇았다. 같은 식탁에 앉았던 폴 매킨타이어와 호프만 상원의원이 알렉스가 어디선가 본 듯한 한 남자와 대화를 나누고 있었다. 그 남자는 세르지오를 보자 자세를 바로잡고 앉아 옅은 미소를 지었다.

"안녕하세요, 세르지오 비탈리 회장님."

"네, 안녕하세요, 시장님." 세르지오가 공손하게 인사했다.

그렇다! 인기가 아주 높긴 하지만 사람들 사이에서 호불호가 분명히 갈리는 니콜라스(닉) 코스티디스 뉴욕시장이었다. 그의 인상적인 얼굴은 심심치 않게 텔레비전과 신문에 등장했다. 그는 시장에 당선되기 전에는 상당수의 투자은행가를 법정에 세우고 미국에서 가장 성공적인 마피아 사냥꾼이라는 명성을 얻었던 연방검사였다. 알렉스는 호기심 가득한 눈길로 시장을 쳐다보았다. 세르지오와 비슷한 연배로, 전형적으로 잘생긴 얼굴이라고 할 수는 없었다. 호프만 상원의원이나 폴 매킨타이어, 세르지오의 인상적인 외모와 비교하면 눈에 별로 띄지 않았다. 하지만 이글이글거리는 검은 눈동자가 알렉스에게 깊은 인상과 불안감을 남겼다. 코스티디스의 당당한 자세에서는 자신감과 권력이 뿜어져 나왔다.

세르지오와 시장은 서로 싸늘한 눈빛을 주고받았다. 알렉스는 두 사람 사이에 흐르는 적대적인 팽팽한 긴장감을 느꼈다.

"알렉스, 우리 유명하신 시장님하고 인사를 나눈 적이 있던가?"

세르지오가 드디어 입을 열고 물었다. 코스티디스의 시선이 알렉스를 향했다. 차가우면서도 동시에 이글거리는 그의 눈빛이 알렉스를 꼼짝달싹 못하게 만들었다.

"아뇨, 아직요. 제 이름은 알렉산드라 존트하임입니다. 말씀 많이 들었어요. 직접 만나 뵙게 되어 영광입니다."

알렉스는 시장의 눈빛에 잠시 미소로 맞서다가 말했다. 세르지오는 알렉스의 말을 듣고 아니꼽다는 듯 눈썹을 치켜 올렸다. 시장은 악수를 하기 위해 알렉스에게 손을 내밀었고 잠시 손을 잡은 그의 표정에는 관심과 의심이 동시에 교차되었다.

"저도 만나 뵙게 되어 영광입니다. 늘 익숙한 얼굴만 보다가 새로운 얼굴을 보게 되는 것은 언제나 반가운 일이죠."

그는 친절하게 말하며 알렉스를 향해 더 가까이 몸을 숙였다. 알렉스가 뭐라고 대답하기도 전에 세르지오가 잡담조로 입을 열었다.

"주커먼 사건과 관련해서 조사위원회를 소집하는 데 성공하셨다는 얘길 들었습니다."

"그렇습니다! 설득하는 데 좀 힘들기는 했지만 그만한 보상을 얻게 되리라 믿습니다."

코스티디스는 미소를 지으며 악수를 하던 알렉스의 손을 놓으며 말했다.

"저는 그렇게 생각하지 않습니다만 어쨌든 행운이 있기를 바랍니다." 세르지오 역시 미소를 지으며 말했다.

알렉스는 어리둥절하게 두 남자를 번갈아 쳐다보았다. 예의바른 태도 이면에는 증오가 부글부글 끓고 있었다. 코스티디스의 눈에 깃든 단호함과 대담함은 부드러운 목소리와 대조를 이루었다.

"고맙습니다. 하지만 상어가 득실거리는 수조에 뛰어들려면 행운만으로는 충분하지 않다는 것을 겪었어요. 어쨌든 즐거운 저녁 시간 보내시길 바랍니다. 알렉스 양, 만나게 되어 즐거웠어요."

알렉스는 어리둥절한 상태로 그저 고개만 끄덕였다. 코스티디스는 폴 매킨타이어의 어깨를 두드리고 자리를 떴다.

"재수 없는 인간."

세르지오는 시장이 자리를 뜨자 예의가 사라진 말투로 으르렁거리며 알렉스가 앉을 수 있도록 의자를 끌어당겼다. 알렉스는 코스티디스가 호감인지 아닌지 헷갈렸지만 어쨌든 비범한 남자임에는 틀림없다는 생각이 들었다. 다시 식탁에 앉은 알렉스는 세르지오에게 자기 생각을 말했다. 그러자 그가 알 수 없는 눈빛으로 쳐다보았다.

"니콜라스 코스티디스는 지독한 작자야. 권력욕에 눈이 먼 무자비한 광신자지. 뉴욕시를 자기 놀이터로 만들고 싶은 생각으로 꽉 찬 인간이라고."

세르지오의 말투가 너무나 싸늘해서 알렉스는 의아한 표정으로 쳐다보았다.

"하지만 우리 시를 좀 더 안전한 곳으로 만들고 범죄율을 낮추는 건 좋은 일이잖아요."

시장이 범죄와의 전쟁에서 '무관용' 원칙을 고수한다고 들은 적이 있는 알렉스가 악의 없이 내뱉었다. 세르지오는 잠시 알렉스를 뚫어지게 쳐다보다가 웃기 시작했다.

"그야 물론 그렇지."

"코스티디스는 선동꾼이죠. 자기가 믿는 진실 말고는 아무것도 인정하지 않기 때문에 위험한 자예요. 그리고 이런 진실은 아주 단순하기 때문에 서민에게 아주 인기가 많은 겁니다."

주위에 엿듣는 사람이 없는지 눈치를 살핀 후 빈센트 레비가 목소리를 낮추어 말했다. "그자는 우리 시를 경찰 도시로 만들고, 또……."

"그건 코스티디스가 마음대로 할 수 있는 일이죠."

세르지오는 그의 말을 끊고 웨이터에게 손짓했다. 웨이터가 다가와 얼른 빈 잔을 채워주었다. "하지만 아무리 맞춤 정장을 입고 실크 넥타이를 매고 있어도 베드퍼드 스타이버선트(뉴욕 브루클린의 한 지역-편집자 주) 출신의 그리스 떠돌이 개라는 사실에는 변함이 없지. 시끄럽게 짖고 다른 사람의 다리에 대고 쉬를 싸고 다니는 그런 개 말이야." 두 남자는 경멸적으로 웃었다.

"시장님이 무슨 조사위원회에 대해 말씀하신 거예요?"

알렉스가 궁금해하며 물었다.

"코스티디스의 새로운 망상이지. 그놈은 몇 년 전부터 나를 주시하고 있어. 내 직원들을 주눅 들게 만들어서 혹시라도 누군가 나의 어두운 부분을 일러바치지 않을까 하는 희망을 품고 있지. 이탈리아식 이름을 쓰는 사람에 대해 품고 있는 그놈의 증오심은 병적이야. 어렸을 때 이탈리아 사람한테 흠씬 얻어맞은 적이 있는 모양이야."

그는 별일 아니라는 듯 말하더니 웃으며 잔을 들었다. "황당무계한 야망 때문에 언젠가 파멸하게 될 우리 시장님을 위해 건배합시다."

알렉스는 세르지오의 눈동자가 서늘하게 반짝이는 것을 눈치 채고 아무 말도 하지 않았다. 굳이 코스티디스의 편을 들어줄 이유가 없었다.

*

　30분 후 알렉스는 세르지오에게 양해를 구하고 나왔다. 알렉스가 얼굴에 미소를 지으며 사람들 틈을 헤집고 로비로 나왔을 때는 이미 시장과 만났던 일을 까맣게 잊었다. 보통의 월급쟁이가 6개월은 일해야 벌 수 있는 돈을 단 한 끼 식사비로 지불하는 것을 개의치 않는 특권층 무리에 자기가 속해 있다는 사실을 한껏 만끽했다. 알렉스는 시티 플라자 호텔의 호화로운 복도를 따라 걷다가 갑자기 주방 출입구가 나오자 엉뚱한 길로 왔다는 것을 깨달았다. 몸을 돌려 되돌아가려다가 '관계자 외 출입금지'라는 문구가 적힌 문을 향해 급히 걸어가는 남자 두 명과 부딪칠 뻔했다. 그중 한 명은 닉 코스티디스 시장이었다. 뒷문으로 호텔을 빠져나가려는 것 같았다.

　"이런! 혹시 주방에 순시하러 오셨어요, 알렉스 양?"

　시장은 알렉스를 알아보고 멈춰 서며 말했다. 시장은 알렉스의 이름을 기억하고 있었다. 그는 같이 있던 다른 남자의 휴대전화 벨이 울리자 조금 거리를 두고 떨어졌다.

　"아뇨, 저는…… 저는 그냥 길을 잃었어요." 알렉스가 말했다.

　코스티디스의 키는 알렉스보다 조금 컸다. 그의 눈동자는 너무 짙어서 검은색에 가까워 보였고 남자치고는 속눈썹이 무척 길고 풍성했다.

　"알렉스 양은 뉴욕 출신이 아니죠, 그렇죠?" 시장이 물었다.

　"네, 저는 독일 출신입니다. 하지만 12년째 이곳에 살고 있어요."

　"독일이라! 시인과 철학자들의 나라죠! 그런데 어쩌다가 뉴욕에 오게 되셨어요?" 코스티디스는 친절한 미소를 머금고 물었다.

　"성공하고 싶었어요."

"일을 하세요?" 그는 눈썹을 치켜 올렸다.

"그럼 무슨 생각을 하셨던 거예요? 저는 돈 많은 집 딸이 아니에요. 6년 동안 모건스탠리에서 일했고 지금은 LMI에서 일하고 있어요."

알렉스는 냉소적인 눈빛으로 그를 쳐다보며 말했다.

"그렇군요. 은행이라, 큰돈이 오가는 곳이죠."

코스티디스는 웃었지만 그의 눈은 신중하고 탐색하는 기색이 역력했다.

"저는 제 일을 좋아합니다. 그리고 이 도시도 마음에 들어요. 뉴욕은 활기가 넘치는 곳이죠."

알렉스는 갑자기 자신을 정당화해야겠다는 생각이 들어 이렇게 말했다.

"그렇죠. 저희 부모님은 그리스에서 여기로 오셨습니다. 하지만 전 여기서 태어나고 자랐고 다른 곳에서 살고 싶다는 생각을 해본 적이 없어요. 직업상 한동안 워싱턴에 머문 적이 있었는데 그때 마치 유배를 당한 것 같은 느낌이더군요. 저에게는 뉴욕밖에는 없습니다. 안 좋은 점도 있지만 저는 이 도시를 사랑합니다. 그리고 제 온 힘을 다해서 더 아름답고 살기 좋은 곳으로 만들기 위해 힘쓰고 있습니다."

코스티디스가 강조했다.

알렉스는 닉 코스티디스를 쳐다보며 진실하고 꾸미지 않은 그의 열정에 놀랐다. 그는 말을 할 때 손을 많이 사용했고 생생한 표정으로 듣는 사람을 사로잡는 마력이 있었다. 문득 레비가 그를 선동꾼이라고 부르던 것과 세르지오가 경멸하던 말들이 떠올랐다. 이제 코스티디스를 개인적으로 만나보고 나니 1년 반 전에 있었던 시장 선거에서 과반수의 표를 받고 당선된 것이 그리 놀랄 일이 아니라는 생각이 들었다. 그는 사람을 끌어당기는 마력이 있었다. 대화 상대에게 지금 이 순간 이 세상에서 가장 중요한 사람이라는 느낌이 들게 했다. 뉴욕 시민은 그가 내건 공약을 실행에 옮기기 때문에 그를 사랑하고 존경했다. 시민의 안전과 삶의 질 개선에 관해서는 전임 시장들이 10년에 걸쳐 한 일을 단 몇 달 만에 해냈다.

"시장님? 그만 가시죠. 이제 출발해야 합니다."

냉정한 표정의 젊은 금발머리 남자가 전화를 마치고 가까이 오며 말했다. 그는 호기심과 불신이 섞인 표정으로 알렉스를 쳐다보았다.

"금방 가겠네. 먼저 나가게, 레이먼드."

코스티디스는 알렉스를 계속 뚫어지게 쳐다보며 말했다.

"알겠습니다." 남자는 마지못해 먼저 나갔다.

"나를 돌봐주는 보모죠."

코스티디스가 농담을 던지며 유감스럽다는 듯 웃었다. "스케줄이 연이어 잡혀 있는데 레이먼드는 내가 어디든 제때 가도록 신경을 써주고 있습니다. 그런 일이 물론 쉽지는 않죠."

그는 알렉스에게 손을 내밀었다. "아무튼 만나게 되어 반가웠습니다, 알렉스 양."

"네, 저도…… 저도 반가웠습니다."

알렉스는 말을 더듬거렸다. 사춘기 여학생처럼 얼굴이 빨갛게 달아올라 민망했다.

"우리가 잘 아는 사이는 아니지만 한 가지 충고를 해드리고 싶군요. 친구를 신중하게 선택하세요. 상어와 함께 헤엄치는 건 흥미로울지는 몰라도 아주 위험한 일입니다. 물론 당신이 상어라면 얘기가 달라지겠지만 그렇게 보이지는 않군요."

코스티디스는 몸을 앞으로 숙여 목소리를 낮추며 말했다. 그는 알렉스의 손을 놓고 다시 미소를 지었다. "그리고 화장실은 로비 계단을 내려가면 있습니다."

그는 알렉스에게 윙크를 하고 문을 열고 나갔다. 알렉스는 멍하니 서 있었다. 매일 영향력 있는 주요 인사들과 일을 하기 때문에 어느새 그런 사람들에게 둔감해져 있었다. 하지만 닉 코스티디스는 조금 달랐다. 그는 알렉스에게 깊은 인상을 남겼다. 그리고 그녀를 불안하게 만들었다.

＊

세르지오 비탈리는 브루클린 부두에 있는 창고 건물 안으로 들어갔다. 출입구 위에는 '피치아벨리앤선스 - 이탈리아 와인과 식품 회사'라는 간판이 붙어 있었다. 그는 말썽만 부리는 막내아들인 체사레와 또다시 의미 없는 대화를 나누고 싶은 생각이 없었지만 아들은 또 큰 사고를 치고 말았다. 넬슨이 아침에 보석금을 내고 체사레를 구치소에서 데리고 나오자 세르지오는 아들을 브루클린에 데려다놓으라고 지시했다.

토요일 아침, 사무실과 창고, 냉장창고, 화물용 플랫폼이 있는 곳은 쥐 죽은 듯 조용했다. 단지 맨 앞 사무실에서만 세 남자가 세르지오를 기다리고 있었다. 세르지오는 실비오 바키오키와 루카 디 바레세를 향해 고개를 끄덕인 후 반항심과 두려움이 섞인 눈빛으로 쳐다보는 막내아들을 바라보았다. 세르지오가 사무실로 들어오자 두 남자는 자리에서 일어났지만 아들은 여전히 팔짱을 끼고 앉아 있었다. 21살의 체사레는 아버지의 파란 눈동자와 관능적인 입매를 닮은 잘생긴 젊은이였지만 유감스럽게도 일을 할 생각이 전혀 없었다. 학교를 좋은 성적으로 졸업하고 아버지의 회사에서 일하고 있는 두 형 마시모와 도메니코에 비해 별로 똑똑하지도 않았고 게다가 어디로 튈지 모르는 다혈질이기 때문에 자주 사고를 치고 다녔다. 세르지오는 체사레를 도와주기 위해서 여기저기에 부탁한 적이 숱하게 많았다. 그는 아들이 졸업장만이라도 딸 수 있도록 7개나 되는 학교에 장학금을 기부했지만 모두 허사였다.

"체사레."

세르지오는 이 버르장머리 없는 녀석을 신경 쓰고 싶은 마음이 추호도 없었다.

"아버지."

"내가 말을 하면 자리에서 일어나야지."

체사레는 코를 훌쩍이더니 그대로 앉아 있었다. 루카와 실비오는 세르지오의 얼굴이 얼음장처럼 차가워지고 얼굴 근육이 굳어지는 것을 눈치 챘다. 이들은 세르지오의 이런 표정을 무서워했다. 40대 후반의 실비오 바키오키는 25년째 세르지오 밑에서 일하고 있었다. 그는 북부 이탈리아 조상들처럼 금발에 파란 눈이었고, 갈수록 몸에 살이 붙었다. 세르지오 덕분에 잘살게 되었다고 믿는 실비오는 깊은 충성심이야말로 그 보답이라고 생각했다. 늘 유쾌하고 친절했지만 그를 잘 아는 사람이라고 해도 그가 보스를 위해서라면 물불 가리지 않고 무자비한 짓도 서슴지 않는다는 사실까지 알지는 못했다.

"아버지가 말씀하시면 자리에서 일어나야지."

이번에는 실비오가 체사레를 나무랐다. 그러자 체사레는 마지못해 일어났다. 콧물이 흐르고 이마에 땀이 맺혔다.

"또 그 빌어먹을 마약에 손댔군, 그렇지?" 세르지오가 말했다.

체사레는 초조하게 손을 비비더니 청바지에 닦고 아버지의 눈을 피했다.

"당장 대답해!"

"가끔요. 하지만 많이는 아니에요."

거짓말이었다. 세르지오는 마약 중독자들을 많이 봐온 터라 정기적으로 그 악마 같은 흰 가루를 흡입하면 어떤 몰골인지 너무나 잘 알고 있었다. 별로 놀라운 일도 아니었다. 체사레는 큰소리를 치고 잔인한 행동을 하지만 심약했다.

"이 멍청한 자식! 붙잡히다니! 왜 도망치지 않았어? 설마 아직도 제대로 이해를 못 한 거야? 너는 '비탈리'라는 성을 사용하는 사람이니 그게 무슨 의미인지는 알겠지. 경찰이 들이닥쳤을 때 왜 마약이라도 버리지 않은 게냐? 언론은 얼씨구나 하고 달려들 거고 코스티디스가 이 일을 알기라도 하면 널 도와줄 사람은 아무도 없다. 정말 구제 불능 멍청이구나, 체사레!"

세르지오는 멍청한 아들 때문에 분노가 부글부글 끓어올랐다. 작은 사무실 안에는 잠시 정적이 흘렀다. 체사레는 멍청하면서도 당혹스러운 미소를 지었다. 세르지오는 더욱더 화가 치밀어 올랐다. 코스티디스는 이미 여러 해째 세르지오의 뒤를 캐면서 사소한 꼬투리 하나만이라도 잡히기를 호시탐탐 노리고 있었다. 세르지오는 체사레의 생각 없는 짓들이 언젠가는 자신이 가진 모든 것을 뒤흔들 수도 있다는 사실을 너무나 잘 알고 있었다. 단순 폭행 정도야 경찰이 눈감아줄 수도 있지만, 마약 거래는 상당히 민감한 범죄였다. 범죄와의 전쟁이라는 광적인 망상에 사로잡혀 있는 시장의 강경책 때문에 뉴욕에서 마약 거래는 살인보다도 심한 범죄 취급을 받았고, 브롱크스나 이스트 할렘 지역의 소규모 크랙 딜러들도 엄중한 처벌을 받았다.

"실비오가 너를 위해 변호사를 선임해줄 거다. 우리하고는 아무런 관련이 없는 사람으로 말이야. 그 사람이 널 위해서 뭘 해줄지 두고 보자. 하지만 경찰이 융통성 없게 나오면 나도 널 위해 해줄 수 있는 게 더는 아무것도 없다." 세르지오가 아들에게 말했다.

"그게 무슨 말이에요?" 체사레의 얼굴에서 미소가 사라졌다.

"네가 감방에 들어가야 한다는 말이지."

세르지오는 자리에서 일어났다. 아들과 더 이야기를 나누고 싶지 않았다. 그는 몸을 돌렸다.

"아버지!"

체사레가 아버지의 어깨를 붙잡았다. 그러자 세르지오는 마치 감전이라도 된 듯 몸을 부르르 떨더니 아들을 밀쳐냈다. 체사레는 아버지의 경멸이 가득한 싸늘한 눈빛을 보고 흠칫 뒤로 물러섰다. 아버지가 이토록 화난 모습을 본 것은 처음이었다.

"아버지, 설마 절……."

"난 네게 기회를 줄 만큼 줬다, 체사레. 난 네가 언젠가는 철이 들고 인생에서 중요한 게 뭔지 깨달을 거라고 기대했다. 그런데 넌 어린애처럼 패싸움이나 하고 다니고, 코카인에 손을 대고 뇌를 날려버려 점점 멍청해지기만 하는구나. 나는 멍청함을 경멸해. 멍청한 건 이 세상에 존재하는 가장 나쁜 것이다."

세르지오는 애써 화를 억누른 목소리로 말했다. 체사레는 얼굴이 빨갛게 달아오르더니 주먹을 불끈 쥐었다. 이 세상에서 유일하게 두려워하는 사람이 바로 아버지였다. 하지만 그만큼 증오하기도 했다.

"성인군자인 척하지 마세요! 아버지가 마약으로 엄청 돈을 번다는 걸 모르는 줄 알아요? 아버진 아무래도 상관없잖아요!"

체사레가 소리를 버럭 질렀다.

"그렇지. 하지만 내가 직접 마약을 사용한 적은 한 번도 없다. 그리고 마약을 갖고 있는 걸 경찰한테 들킨 적도 절대 없어. 그게 바로 차이점이다." 세르지오가 아들을 싸늘하게 쳐다보며 말했다.

"전 이제 어떻게 해야 되죠? 아버지 아들이잖아요! 도와주세요!"

체사레의 눈빛은 공포로 가득했다. 그는 아버지가 여기저기 전화 몇 통만 하면 이번 일도 없었던 일이 될 것이라 굳게 믿고 있었다.

"널 그래도 인간으로 만들어보겠다고 무진 애를 썼지만 모두 시간 낭비였다는 사실을 뼈저리게 깨달았다. 넌 단 한순간도 우리 모두를 위험에 빠트리고 있다는 생각조차 하지 않는구나. 난 이제 더는 네 뒤치다꺼리나 할 생각이 없다. 배은망덕도 유분수지. 내가 정한 규칙을 따르지 않으면 내가 도와줄 거라는 기대도 하지 말아야지."

세르지오의 목소리는 경멸로 가득했다. 체사레의 입가는 초조하게 움찔거렸고 얼굴은 땀으로 흥건해졌다. 몸이 후끈 달아오르면서도 으슬으슬했다.

"제가 감방에 가게 되고, 경찰이 아버지에 대해 꼬치꼬치 캐물으면 다 불어버릴 거예요."

체사레의 눈빛이 음흉했다. 세르지오의 얼굴이 얼음처럼 굳었다. 실비오와 루카는 걱정스러운 눈빛을 주고받았다. 이보다 심한 말은 없었다. 체사레도 순간 '아차!' 싶어서인지 완전히 무너져버리며 눈에 눈물이 고였다.

"아버지! 그런 말을 하려고 했던 건 아니에요."

체사레가 사정하며 매달렸다.

"하지만 이미 해버렸지."

"아버지께 해가 될 짓은 절대로 하지 않을 거예요!"

"하긴 그럴 위인도 아니지. 넌 여자랑 마약, 폭력 말고는 관심도 없으니 말이다. 계속 그렇게 살아라."

세르지오의 얼굴은 경멸로 가득했다.

"아버지! 다시는 마약에 손대지 않을게요. 맹세해요! 제발, 가지 마세요! 난 아버지 아들이잖아요!"

체사레는 울먹이는 목소리로 아버지를 향해 손을 뻗으며 애원을 했다.

"유감스럽게도 그렇구나. 난 그만 가야겠다. 약속이 있거든. 루카, 자네는 나랑 같이 차를 타고 시내로 가지. 자네하고 상의할 일이 좀 있네."

세르지오는 시계를 들여다본 뒤 말했다. 그리고 경멸이 가득한 표정으로 아들을 쳐다보았다. "체사레, 넌 나의 세계에서 가장 중요한 규칙을 이해하지 못했어."

"중요한 규칙요? 무슨 말이에요?"

체사레는 초조하게 아버지와 그 옆에 무표정한 얼굴로 서 있는 두 남자의 얼굴을 번갈아 쳐다보았다.

"밥 먹는 곳에서 똥을 싸면 안 된다는 법이지."

아버지답지 않은 저속한 표현 때문에 체사레는 움찔했다.

"무슨 일이 생기면 나한테 바로 보고하게, 실비오."

세르지오는 이렇게 말하며 루카와 함께 나왔다. 체사레는 의자에 털썩 주저앉으며 흐느끼기 시작했다. 실비오는 그의 어깨를 두드리며 한숨을 내쉬었다. 보스의 말이 맞았다. 이 아이는 정말 구제 불능이었다.

*

루카 디 바레세는 리무진 뒷좌석 보스 옆에 앉아 보스가 입을 열 때까지 기다렸다. 그는 보스가 무슨 일을 상의하려는지 짐작했다. 38

살의 루카는 과묵하고 호리호리한 남자였다. 그는 사우스 브롱크스 출신으로, 4살 때 집에 불이 나 부모님이 돌아가시면서 고아가 되었다. 그의 이모는 바로 세르지오의 아내인 콘스탄치아와 사촌지간이었다. 세르지오는 루카를 만났을 때 곧바로 그의 영민함을 알아보았다. 그는 루카를 학교에 보내고 나중에 대학에서 경영학을 공부할 수 있도록 학비를 대주었으며, 루카가 갓 26살이 되자 크라운 로열사의 사장 자리에 앉혔다. 이 회사는 겉으로는 세르지오가 소유한 미국의 호텔과 카지노를 관리하는 것이 주업무였지만, 실제로는 세르지오가 벌이는 불법 도박, 매춘, 마약 사업을 관리했다. 또한 이들 사업에서 벌어들이는 자금을 세탁하는 역할도 맡고 있었다.

"그 녀석은 점점 심각한 위험 요소가 돼가고 있어. 절대 그 녀석을 뉴욕에 계속 머물게 둬서는 안 되겠어."

세르지오가 한참 만에 입을 열며 고개를 저었다.

"정말 도와주지 않을 생각이십니까?" 루카가 물었다.

"도와주긴 해야지. 오늘 중으로 그 일을 깨끗이 덮어버리기를 바랄 뿐이야. 고소가 취하되자마자 당분간 여기서 사라지게 해야겠어. 유럽이면 좋겠는데." 세르지오는 한숨을 내쉬며 말했다.

"나폴리의 바란데티 밑에서 일하게 하면 어떻겠습니까? 물론 저희를 위해서가 아니라 어류 도매업이나 창고에서 말입니다. 굴삭기를 운전하든가 그런 일요." 루카가 제안했다.

"그거 괜찮군. 미셸한테 전화를 걸어보게. 아들한테 줄 일이 없다고 하면 베로나에 있는 스테파노 피에시니한테 전화를 해봐. 여름 동안 포도 농장에서 일하는 것도 체사레한테는 나쁘지 않을 거야."

루카는 고개를 끄덕였다. 두 사람은 한동안 말없이 리무진 안에 앉아 있었다.

"하지만 그 녀석이 여름 내내 유럽에서 지내지는 못할 거야. 지 엄마가 다시 받아주겠지. 늘 그렇듯이."

세르지오가 어두운 목소리로 말했다. 그리고 고개를 돌려 심각한 표정으로 루카를 바라보았다. "루카, 이건 자네한테만 하는 얘기고 두 번 다시 말하지 않겠네. 만약 그런 일이 벌어지면 난 자네가 단 1초도 망설이지 않기를 바라네." 그의 목소리는 조용했다.

루카는 속눈썹 하나 까딱하지 않고 보스를 쳐다보았다.

"그놈이 내 아들이든 아니든 상관없어. 멍청한 짓으로 나를 정말 심각한 위기에 빠트리기 전에 손을 쓸 각오가 되어 있어. 루카, 무슨 말인지 알겠나?"

"네, 보스."

"자네가 알아서 잘 처리한다고 약속해줄 수 있겠지?"

루카의 얼굴 표정은 아무 변화가 없었다. 그것이 보스의 결정에 대해 어떤 생각을 하는지 말해주었다. 그는 어떤 질문도 하지 않았고, 체사레를 두둔할 생각도 없었다. 그의 충성심은 무조건적이었다.

"약속합니다, 보스."

*

오후 늦게 쇼핑에서 돌아온 알렉스는 완전히 땀에 흠뻑 젖어 있었다. 쇼핑백 4개를 식탁 위에 올려놓은 후 텅 빈 냉장고에 식료품을 채워 넣었다. 원래 세르지오와 하루 종일 함께할 생각이었는데 세르지오에게 갑자기 급한 일이 생겨 8시 반쯤 집으로 돌아왔다. 알렉스는 파크 애비뉴의 호화로운 세르지오 집에 있다가 그리니치 빌리지에 있는 자기 집으로 돌아올 때마다 신데렐라가 된 느낌이었고, 지금 살고 있는 집보다 더 좋은 집을 알아볼 시간이 별로 없다는 사실에 짜증이 났다.

알렉스는 담배에 불을 붙이고 지난밤의 일들을 떠올려보았다. 세르지오가 내내 그녀에게만 눈길을 주어서, 참석했던 많은 사람이 그녀를 부러워하고 호기심 가득한 눈길로 쳐다보았던 것을 생각하니 배시시 미소가 지어졌다. 아마도 오늘 뉴욕 시민의 절반은 그녀가 누구이고 세르지오와 어떤 사이인지 궁금했을 것이다. 알렉스는 자신이 이렇게까지 성공한 것이 믿어지지 않았다! 마치 구름을 탄 기분이었다. 알렉스는 휴대전화 벨 소리에 다시 정신이 들었다.

"안녕하십니까. 아름답고 부유한 사람들의 세계로의 여행은 어떠하셨는지요?"

세인트존이었다. 말투에는 빈정거림이 섞여 있었다.

"무슨 뜻이에요?"

알렉스는 일부러 모르는 척했다. '내가 어젯밤에 어디에 있었는지 어떻게 알지?'

"자네가 비탈리하고 같이 시티 플라자에 나타났다고 레비 회장님한테 들었어. 레비 회장님은 그러니까…… 조금 놀란 눈치였어."

"저는 다 큰 어른이에요. 만나고 싶은 사람들을 만날 수 있죠."

알렉스는 의도했던 것보다 조금 더 쌀쌀맞게 내뱉었다.

"그야 물론 그렇지. 그런데 자네는 세르지오한테 관심이 있는 거야, 아니면 그저 그 사람의 인맥에 관심이 있는 거야?"

세인트존은 빈정거리는 듯 웃으며 물었다.

"그건 신경 쓰실 일이 아닌 것 같은데요."

알렉스가 짜증나는 투로 받아쳤다.

"그렇지. 하지만 이제야 왜 자네가 나를 자꾸 밀어내는지 알겠어.

로또에 당첨됐는데 나 같은 사람하고 만날 리가 없잖아?"

"미쳤어요?"

"하지만 그렇다고 착각은 하지 마. 세르지오는 마음에 드는 여자면 아무하고나 자는 사람이니까."

세인트존의 목소리에는 심술이 깃들어 있었다.

"설마 나랑 어떻게 해보지 못해서 화나셨어요?"

"그럴 리가. 자넨 내 취향이 아니야." 세인트존이 웃었다.

알렉스도 억지로 웃었다. 세인트존은 화가 난 것이 분명했다. 하지만 그의 접근을 끝까지 거부했기 때문이 아니라, 자신의 사회적 지위가 위협을 받고 있다고 느끼기 때문이었다. 알렉스는 시티 플라자에서 빈센트 레비 회장과 함께 저녁 식사를 했는데 세인트존은 그러지 못했다. 그리고 그는 아마도 알렉스의 성공과 LMI 임원진이 그녀를 높이 평가하는 것도 못마땅하고 질투가 날 것이다. 알렉스는 앞으로 그를 조심해야겠다는 생각이 들었다. 하지만 그는 속을 헤아리기 힘든 사람이기는 해도 적으로 두어봐야 좋을 일이 없었다.

"그런데 말이야. 사실은 자네하고 마이크로맥스에 관한 얘기를 하려고 전화했어. 믿을 만한 소식통을 통해서 경영진에 심각한 문제가 있고 분기 실적이 부풀려졌다고 들었지. 마이크로맥스에 눈독을 들이고 있는 대형 영화사도 여러 군데 있어. 한번 해볼 만한 일 같아서 말이야."

알렉스는 어리둥절했다. 세인트존은 자기가 하는 일에 간섭을 하려는 것일까? 아니면 정보 제공을 구실로 미끼를 던지는 것일까?

"아주 흥미롭게 들리네요. 그 얘기는 월요일에 다시 해보는 게 어떨까요?"

"알았어. 그리고 말이야, 충고 하나 해줘도 될까?"

세인트존의 목소리는 조롱을 한다거나 화가 난 기색 없이 아주 정상적으로 돌아왔다.

"충고요?"

알렉스는 속으로 방어 자세를 취했다. 세인트존은 잠시 망설였다.

"세르지오한테서 손 떼는 게 좋을 거야."

이런, 코스티디스와 똑같은 말을! 세인트존은 무슨 이유로 세르지오를 가까이하지 말라고 하는 것일까? 질투? 아니면 정말 그럴 만한 이유가 있는데 오해하고 있는 것일까?

"고마워요. 하지만 제 걱정은 안 해주셔도 돼요. 제 일은 제가 알아서 할게요."

"그러길 바라지. 그럼 월요일에 보자구."

*

넬슨 반 미렌은 땀을 뻘뻘 흘리며 영국령 버진 아일랜드 군도에 속하는 세르지오 소유의 시나몬 아일랜드의 화려한 대저택 테라스에서 파라솔 아래 누워 있었다. 그는 보스와 알렉스 존트하임이 손을 잡고 선창에서 저택을 향해 걸어 올라오는 모습을 못마땅한 표정으로 지켜보았다. 두 사람은 6일 전에 타고 온 길이 30미터짜리 흰색 요트인 '스텔라 마리스'에 올라 하루 종일 시나몬 아일랜드 주변을 돌아다녔다. 넬슨은 할 일 없이 앉아 있기만 했다. 세르지오는 넬슨이 이 섬의 날씨는 물론 모든 것을 싫어한다는 것을 잘 알면서도 어제 아침 뉴욕에 있는 그에게 전화를 걸어 이곳으로 와달라고 부탁했다. 넬슨은 곧장 토르톨라(영국령 버진 아일랜드에서 가장 크고 인구가 많은 섬-편집자 주)로 날아가 그곳에서 헬리콥터를 타고 이 섬으로 왔는데, 저녁 내내 꿔다 놓은 보릿자루 신세였다.

그는 세르지오가 변한 모습에 점점 걱정이 되기 시작했다. 세르지오가 저 금발머리 계집한테 홀딱 빠져 있다는 것은 지나가던 개도 눈치 챌 수 있을 정도였다. 넬슨은 저녁에 곧장 이 끔찍한 섬에서 빠져나갈 수 있으리라 기대했지만 세르지오는 왜 그를 급히 이곳으로 불렀는지 아무 말이 없었다. 세르지오가 저녁 식사를 마친 뒤 그 여자와 함께 수영장으로 뛰어들어 10대들처럼 유치하게 장난치면서 벌이는 애정 행각을 지켜보는 것이 너무 힘들어서 넬슨은 자리를 떴다. 오랫동안 세르지오와 우정을 쌓아온 넬슨은 세르지오가 이토록 유치하게 행동하는 것을 본 적이 없었고 질투 비슷한 감정까지 느꼈다. 두 사람은 필라델피아에 있는 가톨릭계 남자 기숙사 학교에서 알게 된 뒤 그곳에서 6년을 함께 생활했고, 이후 40년에 걸쳐 우정을 이어오고 있었다. 넬슨은 세르지오에게 단순히 변호사만이 아니었다. 형법과 경제법 전문가인 그는 30년째 세르지오의 오른팔이었다. 두 사람은 함께 엄청난 제국을 건설했다.

넬슨은 알렉스 존트하임이 마음에 들지 않았다. 세르지오의 정신을 쏙 빼놓아서 더욱더 싫었다. 물론 아주 아름답고 지적인 여자임에는 틀림없지만 바로 그 점이 걱정이었다. 만약 그냥 멍청한 여자였다면 상관없지만 똑똑한 여자는 위험했다. 두 사람이 하루 종일 붙어서 재미를 보는 동안 넬슨은 무슨 일이 있어도 알렉스가 세르지오에게 더 큰 영향을 미치는 것을 차단해야 된다는 결론을 내렸다. 세르지오가 자신이 아닌 다른 사람의 충고에 귀기울이는 것을 견딜 수 없었고 더더군다나 여자의 충고는 절대 용납할 수 없었다.

마침내 알렉스가 집 안으로 들어가자 세르지오는 위스키 잔을 들고 넬슨이 앉아 있는 테라스로 와서 옆에 앉았다. 여유 있게 미소를 짓는 그는 반바지와 티셔츠 차림 때문인지 훨씬 젊어 보였다. 얼마간 가벼운 대화를 주고받고 나서 넬슨은 알렉스가 다시 나타나기 전에 세르지오가 자신을 이곳으로 부른 이유를 물어보았다.

"내 사생활에 대해서 자네 조언을 좀 듣고 싶어서 말이야."

세르지오는 그의 질문에 이렇게 대답했다. 넬슨은 저도 모르게 곧장 긴장 모드에 들어갔다.

"평생 이렇게 기분이 좋은 적은 없었어. 알렉스를 만난 이후로 마치 내가 30살로 돌아간 것 같아. 그 여자가 옆에 있어서 정말 좋아." 세르지오는 등을 뒤로 기대고 다리를 뻗었다.

"좋겠군." 넬슨이 말했다.

세르지오는 빙그레 미소를 지으며 위스키 잔에 든 얼음 덩어리를 돌렸다.

"자네는 알렉스를 어떻게 생각해?"

그냥 지나가듯 무심히 던진 질문처럼 들렸지만 넬슨은 대답을 잘해야 한다는 것을 금세 알아챘다. 그는 손수건으로 이마에 흘러내린 땀을 닦았다. 무더운 열대의 기후 때문에 그의 심장과 신진대사는 몹시 무리를 하고 있었다.

"자네의 솔직한 생각을 듣고 싶어."

세르지오가 말했다. 넬슨은 망설였다.

"아주 매력적인 여자지." 넬슨은 즉답을 피했다.

"그래, 그렇지." 세르지오는 초조하게 고개를 끄덕였다.

"하지만 내가 마음에 드는 건 그뿐만이 아니야. 난 콘스탄치아하고 이혼할 생각까지 하고 있어."

"설마, 농담이지?"

넬슨은 믿을 수 없다는 표정으로 친구를 처다보았다.

"알렉스 같은 여자는 처음일세. 주관이 뚜렷하고, 자기가 하는 일에도 성공한 여자야. 알렉스 생각만 해도 가슴이 뛰어. 난 그런 적은 한 번도 없었는데 말이야! 이제 56살인데, 더는 지금처럼 살고 싶지 않다는 생각이 드네. 알렉스와 함께 있으면 모든 게 훨씬 더 재미있어." 세르지오는 기분 좋은 미소를 머금은 채 말했다.

"재미라! 마치 18살짜리 애처럼 말하네! 자네가 그런 말 하는 건 처음 듣는군. 그 여자가 대체 자네한테 무슨 짓을 한 거야?"

넬슨은 콧방귀를 뀌었지만 이제 정말 심각하게 걱정이 되기 시작했다. 그는 친구를 뚫어지게 쳐다보았다. 알렉스를 좋지 않게 말하는 것만으로는 충분하지 않았다. 세르지오가 알렉스에게 의심까지 품게 해야 했다.

"자네가 저 여자에 대해 아는 게 뭐야? 출신 배경이나 속마음 같은 것 말이야. 저 여자가 자네를 정말로 사랑하는지, 아니면 그저 자네 돈하고 권력에만 눈독을 들이고 있는 건 아닌가? 어떤 여자가 미국 제일의 갑부와 개인 소유의 섬에서 30미터짜리 요트 타고 다니는 걸 마다하겠나?"

"왜 그런 식으로 말하나?"

세르지오는 몸을 일으켜 세우고 변호사 친구에게 불쾌한 눈빛을 보냈다. 미소는 사라지고 미간에 깊은 주름이 잡혔다.

"자네가 잘 알지도 못하는 사람을 덮어놓고 믿어버리면 어떤 위험에 빠질 수 있는지 깨달았으면 해서 그러지."

넬슨이 조심스럽게 말했다.

"내가 경솔했던 적은 한 번도 없어!" 세르지오가 거칠게 받아쳤다.

"그건 나도 알아. 그렇기 때문에 자네가 좀 전에 했던 말이 더욱 놀라울 따름이야."

넬슨은 친구를 유심히 쳐다보았다. 세르지오는 평소에는 자신의 모든 감정을 알 수 없는 표정 뒤로 감추는 데 능숙했다. 그런데 지금 이 순간에는 그의 감정이 얼굴 표정에 너무나 적나라하게 드러났다. 세르지오는 그 여자와의 관계를 정말 진지하게 생각하고 있었다.

"지난 몇 주 동안 곰곰이 생각을 해봤는데, 알렉스가 셰너헌이 담당하던 부문을 맡아서 하면 어떨까 생각해봤어. 지금 LMI에서 일을 아주 잘하고 있고 똑똑하고 냉철하고……."

"이런, 세르지오! 제발 잘 생각해보고 말해!"

넬슨이 그의 말을 자르고 소리쳤다.

"왜?"

"세르지오. 자네도 그 일이 얼마나 위험한지 잘 알고 있잖아. 제발 다시 한 번 잘 생각해봐! 자네가 알렉스라는 여자를 얼마나 잘 알고 있나? 얼마나 신뢰할 수 있는데? 저 여자가 갑자기 양심의 가책을 느끼기라도 하게 되면 어쩔 거야? 셰너헌 때와 같은 시행착오를 또 겪고 싶은가?"

넬슨은 몸을 앞으로 숙여 또렷한 목소리로 말했다. 세르지오는 잠시 침묵했다. 그 역시 빈센트 레비가 셰너헌을 잘못 보아서 빚어진 실수를 무마하는 데 많은 비용과 수고가 든 것을 너무나 잘 알았다.

"난 자넬 잘 알아. 자네는 사적인 감정에 사로잡힌 적이 없고 늘 잘 헤쳐 나갔지. 그래, 자넨 저 여자가 마음에 들어서 잠자리를 갖겠지. 물론 예쁘고 똑똑하기까지 하고. 하지만 바로 그 점이 위험해. 똑똑한 여자를 조심해야 하는 법이거든."

넬슨은 친구의 팔에 손을 올렸다. 세르지오의 얼굴이 일그러졌다. 오늘 듣고 싶었던 말은 이런 게 아니었다.

"알렉스가 마음에 들지 않는군, 그렇지?" 세르지오가 물었다.

"내가 저 여자를 좋아하든 말든 아무런 상관이 없네. 우리 일에 여자가 끼면 안 돼. 여자는 예측 불가능한 존재니까. 자네가 저 여자랑 아무 상관이 없는 사이라면 얘기가 달라질 수 있지만, 지금 이런 상황에 저 여자를 끌어들이는 건 자네와 우리 모두에게 너무 위험해."

넬슨이 대답했다. 세르지오는 친구를 뚫어지게 쳐다보았다.

"어쨌든 내가 저 여자에 대해 철저하게 조사를 해보도록 하지."

넬슨이 다시 입을 열었다.

"뭣 하러? 난 지금 당장 알렉스한테 내 회사의 경영권을 넘겨주거나 단독 상속인으로 내세우려는 게 아니야."

세르지오가 짜증 섞인 투로 말했다. 넬슨은 눈썹을 치켜 올렸다.

"자넨 나한테 조언을 해달라고 부탁했지. 그러니 이제 조언을 해주지. 자네 사업에 절대 저 여자가 가까이하지 못하도록 해. 저 여자는 자기가 맡은 일을 잘하고, 세인트존이 나머지 일을 처리하는 것으로도 충분하네."

넬슨이 냉정하게 말했다. 세르지오는 침묵했다. 조용한 표정 뒤로 감정과 이성이 격렬한 싸움을 벌였다. 넬슨은 계속해서 말을 이었다.

"그리고 또 한 가지. 사생활과 사업을 철저히 분리하라고 조언해주고 싶네."

세르지오는 말없이 앞만 응시했다. 테라스 아래쪽에 있는 하이비스커스 화단에서 울어대는 매미 소리를 제외하고는 아주 조용했다. 넬슨은 숨소리조차 낼 엄두가 나지 않았다. 마침내 세르지오는 우울한 한숨을 내뱉었다.

"자네 말이 맞겠지."

세르지오는 마지못해 이렇게 대답했다. 넬슨은 가까스로 재앙을 막은 듯한 기분이 들었다. 힘들게 여기까지 온 보람이 있었다.

"그런 얼굴 하지 말게."

넬슨은 시계를 흘끗 쳐다본 후 알렉스가 다시 나타나서 하룻밤 더 있다 가라는 마음에도 없는 소리를 하기 전에 당장 토르톨라로 떠날까 생각해보았다.

"알렉스하고 며칠 동안 멋진 휴가를 보내게. 하지만 그 여자한테 휘둘리지는 말아. 조금 거리를 두는 것도 나쁘지는 않겠지."

세르지오는 천천히 고개를 끄덕였다.

"충고해줘서 고맙네, 넬슨. 내가 점점 나이를 먹고 감상적이 돼가는 모양이야." 세르지오는 결심한 듯 단호하게 말했다.

"말도 안 되는 소리. 알렉스는 참 예쁜 여자지. 마음에 들면 침대용으로 잘 간직해둬. 하지만 그 이상은 안 돼. 이제 난 그만 가봐야겠네. 새로운 IBC 설립 계약건 때문에 토르톨라 체스터 밀포드에서 약속이 있어. 그럼 며칠 후에 시내에서 다시 보세나."

넬슨은 라탄 의자에서 육중한 몸을 일으켰다.

*

넬슨이 가고 난 후 세르지오는 바에서 위스키를 따라 마시고 에메랄드빛 바다를 바라보았다. 그는 친구가 전혀 다른 조언을 해주기를 내심 기대했다. 하지만 아마도 넬슨의 말이 맞을 것이다. 하지만 그렇지 않을 수도 있었다. 세르지오는 친구에게 단 한 번도 사적인 일과 관련해서 조언을 해달라고 부탁한 적이 없었다. 그리고 지금껏 이렇게 격렬하면서도 당황스러운 감정을 느낀 적도 없었다. 알렉스를 만나기 전까지, 여자들은 그의 삶에서 그저 부수적인 역할이었는데 지금은 갑자기 모든 것이 달라졌다. 첫 만남 이후 알렉스는 그의 머릿속에서 떠나지 않았고 꿈에까지 나타났다. 지금껏 한 번도 그런 적이 없었다. 처음에 다가가기 힘들게 만든 알렉스의 차가운 태도가 그의 욕망을 참을 수 없을 정도로 끓어오르게 했고, 세르지오는 안달이 났다. 다른 여자들은 그가 누구인지 아는 순간 너무나 손쉬운 먹잇감이 되어버려서 지루하기 짝이 없었는데, 알렉스는 그를 달포 동안이나 안달복달하게 만들었다. 세르지오는 냉정과 열정이 섞인 것 같은 알렉스의 눈빛에 홀딱 반해버렸고, 그야말로 마음이 불처럼 뜨거워졌다. 그는 끊임없이 구애를 했고, 마침내 기다림의 보람을 누릴 수 있었다.

세르지오는 지금껏 여러 여자와 잠자리를 가졌지만 알렉스와 함께한 첫날밤은 비교조차 되지 않았다. 알렉스는 그동안 억눌러온 욕구를 마치 천둥과 번개가 치는 폭풍우처럼 터뜨렸다. 보수적인 세르지오가 예전에는 미처 상상도 하지 못하고, 심지어 반감이 들었을 만한 행위도 두 사람은 기꺼이 함께하며 동이 틀 때까지 열정적으로 사랑을 나누었다. 지쳐서 숨을 헐떡거리던 세르지오는 자신이 진짜 알렉스와 사랑에 빠졌다는 것을 알게 되었다. 그래서 잠에서 깼을 때 알렉스가 가버린 것을 알고 더욱 상심이 컸다. 알렉스는 세르지오가 이전에 하던 행동을 한 것이다. 알렉스는 언제 다시 만날지 기약도 없이 그냥 가버렸다. 이것이 세르지오에게 상처를 남겼고, 동시에 그녀를 더욱 갈망하고 안달 나게 만들었다.

세르지오는 태어나서 처음으로 자기 마음속에서 무슨 일이 일어나는지 이해하지 못했다. 하지만 그는 그날 아침, 무슨 대가를 치러서라도 이 여자를 손에 넣겠다고 결심했다. 첫날밤을 함께 보낸 그 주는 평생 가장 행복한 시간이었다. '스텔라 마리스'를 타고 여행을 다니고, 시나몬 아일랜드에서 함께 시간을 보내면서 그는 알렉스가 지금껏 만났던 최고의 여자라는 사실을 더 분명히 깨닫게 되었다. 그리고 오랜 친구인 넬슨이 자기 생각이 맞는다는 확신을 심어주고, 일종의 축복을 해주리라는 기대감에 그를 섬으로 오라고 했다. 하지만 넬슨은 한껏 도취된 그의 뜨거운 마음에 찬물을 끼얹었다. 세르지오는 갑자기 자기가 여자 치마폭에 놀아난 감상에 젖은 얼간이처럼 느껴졌다. 그는 화가 나서 단번에 위스키 잔을 비웠다. 넬슨의 말이 맞았다. 알렉스와 어느 정도 거리를 두어야 했다. 사생활과 사업은 절대 구별해야 하는 일이다.

알렉스와 마크는 벤치에 앉아 반디스 델리에서 사온 치킨 샌드위치를 점심으로 먹으며 맨해튼 남쪽 끝에 위치한 배터리 파크의 따스한 5월의 햇살을 만끽하고 있었다. 높이 솟은 빌딩 숲에서 근무하는 금융사 임직원들은 대부분 이런 식으로 점심시간을 보냈다. 알렉스는 다리를 뻗고 높은 하이힐을 벗고 갈아 신은 편안한 운동화 속에서 발가락을 꼼지락거리며 관광객들이 자유의여신상으로 향하는 유람선에 올라타는 모습을 지켜보았다.

"자유의여신상에 올라가본 적 있어요, 마크?" 알렉스가 물었다.

"물론이죠. 세 번이나 가봤어요." 마크는 고개를 끄덕이며 말했다.

"난 한 번도 가본 적이 없는데. 올라가보면 어때요?"

"글쎄요."

마크는 샌드위치를 한입 베어 물었다. "엄청나게 긴 줄을 서서 기다려야 하는데 기껏해야 두 명밖에 타지 못하는 엘리베이터가 한 대

뿐이에요. 아니면 천천히 앞 사람 꽁무니를 따라 계단을 올라갈 수밖에 없죠."

"저런, 그럼 난 됐네요." 알렉스는 손사래를 쳤다.

"저희 할머니가 1943년에 배를 타고 유럽에서 오셨어요. 유대인이거든요. 할머니는 자유의여신상을 보자마자 드디어 나치와 전쟁과 폐허가 된 도시에서 탈출해서 정말 자유의 몸이 됐다는 걸 실감했다고 말씀하셨어요. 할머니는 우리 형제들에게 그런 말씀을 자주 하셔서 저도 언젠간 자유의여신상에 올라가봐야겠다는 생각을 했죠."

마크가 말했다. 알렉스는 냉소적인 말을 하려다가 말았다. 무미건조하고 조금은 지루한 사람이라고 생각했던 마크가 진짜로 감상에 젖었다는 것을 느꼈기 때문이다.

"자유의여신상은 우리 민주주의의 상징이죠. 그리고 자유의여신상을 볼 때마다 제가 아프리카나 러시아 같은 곳이 아니라 여기 살고 있는 것에 대한 겸허한 마음과 감사함을 느끼게 돼요."

마크가 이어서 말했다.

"정말 철학자가 따로 없네요."

알렉스가 살짝 놀리듯 말했다. 마크는 알렉스를 흘낏 쳐다보았다.

"팀장님은 인생에서 그렇게 많은 행운을 얻은 것에 대해 한 번도 하느님께 감사하다는 생각해보신 적 없어요? 건강하고 똑똑하고 예쁘고, 능력까지 갖추셨으니 말이에요."

알렉스는 갑자기 기분이 이상했다. 샌드위치 포장지를 구겨 벤치 옆에 있는 쓰레기통에 던져 넣었다. 내가 성공한 것이 대체 하느님과 무슨 관련이 있단 말인가? 오로지 성공을 위해 많은 것을 포기하고 죽어라 열심히 일한 사람은 바로 나 자신이 아니던가?

"혹시 여호와의증인이나 사이언톨로지(신과 같은 초월적 존재를 부인하고 과학기술이 인간의 정신을 확장시키며 인류의 제반 문제를 해결할 수 있다고 주장하는 종파–편집자 주) 신자예요?"

알렉스가 애써 농담조로 물었다.

"아니요. 저는 유대인이에요." 마크는 진지했다.

"그냥 농담이었어요." 알렉스는 얼굴을 찌푸렸다.

"하느님과 신앙에 대해서는 농담을 하면 안 되죠."

알렉스는 마크를 쳐다본 후 어깨를 으쓱했다. 그리고 갑자기 독실한 가톨릭 신자였던 부모님에 대한 기억이 떠올랐다. 뉴욕에 2,500개가 넘는 교회가 있지만 알렉스는 지난 몇 년 동안 교회에 한 발짝도 들인 적이 없었다. 갑자기 양심의 가책이 밀려왔다. 당황한 기색을 감추기 위해 알렉스는 시계를 쳐다보았다.

"점심시간이 끝났네요. 일이 우리를 기다리고 있어요!"

알렉스가 말했다.

"제가 언짢게 해드린 건 아닌지요. 그럴 의도는……."

마크는 넥타이를 매만졌다.

"됐어요. 그만 들어가죠."

알렉스는 얼른 그의 말을 잘라버렸다. 두 사람은 말없이 공원을 가로질러 사무실로 돌아가다가 어떤 남자와 마주쳤다.

"마크? 너 마크 맞지?"

두 사람은 뒤돌아보았다. 알렉스가 처음 보는 남자였다. 30대 중반 정도 되어 보였고 피부는 햇볕에 그을린 갈색에 동그란 선글라스를 끼고 있었다. 청바지와 뉴욕 나이츠 티셔츠에 팀버랜드 신발을 신고 어깨에 배낭을 멘 모습이 마치 관광객 같았다.

"올리버?"

마크는 믿어지지 않는다는 목소리였다. 남자가 고개를 끄덕이자 두 사람은 웃으며 반갑게 포옹을 했다.

"알렉스 팀장님. 이쪽은 예전에 하버드를 같이 다닌 제 친구 올리버 스케릿이에요. 같이 법학을 공부하고 한 방을 썼죠. 올리버, 이분은 내 상사인 알렉스 존트하임 팀장님이셔."

"안녕하세요?"

올리버는 선글라스를 벗고 미소를 지으며 손을 내밀었다. 잘생긴 얼굴에 얇은 콧수염과 턱수염, 당당하고 편안한 인상이었다.

"안녕하세요, 올리버 씨."

알렉스도 인사를 하며 미소를 지었다. 올리버의 회색 눈동자가 알렉스를 면밀히 살폈다. 알렉스는 갑자기 자신이 평가를 받는다는 느낌이 들었다.

"뉴욕에는 언제 다시 돌아온 거야?" 마크가 물었다.

"3주 정도 됐어. 다른 사람들은 휴가를 보내는 곳에서 일하는 것보다 더 끔찍한 건 없지." 올리버가 씩 웃으며 말했다.

"어디 다녀오셨는데요?"

알렉스는 별로 궁금하지 않았지만 예의상 물었다.

"케이맨 제도요. 유감스럽게도 출장차 갔어요. 물론 스킨스쿠버를 할 시간은 조금 있었어요. 정말 아름다운 곳이죠."

올리버가 얼굴을 찌푸리더니 대답했다.

"올리버는 〈파이낸셜 타임스〉에서 근무하고 있어요."

마크가 설명을 덧붙였다.

"그래요? 그런데 카리브해에는 무슨 일로 가신 거죠?"

알렉스가 의아한 듯 되물었다.

"역외 회사에 관한 기사 때문에요. 제가 그쪽 분야에 나름 좀 일가견이 있어서요." 올리버가 모호하게 대답했다.

"'좀'이라는 말은 너무 겸손해. 올리버는 사이먼, 와인슈타인, 쿠퍼에서 일했고 회사법이 전문 분야예요. 그 이후에는 트릴로니앤홉스에서 펀드매니저로 일하면서 위험도가 높은 헤지펀드를 담당했죠."

마크가 중간에 끼어들었다. 알렉스는 올리버에게 새삼스럽게 관심을 가지며 쳐다보았다.

"그런데 지금은 왜 신문사에 계시죠?"

알렉스가 물었다. 올리버는 미소를 지었지만 그의 눈은 진지했다.

"그냥 제가 하는 일이 지긋지긋했어요. 파렴치하고 인정사정없는 기계가 되기를 강요당하고 오직 돈과 더 큰 성공밖에는 안중에 없는 곳이었죠. 저는 마지막 인간성을 지키고 싶었어요. 이쪽 업계는 내근보다 외근이 훨씬 많고, 입을 다물지 않아도 돼서 좋아요."

"해고 당하셨어요?"

알렉스가 단도직입적으로 물었다. 올리버의 회색 눈동자는 빈정거림으로 반짝였다.

"아닙니다. 제가 그냥 그만뒀어요. 마서즈 빈야드에 집을 사고, 빌리지에 로프트(공장을 개조한 아파트-옮긴이 주)를 마련해서 취미를 직업으로 만들어버렸죠."

그의 얼굴은 재미있다는 기색이 역력했다.

"그러시군요."

알렉스는 세계 최대 펀드 운영사인 트릴로니앤홉스의 펀드매니저와 신문기자라는 직업을 맞바꿀 수 있는지 이해할 수 없었다. 그러면서 내심 사실은 해고를 당한 것이 아닐까 추측했다.

"취미가 뭔데요?" 알렉스가 또 물었다.

"더럽고 추잡한 일들을 들춰내는 거요. 그리고 그런 걸 사람들에게 알리는 일이죠."

올리버가 웃으며 답했다. 올리버와 알렉스는 서로 경계하는 눈빛을 주고받았다.

"그러니까 당신은 내부 고발자인 셈이네요."

알렉스가 이렇게 말하자 올리버의 표정이 심각해졌다.

"만약 그래야 한다면 그런 일도 해야겠죠. 그렇기 때문에 제가 마크한테도 가능한 빨리 LMI에서 나오라고 충고했죠."

"올리버, 우리 팀장님 앞에서 그러면……."

두 사람의 대화를 듣고 민망해진 마크가 끼어들었다.

"그냥 두세요, 마크 씨. 왜 그런 충고를 했는지 이유를 좀 들을 수 있을까요?" 알렉스는 올리버에게 눈을 떼지 않은 채 물었다.

"저는 팀장님에게도 같은 충고를 해드리고 싶습니다. 팀장님께서는 그쪽 업계에서 좋은 평판을 얻고 있지만 그곳에서 계속 일하다보면 곧 얘기가 달라질 수 있어요. 저는 LMI와 직접 관련된 아주 민감한 사안들을 알아냈죠. 주가 조작이나 탈세 같은 문제가 아니라 누가 봐도 분명한 사기극과 한 명의 사망자가 연루된 사건입니다."

"그래요?"

"혹시 길버트 셰너헌이라는 이름 들어보셨어요? 못 들어보셨다면 마크한테 한번 물어보세요."

이때 마크는 당장이라도 땅 밑으로 꺼지고 싶은 얼굴이었다.

"저는 그 길버트 아무개라는 사람에 대해 전혀 관심이 없어요. 저는 아주 재미있고 연봉도 세고 어려운 직업이 있고, 열심히 최선을 다해 일하고 있으니까요."

알렉스가 불쾌감을 드러냈다. 올리버는 알렉스를 한동안 뚫어지게 쳐다보았다.

"저도 몇 년 전에는 비슷한 반응을 보였죠. 사기 범죄 놀음에 내가 도구로 사용되고 있다는 사실을 인정하는 것은 뼈아픈 일이죠. 그런데 이 일은 정말 심각한 범죄와 관련되어 있어요."

"이보세요, 올리버 씨. 증거도 없는 사실에 대해 계속해서 어두운 유언비어를 퍼트리고 다니면 당신이 곤란한 상황에 빠질 수 있어요."

알렉스는 올리버에게 강하게 쏘아붙였다. 하지만 올리버는 개의치 않고 계속해서 말을 이었다.

"셰너헌은 증권거래위원회의 주목을 받았죠. 출처가 불분명한 자금을 외국 조세 피난처로 여러 군데 옮겨놨기 때문이에요. 그런데 증권거래위원회의 조사를 받으러 가는 길에 차에 치여 죽었어요. 도난당한 번호판을 달고 있던 훔친 트럭이 치었는데, 그 트럭은 몇 주 후에 버몬트의 주차장에서 불에 탄 채 발견됐죠. 셰너헌의 미망인은 남편이 LMI 경영진의 지시를 받아 그런 일을 했다고 주장했는데, LMI 경영진 측에서는 당연히 완강하게 부인했죠. 레비는 경찰서에서 셰너헌이 내부 정보를 이용한 불법 거래로 사적인 이득을 취하려고 했다고 진술했어요."

"그만 하세요! 난 그 허무맹랑한 음모론에 전혀 관심이 없어요. 마크 씨, 이제 그만 들어가죠. 점심시간은 이미 한참 지났고 할 일이 태산같이 남아 있어요. 그럼 안녕히 가세요, 올리버 씨."

알렉스가 화가 난 목소리로 쏘아붙인 뒤 올리버에게 눈길도 주지 않고 곧장 뒤돌아서서 걸어갔다. 마크는 공원 출구에 이르러서야 알렉스를 따라잡았다.

"팀장님…… 정말 죄송합니다."

그는 숨을 헐떡거리며 땀을 뻘뻘 흘렸다. 알렉스는 갑자기 멈춰 서서 부하직원을 쳐다보았다.

"그 얘긴 더 듣고 싶지 않아요. 우린 둘 다 LMI에서 월급을 받고 있어요, 결코 적은 금액도 아니고요. 그 대가로 회사에 충성할 의무가 있어요. 만약 나와 같은 생각이 아니라면 친구의 충고대로 사표를 내세요. 내 말이 무슨 뜻인지 알겠죠?" 알렉스가 분명한 어조로 말했다.

"네." 마크는 고개를 끄덕이며 고개를 숙였다.

"그럼 됐어요." 알렉스는 다시 발걸음을 옮겼다.

알렉스는 왜 올리버의 말에 그토록 화가 난 것일까? 미소를 짓고 어깨를 으쓱하며 그냥 아무렇지 않게 넘어갈 수도 있는 일이었다. 하지만 레비 회장과의 찜찜한 대화가 자꾸 마음에 걸렸다. 알렉스는 당시 보너스 지급 제안을 받아들였지만 현금 대신에 주식 옵션을 선택했다. 그런데 이 이후로 견실한 투자회사가 15만 달러의 현금을 어떻게 조달하는지 의문이 생겼다. 세인트존은 왜 한 달에 한두 번씩 바하마나 버진 아일랜드, 아니면 그랜드 케이맨으로 날아가는 것일까? 빌어먹을! 알렉스는 저도 모르게 오싹해졌지만 이내 이런 어두운 생각을 강하게 떨쳐냈다. 아무것도 알고 싶지 않았고 그저 방해받지 않고 자기 일만 열심히 하고 싶었다. 올리버 스케릿은 지옥에나 떨어지라지!

＊

마크는 하루 종일 일이 손에 잡히지 않고 집중하기가 힘들었다. 배터리 파크에서 올리버와 마주친 것은 우연이 아니라 마크가 조심스럽게 준비하고 연출한 일이었다. 지난 몇 주간 자신이 담당하고 있는 거래가 과연 합법적인지 의심이 점점 커졌기 때문이다. 현재 진행 중인 마이크로맥스와의 거래는 얼핏 보기에는 별일 아닌 것처럼 보였는데, 조사하던 중에 마이크로맥스를 인수하려는 로스앤젤레스 벤추라 필름의 대주주인 핀리 데스몬드가 한 캐나다 회사를 통해 우회적으로 마이크로맥스의 주식을 상당히 보유하고 있다는 사실을 알아냈다. 그런데 그 캐나다 회사는 사실 세비코의 소유였고, 따라서 선셋 프라퍼티스의 소유인 셈이었다. 이것은 상당히 이상한 우연이었는데, 자금 세탁 낌새가 보였다. 마크는 불투명 거래를 하는 회사에 몸담고 있다는 생각에 꺼림칙했고 이제는 LMI가 무언가 수상하다는 확신을 갖게 되었다.

마크가 올리버에게 이런 사실을 털어놓자 올리버는 LMI와 관련된 흥미로운 얘기를 몇 가지 더 말해주었다. 그러자 올리버는 알렉스도 그 일을 알 것이라고 짐작했다. 사실 마크는 그렇게 믿고 싶지 않았지만 알렉스가 올리버의 말에 귀를 기울이지 않으려는 모습을 보고 몹시 실망했다.

마크는 길버트 셰너헌이 죽기 몇 주 전에 변했던 모습을 아직 생생하게 기억하고 있었다. 셰너헌은 LMI에 몸담기 전에 캔토에서 최고의 유가증권 전문가로 통했다. 그는 여러 대의 페라리와 롱아일랜드의 대저택을 갖고 있었다. 그런데 그렇게 거만했던 남자가 신경쇠약증 환자처럼 굴었고, 충혈된 퀭한 눈으로 전화벨이 울릴 때마다 소스라치게 놀라곤 했으며, 업무 스트레스를 감당하지 못하고 힘들어 보였다. 마크는 셰너헌을 매일 지켜보았다. 그는 갈수록 공포심에 사로잡혔고, 그러다가 쓰러지는 것이 아닐까 생각했는데 갑작스럽게 사고로 죽었다.

셰너헌은 정말 혼자서 불법 거래를 했던 것일까? 아니면 셰너헌은 이용만 당했을 뿐 모든 사실이 탄로 날 위기에 처하자 결국 희생되었다는 올리버의 생각이 맞을까? 알렉스는 셰너헌이 했던 것과 같은 일을 하는 것일까? 마크는 멍하니 앞을 응시했다. 마크는 알렉스 팀장에 대해 느끼는 경외심과, 10년 전과는 달리 어느 분야에서든지 진짜 전문가가 되지 않으면 높은 연봉을 주는 직장을 구하기 쉽지 않다는 생각 때문에 지금까지 올리버의 충고를 애써 무시해왔다. 하지만 만약 알렉스가 정말로 고객의 의심스러운 관계에 대해 알고 있다면⋯⋯.

생각에 잠겨 있던 마크는 전화벨 소리에 정신이 번쩍 들었다. 알렉스였다. 그녀는 벤추라 필름사가 마이크로맥스 인수 비용을 조달하기 위해 LMI가 발행할 신규 유가증권의 기대수익에 관한 보고서를 기다리고 있었다. 마크는 서류를 챙겨 알렉스의 사무실로 걸어갔다. 그는 이번 일을 계속 예의주시하기로 했다. 그가 할 수 있는 유일한 일이었다.

알렉스는 기진맥진한 몸으로 집으로 가는 지하철에 앉아 있었다. 지난 몇 주 동안 거의 24시간 매달렸던 거래를 마침내 오늘 아주 성공적으로 성사시켰다. LMI 건물 모퉁이 지하에 있는 루나루나 바에서 가진 직원들과 회식 자리에서 알렉스는 비교적 빨리 빠져나왔다. 알렉스는 축하 파티를 할 기분이 아니었다. 마치 실수로 고압선을 건드린 것 같았다. 누군가 점심시간에 그녀의 책상 위에 펼쳐둔 〈포스트〉의 기사가 신경을 건드렸다. 그 기사를 읽은 후 알렉스는 분노가 부글부글 끓어올랐다.

세르지오는 지난 주말 롱아일랜드에서 있었던 자선 골프대회에 참석했는데 세 번이나 연속으로 유명 톱모델인 파리테 아자엘리를 대동하고 등장했다. 그는 금요일만 해도 알렉스한테 전화를 걸어 주말 스케줄을 비워두라고 했고 알렉스는 실제로 그렇게 했다. 그래서 주말에 예정된 두 건의 초대도 거절했는데 막상 세르지오가 연락도

하지 않아 주말 내내 멍하니 앉아 있기만 했다. 시나몬 아일랜드에서 돌아온 후 세르지오의 태도가 완전히 변했다. 그전에는 하루에 세 번 전화를 걸던 사람이 요즘에는 띄엄띄엄 했다. 그것도 잠자리를 갖고 싶을 때뿐이었다. 알렉스는 세르지오의 태도가 변한 이유를 알 수 없었다. 직장에서 그토록 능력을 인정받는 자신이 남자에게 이런 굴욕을 당하는 것이 상처가 되고 몹시 화가 났다.

알렉스는 브로드웨이 8번 스트리트에서 내려 이탈리아 식당에서 파스타와 브루넬로 디 몬탈치노 와인을 한 병 사서 집으로 걸어가면서 휴대전화기 화면에 세르지오의 이름이 뜨며 계속 울리는 벨소리를 무시하며 걸어갔다. 지금은 세르지오와 말하고 싶은 생각이 눈꼽만치도 없었다. 앙상하게 야위고 송아지 같은 눈망울을 가진 모델의 대타가 되고 싶은 생각은 없었다. 알렉스는 모퉁이를 돌다가 자전거가 다가오는 것을 미처 보지 못했다. 자전거에 탄 사람이 급히 브레이크를 걸었지만 앞바퀴와 손잡이가 알렉스의 허리와 팔꿈치에 강하게 부딪혔다. 파스타와 와인이 담긴 쇼핑백이 떨어졌다.

"아, 정말! 눈 좀 제대로 뜨고 다녀요!"

알렉스는 넘어질 뻔한 자전거의 남자를 향해 소리를 질렀다.

"그쪽도 앞을 좀 제대로 보고 걷지 그랬어요!"

남자의 목소리가 귀에 익었다. 자세히 보니 올리버 스케릿임을 금세 알아보았다.

"또 그쪽이군요. 또 무슨 음모론을 바삐 쫓고 계신 모양이죠?"

알렉스가 빈정거리며 말했다. 올리버도 알렉스를 알아보고 미소를 지었다.

"정말 우연이네요. 저는 그냥 지오반니에 가서 먹을 걸 좀 사오려고 했어요. 죄송합니다."

"어쨌든 내가 사온 저녁 식사는 좀 전에 완전히 망쳐버리셨군요."

알렉스는 떨어진 음식들을 줍기 위해 허리를 굽혔다.

"제가 도와 드릴게요."

"됐어요. 아!"

그 순간 알렉스는 유리 파편에 손가락을 베여 신음 소리를 냈다. 세르지오 때문에 화가 난 데다가 너무 피곤하고 배가 고파서 갑자기 눈물이 핑 돌았다.

"여기요."

올리버는 깨끗한 휴지를 건넸고 알렉스는 피가 나는 손가락을 휴지로 감았다. 올리버는 널브러진 음식물을 치웠다. 알렉스는 눈물을 닦았다.

"왜 이러는 거예요?" 알렉스가 물었다.

"여자가 눈물 흘리는 걸 그냥 가만히 두고 볼 수가 없잖아요."

그는 미소를 지었고 두 사람의 얼굴이 같은 높이에서 마주했다. 알렉스는 올리버의 눈이 참 예쁘다는 생각이 들었다. 올리버는 몇 주 전에 만났을 때보다 머리가 더 짧아졌고 자세히 보니 상당히 매력적이었다.

"이제 안 울어요. 하지만 먹을 걸 다시 사와야겠네요."

"원하시면 제가 저쪽 지오반니 식당에서 탈리아텔레 알 살모네(훈제 연어와 생크림을 이용해 만든 기다란 리본 모양의 파스타-옮긴이 주)를 사 드릴게요. 일종의 피해 보상 차원에서 말입니다."

알렉스는 잠시 미심쩍은 표정으로 쳐다보더니 어깨를 으쓱했다. 그녀가 전화를 받지 않아 세르지오가 집까지 찾아올 때까지 혼자 집에서 덩그러니 있고 싶지 않았다.

"정말 배가 너무 고프긴 하지만 저녁 내내 당신의 그 모호한 음모론에 관한 얘기는 듣고 싶진 않군요." 알렉스가 말했다.

올리버는 재미있다는 듯 알렉스를 쳐다보더니 진지한 표정을 지었다.

"맹세할게요. LMI와 길버트 셰너헌에 관한 얘기는 일절 하지 않겠다고 맹세하죠."

그는 진짜 맹세하듯 손을 들었다. 알렉스는 저도 모르게 웃었다.

"알았어요. 하지만 혹시라도 그런 얘기를 한마디라도 벙긋하면 난 그 자리에서 일어나서 나가버릴 거예요."

"절대 그런 일은 없을 거예요. 저는 비록 뼛속까지 기자지만 절대 멍청이는 아니거든요." 올리버는 쓰러진 자전거를 일으켜 세웠다.

실제로 그랬다. 그는 아주 유쾌하고 유머러스한 사람이었다. 엄청난 양의 파스타와 키안티 와인 한 병을 앞에 두고 올리버는 메인에서 보냈던 어린 시절의 이야기를 들려주었는데, 아버지가 여러 대의 어선을 갖고 있었다고 했다. 그밖에 하버드와 유럽에서 공부할 때의 이야기도 들려주었다. 파리, 런던, 프랑크푸르트, 로마에서 살았고 일했던 경험이 있기 때문에 올리버와 알렉스는 곧장 프랑크푸르트에 관해 이야기를 나누기 시작했다. 두 사람은 키안티 와인을 한 병 더 주문하고, 그리고 또 한 병을 더 주문했다.

식당에서 나올 때는 이미 자정이 지난 후였다. 알렉스는 휴대전화를 꺼놓아서 시간이 이렇게 빨리 지나간 줄 몰랐다. 올리버는 약속했던 대로 LMI와 셰너헌에 관한 말은 한마디도 꺼내지 않았다. 알렉스가 살짝 비틀거리며 보도블록에 발이 걸렸다. 올리버는 자전거를 놓고 알렉스의 팔을 붙잡았다.

"어머나, 내가 와인을 너무 많이 마셨네요." 알렉스가 중얼거렸다.

올리버의 팔에 안겨 있는 느낌이 좋았다. 두 사람은 서로의 눈을 마주보았다. 올리버가 갑자기 몸을 숙여 키스를 했다. 알렉스는 예기치 않게 갑자기 온몸이 성적 욕망에 사로잡혀 이를 거부하지 않았다. 오히려 그의 목을 끌어안고 열정적인 키스를 나누었다. 두 사람은 잠시 멈추고 서로를 쳐다보았다. 두 번째 키스는 훨씬 섬세하고 열정적이었다. 알렉스는 올리버가 마음에 들었다. 몹시 마음에 들었다. 세르지오는 톱모델과 놀아나며 알렉스를 배신하고 바람맞혔다. 알렉스는 몸이 뜨거워졌다가 차가워졌다를 반복했다. 30분도 채 지나지 않아 알렉스는 세르지오의 배신을 똑같이 갚아주었다.

세르지오는 말없이 책상 위에 펼쳐진 여러 장의 사진을 바라보았다. 그는 사진들을 천천히 넘겨본 후 자신의 손가락이 떨린다는 사실에 화가 났다.

"이놈은 누구야?" 그는 애써 담담한 목소리로 물었다.

"올리버 스케릿이라는 자입니다. 〈파이낸셜 타임스〉 프리랜서 기자인데 빌리지에 있는 배로우 스트리트에 거주하고 있습니다."

실비오 바키오키가 대답했다. 세르지오는 파도같이 밀려오는 질투심에 사로잡혔다. 그는 며칠째 알렉스와 연락을 시도했지만 되지 않았다. 알렉스의 비서는 매번 자리에 없다며 바꿔주지 않았고 음성 사서함에 남긴 메시지에도 답이 없었다. 그래서 며칠 전에 실비오에게 알렉스를 감시하라고 지시했는데 알렉스가 다른 남자와 손을 잡고 시내를 거닐고 다닌다는 사실을 알게 되었다! 그는 넬슨의 충고를 따랐다. 세르지오는 멍청한 톱모델 파리데 아자엘리를 이용해서 알렉

77

스에게 그녀가 필요 없다는 것을 보여주고 싶었다. 하지만 알렉스를 향한 그리움이 너무나 커서 그렇게 하는 것이 너무나 힘들었다. 세르지오는 알렉스한테 이렇게 집착하는 자신에게 화가 났지만, 알렉스가 다른 남자를 만나고 있는 사실을 견딜 수가 없었다.

"얼마나 자주 만나지?" 세르지오가 물었다.

"지난주에 그자 집에 세 번 갔습니다. 화요일, 목요일, 금요일. 주말에도 내내 함께 있었습니다. 센트럴파크와 여러 군데의 바, 그리고 워싱턴 아치에도 가고, 쇼핑도 같이 다녔습니다."

실비오가 대답했다.

"알렉스가 그러니까…… 밤에도 그놈 집에 있었어?"

"음…… 네."

세르지오는 책상 위에 널브러져 있는 사진들을 쓸어버리고 자리에서 일어났다. 그는 비탈빌딩 맨 꼭대기 층에 자리한 그의 사무실 창가에서 굳은 얼굴로 시가지를 내려다보았다. 알렉스가 그놈하고 자신에 대한 이야기를 나누고 어쩌면 비웃을지도 모른다는 생각에 세르지오는 속으로 미칠 것 같았다. 정말 견디기 힘든 굴욕감이 치밀어 올랐다. 알렉스한테 본때를 보여줄 생각이었다.

"어떻게 할까요?"

등 뒤에서 실비오가 물었다. '그놈을 죽여버려', 하고 실비오는 속으로 생각했다. 하지만 생각을 바꾸었다.

"아무것도 하지 마. 그놈을 계속 주시하고 나한테 보고해."

세르지오는 돌아보지 않은 채 지시했다.

"알겠습니다, 보스."

실비오는 바닥에 흩어진 사진들을 주워서 사무실에서 나갔다. 세르지오는 책상 앞에 앉아 양손으로 얼굴을 감쌌다. 넬슨의 말이 맞았다. 그는 하마터면 알렉스를 믿을 뻔했다. 그는 자신이 알렉스에게 중요한 존재라고 생각했는데 이제 보니 공원에서 인라인스케이트를 타고 핫도그나 처먹고 다니는 가난한 기자놈과 놀아나고 있었다! 세르지오는 태어나서 처음으로 사생활이 너무나 신경이 쓰여 회사 일을 등한시할 정도였고 그래서 더더욱 화가 났다. 알렉스한테 너무 집착한 나머지 자신의 마음속에 무슨 일이 벌어지고 있는지 도무지 이해할 수가 없어서 신경이 잔뜩 곤두섰다.

*

　알렉스는 매년 LMI가 후원하는 자선 행사가 열리는 메트로폴리탄 미술관에 가지 않으려고 온갖 변명거리로 둘러댔지만 결국 어쩔 수 없이 참석할 수밖에 없었다. 빈센트 레비 회장이 직접 초대를 했으니 명령이나 다름이 없었다. 알렉스는 올리버에게 같이 가지 않겠냐고 물어볼지 잠시 고민했다. 그러면 올리버는 그곳에서 그가 그토록 엿보고 헐뜯기를 좋아하는 월스트리트 상어들에 대한 그림을 그려볼 기회를 얻을 수 있지만 알렉스는 결국 그러지 않기로 했다.

　알렉스는 올리버를 정말 좋아했다. 올리버는 통찰력이 뛰어나고 유머러스하며 감수성이 풍부하고 지적이었다. 올리버와 함께 있으면 어떤 역할을 연기해야 한다는 부담감 같은 것이 없었다. 지난 주말은 둘이 함께 보낸 세 번째 주말이었는데 세르지오와 함께 있을 때만큼 화려하지는 않았지만 대신에 훨씬 편안하고 유쾌하고 즐거웠다. 알렉스는 올리버와 센트럴파크에서 함께 인라인 스케이트를 탔고, 프릭 컬렉션 미술관을 둘러보았으며, 제이바스에서 쇼핑을 하고 오후 내내 워싱턴 아치에서 사람들을 구경하며 보냈다. 그리고 같이 잤다.

두 사람 사이에는 주도권을 두고 벌어지는 신경전 같은 것도 없었고, 전략적인 행동을 할 필요도 없었으며 세르지오와 함께 있을 때와 같이 스스로를 억지로 꾸밀 필요도 없었다.

세르지오! 사실 알렉스가 그 행사에 가기를 꺼렸던 이유는 바로 세르지오 때문이었다. 하지만 언제까지나 피해 다닐 수는 없는 노릇이었다. 알렉스는 3주째 그의 전화, 자동응답기에 남겨진 목소리, 사무실로 보내주는 꽃바구니, 비서 마르샤가 산더미처럼 건네준 전화 쪽지를 계속해서 무시하고 지냈다.

메트로폴리탄 미술관에 도착한 후 알렉스는 몹시 긴장한 상태였는데 갑자기 세르지오가 앞에 나타났다. 세르지오가 겉모습만으로도 얼마나 인상적인 사람인지 알렉스는 살짝 잊고 있었다. 그는 숨이 멎을 정도로 근사해 보였다. 올리버와 사귀면서 세르지오를 그냥 머릿속에서 지워버릴 수 있다고 생각한 것은 대단한 착각이었다.

"안녕하십니까. 오늘 저녁 여기서 만나게 되리라 기대하고 있었습니다." 세르지오의 낮은 목소리에 알렉스는 소름이 돋았다.

"잘 지냈어요? 저도 그랬어요."

알렉스는 억지로 미소를 지으며 인사를 했다.

"정말 근사해 보이네."

세르지오는 알렉스가 그동안 일부러 그를 피해온 사실에 대한 언급을 전혀 하지 않고 마치 아무 일도 없었다는 듯 행동했다. 한참 동안 이런저런 이야기를 나누다가 한참 후에야 세르지오는 원래 하려던 질문을 던졌다.

"나는 왜 당신이 요즘 몇 주 동안이나 날 피하고 있다는 생각이 드는 거지?"

세르지오는 무심하게 마치 그냥 지나가는 질문인 양 던지며 웨이터가 들고 있던 쟁반에서 샴페인 잔 두 개를 집어 하나를 알렉스에게 건네주었다. 알렉스는 세인트존이 주변에 서성거리며 호기심 가득한 눈으로 흘낏 지켜보고 있는 것을 느낄 수 있었다.

"내가 당신을 왜 피하겠어요?"

"나도 그게 궁금해."

그는 샴페인을 한 모금 마신 후 알렉스를 예리한 눈초리로 살펴보았다.

"난 요즘 일이 너무 많았어요. 그리고 당신이 나보다는 파리데 아자엘리를 파트너 삼아 등장하는 걸 좋아한다는 사실을 신문에서 보고 나서 당신이 나한테 싫증났다고 생각했어요."

알렉스는 목소리를 낮추었다. 세인트존의 귀가 코끼리만큼 커져서 이쪽에서 하는 대화를 엿듣고 있다는 것을 알아차렸기 때문이다. 세르지오는 미소를 지었지만 그의 눈은 속마음을 감추고 있었다.

"질투하는 건가?" 세르지오가 물었다.

"아뇨, 그렇지 않아요. 나는 당신 말고도 아는 남자는 얼마든지 있으니까요. 난 당신한테 바람맞을 아무런 이유가 없어요. 한동안 당신이 나를 특별하게 생각한다고 믿었는데, 그게 아니었던 모양이에요. 그리고 난 당신 노리개가 되고 싶은 생각은 없거든요."

알렉스는 그의 얼굴에서 미소가 싹 사라지는 것을 확인하며 내심 통쾌했다. 세르지오는 눈썹을 치켜 올렸다.

"노리개라니?"

"바로 그거죠. 그렇지 않으면 이런 웃긴 상황을 뭐라고 설명하시겠어요? 사귀는 사이라고요? 당신은 나한테 주말을 비워두라고 전화로 신신당부 해놨는데, 며칠 후 나는 신문에서 당신이 굶어 죽기 일보 직전인 그 모델 나부랭이하고 침대에서 뒹구는 걸 알았으니까요!"

세르지오는 알렉스가 이런·저속한 표현을 쓰는 것이 못마땅했지만, 늘 그렇듯 무표정한 얼굴 뒤로 모든 감정의 동요를 감추었다.

"나는 그 여자랑 안 잤어."

"아, 그러세요? 난 당신이 하는 말은 단 한 마디도 못 믿겠어요."

알렉스는 빈정거리는 표정을 지었다.

"하지만 사실이야. 그리고 먼저 바람을 맞힌 건 당신이었다고."

"난 엄청 바쁜 일을 하고 있어요. 주간 80시간 근무를 하는 사람이라구요. 당신이 원하면 아무 때나 달려갈 수 있는 사람이 아니에요."

알렉스는 그의 파란 눈을 피하지 않고 말했다.

"나한테 바라는 게 뭐야?" 세르지오가 물었다.

그렇다. 그녀는 무얼 바라는 것일까? 그에게 아직 무언가를 바라고 있기는 한 것일까? 갑자기 알렉스는 이런 유치한 힘겨루기는 하고 싶지 않았다. 더는 이야기하기 싫었다.

"나도 모르겠어요. 그 얘기는 다음에 하기로 하죠. 오늘 회사에서 너무 힘든 하루를 보냈어요."

알렉스는 한숨을 내쉬었다. 세르지오는 알렉스를 한참 동안 뚫어지게 쳐다보더니 고개를 끄덕였다.

"내가 내일 다시 전화하지. 이번에는 피하지 말고 꼭 전화를 받으면 좋겠어."

"알았어요."

알렉스는 갑자기 올리버 생각이 나서 괴로웠다. 아직 올리버에게 한 번도 세르지오에 대해 이야기를 한 적이 없었다. 문득 세르지오한테 자기를 그냥 내버려두라고 말할 용기가 있으면 좋겠다는 생각이 들었다. 세르지오가 또 무슨 말을 하기 전에 알렉스는 사람들 틈을 헤집고 옷보관소 쪽으로 걸어갔다.

*

메트로폴리탄 미술관 계단에서 알렉스는 숨을 깊이 들이마셨다. 올리버가 너무나 보고 싶었다. 알렉스는 휴대전화기에 올리버의 번호를 입력했지만 곧장 음성사서함으로 연결되었다. 실망한 알렉스는 휴대전화를 주머니에 넣었다. 알렉스는 한숨을 내쉬며 계단에 앉아 담배에 불을 붙였다. 누가 지나가다가 못마땅한 듯 고개를 젓든 말든 상관없었다. 조금 있으니 기분이 한결 나아졌고 담배꽁초를 튕겨버리고 이제 택시를 잡아볼까 하는 생각이 들었다. 경계석에 몸을 기대어 미지근한 밤공기와 땅 냄새, 그리고 센트럴파크에서 불어오는 갓 깎은 잔디 냄새를 들이마셨다.

알렉스는 다시 미술관 안으로 들어가 세르지오한테 다시는 전화를 하지 말라는 말을 할까 하는 생각을 하는 순간, 날카로운 여자의 비명 소리에 정신이 번쩍 들었다. 가로등의 흐릿한 조명 아래 조금 전 미술관에서 나온 여자가 두 괴한에게 공격을 당하는 장면이 눈에 들어왔다. 알렉스는 오래 생각하지 않고 자리에서 벌떡 일어나, 신고 있던 하이힐을 벗고 달려갔다. 여자는 바닥에 누워 있었다. 한 놈은 여자의 가방을 잡아당기고 다른 놈은 여자를 발로 차고 있었다. 알렉스는 바닥에 쓰러진 여자를 발로 차는 괴한의 등을 팔꿈치로 힘껏 때렸다. 이가 썩은 더러운 백인 남자는 바닥에 쓰러지며 머리가 담장에 부딪혔다. 또 다른 괴한은 너무 놀라 가방을 놓아버렸다. 알렉스는 마침내 그간 쌓인 좌절감과 잠재의식 속에 있던 분노를 발산할 곳을 찾았다. 알렉스는 괴한의 얼굴을 핸드백으로 힘껏 친 뒤 발로 배를 찼다. 괴한이 신음 소리를 내며 무릎을 꿇고 쓰러졌다. 여자는 울부짖으며 옆으로 기어갔다. 휘둥그레진 눈에서 엄청난 두려움이 엿보였다.

"괜찮아요?"

알렉스는 여자에게 다가가 자신의 작품을 흡족하게 바라보았다. 한 놈은 의식을 잃고 바닥에 쓰러져 있었고, 다른 놈도 이제 공격이 불가능해 보였다.

"전…… 전 괜찮은 것 같아요."

여자가 속삭이며 말했다. 치마는 위로 말려 올라갔고 무릎에서 피가 났다. 여자는 여전히 쇼크 상태에서 핸드백을 가슴에 꼭 껴안고 있었다. 그리고 얼굴에는 눈물이 흘러내렸다. 40대 초반 여자의 인상은 상당히 고상해 보였다. 반대편 길을 지나가던 행인들이 멈춰 서더니 남자 두 명이 길을 건너왔다.

"경찰 좀 불러주시겠어요?"

알렉스는 남자들을 향해 소리를 친 후 온몸을 덜덜 떨고 있는 여자를 향해 몸을 숙였다.

"내 목걸이, 내 목걸이를 채갔어요."

여자는 이렇게 속삭이며 손으로 목을 더듬었다.

"목걸이가 여기 어디 떨어져 있을 거예요."

알렉스는 여자를 달래며 팔을 쓰다듬었다. 다른 쪽 길가에 있던 행인이 보도블록 위에 떨어져 있는 목걸이를 찾아주었고 또 다른 행인은 습격한 남자를 감시했다. 잠시 후 사이렌을 울리며 경찰차가 바로 앞에 멈춰 서더니 곧이어 또 한 대가 도착했다. 경찰들은 피해자의 상태를 살피고 무슨 일이 있었는지 물었다.

"저는 메트로폴리탄 미술관에서 열린 자선 행사에 왔어요. 그냥 집에 걸어가면 되겠다고 생각했어요. 여기서 세 블록 정도만 가면 되거든요." 여자 피해자가 속삭이듯이 말했다.

"하지만 그건 정말 경솔한 생각이셨어요. 이분이 도와줘서 망정이지 정말 운이 좋으셨군요."

한 경찰관이 이렇게 말하자 여전히 알렉스의 손을 꽉 움켜잡고 있던 여자는 또다시 눈물을 흘렸다.

"정말 감사합니다! 제가 어떻게 감사 표시를 하면 될까요?"

여자는 흘러내리는 눈물과 얼굴에 번진 화장을 손등으로 훔쳤다.

"저는 당연한 일을 한 것뿐이에요. 됐습니다."

"하지만 이곳에서 그런 일은 절대 당연한 일이 아니죠. 대부분의 사람들은 곤경에 처한 사람을 보면 그냥 얼른 지나가버리죠. 그리고 이자들이 무기를 갖고 있을 가능성도 있구요."

경찰은 알렉스에게 깊은 인상을 받은 눈치였다.

"하지만 무기는 없었잖아요. 이 여자 분을 댁까지 모셔다 드릴 거죠? 저는 제 구두를 찾아서 그만 집에 가봐야겠어요."

알렉스는 시계를 들여다보았다.

"제발, 잠깐만요! 저와 함께 있어주세요! 저는 여기서 멀지 않은 파크 애비뉴에 살고 있어요. 거기서 택시를 탈 필요 없이 저희 기사가 댁까지 모셔다 드리도록 할게요."

여자는 다시 알렉스의 손을 움켜쥐었다. 알렉스는 잠시 망설였다. 용감한 구세주로 떠오르고 싶지 않았다. 경찰은 피해자의 모든 인적 사항을 메모했다. 알렉스는 자신이 구한 사람이 세계적인 오페라 가수 매들렌 로스다우니라는 사실을 알고 놀랐다. 그리고 결국 함께 경찰차에 올라타고 파크 애비뉴로 향했다. 알렉스는 이 근처를 잘 알고 있었다. 로스다우니의 바로 옆집이 세르지오의 아파트였다. 파크 애비뉴 60번과 80번 스트리트 사이는 뉴욕에서 가장 집값이 비싼 부촌이었다. 고풍스럽고 커다란 석회석 건물들은 뉴욕보다는 파리의 호화로운 거리에 어울림직했다. 이곳에는 부자와 힘 있는 사람들이 단

2킬로미터 거리에 있는 이스트 할렘가의 가난과 절망으로부터 완벽하게 차단된 채 그들만의 세상을 이루며 살고 있었다. 경비원과 사설 경호원들이 파크 애비뉴를 영국의 소도시만큼이나 안전하게 지켜주었다.

로스다우니의 저택 수위는 습격을 당한 모습의 주인이 경찰차에서 내리자 소스라치게 놀랐다. 이제 어느 정도 안정을 되찾은 로스다우니는 수위에게 괜찮다며 안심시켰다.

"로스다우니 부인, 전 이제 그만 가봐도 될까요?" 알렉스가 물었다.

"그냥 매들렌이라고 불러주세요. 집 안까지 같이 들어가주세요. 절 구해준 분을 소개해주지 않으면 남편이 몹시 언짢아할 겁니다."

오페라 가수는 불안한 미소를 지었다. 집 안이 어떤지 궁금하기도 하고 매들렌의 남편인 트레버 다우니에 대한 호기심 때문에 알렉스는 그러기로 했다. 트레버 다우니는 같은 이름의 백화점 체인을 상속받아 '맨해튼의 백화점 왕'으로 불리는 사람이었다.

알렉스는 대리석으로 마감된 호화로운 엘리베이터를 타고 3층으로 올라갔다. 수위가 미리 알려주었는지 트레버는 문을 열고 기다리고 있었다. 그는 놀라움과 안도감이 교차하는 표정으로 아내를 안았고, 매들렌은 남편을 보자 또다시 눈물을 터뜨렸다. 다시 마음을 다잡은 매들렌은 알렉스를 남편에게 소개해주었다.

트레버 다우니는 40대 중반 정도 되어 보였는데, 듬성듬성한 모래색 머리칼에 친절한 갈색 눈동자를 가진 남자였다. 이들은 거대한 벽난로가 있는 응접실로 가서 부드러운 가죽 안락의자에 자리를 잡고 앉았다. 트레버는 아내와 알렉스에게 코냑을 따라주었고 두 사람은 고맙게 받아마셨다. 매들렌이 습격을 당했던 순간과 알렉스가 용감하게 끼어든 이야기를 장황하게 늘어놓는 동안 알렉스의 눈길은 호화로운 집 안을 향했다. 이곳은 옆집 세르지오의 대리석 궁전보다 훨씬 아늑해 보였다. 반짝이는 마루, 조명이 비치는 호화로운 황금 액자 그림, 값비싸 보이는 고가구로 가득했다. 열린 문 사이 바로 옆방에 눈처럼 하얀 그랜드피아노가 보였다.

트레버는 아내를 걱정하며 어깨에 담요를 덮어주고 볼을 쓰다듬어주었다. 트레버 부부가 서로를 진심으로 사랑하고 존중한다는 것을 두 사람이 서로를 대하는 모습만 보고도 알 수 있었다. 알렉스는 먹먹해지면서 질투심 비슷한 감정을 느꼈다. 알렉스는 태어나서 처음으로 돈과 성공이 전부가 아니라는 사실을 느꼈다.

"내가 너무 경솔하게 행동했던 것이 너무 후회돼요. 함께 갔던 돈하고 리즈는 나를 집까지 태워다주겠다고 했는데 잠깐 산책을 하는 것도 나쁘지 않겠다는 생각이 들었어요. 늘 온실 속에 살다보니 현실 감각을 잃게 되는 것 같아요."

매들렌은 양손으로 코냑 잔을 움켜쥐었다. 얼굴은 아직 창백하고 눈물로 얼룩져 있었지만 편안한 집에서 어느 정도 안정을 되찾은 듯 보였다. 트레버는 아내의 어깨에 손을 올렸다.

"어쨌든 당신의 구세주 덕분에 더 큰 일은 벌어지지 않았잖아요. 하늘에서 보낸 천사인가 봐요."

그는 알렉스에게 미소를 지어 보였다.

"알렉스 씨, 정말 용감하셨어요! 그 나쁜 놈들을 정말 묵사발로 만들어버리시다니! 정말 무섭지 않았어요?"

매들렌은 감탄하며 눈을 반짝거리더니 살짝 낄낄거리며 웃었다.

"너무 순식간에 일어난 일이라 무슨 생각을 하고 말고 할 시간도 없었어요."

알렉스는 이렇게 말하며 세르지오 때문에 몹시 화가 났던 상황과

속에 쌓인 엄청난 분노를 두 놈한테 퍼부었던 것을 떠올렸다. 하지만 교양 있고 예의바른 부부에게 이런 어두운 성격에 관한 말은 하고 싶지 않았다. 그냥 자신을 의협심이 강한 사람으로 생각하도록 내버려 두기로 했다.

"저와 아내는 어쨌든 알렉스 씨가 용감하고 몸을 사리지 않고 도와준 것에 대해 진심으로 감사를 드립니다."

트레버는 아내 옆에 앉았고 두 사람은 손을 잡았다.

"시장님한테 이 말씀을 꼭 해드려야겠어요. 우리 시의 안전을 위해 팔을 걷어붙이고 그렇게 많은 일을 하셨는데 충격을 받을지도 모르겠어요. 그것도 하필 나한테 그런 일이 일어나다니!"

매들렌이 말했다.

"닉 코스티디스 부부는 저희 부부와 아주 친합니다."

트레버 다우니는 아내의 어깨에 팔을 둘렀다. "정말 죄송합니다만 알렉스 씨, 제가 너무 경황이 없어서 알렉스 씨 성을 제대로 기억을 못 했네요."

"존트하임. 알렉산드라 존트하임입니다."

"아! 맞아요! 알렉스 존트하임. 오늘 행사는 알렉스 씨 사장님께서 주최한 행사잖아요. 알렉스 씨에 대해 얘기 많이 들었어요. 월스트리트에서 명성이 자자한 분이잖아요."

그는 몸을 앞으로 숙여 새삼스럽게 호기심 가득한 눈길로 알렉스를 쳐다보았다.

"네, 감사합니다."

알렉스는 수줍게 미소를 지었다. 맨해튼의 백화점 왕조차 그녀의 이름을 알고 있다는 사실에 내심 뿌듯했다. 그러다가 문득 시장과 친한 사이라면 세르지오와는 친구일 리가 없겠다는 생각이 들었다.

"월스트리트? 증권 쪽에서 일하고 계세요?" 매들렌이 물었다.

"아니요. 투자은행에서 근무하고 있습니다. 저는 LMI M&A 담당 팀장으로 일합니다." 알렉스가 대답했다.

"정말 멋져요!" 매들렌이 소리쳤다.

"그렇게까지 대단한 일은 아니에요." 알렉스가 어깨를 으쓱했다.

"절대 그렇지 않아요. 전 그런 일은 늘 남자들이 하는 일이라고 생각했어요. 투자은행에서 근무하는 여성에 대해서는 완전히 다른 이미지를 갖고 있었죠."

매들렌은 호기심 가득한 눈으로 알렉스를 쳐다보았다.

"저 역시 오페라 가수는 모두 몽세라 카바예(스페인의 원로 소프라노 성악가-편집자 주)처럼 생긴 줄 알았어요."

알렉스가 웃으며 맞받아쳤고 분위기가 화기애애해졌다. 금세 서로에게 호감을 느꼈다. 세 사람 모두 웃었고 트레버는 또다시 잔에 코냑을 따라주었다.

*

알렉스가 시계를 들여다보니 새벽 2시 반이었다. 너무 늦어서 깜짝 놀랐다. 트레버는 기사가 딸린 차를 내주었고 알렉스는 제안을 고맙게 받아들이며 매들렌 부부와 조만간 다시 만나기로 약속했다. 잠시 후 알렉스는 리무진에 앉아 창밖을 바라보았다. 매들렌 부부와 함께 있었던 3시간 동안 자신의 삶에서 무엇이 부족한지 분명하게 깨달았다. 알렉스는 지금껏 오직 성공만을 위해 달려왔기 때문에 결혼이나 우정에 관해 생각해본 적이 없었다. 하지만 지난 몇 달간은 자주 외로움을 느꼈다. 알렉스의 삶에 진정한 친구는 없었고 세르지오와의 관계는 피상적이고 미래가 없었다. 자신이 진정 원하는 것이 무엇인지 도무지 알 수가 없었다. 그래서 이상하면서도 답답한 느낌이 들었다. 알렉스는 갑자기 충동적으로 기사에게 배로우 스트리트로 가달라고 부탁했다. 올리버가 집에 있고 한밤중에 갑자기 들이닥치는 것을 언짢아하지 않기를 바랐다. 올리버는 한참 만에 잠이 덜 깬 목소리로 인터폰을 받았다.

"나야, 알렉스. 이렇게 늦은 시간에 갑자기 들이닥쳐 미안한데, 나좀 들어가도 될까?"

올리버는 겉으로 놀란 티를 내지 않았다. 그는 팬티 차림으로 문을 열고 잠이 덜 깬 얼굴로 미소를 지어 보였다. 알렉스는 아무 말 없이 그의 목을 와락 끌어안고 키스를 하기 시작했다. 그의 피부는 따뜻하고 살짝 땀 냄새를 풍겼다. 알렉스는 당장 그와 잠자리를 갖고 조금 전 매들렌과 트레버처럼 그렇게 친밀한 사이가 되고 싶었다. 두 사람은 간신히 침대까지 가서 열정적으로 사랑을 나누었다.

"이제 차근차근 얘기 좀 해봐."

마침내 두 사람이 지쳐서 꼭 껴안은 채 눕게 되자 올리버가 입을 열었다. 알렉스는 미술관 행사에 관해 짧게 이야기한 다음에 두 놈을 묵사발로 만들고 자기가 도와준 사람이 놀랍게도 누구였는지 아주 자세히 설명했다. 매들렌 부부와 그 집에 대해서도 이야기했다. 올리버는 흥미롭게 들었다. 알렉스는 그 순간 올리버가 아주 친밀하게 느껴져 자신에 대해 조금 더 털어놓기로 결심했다.

"그 부부가 나한테 계속 고맙다고 말하고 나를 정의감이 아주 강한 사람으로 추켜세우는 것이 정말 민망했어." 알렉스가 말했다.

"하지만 사실이잖아. 나 같아도 그런 생각을 감히 하지 못했을 거야. 정말이야. 그건 정말 대단한 용기야." 올리버가 말했다.

"그렇지 않아. 그건 즉흥적인 반응이었어. 난 너무 화가 나 있어서 화풀이 할 곳이 필요했거든. 만약 내 손에 가방 대신에 야구 방망이가 있었다면 그놈들이 병원에 실려갈 정도로 패버렸을 거야."

알렉스는 어둑해서 잘 보이지 않는 그의 얼굴을 더 자세히 보기 위해 몸을 돌렸다. 올리버는 졸린 눈으로 알렉스를 바라보며 팔을 쓰다듬었다.

"범죄 피해자를 속수무책으로 지켜보다보면 누구나 화가 나기 마련이지." 그는 알렉스의 말을 이해하지 못하고 중얼거렸다.

"그 사건하고는 아무 상관이 없는 일이야. 미술관에서 내가 최근 몇 달간, 그러니까…… 음…… 사귀었던 남자를 만났거든."

알렉스는 고개를 저으며 말했다.

"최근 몇 달간 사귄 남자가 난 줄 알았는데." 올리버가 웃었다,

"무슨 얘기를 어떻게 해야 할지 몰라서 아직 자기한테는 아무 얘기 안 했어. 아주 이상한 관계였어. 심각한 일은 아니고. 그 남자는 유부남이었어."

"그건 안 되지."

"하지만 이젠 상관없는 일이야. 난 어차피 그 사람하고 진지한 관계를 맺을 생각은 없었어. 그 남잘 알게 됐을 때는 가끔 만나서 재미있는 시간을 보내면 아주 좋겠다고 생각했었어. 그리고 그 사람은 인맥이 아주 좋아서 나한테도 어떻게든 득이 될 수 있겠다는 생각도 했고……" 알렉스가 설명했다.

올리버는 이제 졸린 모습은 사라지고 귀를 기울여 들었다.

"그리고 그가 나한테 관심을 가져줘서 내가 우쭐했던 것도 사실이야. 그는 날 위해서 '윈도즈 온 더 월드'를 통째로 빌린 적도 있어. 또 전용기를 함께 타고 라스베이거스에 권투 경기를 보러 가기도 했고

오스카 시상식에도 갔지. 정말 흥미진진하고 특이한 경험이었어."

"그 남자는 너한테 잘 보이고 싶었겠지." 올리버는 안경을 썼다.

"그래, 그러고 싶어 했겠지."

"그런데 왜 그 남자 때문에 그렇게 화가 났어?"

"나를 세 번이나 바람을 맞혀서 3주 동안 주말 내내 집에 틀어박혀서 전화만 기다렸거든. 그래서 너무 화가 났고 상처를 받았어."

"그렇군. 자기가 그렇게 화나고 상처 받은 상태에서 우연히 나를 만나게 된 거구나."

"자기가 나를 자전거로 들이받았잖아. 그날 저녁에 내가 그 사람한테 아무 감정이 없다는 사실을 분명히 깨달았어. 그 사람을 만나는 게 흥미로웠을 뿐이야. 상류사회로의 여행. 그 남자도 파크 애비뉴에 살거든."

"멋지군. 그런데 아무런 감정을 느끼지 않는다는 그 남자가 도대체 어떻게 했기에 자기가 두 남자를 때려눕힐 정도로 화가 났을까? 그 남자한테 어떤 감정이 남아 있으니까 그렇게 화가 났던 게 아닐까?"

올리버는 영혼 없는 감탄사를 내뱉으며 몸을 일으키더니 말했다. 알렉스는 그를 어리둥절하게 쳐다보았다. 올리버가 화가 난 것일까?

"그 남자 얘기를 내가 괜히 꺼냈나봐?"

"자기는 새벽 3시 반에 갑자기 들이닥쳐서 나와 섹스를 하고는 딴 남자 얘기를 하고 있잖아. 내가 뭔 생각을 하길 바라?"

"알았어. 그럼 이제 아무 말 하지 않을게."

알렉스는 미소를 지으며 올리버를 향해 손을 뻗었으나 그는 손을 잡지 않았다.

"파크 애비뉴에 산다는 그 정신 나간 남자 이름이 뭔데?"

"자기도 들어본 적이 있을 거야. 세르지오 비탈리."

"이런 세상에!"

올리버는 갑자기 이불을 차버리고 팬티를 집더니 벌떡 일어났다. 그리고 불을 켜고 팬티를 입고 침실에서 나가버렸다. 알렉스는 영문을 알 수 없었고 불빛에 눈이 부셨다. 알렉스는 침대에서 일어나 올리버가 있는 부엌으로 갔다.

"왜 그래?"

알렉스가 물었다. 올리버가 뒤돌아보았다. 그의 얼굴에서는 이제 미소를 찾아볼 수 없었다. 회색 눈동자가 싸늘했다.

"옷 입고 그만 나가는 게 좋겠어."

올리버는 냉장고 문을 열었다. 알렉스는 솔직하게 다 말한 것을 후회했다. 그녀는 올리버를 정말 좋아했다. 무엇이 그를 그토록 화나게 했는지 알 수 없었다.

"그만 가라고! 당신을 빨리 잊는 게 좋겠어."

올리버는 쳐다보지도 않고 말했다. 목소리가 쓸쓸했다.

"어떻게 날 그냥 이렇게 쫓아낼 수가 있어? 난 단지……."

알렉스가 우물쭈물하며 말했다. 알렉스는 올리버의 마음을 돌리고 싶었다. 그냥 이렇게 나가고 싶지 않았다. 올리버는 냉장고 문을 꽝 닫으며 뒤돌아보았다. 그의 눈이 분노로 이글거리는 것을 보고 알렉스는 놀랐다. 대체 무엇 때문에 이 남자가 그토록 화가 났지?

"자기는 내 믿음을 이용해 먹었어. 이제 다시는 우리 관계를 되돌릴 수 없어." 올리버가 불쑥 내뱉었다.

알렉스는 영문을 모른 채 그를 뚫어지게 쳐다보았다.

"난 자기한테 내가 지난 몇 년 동안 LMI에 대해 알아낸 터무니없는 일들에 대한 얘기를 꺼내지 않기로 약속했어. 난 자기 사장에 대해 안 좋은 얘기를 듣기 싫어하는 걸 존중해줬지. 그리고 너무 늦기 전에 언젠가 자기가 직접 깨닫게 되길 바랐어. 멍청하게도 난 자길 정말 좋아하기 시작했지. 하지만 난 자기가 비탈리하고 관계가 있으리라고는 꿈에도 생각 못 했어!"

알렉스는 당황해서 침을 꿀꺽 삼켰다.

"난 몇 년 동안 취재를 해오면서 그 작자에 대해 아주 많은 걸 알게 됐어. 어떤 조사를 할 때마다 결국에는 그자의 이름이 등장했거든. 그자는 뉴욕에서 이루어지는 거의 모든 불법 거래에 손대고 있더군. 그리고 무엇보다 LMI의 지분을 갖고 있어. 그자의 왕국은 피와 범죄 위에 건설된 거야. 아주 파렴치하고 잔인한 깡패지. 난 그런 놈하고 엮이고 싶은 생각은 눈꼽만치도 없어. 그런데 하필 그놈과 몸을 섞었던 여자랑 내가 같이 자다니, 정말 무슨 이런 운명의 장난이 다 있지!"

올리버가 줄줄 쏟아내는 말이 마치 알렉스의 따귀를 치는 듯 얼얼하게 느껴졌다.

"정말 안타깝다, 알렉스. 정말 안타까워."

올리버는 부엌 의자에 털썩 앉더니 알렉스를 안타까움과 경멸이 교차하는 표정으로 쳐다보았다.

"난 자길 정말 다르게 생각했지. 하지만 자기도 그저 수단방법 가리지 않고 목표를 이루기 위해서라면 현실을 바로 보지도 않고 눈과 귀를 닫아버리는 그런 병적인 야망에 사로잡힌 여자일 뿐이었어."

싸늘한 올리버의 말에 알렉스는 충격을 받았다.

"하지만 그건 전부 사실이 아니야. 세르지오는 LMI와 아무런 관련이 없어." 알렉스가 겨우 입을 열었다.

"날 바보 취급하는 거야, 아니면 정말 그렇게 순진한 거야? 그놈은 당신 회사의 감독이사야!"

올리버는 고개를 젓더니 웃으며 말했다. 기분이 좋은 웃음은 아니었다.

"하지만 그건…… 사실이 아니야. 만약 그렇다면 나한테 얘기를 했 겠지!" 알렉스는 당황한 기색이 역력한 모습으로 속삭였다.

"말도 안 돼. 내가 조폭 애인과 몸을 섞다니!"

이 말은 알렉스한테 한다기보다는 올리버의 혼잣말처럼 들렸다. 알렉스는 한동안 할 말을 잃었다. '조폭 애인'이라니! 정말 어이가 없 었다. 뜨거운 분노가 솟구쳐 올랐다.

"자긴 대체 뭐라고 생각해? 자기가 대체 뭔데 다른 사람에 대해 함 부로 말하고 판단하고 다녀?"

알렉스가 소리를 질렀다. 눈물이 핑 돌았다.

"우연히도 우린 자유 국가에 살고 있고 난 내 맘대로 판단할 자유 가 있어. 그리고 자기에 대한 내 판단은 지난 10분 사이에 100퍼센 트 변했다구."

올리버가 차갑게 대꾸하고는 자리에서 일어나 알렉스를 지나쳐 걸어갔다.

"행운을 빌어." 올리버는 이렇게 말하며 현관문을 열었다.

"이제 그만 그 마피아 애인한테 가봐! 앞으로 계속 그렇게 하다보 면 곧 LMI 임원으로 승진할 거야. 그렇게 돼서 아등바등 애쓰고 투자 한 보람이 있으면 좋겠다. 잘살아."

"옷은 입고 나가도 될까?"

올리버는 대답하지 않았다. 알렉스에 대한 어떤 관심도 없어진 듯 했다. 알렉스는 급히 옷을 입고 귀가 먹먹해지며 온몸이 부들부들 떨 렸다. 하지만 현관문 밖으로 나온 다음에야 눈물을 쏟아냈다. 올리버 의 싸늘한 경멸의 말은 마치 불에 덴 상처처럼 아프고 쓰라렸다. 눈 물이 앞을 가리고 넋이 나간 채 거리를 걸어가는데 이미 먼동이 트고 있었다. '조폭 애인!' 이 모욕적인 말이 여전히 귓가에 맴돌았고 분노와 굴욕감의 눈물이 하염없이 흘러내렸다. 왜 자꾸 이런 엉터리 같은 남자들을 만나게 되는 것일까? 세르지오한테 바람맞고 이제 이런 일까지 당하다니! 하지만 올리버 스케릿은 정말 파렴치함의 극치였다.

눈물이 멈추자 온몸을 마비시키는 듯한 추위가 알렉스를 엄습했다. 텅 빈 거리에 보도블록에 부딪히는 하이힐 소리가 들릴 때마다 더욱더 비참해졌다. 올리버의 말은 알렉스가 애써 외면하려 했던 점을 건드렸다. 지금까지는 언론에서 세르지오가 지하 세계와 관련이 있을지도 모른다는 기사가 나올 때마다 늘 속으로 그런 생각을 차단시켜왔다. 올리버가 LMI에 대해 안 좋은 말을 하는 것도 듣고 싶지 않았다. 하지만 자기를 괴롭히는 미심쩍은 부분에 대해 이제 더는 모른 척할 수 없다는 것을 분명히 깨달았다. 알렉스는 몹시 외로웠다. 이제는 이야기를 나누거나 믿을 사람이 아무도 없었다. 눈앞에서 온 세상이 무너져버리는 듯했고, 이제는 자신이 하는 일이 진정 그렇게 엄청나게 중요하고 옳은 일인지 확신을 가질 수가 없었다. 정말 비참하기 그지없었다.

*

3시간 후, 알렉스는 퉁퉁 부은 눈으로 칠흑처럼 까만 커피 잔을 옆에 두고 책상 앞에 앉았다. 이번 한 주는 정말 뜨겁게 전개될 예정이었다. 미국 최대 규모의 쓰레기 처리 기업 두 곳이 합병 협상을 두고 벌이는 적대적 인수전이 결정적인 단계에 돌입했기 때문이었다. 유나이티드 웨이스트 디스포절은 벌써 몇 주 전부터 사력을 다해서 웨이스트 매니지먼트의 인수 계획을 거부해왔다. 알렉스는 이런 모든 과정을 예의주시하고 있었다. 그녀는 A&R자원의 회장인 프레드 W. 왓킨스에게 인수 협상에서 백기사(우호적 기업 매수자. 인수합병의 위기에 처한 회사를 구제하기 위해 개입하는 제3의 우호적인 기업-옮긴이 주)로 나서보는 것이 어떻겠냐는 제안을 했다. 몇 달 전 알렉스가 세르지오의 소개로 알게 된 왓킨스는 이런 제안을 몹시 반겼다. A&R자원은 군사 폐기물 처리 전문 회사였지만 알렉스는 왓킨스가 오래전부터 사업 확장을 구상하고 있다는 것을 알게 되었다. 한 치의 망설임도 없이 왓킨스는 알렉스에게 웨이스트 디스포절을 인수할 수 있도록 힘써달라고 부탁했고, 그래서 알렉스는 이제 이 격렬한 싸움에 발을 들이게 되었다.

그리고 월스트리트에 긴장감이 팽배해진 이유는 미 연방준비은행의 금리 인상이 예상되고 있기 때문이었다. 앨런 그린스펀은 인플레이션을 막기 위해 금리 인상을 시사했고, 따라서 시장과 투자자들의 신경이 곤두선 형편이었다. 금리 인상이 안정을 가져다줄지, 아니면 경기 하락을 부추길지 아무도 예상할 수 없기 때문이었다. 딜링룸은 귀가 먹먹할 정도로 시끄러웠다. 직원들이 고객을 안심시키느라 분주했기 때문이다. 증시가 개장된 지 몇 분 만에 나스닥 지수는 곤두박질치기 시작했다. 알렉스가 노트북 컴퓨터를 켜기도 전에 마르샤는 메모 용지를 한 아름 들고 들어왔다.

"12시에 A&R자원 변호사들과 약속이 잡혀 있습니다. 왓킨스 씨하고 레비 회장님도 참석하실 예정이고, 스카일러앤파트너의 스티브 카바노프 씨께서 전화를 달라고 부탁하셨습니다. 프랭클린 밀스와 와인버그 이사님 역시 전화를 달라고 부탁하셨어요. 그리고 비탈리 회장님이 전화를 하셨어요. 제가 아직 회의 중이라고 말씀드렸는데 제가 맞게 처신한 거죠?" 마르샤가 말했다.

그렇다. 아니다. 알렉스는 엄지와 검지로 미간을 매만졌다. 지난 3주간 마르샤한테 무슨 수를 써서라도 세르지오와 연결시키지 말라고 강력하게 지시를 내렸었다.

"비탈리 회장님이 다시 전화를 하겠다고 말씀하셨어요."

"다시 전화 오면 바꿔주세요."

알렉스는 자판으로 비밀번호를 입력한 후 마르샤가 그녀의 처참한 몰골에 대해 아무 말 하지 않은 것이 고마웠다. 지난밤은 이제 어느덧 끔찍한 악몽이나 잠이 덜 깬 상태로 보아서 일부만 기억나는 무서운 영화처럼 느껴졌다. 물론 올리버한테 진작에 세르지오 이야기를 해야 했다. 그렇지만 올리버의 태도에 너무나 깊은 상처를 받았다. 조폭의 애인! 알렉스는 올리버를 정말 좋아했기 때문에 더욱 화가 났다. 어떻게 자기에게 그런 말을 퍼부으면서 해명할 기회조차 주지 않은 것일까? 새로 도착한 이메일을 살펴보고 있는데 마르샤가 전화를 연결시켜주었다. 세르지오였다. 알렉스는 저도 모르게 심장이 덜컥 내려앉았다.

"어제 밤새도록 당신이 한 말에 대해 생각해봤어. 당신 말이 맞아. 지금까지 있었던 일들은 싹 지워버리고 새로 시작하는 거 어떻게 생각해?" 그는 인사말도 없이 다짜고짜 말을 시작했다.

"그게 무슨 의미가 있을까요?"

"오늘 나하고 같이 저녁 먹자. 조용히 모든 얘기를 나눠보자. 부탁이야."

알렉스의 휴대전화 불빛이 반짝거렸다.

"오늘 약속이 연이어 잡혀 있어요. 텍사스에 있는 새로운 고객사 대표가 뉴욕에 왔거든요." 알렉스가 주저하며 말했다.

세르지오는 이런 변명을 받아들이지 않았다. 그리고 올리버가 무슨 말로 알렉스의 마음에 불신이 싹트게 만들었든지 간에 세르지오는 지난 반년 사이에 알렉스의 삶에서 가장 중요한 사람 중 하나로 자리 잡았다.

"보고 싶어. 그리고 당신을 위해 깜짝 놀랄 선물을 준비했어."

이렇게 간절하게 부탁을 하는 그의 목소리를 알렉스는 한 번도 들어본 적이 없었다. 알렉스는 망설였다. 세르지오의 깜짝 선물은 라스베이거스로 가는 여행이나 마이애미에서의 저녁 식사 같은 것일 것이다.

"알았어요." 알렉스가 결국 마지못해 대답했다.

"좋아. 내가 8시에 데리러 갈게."

*

테라스와 온실이 딸린 커다란 펜트하우스는 센트럴파크 웨스트 바로 옆 66번 스트리트에 자리 잡고 있어서 공원이 내다보이는 전망이 환상적이었다. 어퍼 웨스트사이드 지역에 300평방미터에 달하는 큰 방 8개짜리 복층 펜트하우스는 그야말로 럭셔리 그 자체로, 수백만 뉴욕 시민의 꿈이었다. 단독으로 사용하는 엘리베이터를 통해 지하 주차장에서 곧장 펜트하우스로 올라갈 수 있고, 빙 둘러싼 지붕 테라스는 모든 방에서 접근할 수 있었다. 밤하늘은 맑았고 공기는 은근하며 부드러웠다. 활짝 핀 장미덩굴이 유혹의 향기를 내뿜었다.

세르지오는 알렉스가 놀라움에 입을 다물지 못하고 이 방 저 방을 구경하더니 결국 테라스로 나가는 모습을 지켜보았다. 그는 알렉스가 지난밤에 또 그놈 집에서 보낸 것을 알고 있었다. 알렉스가 새벽 3시 반에 리무진을 타고 도착해서 배로우 스트리트에 있는 그놈 집으로 들어가는 것을 실비오가 지켜보았다. 실비오의 부하들이 며칠 전에 여러 대의 몰래카메라를 그 집에 설치해 알렉스가 올리버와 한 짓을 모두 녹화했다. 세르지오는 녹화된 영상을 30번도 넘게 돌려보며 알렉스가 하는 말을 듣고 싸늘하게 분노했다.

'……그날 저녁에 내가 그 사람한테 아무 감정이 없다는 사실을 분명히 깨달았어. 그 사람을 만나는 게 흥미로웠을 뿐이야. 상류사회로의 여행. 그 남자도 파크 애비뉴에 살거든…….'

그리고 세르지오는 올리버가 자신에 대해 하는 말을 듣고 살인 충동이 스멀스멀 올라왔다. 세르지오가 오늘 저녁 알렉스와 함께 '르 서크'에서 근사한 저녁 식사를 즐기는 동안 올리버는 실비오의 부하 3명이 제대로 손을 봐주었다. 만약 누군가 올리버를 발견했다면 그는 지금쯤 병원으로 실려 갔을 것이다. 세르지오는 1시간 전쯤 실비오가 휴대전화로 전송해준 올리버의 뭉개진 얼굴을 보고 통쾌했다. 그놈이 앞으로 알렉스를 절대 건드리지 않을 것은 분명했다.

"집, 마음에 들어?"

세르지오는 열린 테라스 문에 몸을 기대 알렉스를 쳐다보았다.

"지금 농담해요?" 알렉스는 세르지오를 향해 몸을 돌렸다.

"이런 집이 마음에 들지 않을 사람이 누가 있겠어요? 그런데 이 집은 누구 집이죠?"

이 집은 3일 전만 해도 세입자가 있었다. 세르지오는 이 집을 알렉스에게 선물하기 위해 예고도 없이 그들을 내보냈다.

"예전에 당신이 공원이 보이는 집에서 살고 싶다고 말한 적이 있었지. 이 집이 마침 비어 있기에 당신이 여기 들어와서 살면 되겠다는 생각이 들었어."

세르지오는 얼음 통에 담긴 샴페인 병을 손에 들며 무심하게 말했다. 알렉스는 난간에 기대어 미소를 지었다. 그리고 이 미소는 마치 자석처럼 세르지오를 끌어당겼다.

"전 이런 집을 감당할 수 없어요."

"당신은 이 집이 얼마인지도 모르잖아."

세르지오는 잔 두 개에 샴페인을 따랐다. 알렉스가 잔을 들었다.

"진짜로 하는 말이에요?"

알렉스는 믿을 수 없다는 듯 고개를 비스듬히 세웠다.

"우연히도 이 건물은 전부 내 것이거든. 한 달 2,500달러에 당신한테 월세를 줄게."

"손해 보는 장사일 텐데요."

"난 절대 손해 보는 장사를 하는 사람이 아니야. 어때?"

그는 알렉스에게 바짝 다가섰다.

알렉스는 알 수 없는 표정으로 그의 눈을 들여다보았다. 알렉스의 반짝이는 아름다운 머릿결이 어깨까지 내려왔다. 너무나 아름답고 탐스러워서 세르지오는 그녀를 건드리지 않을 수가 없었다. 이상하게도 알렉스가 24시간 전만 해도 다른 남자와 잤다는 사실조차도 신경이 쓰이지 않았다.

"이 집에 언제 들어오면 돼요?"

그러자 세르지오의 입가에 미소가 번졌다. 알렉스가 미끼를 덥석 물었다.

"원하면 오늘 당장이라도 괜찮아."

세르지오는 알렉스가 손에 들고 있던 샴페인 잔을 내려놓았다. 그리고 알렉스가 무슨 말을 더 하기 전에 알렉스를 번쩍 안아 침실로 갔다.

숨을 헐떡거리며 지쳐서 나란히 침대에 누웠을 때는 이미 자정이 한참 지난 시간이었다. 땀으로 흠뻑 젖은 몸을 서로 껴안은 채 알렉스는 올리버가 어젯밤에 세르지오에 대해 했던 말이 떠올랐다. 알렉스는 다시 친밀해진 사이를 틈타 물어보기로 했다.

"세르지오?" 알렉스는 그의 어깨에 입을 맞추었다.

"음……." 그는 등을 대고 누워 졸음 가득한 미소를 지었다.

"당신한테 물어보고 싶은 게 있어요. 하지만 진실만 말해주면 좋겠네요."

세르지오의 눈에 경계의 빛이 감돌았다.

"그러지."

"신문에는 항상 당신 부친이 마피아였다는 기사가 나와요."

"아마도 그러셨겠지. 당신도 알다시피 아버지에 대해 안 좋은 평판이 오늘날까지도 날 따라 다니고 있어. 사람들은 유감스럽게도 이탈리아식 이름을 쓰는 성공한 사람은 당연히 마피아라고 생각하는 경향이 있거든."

세르지오는 알렉스를 잘 볼 수 있게 고개를 돌렸다.

"당신 아버지가 사람도 죽였다고 하던데요."

세르지오는 알렉스를 물끄러미 쳐다보았다.

"우리 아버지가 총에 맞아 돌아가셨을 때 나는 19살이었어. 그리고 어쩌면 아버지가 그렇게 된 게 자업자득일 거라고 생각해. 아버지가 사람을 여럿 죽이셨으니까."

세르지오가 천천히 입을 열었다. 알렉스는 소름이 돋았다.

"아주 흥미진진한데요."

"흥미진진하다고? 아버지는 직업 킬러였어. 젊었을 때 시칠리아에서 미국으로 건너왔는데 양들을 돌보고 무기를 다루는 것 말고는 배운 게 없으셨지. 아버지는 먹고살기 위해 그런 일을 하셨어. 그때는 그런 것도 일종의 사업 중 하나였으니까. 30년대는 정말 먹고살기 힘든 시대였지. 제대로 된 일자리도 귀했고 제대로 된 임금을 받기도 힘든 때였으니까." 세르지오는 얼굴을 찌푸리며 말했다.

"아버지를 좋아하셨나요?"

세르지오는 한참 생각을 하다가 대답했다.

"솔직히 말하면 잘 몰라. 난 아버지를 잘 몰라. 내가 5살인가 6살이었을 때 날 기숙사 학교로 보내셨지. 형이 죽어서 아버지는 내가 곤란한 상황에 놓이지 않기를 바라셨어. 나는 10년 동안 크리스마스 때만 뉴욕에 왔지. 아버지가 돌아가시고 나서야 완전히 뉴욕으로 돌아왔어."

두 사람 사이에는 한동안 침묵만 흘렀다. 저 아래, 절대 잠들지 않은 도시의 생기 넘치는 밤 문화와 자동차 소리가 들렸다.

"당신도 사람을 죽인 적이 있어요?"

알렉스가 조용히 물었다. 세르지오는 경계의 눈초리로 알렉스를 쳐다보았다.

"그게 왜 궁금하지?"

"신문에 그런 얘기가 많으니까. 마피아와 지하 세계에 관한 얘기들 말이에요. 난 뭐가 진실인지 알고 싶어요."

세르지오는 키스를 하고 그녀에게서 부드럽게 몸을 뗀 후 침대에서 일어났다. 발가벗었지만 무방비한 상태로 보이거나 우습게 보이지 않았다. 그의 포즈는 마치 고대 동상처럼 자신감에 차 있었다.

"그게 당신한테 중요한 일이야?" 세르지오가 물었다.

"네. 나한테는 중요한 일이에요."

알렉스는 조용히 그의 눈을 쳐다보았다.

"만약 내가 언론에서 떠드는 바로 그런 사람이라는 걸 알게 되면 당신한테 무슨 변화가 있을까? 날 다시는 만나고 싶지 않을 정도로 과거가 그렇게 큰 역할을 하는 걸까?"

"아뇨. 그건 전혀 상관이 없는 일이에요."

알렉스는 고개를 저었다. 알렉스는 그가 감추고 있는 비밀이 많다는 것을 알고 있었지만 개의치 않았다. 하지만 올리버가 어젯밤에 그런 이야기를 했으니 그에 대한 근본적인 진실을 알고 싶었다.

"그러면 왜 그러는 거지?" 세르지오가 물었다.

알렉스는 몸을 일으켜 세웠다. 알렉스는 서로 다정다감한 매들렌 부부를 떠올렸다.

"나는 신문에 당신에 관해 실린 기사들이 사실인지 아닌지 알고 싶어요. 나한테 그것이 사실이라고 말한다고 해도 상관없어요. 난 그저 당신을 믿고 싶을 뿐이에요."

세르지오는 침대 가장자리에 앉아 알렉스를 쳐다보았다. 그는 잠시 알렉스가 듣고 싶은 대답을 할까 하는 유혹을 느꼈지만 넬슨의 충고와 알렉스와 같이 잔 그 남자를 떠올렸고 결국 이성이 이겼다. 처음 만났을 때와 마찬가지로 그는 여전히 알렉스에 대해 잘 몰랐다. 물론 지금껏 그 어떤 여자보다도 알렉스를 좋아하고 소유하고 싶고 지배하고 싶었지만, 알렉스는 바로 그런 것을 허용하지 않았다. 그는 절대 약점을 드러내서는 안 되었고, 특히 알렉스에게는 더욱 그러했다. 감상에 젖으면 약점이 되기 때문에 결코 사실대로 털어놓을 수가 없었다. 아무도 믿으면 안 된다는 교훈은 어렸을 때 일찌감치 깨달았다. 아량과 솔직함은 치명타가 될 수 있었다. 그리고 이 세상에는 거짓된 친구가 너무나 많기 때문에 세르지오는 친구를 두지 않기로 마음먹었다. 그는 감정적으로 빚진 마음을 갖지 않아도 되는 믿을 만한 사업 파트너들이 있었다. 자신에 대해 너무 많은 것을 아는 사람은 그에게 해를 입히거나 약하게 만들거나 아예 파멸시킬 수도 있었다. 심지어 가족이라고 해도 정말 믿을 만한 사람은 없었다. 체사레의 우스운 협박이 바로 그 증거였다. 리틀 이탈리아와 로워 이스트사이드에서 생존을 두고 벌어지는 격렬한 싸움과 형과 아버지가 잔인하게 살해당하는 것을 보고 세르지오는 그런 생각을 깊이 마음에 담아두었기 때문에 누군가에게 마음을 완전히 여는 것이 불가능해졌다. 언젠가 그런 상황이 온다면 망설이지 않고 알렉스와 헤어져야 한다. 세르지오는 자신이 그렇게 할 수 있고, 또 그래야 한다는 것을 알고 있었다. 그렇지만 그런 일이 절대 일어나지 않기를 바랐다.

알렉스가 대답을 기다리며 그를 쳐다보는 동안 이런 모든 생각이 그의 머릿속을 스치고 지나갔다. 세르지오는 알렉스에게 거짓말을 해야 하는 자신이 잠깐이나마 궁색하게 느껴졌다.

"내 말 좀 들어봐. 난 지금 이 자리에 오르기 위해 평생 힘들게 싸워왔어. 나는 대기업을 경영하고 있고 수천 명의 직원을 책임지고 있지. 내가 젊었을 때는 완전히 합법적이라고는 말할 수 없는 사업도 여러 개 한 건 사실이야. 하지만 큰 기업을 이룬 사람 중에서 그러지 않은 사람이 누가 있을까?"

세르지오는 알렉스를 당당하게 쳐다보았다. 알렉스는 고개를 끄덕였다.

"신문에서 나에 대해 안 좋은 기사를 싣는 이유는 질투심과 나에 대해 더 캐낼 게 없다는 두려움 때문이지. 그렇기 때문에 자꾸 아버지 얘기를 끄집어내서 우려먹는 거야. 이그나치오 비탈리와 '살인 주식회사'에 대한 얘기는 이미 책으로도 여럿 나왔고, 아버지와 동료들이 금주법 시대에 사람들을 죽였다는 사실은 이젠 비밀도 아니지. 하지만 난 그런 일하고는 아무 관련이 없어. 나는 이 세상 여느 기업가와 똑같이 일하고 있어. 내가 다른 사람보다 잔머리도 굴리고 냉혹할 수는 있지만, 남들과 똑같이 세금도 내고, 원하는 사람들에게는 회계 장부도 떳떳이 공개해. 나는 전과 기록도 없고 범죄자도 아니야. 마피아와 지하 세계에 대한 얘기는 사람들이 입방아 찧기에는 좋은 소재지만 내가 관련되어 있다는 건 사실이 아니야."

세르지오는 알렉스를 가만히 바라보았다. 알렉스의 귀에는 그의 말이 정당하고 설득력 있게 들렸다.

"이제 만족해?"

알렉스는 고개를 끄덕였다. 세르지오가 계속해서 말을 이었다.

"당신은 본인 일을 열심히 하고 나는 내 일을 열심히 하면 돼. 우린 둘 다 성공을 한 사람이야. 그리고 내가 당신을 만날 때는 사업에 대한 생각은 하고 싶지 않고 그냥 당신 생각만 하고 싶어. 당신한테 뭔가 숨기려고 하는 게 아니라고."

"음, 그런데 LMI하고는 무슨 관련이 있어요?"

알렉스는 그의 허리에 팔을 둘렀다. 세르지오는 이런 질문에 대해 마음의 준비를 하고 있었다. 그 녀석이 알렉스한테 이런 이야기를 했다는 것을 알고 있었기 때문이다.

"나는 감독이사야. 내가 다른 회사 24곳에서도 감독이사로 몸담고 있는 것과 마찬가지로. 그리고 내 소유의 회사 가운데 LMI와 거래하는 곳도 있지. 그게 다야."

세르지오는 알렉스를 끌어안고 키스했다. 알렉스는 한숨을 내쉬었다. 올리버의 그 빌어먹을 음모론이라니! 만약 세르지오가 지금 자신이 LMI의 감독이사라는 사실을 숨겼다면 그가 하는 다른 말도 전부 믿지 않았을 것이다. 하지만 이제는 세르지오가 정직하게 사실을 말하고 있다는 생각이 들었다. 그리고 알렉스는 그것으로 충분했다.

*

알렉스는 다음날 아침 일찍 잠에서 깨서 자신이 어디에 와 있는지 깨닫기까지 몇 초가 걸렸다. 그리고 아직 깊이 잠들어 있는 세르지오에게 눈길이 향했다. 알렉스는 지난 밤 결심을 한 것이 있었다. 올리버와의 짧은 관계는 끝이 났다. 올리버는 해명할 기회조차 주지 않고 내쫓아버려서 깊은 상처를 받았다. 그리고 어차피 세르지오가 그녀를 위해 해줄 수 있는 일이 훨씬 많았다. 센트럴파크에 위치한 펜트하우스, 포르셰를 주차할 수 있는 개인 지하 주차장, 그리고 예약 없이 '르 서크'에 가서 식사를 하는 특권을 누릴 수 있었다. 세르지오가 그녀에게 중요한 사람이 아니라고 애써 부인해봐야 실제로는 그렇지 않았다. 지난 밤, 언젠가 자신이 바라는 대로 두 사람 사이에 정말 신뢰가 생길 수도 있겠다는 생각이 들었다.

눈을 뜬 세르지오는 밝은 햇살 때문에 눈을 찌푸렸다. 그가 알렉스를 향해 팔을 뻗자 알렉스는 그의 품을 파고들었다.

"지금 무슨 생각 해?" 세르지오가 속삭이며 물었다.

"온갖 생각 다 하고 있어요."

알렉스는 그의 헝클어진 머리를 쓰다듬으며 잠시 자신의 감정을 솔직하게 털어놓고 싶은 생각이 들었다. 그런데 문득 솔직하게 말을 했다가 벌어진 올리버와의 일이 떠올랐다. 감정을 솔직하게 말할 수가 없었다. 지금 아무리 가깝게 느껴지는 순간이라도 절대 말할 수가 없었다.

"나하고도 관련된 생각이야?"

"아니요. 어떻게 하면 A&R자원을 위해 3,200만 달러를 조달할 수 있을지 생각하고 있었어요. 나는……."

알렉스는 거짓말을 했다. 세르지오는 몸을 일으켜 세웠다.

"당신은 정말 구제 불능이야. 나하고 침대에 누워 있는데 일 생각을 하다니!"

세르지오의 언짢은 눈빛에 알렉스는 깜짝 놀라 말을 멈추었다. 세르지오는 알렉스로부터 몸을 떼고 침대에서 벌떡 일어나 방에서 나갔다. 세르지오가 욕실 안으로 사라지자 알렉스는 입술을 깨물었다. 마음 같아서는 뒤쫓아 가서 사실대로 말하고 싶었다. 하지만 그의 행동 때문에 너무나 깊은 상처를 받은 나머지 다른 남자와 바람을 피우면서 그를 잊으려고 했다는 사실을 절대 곧이곧대로 털어놓을 수는 없었다! 절대 그럴 수 없었다. 그냥 가끔 만나서 즐거운 시간을 보내는 아는 사람일 뿐이라고 생각하는 척할 수밖에 없었다.

바닥에 벗어던진 옷들 사이에서 휴대전화 벨이 울리기 시작했다. 알렉스는 벌떡 일어나 옷가지를 뒤적이다가 안락의자 밑에서 휴대전화를 찾아냈다. 예상치 못하게 매들렌 로스다우니의 전화였다. 알렉스는 테라스로 나갔다. 매들렌은 이렇게 아침 일찍 전화를 해서 미안하다면서 3일 동안 서해안으로 여행을 가는데, 일정이 바빠 잊어버리기 전에 전화를 걸었다고 했다. 그리고 다시 한 번 자신을 구해주어 고맙다면서 금요일 저녁에 집으로 저녁 식사를 하러 오라고 초대했다. 친구 몇이 함께 모일 예정인데 편안한 자리라 알렉스도 참석하면 정말 기쁘겠다고 했다. 알렉스는 거의 모든 초대에 그렇듯 거절을 하려고 했으나 매들렌과 그 남편에게 호감을 느꼈고, 게다가 세르지오와 적대적인 관계에 있는 코스티디스의 친구들을 만나게 된다는 생각에 끌렸다. 알렉스가 몸을 돌리자 세르지오는 열린 테라스 문 앞에 서 있었다.

"매들렌 로스다우니였어요. 금요일에 절 집으로 초대했어요."

알렉스가 말했다.

"그래? 어쩌다가 그런 영광을?"

세르지오는 눈썹을 치켜 올렸다. 알렉스는 이틀 전에 미술관 앞에서 벌어진 일에 대해 이야기해주었다.

"말도 안 돼. 당신이 맨손으로 강도 두 명을 덮쳐서 쓰러트렸다고?"

세르지오는 놀라움과 흥미가 섞인 표정으로 쳐다보았다.

"그래요."

"내 보디가드로 고용해야겠어." 세르지오가 히죽 웃으며 말했다.

"놀리지 말아요. 못 본 척 할 수가 없었어요."

알렉스가 퉁명스럽게 말했다.

"놀리는 거 아니고 진심이야! 그렇게 할 수 있는 사람은 많지 않아. 트레버는 아내한테 아무 일도 일어나지 않아 정말 다행이라고 생각하겠군."

"네. 그렇죠. 그날 저녁에 그 부부 집에 갔거든요. 매들렌 부부를 잘 알아요?"

"물론이지. 난 이 도시에 사는 사람은 다 알아."

다른 사람이 이런 말을 했다면 과장되게 들렸겠지만 세르지오의 말은 사실이었다.

"그 부부에 대해 어떻게 생각하세요?"

"매들렌은 정말 훌륭한 성악가지. 난 그녀의 예술을 아주 존경해."

세르지오는 이렇게 말하더니 갑자기 목소리가 경멸적인 톤으로 변했다.

"하지만 트레버 다우니는 형이 혈우병 때문에 20살에 세상을 떠나자 운 좋게도 백화점 체인을 물려받은 자야. 허약한데다 과잉보호 받고 자랐지. 게다가 우리 존경받는 시장님하고는 죽마고우지."

"그렇게 빈정거리며 말하는 거 듣기 싫어요."

알렉스는 그의 조롱 가득한 눈빛을 알아차렸다.

"난 당신이 나하고 침대에 누워 있는데 일 생각 하는 게 싫어."

세르지오가 이렇게 맞받아치자 알렉스는 어이가 없었다.

"사실은 일 생각을 했던 게 아니에요."

알렉스가 나지막한 목소리로 말했다.

"그러면 왜 아까 그렇게 말했지?"

"왜냐하면, 지금이 내 평생 최고의 밤이었다는 것을 인정하고 싶지 않아서 그랬어요."

알렉스는 잠시 망설이다 세르지오와 눈이 마주치는 것을 피하며 대답했다. 세르지오는 이에 대해 아무 말도 하지 않았다. 그는 침실로 들어가서 옷을 입었다. 세르지오가 아무 말도 하지 않은 것에 대해 화가 난 알렉스가 뒤쫓아 갔다.

"내가 아까 왜 사실대로 말을 하지 않았는지 알려줄까요?"

알렉스는 화가 나서 떨리는 목소리를 억누르며 말했다.

"그래 말해봐."

세르지오는 침대 가장자리에 앉아 구두끈을 묶었다.

"당신이 바로 지금과 같은 반응을 보일까봐 그랬어요. 아무 반응이 없는 것 말이에요. 당신은 나한테 솔직하라고 말하면서 정작 당신은 아무 말도 하지 않잖아요."

세르지오의 얼굴에 그림자가 드리웠다. 그가 다시 고개를 들자 감히 다가갈 수 없어 보였던 얼굴이 사라졌다. 그는 경계하고 긴장하며 놀랄 정도로 약해 보이는 눈빛이었다. 세르지오는 알렉스의 손목을 잡았다.

"알렉스, 당신은 정말 나한테 솔직하고 숨기는 게 없는 거야?

세르지오가 조용히 말했다.

알렉스는 주저했다. 질투가 나고 화가 나서 올리버와 관계를 가졌다는 것을 사실대로 털어놓을 수 있는 순간이 왔다. 올리버가 했던 모함, 그녀가 세르지오를 의심하게 만들었던 이야기를 털어놓을 수 있는 순간이었다. 그리고 그의 사랑과 믿음을 얼마나 갈구하는지 말할 수 있는 기회였다. 하지만 그런 이야기를 털어놓는 것이 두려웠고, 결국 기회를 그냥 흘려버렸다.

"당신이 나한테 솔직한 만큼 나도 솔직하다고 생각해요."

세르지오는 한숨을 내쉬더니 알렉스의 손목을 놓고 일어났다.

"그렇다면 그냥 넘어가자. 하지만 당신한테 한 가지는 정말 솔직하게 말할 수 있어. 아주 환상적인 밤이었어. 정말 제대로 즐겼지."

세르지오 비탈리는 비탈빌딩에 있는 사무실에 들어섰다. 마시모와 넬슨 반 미렌은 벌써 기다리고 있었다. 이들이 생일 축하 인사를 건네자 세르지오는 짧게 미소를 지으며 책상 앞에 앉았다.

"무슨 일이야?"

그는 큰아들을 쳐다보며 물었다. 마시모는 과감하고 똑똑했지만 통제할 수 없는 다혈질 성격에 자꾸 실수를 저질렀다. 하지만 다행히 아직까지는 중대한 문제를 일으키지 않았다. 세르지오는 아들이 언젠가는 힘든 상황에서도 냉정함을 잃지 않고 이성적으로 행동할 수 있게 스스로 성질을 죽이는 날이 오기를 바랐다.

"항구 쪽에 문제가 생겼어요. 부두노동자조합 위원장인 존니 크래븐이 약속을 지키지 않고 있어요." 마시모가 밑도 끝도 없이 말했다.

"그 작자가 뭘 어떻게 했는데?"

"어제 독일에서 러시아산 칼라슈니코프 자동소총과 대륙간탄도미

사일(ICBM) 컴퓨터 조종장치 물품들이 도착했어요. 늘 그렇듯이 '냉각장치'로 신고가 되었죠. 평소 같으면 물품이 세관을 무사히 통과되도록 크래븐이 신경을 써주었을 텐데 어제는 그러지 않았어요."

"그 사람하고 얘기는 해봤어?"

"네. 자기 부하들이 세관직원이 배에 다가오지 못하도록 막는 걸 깜빡했다고 주장하더라구요. 저한테 거짓말을 했어요! 하지만 그건 전적으로 그 사람 책임이고, 우리가 그런 일 하라고 적지 않은 돈을 쥐어주고 있잖아요!" 마시모는 몸을 앞으로 숙였다.

"계속 얘기해봐……."

"배송 주소는 피키아벨리로 되어 있어요. 경찰이 창고 건물을 살살이 뒤졌죠. 다행히 마지막 화물이 이미 배송된 상태라 아무것도 찾아내지 못했어요. 그래서 제가 아마도 독일에서 화물이 바뀐 것 같다고 둘러댔어요."

"넬슨?" 세르지오는 변호사를 쳐다보았다.

"무기가 우리 앞으로 배송된 거라고 경찰이 증명할 수는 없을 걸세. 냉각장치를 위한 운송장은 아무 문제가 없었어. 다만 문제는 해양경찰이 FBI에 연락해서 화물 전체를 압수했다는 거야."

"화물은 어디로 갈 예정이었나?"

"휴스턴요. 토마시노는 우리가 빨라야 3주 후에나 배송을 해줄 수 있다고 하자 엄청나게 화를 냈어요. 하지만 220만 달러짜리 거래가 물거품이 되어버린 것도 문제지만 부두노동자조합하고 문제가 생길 것 같은 게 더 큰 문제예요." 마시모는 주먹을 불끈 쥐었다.

"크래븐은 대화를 할 생각은 있고?"

"아뇨. 다시는 멍청한 이탈리아 놈들한테 명령을 받고 싶지 않다고 했어요."

"그렇군. 그렇다면 아무 소용이 없겠네. 크래븐의 바로 아랫사람이 누구야?" 세르지오는 눈썹을 치켜 올렸다.

"마이클 번스라는 사람입니다. 요즘 급부상하고 있는 자죠. 항구 노동자들은 그자를 상당히 존경하고 있어요. 그리고 이번에 이런 소동도 그자 때문에 벌어진 것 같습니다."

"그 사람은 말이 통할 만한 자인가?"

마시모는 아버지의 말이 무슨 뜻인지 알아듣고 고개를 저었다.

"아일랜드 사람입니다, 아버지."

"음."

세르지오는 잠시 생각에 잠겼다. 항구는 전략적으로 아주 중요한 곳이었다. 항구를 장악하지 못하면 매우 중요한 화물을 잃어버릴 위험이 컸다. 무엇보다도 콜롬비아와 아시아에서 들어오는 마약 거래를 위해서도 항구가 반드시 필요했다. 이런 골치 아픈 문제를 봐줄 입장이 아니었다.

"부두에 믿을 만한 사람 혹시 없나?"

"있어요. 주세페 란차의 손자인 안젤로 란차가 있습니다. 아주 좋은 사람이죠." 마시모는 고개를 끄덕이며 말했다.

"좋아. 번스를 없애버려. 그것도 오늘 당장. 나는 항구에서 또다시 문제가 생기는 걸 바라지 않아. 넬슨, 루카한테 이 일을 만초한테 처리하라는 임무를 내리라고 전해주게."

넬슨은 고개를 끄덕였다.

"하지만 한 가지 문제가 더 있네, 세르지오. 그것도 상당히 심각한 문제야." 넬슨이 목소리를 가다듬으며 말했다.

"무슨 일인데?"

"데이비드 주커먼."

"이미 끝난 일인 줄 알고 있었는데."

세르지오는 화가 난 눈초리로 넬슨을 쳐다보았다.

"나도 그렇게 생각했지. 아주 심하게 압박을 가했는지 어제저녁에 조사위원회에서 진술을 하겠다고 했다더군. 진술을 하는 대신에 무죄 석방을 약속받았고. 시청 쪽에 심어둔 우리 측 사람이 30분 전에 전화로 알려줬네."

넬슨은 어깨를 으쓱했다. 세르지오는 자리에서 벌떡 일어났다. 살기로 가득한 얼굴이었다.

"빌어먹을! 이게 다 그놈의 코스티디스 때문이야! 그 멍청한 놈 때문에 바람 잘 날이 없다니까! 검찰은 사건을 진즉에 종결시키려고 했는데 코스티디스가 계속해서 집요하게 캐보라고 고집을 부렸지! 그놈 모가지를 비틀어버리고 싶어!"

세르지오가 화를 내며 버럭 소리를 질렀다.

"주커먼을 엄청 압박한 모양이에요. 주커먼은 절대 입을 열 사람이 아니에요."

마시모가 말했다. 세르지오는 그의 말을 무시했다. 그는 주커먼에 대해 마시모와는 생각이 전혀 달랐다. 아들은 아직 사람에 대해 배워야 할 것이 한참 많았다.

"주커먼이 우리한테 어느 정도 위협적인가, 넬슨?"

세르지오가 물었다.

"상당히 위협적이지. NYBC와의 모든 협상 때 같이 있었잖아. 매킨타이어가 우리 측 사람인 걸 알고 있네. 우리가 합의한 내용에 대해 알고 있고 우리가 지불한 금액도 알고 있지. 그것도 수년간에 걸쳐서. 이런 모든 사실을 폭로할 수 있네."

"주커먼하고 접촉할 수 있겠나?"

"지금 밀포드 플라자 호텔방에 있다는군. FBI로부터 포트 녹스(연방금보관소가 있는 지역-옮긴이 주)보다도 엄중한 보호를 받고 있어. 접근하는 건 거의 불가능해." 넬슨은 고개를 갸웃거렸다.

"불가능한 건 없네. 조사위원회는 언제 다시 열릴 예정이지?"

세르지오가 차갑게 말했다.

"이번 월요일에. 코스티디스가 이번 일에 전적으로 매달려서 휴가 간 직원까지 다 불러들였네."

"오늘 중으로 당장 없애버려. 넬슨, 나폴리에서 온 그 녀석한테 임무를 맡겨. 어떻게 처리를 하든 상관 안 하겠네. 오늘 저녁 안으로 처리해서 나한테 보고를 올리도록 해."

"하지만 아버지, 주커먼은……." 마시모가 끼어들었다.

"우리한테 위험인물이 됐어."

세르지오는 아들의 말을 끊고 차가운 눈빛을 보냈다. "주커먼은 입을 열 거야. 그래서 관용을 베풀 수가 없어. 그건 너도 나만큼이나 잘 알고 있잖아."

마시모는 한숨을 내쉬며 고개를 끄덕였다. 그는 아버지가 결정을 내렸다는 것을 알았다. 한번 결정을 내리면 번복하는 법이 없는 아버지였다. 마시모는 자신이 좋아했던 데이비드 주커먼이 안타까웠다. 주커먼의 아내와 그의 아내도 서로 친분이 있었고 아이들도 자주 만나 잘 지냈다. 하지만 주사위는 이미 던져졌다.

"그럼 우리는 이따가 자네 파티에서 다시 만나기로 하지."

넬슨이 거친 숨을 쉬며 자리에서 일어났다.

"그래, 나중에 보세."

세르지오는 두 사람이 사무실에서 나갈 때까지 기다렸다가 몸을 돌려 창밖을 내다보았다. 그의 권력은 거미줄처럼 촘촘한 망으로 엮여 있었다. 이런 네트워크를 구축하고 유지하는 데 엄청난 시간과 돈이 들었다. 그에게 위협적일 만큼 많은 것을 아는 사람은 극소수였다. 그리고 그들도 대부분은 입을 열기보다는 차라리 감옥행을 택할 사람들이었다. 하지만 유감스럽게도 어디나 약한 곳은 있기 마련이었고 주커먼이 바로 그런 약점이 되고 말았다. 주커먼은 좋은 사람인 데다가 건설 분야의 자금 조달에 관해서는 탁월한 능력이 있었기 때문에 더욱 안타까웠다. 주커먼 덕분에 세르지오는 그동안 돈벌이가 되는 계약을 여러 개 체결할 수 있었다. 하지만 주커먼은 이제 당국의 감시망에 걸려들었기 때문에 더는 임무를 맡길 수가 없었다. 세르지오는 주커먼이 사회에서의 지위와 평판에 너무 많은 가치를 두는 비겁자라는 사실을 알고 있었다. 1, 2년 정도 감옥에 가기보다는 차라리 자기를 배신할 사람이었다. 주커먼은 롱아일랜드의 대저택과 케이프 코드의 주말 별장 같은 호화로운 삶이 다 누구 덕분인지 잊은 듯했다. 하지만 이제는 그에게 이런 사실을 상기시켜주기에는 너무 늦어버렸다. 주커먼은 위험인물이 되었다. 그리고 세르지오는 모험을 감수할 생각은 추호도 없었다.

*

알렉스는 검은색 포르셰 카브리오를 타고 헨리 허드슨 파크웨이를 지나 리버 파크웨이로 넘어갔다. 그리고 호손에서 타코닉 스테이트 파크웨이로 길을 틀었다. 부드럽게 숲이 우거진 구릉지대와, 베드포드, 마운트 키스코 등의 멋진 곳을 지나갔다.

알렉스는 며칠 전부터 웨스트체스터 카운티에 있는 세르지오의 집에서 열릴 생일 파티에 참석할지 여부를 고민했다. 알렉스는 세르지오의 아내와 마주치는 것이 껄끄럽기는 했지만 세르지오의 집과 그 가족에 대한 호기심이 너무나 커서 결국 초대에 응했다. 세르지오도 흥미로운 손님이 많이 참석할 것이라고 해서 이런 기회에 사람들과 안면을 터놓는 것도 좋겠다는 생각이 들었다.

마운트 키스코의 출구 쪽에서 좁은 아스팔트길로 접어들었다. 이곳 웨스트체스터 카운티는 대지가 너무 넓어서 도로에서는 집이 보이지 않았다. 한참 동안 사람 키만 한 주목나무 울타리를 따라 쭉 지나가면서 길을 잘못 들어선 것이 아닌가 하는 걱정이 들기 시작할 무렵 커다란 대문이 나타났다. 대문 앞에서 선글라스에 검은 양복을 차려입은 남자들이 무전기를 들고 서 있었다. 알렉스는 차를 멈춰 세우고 창문을 내려 초대장을 내밀었다. 그리고 두근거리는 마음으로 커다란 철문을 통과했다. 대지는 어마어마하게 넓었다. 자갈이 깔린 진입로를 따라 올라가니 잘 가꾼 울타리와 정원, 골프장을 연상시키는 싱싱한 초록색 잔디밭이 펼쳐졌고 여기저기 나무들이 울창하게 자라고 있었다.

모퉁이를 돌자 언덕 위에 황혼 속에 환하게 빛을 밝힌 집이 눈에 들어왔다. 알렉스는 감탄을 금치 못했다. 집은 멀리서 마치 프랑스 궁전처럼 보였다. 대저택 앞 널따란 광장에는 승용차들이 가득 주차되어 있었고 선글라스를 낀 남자가 알렉스에게 주차할 자리를 안내했다. 알렉스는 세르지오가 말한 '작은 정원 파티'에 뉴욕 사교계의 주요 인사가 모두 참석하리라는 것을 이미 예상하고 있었다. 바로 그 순간 바로 옆에 새빨간 페라리가 멈춰 섰다. 재커리 세인트존이었다. 알렉스는 세인트존을 이곳에서 보게 되어 내심 안도했다.

"안녕하세요."

알렉스는 인사를 하며 그를 살펴보았다. 그는 피부가 갈색으로 그을렸고 밝은 색 린넨 양복 차림 때문인지 투자은행가처럼 보이지 않고 플레이보이처럼 보였다.

"케이맨 제도에서 보낸 휴가는 어땠어요?"

"휴가라, 농담도 잘하셔! 자네같이 부지런한 은행가들이 벌어들이는 돈을 불리는 건 정말 힘든 일이라고!"

그는 알렉스의 양볼에 입을 맞추고 호탕하게 웃었다.

"정말 일을 아주 열심히 하고 오신 것 같네요."

양쪽에 돌 사자상이 서 있는 널찍한 계단을 올라가면서 알렉스가 놀리듯이 말했다.

"인정하지. 물론 일하는 중간 중간에 해변에도 좀 누워 있었지. 그나저나 이 집에 대해 어떻게 생각해? 안에 들어가면 더 으리으리해!"

세인트존이 기분 좋게 웃으며 팔을 내밀었다.

"평범한 사람이 이런 곳에 살 수 있다는 것이 믿어지지 않네요."

알렉스가 대답했다.

"글쎄, 세르지오가 평범한 사람이라고 볼 수는 없지."

세인트존은 입술을 삐죽하며 옆에서 알렉스를 흘깃 쳐다보았다.

"무슨 뜻이죠?"

"이런, 알렉스. 나보다 자네가 훨씬 잘 알잖아. 세르지오한테는 일반적인 보통 잣대를 들이대면 안 되지."

집사들이 4미터 높이의 커다란 흰색 양날개문을 열어주었다. 두 사람은 흰색과 검은색 바닥으로 마감된 넓은 입구에 들어섰다. 배경음악이 낮게 흘러나왔다. 알렉스는 세르지오가 한 무리의 사람들 속에 있는 것을 발견했다. 올버니에 거주하는 로버트 랜드포드 로즈 뉴욕주 주지사, 그리고 클래런스 화이트워터 뉴욕 연방판사도 와 있었다. 그 옆에는 뉴욕 최대의 부동산 투자자인 찰리 로젠바움과, 〈타임〉 발행인인 캐리 뉴버그도 서 있었다. 알렉스가 세인트존과 함께 들어오자 세르지오는 대화를 나누던 사람들에게 양해를 구하고 미소 띤 얼굴로 다가왔다. 알렉스는 저도 모르게 마음이 설렜다.

"알렉스! 세인트존! 와줘서 고맙네!"

그는 먼저 알렉스에게 손을 내밀고 그 다음에 세인트존한테 손을 내밀었다. 강청색 눈빛에 알렉스는 전율을 느꼈다. 두 사람은 세르지오에게 생일 축하 인사를 건네고 가벼운 대화를 나누었다. 그러다가 새로운 손님이 도착하자 세르지오가 양해를 구했다. 세인트존은 조금 떨어져 다른 곳으로 갔다.

"와줘서 고마워." 세르지오가 알렉스의 귀에 대고 속삭였다.

"작은 파티라더니. 오늘 여기 참석하지 않은 사람도 있어요?"

알렉스가 씩 웃으며 말했다.

"별로 없지. 우린 조금 이따가 밖에서 보자."

세르지오가 유쾌하게 받아치며 대답했다. 그는 새로 온 손님들에게 인사하러 가기 전에 다시 한 번 알렉스의 손을 잡아주었다. 알렉스는 호기심에 주위를 둘러보았다. 품위 있고 고급스럽기는 하지만 사람 사는 냄새가 느껴지지 않았다. 궁전 같은 집은 최고의 인테리어를 한데 모아놓은 작품임이 분명했지만 왠지 왕릉을 연상시켰다.

"정말 입이 떡 벌어지지? 나도 언젠가 이런 집을 갖고 싶어."

세인트존이 배시시 웃었다.

"집이라뇨. 이건 집이 아니라 궁전이라고요."

알렉스는 눈썹을 치켜 올렸다.

"어쨌든 정말 감탄이 절로 나와. 이런 데서 사는 사람은 정말 성공했다고 할 수 있지."

그것은 분명한 사실이었다. 두 사람은 계단을 내려가서 커다란 테라스로 향했다. 테라스에서는 공원이나 다름없는 정원이 한눈에 보이는 환상적인 전망을 누릴 수 있었다. 정원은 흰색 고대 조각상으로 장식되어 있었고, 흰색 대리석 수영장과 풀하우스가 있었다. 테라스 기둥 난간과 풀장 사이에 있는 잔디밭에 사람들이 삼삼오오 테이블과 벤치에 모여 앉아 있었다. 연단 위에서는 밴드가 이탈리아 민속음악을 연주했고 하얀 천막 아래에는 성대한 뷔페가 차려졌다. 모든 곳이 알록달록한 램프와 횃불, 화려한 꽃으로 장식되었다. 풀장 바로 옆의 바에는 손님들이 스탠딩 테이블에 옹기종기 서 있었다. 상류사회 인사들이 즐기기에 모든 것이 완벽하게 갖춰진 여름 축제였다.

테라스에는 LMI의 거의 모든 경영진이 모였다. 빈센트 레비, 아이작 루빈슈타인, 휴 와인버그가 부부 동반으로 참석했고, 잠시 후 마이클 프리드먼과, 유명한 아비트라지(차익거래-편집자 주)사의 오너인 맥스 루덴스키도 자리를 함께했다. 편안한 분위기였다. 레비가 뷔페를 먹으러 가자고 제안하자 모두 계단을 향했다. 세르지오가 집에서 나오는 것을 본 알렉스만 테라스 난간에 멈춰 섰다. 공기 중에는 라일락 향기가 퍼졌다. 아름다운 저녁노을에 제비들이 날아다녔다.

"집 마음에 들어?" 뒤에서 세르지오가 물었다.

"아주 인상적인 집이에요. 마치 살아 있을 때 당신의 왕릉을 만든 것 같아요. 고대 이집트에서 파라오들이 그랬던 것처럼요."

알렉스는 몸을 돌렸고 얼굴에는 장난스러운 미소가 번졌다.

"당신의 바로 그런 점이 마음에 들어. 다른 사람 같으면 그저 집이 아름답고 환상적이라고 말했을 텐데……."

세르지오가 재미있다는 듯 웃었다.

"우린 이제 그런 예의 차릴 단계는 지났잖아요."

"그래, 그건 그렇지."

세르지오도 테라스 난간에 기댔다. 알렉스는 세르지오를 곰곰이 살펴보았다. 세르지오는 편안하고 기분이 좋아 보였지만 그의 눈에서 겉으로 드러내고 싶어 하지 않는 긴장감이 느껴졌다. 그때 문득 올리버의 말이 떠올랐다.

'날 바보 취급하는 거야, 아니면 정말 그렇게 순진한 거야?'

세르지오에게 왜 진작에 자기가 LMI 감독이사라는 사실을 이야기하지 않았는지 물어보려는 찰나 세르지오가 알렉스 등 뒤에 있는 무언가에 시선이 멈춘 것을 알아차렸다.

"아, 저기 우리 집사람 오네."

세르지오가 말했다. 알렉스는 순간 굳었다가 억지로 친절한 미소를 지어 보였다. 콘스탄치아 비탈리는 고상한 여자였다. 우아한 의상이 통통한 몸매를 잘 가려주었다. 예전에는 상당히 미인이었을 외모였지만 이제는 빛이 바랬다. 세르지오는 57살이라는 나이가 무색하게 매력적이고 에너지가 넘쳐서 그 옆에 선 부인은 시든 장미 같다는 느낌이 들었다. 난간에 기대고 있던 세르지오가 똑바로 섰다.

"콘스탄치아, 이쪽은 알렉스 존트하임. 빈센트 레비의 가장 유능한 직원이지. 알렉스, 이쪽은 내 아내 콘스탄치아."

세르지오는 부인의 어깨에 팔을 올렸다. 두 여자는 악수를 했다. 알렉스는 부인이 자신을 곰곰이 살피는 눈빛에 저도 모르게 마음이 찔렸다.

"투자회사에서 일하신다고요? 아주 흥미진진할 것 같네요."

콘스탄치아의 표정은 친절하면서도 모호했다.

"네, 실제로 그렇습니다."

두 사람은 예의상 몇 마디 말을 주고받았다. 콘스탄치아가 남편을 향해 몸을 돌려 이탈리아어로 말했다. 이탈리아어가 제법 유창한 알렉스는 이제 손님들에게 인사말을 하라는 말임을 알아들었다. 세르지오가 낮은 목소리로 대답을 했고, 콘스탄치아는 알렉스한테 다시 눈길을 주지 않고 다른 곳으로 갔다.

"이제 그만 다른 손님들한테 가봐야겠어. 이따가 시내까지 좀 태워다주겠어?" 세르지오가 알렉스의 팔에 살짝 손을 올렸다.

"봐서요. 그때까지 그렇게 오래 있을지 모르겠어요."

"같이 가면 좋겠는데. 이따 봐."

*

나머지 저녁 시간 동안 알렉스는 세르지오를 멀리서만 볼 수 있었다. 그는 기분이 들떠 있었다. 사업 파트너와 친구의 아내들과 농담을 주고받고, 부인과 춤을 추기도 하면서 주최자로서 완벽한 모습을 보였다. 알렉스는 세르지오 없이도 파티를 한껏 즐겼다. 그녀는 1주일 전에 어퍼 웨스트사이드에 있는 펜트하우스로 이사했다. 그리고 미국 최고 갑부의 사적인 파티에 초대를 받아 참석했다. 사람들은 이제 그녀를 당연히 자기 그룹에 속한 사람처럼 대해주었다. 알렉스는 대부분의 참석자가 자기의 이름을 알고 있다는 사실에 기분이 좋았다. 대부분의 부인들이 남자들의 대화를 옆에서 듣기만 하는데 반해 알렉스는 금리 인상, 주식 매매에 비해 높은 옵션거래의 레버리지 효과, 컴퓨터 관련 업종의 가파른 주가 상승, 그에 따른 시장 변화, 그리고 정치적 결정이 증권가에 미칠 영향에 관한 대화를 나누었다. 알렉스는 세인트존, 레비, 와인버그, 프리드먼, 맥스 루덴스키, 데이브 노먼, NYSE 임원, 그리고 맨해튼 포트폴리오 매니지먼트(MPM)라는 회사에 다니는 잭 랭이라는 사람과 한 테이블에 앉게 되었는데, 알렉스는 그 회사에 대해서는 여기에 와서 처음 들었다. 뉴욕 최고의 캐터링 업체에서 준비한 음식은 매우 훌륭했다. 프랑스산 레드와인은 최상품이었으며 완벽하게 믹스된 칵테일 덕분에 알렉스는 시간 가는 줄 모를 정도였다.

알렉스가 세르지오를 찾아 주위를 둘러보았을 때는 이미 어둑해져 있었다. 세르지오는 어디에도 보이지 않았다. 한쪽 귀로는 세인트존과 루덴스키, 잭 랭이 벤처캐피털에 투자해서 엄청난 수익을 거둬들인다는 펀드 이야기를 하는 것을 들었다. 흔히 IBC라고 부르는 국제 비즈니스 컴퍼니에 관한 대화였는데, 이 회사들은 면세 때문에 케이맨 제도, 사모아, 라부안 같은 외국의 역외 금융센터에 등록이 되어 있었다. 알렉스는 세르지오가 어디에 있는지가 훨씬 궁금했기 때문에 더는 이 대화에 끼지 않았다. 세르지오의 아내는 몇 테이블 건너에 앉아서 노년의 은발 부인과 깊은 대화에 빠져 있었다. 알렉스는 결국 양해를 구하고 자리에서 일어나 화장실을 찾기 위해 건물 안으로 들어갔다. 커다란 홀과 기다란 복도를 호기심 가득한 눈으로 거닐다보니 술을 너무 마셨다는 생각이 들었다. 갑자기 앞에 어떤 남자가 나타났다. 알렉스는 움찔했다. 그는 알렉스보다 작고 말랐으며 족제비 같은 얼굴에 여드름 흉터로 가득했다. 알렉스는 오싹해서 등에 소름이 돋았다. 그의 못생긴 얼굴 때문이 아니라 차갑고 기이하게 생기가 없는 눈이 무서웠기 때문이다. 그는 맹수 같은 노란 눈으로 알렉스를 응시했다.

"안녕하세요."

남자가 목이 쉰 목소리로 인사를 하고 지나쳤다. 알렉스는 그의 뒷모습을 한참 쳐다보았다. 세르지오의 생일 파티가 열리는 날 이 집에 나타난 저 무시무시한 사람은 대체 누구일까? 갑자기 술이 확 깬 알렉스는 가능한 빨리 다시 다른 손님이 있는 곳으로 가야겠다는 생각이 들었다. 알렉스는 서둘러 정원으로 향하는 복도라고 생각하는 곳으로 걸어갔다.

*

체사레 비탈리는 기분이 언짢았다. 웃는 손님들도 짜증이 나고 연신 흘러나오는 이탈리아 노래도 짜증이 났지만, 가장 짜증이 나는 것은 실비오와 루카, 그리고 형 마시모 때문이었다. 그들은 자기를 마치 명청한 어린애같이 취급했다. 30분 전에 그들은 체사레를 지나쳐 갔는데, 어디로 가냐고 물었더니 마시모는 그저 같이 상의할 일이 있다고 하면서 체사레를 그냥 세워두고 아버지가 마치 왕처럼 신하들을 기다리고 있을 집 안으로 들어가 버렸다. 아버지는 자기 확신에 가득 차고 두려울 것이 없었으며 막강한 힘을 가졌다. 체사레는 아버지로부터 존중과 관심을 받고 싶었지만 어쩌다보니 계속 실수만 저질렀다. 친구들이 아직 자기를 존중해주고 로워 이스트사이드에 있는 창녀들이 자기를 두려워하는 것은 기분 좋았지만, 아버지의 눈에는 철부지 실패자로밖에 보이지 않았다. 그래서 그는 가족이 벌이는 사업에서 왕따였다.

날은 따뜻했지만 체사레는 갑자기 오한이 났다. 코카인을 들이마시고 싶은 마음이 간절했다. 하얀 가루는 그의 거지같은 기분을 한순간에 날려버리고 그가 바라는 대로 대단한 남자라는 자부심을 불러일으켜 주었다. 그는 역겨운 듯 남은 위스키를 테라스 난간 밖으로 쏟아버리고 자리에서 일어났다. 체사레는 안에서 무슨 대화가 오가는지 무척 궁금했다. 실비오, 루카, 마시모를 비롯해 넬슨도 자리를 같이하고 있었다. 무언가 중요한 이야기를 하는 것이 분명했다. 화가 점점 치밀어 오르자 그냥 쳐들어갈까 하는 생각이 들었다. 자신도 마시모 형과 마찬가지로 세르지오 비탈리의 아들이 아닌가? 그런 중요한 대화에 참석할 권리가 있지 않은가? 하지만 체사레는 그러지 않았다. 아버지는 형과 다른 사람들 앞에서 그를 밖으로 내쫓아버리고도 남을 사람이었다.

체사레는 홀을 가로질러 손님용 화장실 안으로 들어갔다. 그는 빠른 손놀림으로 알루미늄 호일에 싼 흰 가루를 작은 손거울 위에 부었다. 그는 이런 용도로 쓰기 위해 늘 손거울을 지니고 다녔다. 그러고는 늘 목걸이에 걸고 다니는 금색 면도날로 흰 가루를 두 줄로 가지런하게 정돈하고 오른손 엄지와 검지로 지폐 하나를 능숙하게 돌돌 말았다. 그는 가루를 코로 깊이 들이마셨다. 코가 타들어가는 듯하고 눈에는 눈물이 맺혔다. 체사레는 코카인의 씁쓸한 맛을 음미하며 숨을 깊이 들이마셨다. 추위가 거짓말처럼 사라지고 몸에 뜨거운 열기가 올라왔다. 확신과 우월감 같은 든든함이 그를 채웠다. 체사레는 거울에 비친 자기 얼굴을 향해 미소를 지은 후 거울을 청바지 뒷주머니에 넣고 문을 열었다.

*

알렉스는 어마어마하게 큰 집에 다 비슷비슷해 보이는 응접실 사이를 헤매고 돌아다니다가 문득 테라스 근처가 아닌 조금 구석진 곳에 와 있다는 것을 알아차렸다. 다시 돌아가려고 몸을 돌리려는 찰나 옆방에서 말소리가 들렸다. 평소에 엿듣는 것을 좋아하지 않았지만 맹수같이 노란 눈의 역겨운 남자가 호기심을 자극했다. 알렉스는 숨을 참고 커다란 문이 살짝 걸쳐져 있는 방 앞에 섰다. 문틈 사이로 서재 내부가 보였다. 천장 높이의 책장 앞에 대리석과 유리로 된 으리으리한 책상이 있었는데, 그 책상에 세르지오가 앉아 있었다. 알렉스는 거기 모인 다섯 남자 가운데 세르지오를 제외한 3명을 알아보았다. 하나는 세르지오의 변호사인 넬슨 반 미렌이고, 또 하나는 세르지오의 큰아들 마시모, 그리고 나머지 하나는 세르지오의 심복인 루카 디 바레세였다. 그리고 아까 마주친 여드름 흉터에 노란 눈의 앙상한 남자였다.

"어떻게 됐나? 나탈레, 나한테 전할 소식이 뭔가?"

세르지오가 이탈리아어로 물었다.

"해치웠습니다. 주커먼은 이제 입도 벙긋하지 못하게 됐어요."

남자가 걸걸한 목소리로 대답했다. 알렉스는 숨이 멎으면서 잘못 들은 게 아닌지 귀를 의심했다.

"좋아. 그리고 부두의 그 아일랜드 놈은 어떻게 됐나, 루카?"

세르지오의 목소리에는 냉혹한 승리감이 깃들어 있었다.

"지금쯤 물고기들하고 놀고 있을 겁니다. 아무도 찾지 못할 겁니다." 루카가 대답했다.

"잘 처리했네."

세르지오는 고개를 끄덕이며 책상 앞에 앉았다. 알렉스는 섬뜩한 기운이 파도처럼 밀려와 온몸을 휘감았다. 심장이 쿵쾅쿵쾅 뛰고 머릿속은 온갖 생각으로 어지러웠다. 방 안에 모인 이 사람들은 누군가를 죽인 이야기를 하고 있는 것이다! 오늘, 이렇게 아름다운 8월에 두 명이 죽었다. 비극적인 사고나 중병 때문이 아니라 누군가에게 방해가 된다는 이유였다. 그리고 누군가 그들을 죽여 없애버리라는 명령을 내렸다. 알렉스는 눈을 감았다. 속이 울렁거렸고 머릿속에 떠오르는 생각에 현기증이 났다. 그 누군가는 바로 세르지오 비탈리였다. 세르지오는 언론에서 말하는 내용과 아무 관련이 없다고 분명히 말했다. 너무나 확신에 찬 그의 말투 때문에, 그리고 그를 믿고 싶었기 때문에 알렉스는 그의 말을 믿었다. 하지만 이제 알렉스는 세르지오가 자신의 믿음을 무참히 짓밟았고 냉혹하게 거짓말을 했다는 사실을 알게 되었다. 올리버가 했던 말이 다시 떠올랐다.

"그자의 왕국은 피와 범죄 위에 건설된 거야. 아주 파렴치하고 잔인한 깡패지."

알렉스는 두려움에 입이 바짝 마르고 너무 놀라서 발걸음을 뗄 수가 없었다. 제발 방금 들은 말이 사실이 아니기를 바라는 마음이 간절했다. 세르지오를 나쁘게 생각하고 싶지 않았고 그가 정말로 그런 끔찍한 일에 연루되어 있다고 믿고 싶지 않았다. 어쩌면 그녀가 잘못 알아들었을지도 모르는 일이었다.

"아주 만족해, 나탈레." 세르지오가 다시 입을 열었다.

알렉스는 이제 문틈 사이로 그의 얼굴을 볼 수 있었다. 못생긴 남자가 뭐라고 말하는지 알아들을 수는 없었지만 인사말은 아주 생생하게 들렸다.

"다시 한 번 생신 축하드립니다. 즐거운 저녁 시간 보내시길 바랍니다, 돈(마피아 집단의 두목을 일컫는 말-옮긴이 주) 세르지오."

돈 세르지오. 세르지오는 가벼운 고갯짓으로 남자의 경의를 받아들였다. 알렉스는 발밑의 땅이 꺼지는 느낌이었다. 차가운 손이 심장을 움켜쥐는 듯하고 두려움과 경악에 온몸이 후들후들 했다. 언론이 맞았다. 오히려 언론 기사들이 너무 관대했다. '조폭의 애인.' 올리버의 말이 전적으로 옳았지만 그녀는 믿으려고 하지 않았다. 알렉산드라 존트하임은 마피아 보스의 애인이었다. 킬러한테 사람을 죽이라고 명령을 내리는 그런 자의 애인이었다. 알렉스는 이 집에서 당장 도망치기 위해 몸을 돌렸다. 그 순간 너무 깜짝 놀라 그 자리에 얼어붙었다. 차가운 파란 눈으로 그녀를 응시하는 남자가 서 있었다.

"길을 잃으셨어요?"

남자는 알렉스를 머리끝에서 발끝까지 훑어보았다.

"저는…… 아니요…… 저는 화장실을 찾고 있었어요."

알렉스가 더듬거리며 말했다. 살짝 열려 있는 문틈 사이 서재 안에서 남자들의 목소리가 들렸다. 알렉스는 정신을 차리고 남자를 지나쳐 가려고 하는데 남자가 알렉스의 손목을 덥석 잡았다.

"왜 그렇게 서둘러요? 문 앞에서 뭐 하고 있었어요?"

남자가 미심쩍게 물었다.

"말씀드렸잖아요. 화장실을 찾고 있었다고."

알렉스는 당장이라도 쓰러질 것 같았다. 이유는 모르겠지만 잔인하고 음흉한 눈빛을 가진 이 청년에게 본능적으로 거부감을 느꼈다.

"이제 그만 좀 놔주시겠어요?" 알렉스는 가능한 단호하게 말했다.

"아뇨. 그럴 생각 없는데요. 길을 잃었다는 말을 믿을 수가 없거든요. 그리고 우리 아버지도 누군가 문 앞에서 엿듣는 사람이 있다는 것을 알면 좋아하시지 않을 테니까요."

'우리 아버지…….' 알렉스는 청년을 뚫어지게 쳐다보았다. 이제야 놀랄 정도로 닮은 모습이 눈에 들어왔다. 세르지오가 25살이었을 때 이렇게 생겼을 것이 분명했다. 이 청년은 세르지오의 아들이었다. 알렉스는 너무 두려워서 미칠 것 같았다. 서재 안에는 두 명을 죽인 이야기를 나누는 남자들이 모여 있었고, 그녀는 그것을 듣고 말았다. 알렉스는 예전에 보았던 마피아 영화들이 떠올랐다. 영화 속에서는 비밀을 알게 된 사람의 다리에 돌덩어리를 매달아 이스트강에 던져버렸다. 물고기들이 있는 곳에. 그리고 자신이 잘 안다고 생각했던 남자 세르지오가 바로 돈 세르지오, 뉴욕의 대부였다. 알렉스를 쥐도 새도 모르게 없애는 일 따위는 그에게 별로 대수롭지도 않은 것이었다.

"이보세요. 그건 오해예요." 알렉스가 속삭였다.

"곧 있으면 알게 되겠죠."

청년은 노크도 하지 않고 문을 벌컥 열고 알렉스를 끌고 들어갔다. 무언가 이야기를 하던 세르지오는 말을 끊고 놀란 표정으로 막내아들과 알렉스를 쳐다보았다. 다른 남자들도 뒤돌아보았다.

"체사레, 대체 뭔 짓이냐?"

세르지오가 차가운 목소리로 아들을 향해 쏘아붙였다.

"아버지, 이 여자가 문 앞에서 엿듣고 있었어요."

체사레는 승리감에 도취된 목소리로 알렉스의 손목을 더 세게 움켜쥐었다. 세르지오는 의아한 표정으로 알렉스를 쳐다보았다.

"그만 놔줘!"

세르지오가 명령했다. 알렉스는 세르지오가 화가 난 것을 눈치 챘다. 체사레는 마지못해 손목을 놓아주면서 살짝 밀어 알렉스는 하마터면 넘어질 뻔했다.

"난 엿듣지 않았어요. 화장실을 찾아다니다가 길을 잃었어요. 그런데 갑자기 어디선가 이 남자가 나타나더니 다짜고짜 나를 끌고 여기로 들어왔어요." 알렉스가 불쑥 말했다.

"넌 정말 멍청하기 짝이 없는 놈이구나, 체사레! 왜 내 손님을 괴롭히는 게냐? 또 코카인 마셨냐?"

세르지오는 애써 차분한 목소리의 이탈리아어로 말했다.

"이 여자가 문 앞에 서 있었다고요, 아버지! 제게 고마워하셔야……." 갑자기 불안해진 체사레가 항변했다.

"고맙게 생각하라고?"

세르지오가 난데없이 버럭 소리를 질러 알렉스는 움찔했다. 이렇게 화가 난 모습을 처음 보았다. 그 모습이 정말 살벌했다. 이탈리아어로 너무 빠르게 말을 하고 알렉스가 잘 모르는 구어적 표현을 많이 사용해서 세르지오가 하는 말을 알아듣기 힘들었다.

"머리는 장식으로 달고 다니는 이 멍청한 놈, 네가 데리고 들어왔잖아! 어차피 우리가 하는 말을 못 알아듣겠지만, 지금 뭐라고 생각하겠니? 왜 단 한 번이라도 생각을 하지 않는 거냐? 술 퍼마시고 계집질 하고 다니느라 머리가 어떻게 된 것 같구나."

체사레는 상처를 받은 듯 아무 말이 없었다. 서재 안에 있는 사람들은 아무도 움직이지 않았다. 알렉스는 겁이 많은 사람이 아니었지만, 지금 이 순간은 정말 끔찍하게 두려웠다. 세르지오도, 다른 남자들도 낯설게 느껴졌다. 이들은 알렉스를 죽을 것 같은 두려움으로 몰고 갔다. 체사레는 걸걸한 목소리로 웃었다. 멍한 눈은 증오심에 가득 차 반짝거렸다.

"아버지가 그런 말 할 자격이 있나요! 아버지가 이 창녀랑 그렇고 그런 사이라는 걸 다 아는데 엄마가 있는 집에 초대를 하다니."

체사레도 이탈리아어로 말했다. 분노와 실망감에 얼굴 표정이 일그러졌다.

"입 닥쳐!" 세르지오가 말을 잘라버렸다.

"제가 왜 입을 닥쳐야 하는데요? 여기서 무슨 얘길 하고 있는지 제가 모를 줄 알죠? 당신들은 절 그저 어린애라고 생각하겠지만, 하지만……."

체사레는 추하게 웃으며 반항했다. 이때 세르지오가 갑자기 손을 힘껏 들어 올려 아들의 따귀를 때렸다. 체사레가 비틀거렸다.

"내 눈앞에서 꺼져, 체사레. 내가 정신이 확 돌아서 나중에 후회할 짓을 저지르기 전에 말이다. 내 집에서 당장 꺼져! 당장!"

그의 목소리에는 오직 분노만 남아 있었다. 체사레는 볼을 만지며 뒤로 물러섰다. 그리고 무섭게 노려보면서 말했다.

"후회할 거예요! 모두 후회할 거라고요! 재수 없어!"

체사레가 소리쳤다. 루카와 실비오가 벌떡 일어나 보스를 쳐다보았다.

"내버려둬. 쟤는 아무것도 몰라. 코카인에 취해서 겁 없이 지껄이는 것뿐이야."

세르지오가 이탈리아어로 말했다. 그리고 알렉스에게 다가와 어깨에 팔을 올렸다.

"아들이 놀라게 해서 미안해."

그는 다른 남자들을 쳐다보며 나가라는 눈짓을 보냈다. 그리고 알렉스를 잡았던 손을 떼고 책장 한 곳에 마련된 작은 바로 걸어갔다.

"뭐 좀 마실래?"

"네."

알렉스는 두려움으로 덜덜 떨리는 몸을 추스르기 위해 애썼다. 당장 이 집에서 나가야만 했다. 당장이라도 부모님이 계시는 독일로 날아가서 안전한 방 안에 숨고만 싶었다. 어쩌다가 이 지경까지 왔을까? 세르지오는 알렉스에게 위스키 잔을 건네고 뚫어지게 쳐다보았다. 그는 알렉스가 문 앞에서 정말로 엿들은 것은 아닌지 생각하는 것 같았다.

"내가 좀 전에 체사레한테 했던 말 알아들었어?"

세르지오가 이탈리아어로 물었다. 알렉스는 간신히 본능적으로 제대로 된 반응을 보였다.

"무슨 말인지 모르겠어요. 나하고는 영어로 말하면 좋겠어요."

알렉스가 엷은 미소를 지으며 말했다.

"아냐, 됐어."

세르지오는 미소를 지으며 빈 잔을 받아들었다. 그는 알렉스를 끌어안고 볼에 입을 맞추었다. 알렉스는 하마터면 그를 밀쳐버릴 뻔 했지만 그러고 싶은 충동을 간신히 억눌렀다.

"체사레는 가끔 너무 열성적일 때가 있어. 당신한테 너무 겁을 줬군." 세르지오가 조용한 목소리로 말했다.

"겁을 주려고 했었죠. 하지만 난 그렇게 쉽게 겁을 먹는 사람이 아니에요." 알렉스는 억지로 미소를 지어 보였다.

오늘 밤 알게 된 세르지오의 실체는 너무나 두려웠다. 저 밖에 있는 상원의원과 은행장, 주지사, 변호사들이 세르지오 비탈리의 실체를 알고 있을 리가 없다. 교양 있고 매력적이며 베풀기를 좋아하는 세르지오 비탈리는 킬러를 시켜 걸리적거리는 적을 무참히 살해하는 조폭이었다. 살인자 부대를 거느리고 돈과 살인으로 자신이 원하는 것을 손에 넣고 마는 돈 세르지오. 알렉스는 오싹 소름이 끼쳤다.

"이제 그만 다른 손님들이 있는 곳으로 돌아가자. 샴페인을 마시면서 즐거운 시간을 같이 보내자고."

"네, 그거 재밌겠네요."

알렉스는 세르지오를 따라 복도로 나왔다. 세르지오는 문 앞에 서서 다시 알렉스를 살피듯 쳐다보았다.

"괜찮은 거야? 얼굴이 아주 창백해 보여."

"아니에요. 괜찮아요. 그냥 아까 너무 놀라서 그래요."

알렉스는 미소를 지었다.

그날 저녁 알렉스의 인생 위에 어두운 그림자가 드리웠고, 그녀는 두려움과 절망에 가득 차서 어찌 할 바를 몰랐다.

*

프랭크 코헨은 하품을 하면서 눈을 비볐다. 시계는 10시 15분을 가리켰다. 그를 제외하고 시청에 남은 사람이라고는 안전요원과 청소부뿐이었다. 뉴욕시장 집무실은 하루 종일 너무나 분주하게 돌아가서 프랭크는 특히 집중이 필요한 업무는 저녁 시간에 처리하곤 했다. 그는 이틀째 15년 전 미상의 범인에 의해 교회에서 칼에 찔려 살해된 할렘의 흑인 목사 도널드 콜먼에 대한 조사를 벌이고 있었다. 당시 그의 죽음으로 인해 내전이 벌어지기 직전 상황까지 갔고, 콜먼은 순교자가 되었다. 코스티디스 시장은 내일 도널드 콜먼의 이름을 딴 청소년회관 개관식에 참석할 예정이었다. 이스트 할렘에서도 가장 빈민가에 세워진 청소년회관에는 10명의 사회복지사가 길거리의 아이들을 돌볼 예정이었다. 그리고 도서관, 컴퓨터실, 그리고 마약에 중독되고 일자리가 없는 젊은이를 위한 상담소가 마련되어 있었다.

프린터에서 프랭크가 원하던 도널드 콜먼에 관한 모든 정보가 4장의 문서에 담겨 나왔다. 시장이 내일 아침 이 자료를 2분 만에 훑어볼 것이다. 8시간에 걸쳐 작업한 자료를 단 2분 만에 훑어보고 개관식 때 도널드 콜먼에 관한 환상적인 연설을 할 것이다. 마치 콜먼과 오랫동안 친하게 지내던 사이처럼.

프랭크는 자료를 챙기고 컴퓨터를 끄면서 미소를 지었다. 닉 코스티디스는 그가 지금껏 만나본 사람 중에서 가장 인상적인 사람이었다. 프랭크는 12년 전 코스티디스가 워싱턴 DC에서 법무부 부장관일 때 처음 만났다. 당시 대학을 갓 졸업한 프랭크는 신참 법조인으로서 얻은 우수한 성적 덕분에 인기도 많고 들어가기도 힘든 법무부 인턴 자리를 차지할 수 있었다. 코스티디스가 있던 부서로 배치를 받은 프랭크는 곧바로 그에게 매료되었다. 코스티디스는 지칠 줄 모르는 에너지가 있고 아주 지적이었으며 매력적인 카리스마를 발산했을 뿐 아니라 사람들을 사로잡는 재주가 있었다. 그는 강직하고 청렴결백하며 야심이 있으면서도 결코 도도하지 않았고, 전임자들이 그저 정치적인 성공만 머릿속에 가득한 반면에 정말 범죄와의 전쟁을 진심으로 마음에 두고 있었다. 하루 16시간 근무가 일상적이던 그는 자신을 돌보는 데는 관심이 없었고, 직원들에게는 절대적인 충성과 열심히 일할 것을 요구했다. 대신 그는 인습에 얽매이지 않는 너그러운 상관이었다. 그는 나중에 뉴욕시장이 되어 최우선 과제로 표명한 조직범죄와 마약 사범을 증오한 것 못지않게 편협한 태도와 관료주의를 증오했다. 코스티디스의 반대자는 그의 열정을 광적인 집착으로 깎아내렸는데, 사실 프랭크도 가끔 그런 생각이 들기도 했다.

코스티디스는 1984년에서 1985년으로 넘어가던 그해 겨울을 아직도 생생하게 기억했다. 여러 달에 걸쳐 마피아 보스에 대항한 조직범죄 피해보상법(RICO)을 준비할 때 창백한 얼굴에 눈 밑 다크서클이 자리 잡은 그의 몰골은 말이 아니었다. 당시 그는 초인적인 에너지로 일을 했다. 그는 일을 위해 사는 사람이었다. 또한 그는 자신이 태어나고 자란 도시를 사랑했다. 집에서 5시간만 자고 다시 의욕이 충만한 상태로 출근해 한창 젊은 직원조차 따라 갈 수 없는 속도로 일을 처리하기도 했다. 부하들에게 높은 기대치를 가진 코스티디스는 강하고 용감하며 모든 것을 내던질 자세가 되어 있었다. 또한 마케팅에 대한 동물적인 감각을 갖추었으며, 언론인을 다루는 데 아주 능숙했다. 그래서 언론을 잘 이용했고, 카메라 앞에서도 자신의 생각을 꾸미지 않고 당당하게 밝히는 것을 주저하지 않았다. 대부분의 뉴욕 시민은 그런 코스티디스를 사랑했지만, 불법적인 짓으로 돈을 버는 자들에게 그는 위협적인 존재였다. 프랭크는 세월이 흐르면서 누구든 코스티디스를 증오하든가 사랑하든가 둘 중 하나가 된다는 것을 깨달았다. 어쨌든 코스티디스는 일단 그를 알게 되면 그냥 아무 감정 없이 대할 수는 없는 사람이었다.

프랭크는 아버지나 다른 형제들처럼 변호사가 되지 않은 것을 한 번도 후회한 적이 없었다. 그는 운명적으로 닉 코스티디스와 만나게 된 것을 감사하게 생각했다. 그가 하는 일은 스트레스가 많은 데 비해 보수도 작고 전공과도 별 관련이 없었지만 뉴욕시장의 가장 든든한 부하직원으로서 매일매일 새로운 도전과 과제를 받아들였다.

프랭크는 일을 하면서 뉴욕과 같은 대도시에서만 맞닥뜨릴 수 있는 극과 극의 삶을 보게 되었다. 부와 빈곤, 범죄와 복지, 한없는 이기주의와 따뜻한 관용, 부정부패, 사기, 힘든 일과 기쁜 일 따위가 만화경같이 시시각각 변했다. 때로는 자신이 하는 일에 압박감과 좌절감을 느끼기도 하고 늪에 빠져 허우적거린다는 생각이 들 때도 있지만 그래도 그가 계속해서 일을 할 수 있게 위안과 보람이 되는 기쁜 순간도 있었다. 하지만 그에게 가장 큰 위안은 닉 코스티디스였다. 그는 정치를 하는 데 절대 인간성을 잊지 않는 사람이었다. 프랭크는 코스티디스가 뉴욕 시민의 삶의 질을 개선하기 위해 지치지도 않고 투쟁하는 것을 결코 가만히 지켜볼 수는 없었다.

프랭크가 이런 생각에 잠겨 있을 때 전화벨이 울렸다.

"시장 집무실입니다. 무엇을 도와 드릴까요?"

프랭크가 전화를 받았다.

"아직도 사무실에 남아 있네요."

수화기 너머에서 불쾌하고 그르렁거리는 목소리가 들렸다.

"안녕하세요, 맥디어 씨. 이렇게 늦은 시간에 무슨 일이십니까?"

프랭크는 피곤한 눈을 감았다.

트루먼 맥디어는 FBI 직원으로, 가장 중요한 증인인 데이비드 주커먼을 보호하는 임무를 맡았다. 프랭크는, 대머리에 고집스러운 표정, 황달 환자같이 얼굴빛이 누렇게 뜬 맥디어를 별로 좋아하지 않았다. 예전에 마피아 보스들에 대한 기소가 진행될 때 알게 되었는데 소송이 시작되자마자 같이 하던 일이 끝나 다행이라고 생각했던 기억이 있다.

"어떻게 하면 시장님하고 연락이 닿을 수 있을까요?"

"오늘 저녁에는 사적인 약속이 있으십니다. 제가 대신 전해 드릴 소식이라도 있습니까?"

"반드시 통화해야 할 일이 있어요. 시장님이 꼭 아셔야 할 일이 벌어졌어요."

도도한 맥디어가 이렇게 당황스러운 말투로 더듬거리는 것은 상당히 이례적인 일이었다. 프랭크는 불길한 느낌에 사로잡혔다.

"혹시 주커먼한테 뭔 일이 생긴 겁니까?" 프랭크는 눈을 크게 떴다.

"맞아요! 주커먼이 죽었어요. 그 빌어먹을 호텔에 우리 직원이 15명이나 감시하고 있었는데도 말입니다!"

"이런 맙소사!"

프랭크는 갑자기 일어나는 바람에 무릎이 서랍장에 부딪혔다.

"설마 그럴 리가요? 아니면 혹시 자살했나요?"

"아니요, 총에 맞았어요. 소음기가 장착된 45구경 권총에."

맥디어의 목소리가 기어들어갔다.

"젠장."

프랭크는 의자에 주저앉아 아픈 무릎을 어루만졌다. 순식간에 수많은 생각이 머리를 스치고 지나갔다. 코스티디스는 주커먼의 진술에 모든 희망을 걸고 있었다. 그는 그 남자의 도움으로 마침내 세르지오 비탈리를 잡아넣을 수 있을 것으로 철석같이 믿었다. 주커먼은 몇 달 동안 감옥에서 지내면서 처음에 보였던 자신만만한 모습을 점차 잃어가더니 지난 몇 주 동안은 그야말로 무너져버렸다. 그리고 어젯밤에는 놀랍게도 대배심에서 모든 진술을 하겠다고 결심했다. 당시 증거 불충분으로 흐지부지 조사가 끝나버린 월드 파이낸셜 센터 건설과 관련된 부패 스캔들에 대해서도 진술하겠다고 말했다. 주커먼은 마치 폭포수처럼 매수와 협박, 건설 계약 위조와 사기, 뻥튀기된 가격과 담합에 대해 털어놓았다. 이런 진술은 세르지오 비탈리에게 매우 불리했을 것이다.

지난해 11월에 진행된 대배심 첫 조사에서 주커먼은 변호사의 조언대로 미국 수정헌법 제5조에 의거해 진술을 거부했다. 이것을 명백한 자백으로 받아들일 수 있는데도 검찰은 명백한 증거가 없다는 이유로 조사를 종결해버렸다. 코스티디스는 길길이 날뛰면서 주커먼의 구속 유지와 사건 재조사에 온 힘을 기울였다. 그는 결국 새로운 조사위원회를 구성하는 데 성공했고, 이번에는 세르지오가 빠져나갈 수 없으리라 100퍼센트 확신하고 있었다. 그런 코스티디스가 주커먼이 죽었다는 사실을 알게 되면 몹시 낙담하게 될 것이 분명했다.

메트로폴리탄 교정센터에 수감되어 있던 주커먼은 이틀 전 15명의 FBI 요원들의 감시 하에 외부로부터 완전히 차단된 호텔로 옮겨졌다. 그런데도 총에 맞아 죽고 말았다. 세르지오는 주커먼이 당국에 협조하기로 결심했다는 사실을 안 것이 분명했다. 그는 오래 망설이지 않고 그날 밤에 당장 일을 처리했고 FBI의 뒤통수를 쳤다. 프랭크는 한숨을 내쉬었다. 그는 시장 부부가 편안한 저녁 시간을 보내기를 바랐지만 시장이 내일 신문을 보고 이 소식을 알기 전에 당장 전해야 했다.

"제가 시장님께 당장 보고하겠습니다. 전화 주셔서 고맙습니다, 맥디어 씨."

프랭크는 전화를 끊고 컴퓨터를 껐다.

"이런 빌어먹을."

그는 욕을 내뱉으면서 시청 지하의 주차장으로 내려갔다.

*

30분 후 프랭크는 시장과 마주했다. 그는 시장이 격분하여 FBI의 멍청함에 대해 심하게 욕할 것으로 예상했지만 의외로 시장은 체념한 듯 그저 고개만 끄덕였다. 코스티디스는 센트럴파크에 있는 델라코르테 극장 앞 광장 가장자리에 있는 돌 벤치에 앉아 피곤한 듯 눈을 비볐다.

"세르지오 짓이야. 틀림없어."

코스티디스가 어두운 목소리로 말했다. 객석이 꽉 찬 야외극장에서 환호성과 박수 소리가 흘러나왔다.

"정말 죄송합니다, 시장님"

프랭크가 나직한 목소리로 말했다. 가로등 불빛 아래 코스티디스의 얼굴에 잡힌 주름과, 모든 생기가 사라진 듯한 피곤한 눈 밑에 드리운 어두운 그림자가 적나라하게 보였다. 프랭크는 시장이 갑자기 몇 년은 늙어버린 듯했다. 그의 에너지와 믿기 힘든 활력, 열정이 사라져버리고 없었다. 코스티디스는 고개를 들어 한동안 아무 말 없이 프랭크를 쳐다보았다. 그러더니 한숨을 푹 내쉬었다.

"가끔은 내가 하는 일이 옳은가 하는 의문이 드네. 아니면 내가 무모한 열정 때문에 큰 실수를 저지르는 게 아닌지 모르겠어."

코스티디스가 조용한 목소리로 말했다.

"실수라고요?"

프랭크는 의아했다. 그는 시장이 이렇게 회의적인 모습을 보이는 건 처음 보았다.

"그래. 주커먼이 입을 열 때까지 내가 그 사람을 그렇게 오래 붙잡아두지 않았다면 아직 살아 있었을 거네. 난 세르지오를 잡아넣겠다는 생각에만 사로잡혀서 주커먼의 부인을 미망인으로 만들고 애들을 아버지 없는 상태로 만들어버렸어. 이제 주커먼은 죽었는데 우린 한 발짝도 나아가지 못했으니."

코스티디스는 등을 뒤로 기대고 눈을 감았다. 프랭크는 무거운 마음으로 침묵했다.

"세르지오는 나보다 강한 자야. 무자비하기 때문에 강해. 양심이라고는 털끝만큼도 없고 사람의 목숨 따위는 안중에도 없기 때문이지. 내가 대체 뭔 짓을 저지른 걸까?" 코스티디스가 말을 이었다.

"그런 생각 하지 마세요, 시장님. 우리는 옳은 일을 하려던 것뿐이었습니다. 주커먼이 총에 맞아 죽을지 우리가 어떻게 알았겠습니까? 주커먼이 진술만 했다면 우리는 한꺼번에 10명은 잡아들일 수 있었을 겁니다." 프랭크가 말했다.

코스티디스는 눈을 떴다.

"과연 우리가 정의의 이름으로 한 사람의 목숨을 가지고 모험을 걸 권리가 있는 것일까? 나도 잘 모르겠어. 예전에는 내가 하는 일이 옳고 좋은 일이라는 확신이 있었어. 하지만 이젠 좋은 일이라도 다른 사람을 불행하게 만들 수 있다는 사실 때문에 회의가 생기네."

시장이 보인 회의와 상심에 프랭크는 마음이 아팠다. 차라리 길길이 날뛰며 화를 내는 것이 나을 듯했다. 지금은 그 어떤 위로의 말도 할 수가 없었다.

"그만 집으로 들어가게, 프랭크. 열심히 일했으니 집에 가서 푹 쉬도록 하게." 코스티디스는 젊은 부하직원의 어깨에 손을 올렸다.

"알겠습니다. 저도 시장님의 편안한 저녁 시간을 방해하고 싶지 않았습니다만 이런 소식을 내일 아침 라디오를 통해 알게 되시는 것보다는 직접 전해 드리는 것이 낫다고 생각했습니다."

프랭크가 고개를 끄덕이며 말했다.

"자네 말이 맞아. 고마워. 제롬 하딩과 마이클 페이지한테 전화를 걸어주게. 내일 아침 10시에 내 집무실에서 보자고. 알았지?"

코스티디스는 자리에서 일어났다. 마침 야외극장에서 관객들이 나오기 시작했다.

"알겠습니다."

프랭크는 고개를 끄덕였다. 그는 시장에게 인사를 하고 돌아서서 생각에 잠긴 채 집으로 향했다.

*

메리 코스티디스는 천천히 다른 관객들과 함께 야외극장에서 빠져나와 남편을 찾으러 주위를 두리번거렸다. 내일 아침까지 기다릴 수 없는 무언가 급한 일이 일어난 것이 분명했다. 무슨 일인지 걱정하느라 연극 뒷부분은 제대로 집중해서 보지 못했다. 남편을 찾은 메리는 그의 표정에서 모든 것을 짐작할 수 있었다. 그는 화가 나거나 흥분한 것이 아니라 깊은 절망감에 빠져 있었다. 메리는 남편을 알고 지낸 세월이 32년이었다. 그를 너무나 잘 알았다. 그녀는 늘 남편을 지지했고, 그가 열정적으로 일하는 것에 감탄하며 옆에서 지켜봐왔다. 그리고 남편이 얼마나 힘들게 싸워왔는지도 너무나 잘 알았다. 그의 얼굴 주름이 더욱 깊어졌고 숱이 많던 짙은 색 머리카락에도 흰 머리가 보이기 시작했다. 그는 시장이 되자 전보다 훨씬 많은 공격을 당했다. 대중의 스포트라이트도 자주 받았고, 반대자로부터 아주 작은 실수조차 가차 없는 비난을 받았다. 그가 느끼는 압박감은 어마어마했다. 지난 몇 주 동안은 너무나 긴장한 나머지 아내의 말에 제대로 귀를 기울이지도 못했다. 무언가 그의 머릿속을 꽉 채우고 있는 것이 분명했지만 그 이유를 알려고 다그치는 것은 아무 소용이 없다는 것을 알고 있었다. 남편은 때가 되면 이야기를 해줄 것이다.

코스티디스는 늘 그렇듯 겉으로는 강인하고 대담해 보였다. 여러 가지 어려운 상황과 몇 년에 걸친 힘든 싸움 끝에 남편은 겉으로 보기에 차돌처럼 단단한 사람이 되었다. 하지만 내면은 여전히 감수성이 풍부한 사람으로, 자신이 했던 노력이 수포로 돌아가면 많이 힘들어했다. 메리는 남편이 막강한 권력을 휘두르는 자들과 적대관계에 놓여서 두려워했지만, 코스티디스는 한 번도 두려워한 적이 없었다. 그는 정말 특별한 사람이었다. 메리는 뉴욕 공공도서관에서 책을 빌릴 때 처음 만났을 때처럼 여전히 그를 사랑했다. 그의 야망과 강직함, 깨끗하게 실패를 인정할 수 있는 그의 능력을 사랑했다. 코스티디스는 스스로를 이 세상의 중심으로 생각하지는 않았지만, 자신을 믿어주고 믿는 사람들에게 더 좋은 세상을 만들어주고 싶어 했다. 그가 추진하는 계획이 어떤 사람들의 사업에 방해가 된다 싶으면 종종 살해 위협을 받았다. 그를 비난하는 기사가 실리기도 했고 익명의 협박

전화도 많이 받았다. 하지만 이 모든 것은 그가 옳다고 믿는 것을 포기하게 만들지는 못했다. 메리는 남편이 초인처럼 하루에 16시간 이상씩 일을 하고, 지하철을 타고 다니거나 텔레비전에서 잘못된 것을 폭로하면 걱정이 되기는 했지만 한 번도 남편에게 내색하지 않았다. 코스티디스는 자신이 하는 일에 확신을 가진 사람이었다. 그리고 메리는 그의 아내로서 뉴욕 시민이 더 나은 삶을 누리게 하고 싶다는 그의 꿈을 전적으로 지지했다.

"무슨 일이에요?"

메리는 남편에게 다가가며 물었다. 두 사람은 손을 잡고 걷기 시작했다.

"조사위원회에서 진술할 예정이던 데이비드 주커먼이 총에 맞아 죽었소. 프랭크가 아까 와서 소식을 전해주더군."

한참을 걸은 후에 코스티디스가 어렵게 입을 열었다.

"세상에나! 정말 끔찍한 일이네요."

메리는 세르지오 비탈리에게 불리하게 작용할 진술을 남편이 얼마나 중요하게 생각했는지 잘 알았다. 의기양양한 막강한 적을 마침내 꼼짝 못 하게 할 절호의 기회였다.

"아니, 정말 역겨운 일이지." 코스티디스는 고개를 푹 숙였다.

두 사람은 메트로폴리탄 미술관 부근에서 공원을 빠져나왔다. 지나가는 사람들이 그에게 인사를 했지만 그는 단 한 사람의 인사도 제대로 받아주지 않았다. 메리는 주커먼에게 일어난 일 때문에 남편이 엄청난 충격을 받았다는 것을 느꼈다. 남편은 평소에 늘 사람들을 기분 좋게 대했다. 누구에게나 귀가 열려 있는 사람으로 유명했지만 오늘밤 그는 매우 지치고 피곤해 보였다. 두 사람은 길을 건넜다. 코스티디스는 지나가던 택시에 손짓을 보냈다.

"프랭크한테 사생활이라는 것이 있기나 한지 모르겠군."

그가 생각에 잠겨 말했다. 메리는 미소를 지으며 어깨를 으쓱했다. 프랭크 코헨은 이미 여러 해 전부터 알고 있었지만 너무 과묵하고 내성적이라 별로 좋아하지는 않았다. 남편의 또 다른 부하직원인 레이먼드 하워드가 차라리 더 마음에 들었다. 신랄하면서도 때로는 냉소적인 유머 감각을 가진 그는 진짜 뉴요커였다. 레이먼드는 생기발랄하고 매력적이고 사교적이었으며 말이 빠르고 늘 시간에 쫓기듯이 빠르게 움직였다. 그리고 운 나쁘게 뉴욕 태생이 아닌 사람은 대놓고 무시했다. 하워드와 비교하면 프랭크는 딱딱하고 특이했다. 그리고 레이먼드가 코스티디스 옆에서 대중의 관심을 받는 것을 즐기는 반면에 프랭크는 뒤에서 조용히 일하는 것을 좋아했다. 메리는 남편에게 프랭크가 조금 이상하다고 넌지시 말을 한 적이 있었는데 코스티디스는 그저 웃어넘겼다.

"그래도 나는 프랭크 코헨 같은 사람이 옆에 있어서 정말 다행이라고 생각해요. 집무실에서 모든 일을 도맡아 하고, 어떤 때는 내 주위 사람 중에 그 사람이 유일하게 정상적으로 느껴질 때도 있소."

지나가던 세 번째 택시가 멈춰 섰다.

"크리스토퍼가 주말에 뉴욕에 온대요."

노란색 택시 뒷좌석에 앉자 메리가 말했다. 택시는 5번 애비뉴에서 칼슐츠 공원 방향으로 86번 스트리트로 커브를 틀었다. 뉴욕시장의 공관인 그래시 맨션이 있는 곳이었다.

"그래, 잘됐군." 코스티디스는 생각에 잠겨 중얼거렸다.

"여자 친구를 데리고 온대요."

메리는 남편이 제대로 귀 기울여 듣지 않는다는 것을 눈치 챘다. "당신한테 여자 친구를 소개해주고 싶다고 했어요. 주말에 아이들한테 내줄 시간 있겠죠?"

"뭐? 아, 내가 잠깐 딴 생각을 했구려."

그는 미안한 표정으로 아내를 쳐다보았다. 메리는 한숨을 쉬며 조금 전에 했던 말을 차분히 다시 말했다.

"크리스토퍼에게 여자 친구가? 난 금시초문인데!"

남편이 의아한 듯 물었다.

"그래서 뉴욕에 오겠다는 거 아니에요. 여자 친구 이름이 브리트니 에드워즈고 래드클리프 대학교에서 예술사와 철학을 3학기째 공부하고 있다는군요. 가족은 허드슨 밸리에 살고 아버지는 웨스트포인트의 고위 장교랍디다."

"그렇군, 그런데 크리스토퍼하고는 얼마나 진지한 사이요?"

"꽤 진지한 것 같아요. 결혼하고 싶어 하니까."

"결혼?" 닉은 아내를 어리둥절한 표정으로 쳐다보았다.

"뭘 그렇게 놀라요? 벌써 29살이잖아요. 우리는 그 나이 때 이미 결혼해서 애도 낳았잖아요." 메리는 웃었다.

"그래, 그랬지. 하지만……."

코스티디스는 고개를 저었다. 아들이 벌써 29살이라는 사실이 믿기지 않았다. 초등학교에 입학한 것이 엊그제 같았다. 시간은 정말 쏜살처럼 지나갔다. 크리스토퍼는 그에게 한 번도 걱정을 끼친 적이 없는 착한 아들이었다. 고등학교를 졸업하고 2년간 공군에서 복무한 후 의대를 졸업하고 지금은 워싱턴 메모리얼 병원에서 근무하고 있었다. 정말 모범적인 삶을 살고 있었다. 그리고 아들은 아버지가 함께 시간을 많이 보내지 못한 것을 한 번도 원망한 적이 없었다. 다른 아버지처럼 같이 야구를 하거나 영화관에 가지 못한 것에 대해 불만을 나타낸 적이 없었다.

"애들이 자라는 걸 보면 내가 얼마나 늙었는지 새삼 느끼게 돼요. 나는 여전히 미래를 위한 계획이 많은데 이제 시간은 점점 달아나고 그 모든 계획을 다 실천하지는 못하게 될 거라는 생각이 드는구려." 닉은 손으로 얼굴을 비볐다.

"여보, 당신은 아직 그렇게 늙지 않았어요. 지금이 전성기예요."

메리는 남편의 손을 잡았다.

"나 듣기 좋으라고 하는 소리겠지. 난 폭삭 늙어버린 기분이오. 모든 게 너무 어려워지는구려. 난 내가 성공할 것이라고 낙관했는데 지금은……." 그는 씁쓸한 미소를 지으며 입을 닫아버렸다.

"그 남자의 죽음을 당신 탓이라고 생각하지 말아요."

"그렇게 생각하지는 않고. 다만 지금 이런 상황이 너무 힘들어요. 나는 실패하고 말았소. 결국에는 착한 사람이 이기는 그런 영화 같지는 않다는 말이오."

"그 살인 사건 배후에 세르지오 비탈리가 있다는 게 확실해요?"

"그럴 가능성이 아주 높소. 주커먼이 진술을 하기로 결심했다는 사실을 어떻게든 알게 된 것이 분명해요. 그리고 곧장 행동에 옮겼겠지. 난 주커먼한테 우리에게 협조하라고 강요한 게 후회되는구려. 난 그 사람의 죽음에 책임이 있소." 코스티디스는 한숨을 내쉬었다.

"그렇지 않아요. 그 사람은 범죄에 가담했던 자예요."

"하지만 내가 진술을 하라고 강요하지 않았다면 아직 살아 있을 것이라는 사실이 변하진 않아요."

남편의 화가 난 표정 때문에 메리는 마음이 좋지 않았다. 남편의 깊은 상심이 그 남자의 죽음 때문만은 아니라는 생각이 들었다.

"하지만 검찰은 그 남자를 계속 구속하기로 결정했잖아요."

메리가 조심스럽게 말을 꺼냈다. 지난 몇 주 내내 무거운 침묵으로 일관하는 남편이 그나마 자신과 대화를 하는 것이 다행이라는 생각이 들었다.

"드 랜시 검사는 그 남자를 이미 6개월 전에 풀어주려고 했소. 그 사람은 그 사건을 계속해서 추적하는 데 관심이 없었지. 그리고 주커먼의 기소 유지를 상당히 부담스러워했소."

"부담스럽게 생각했다고요? 뇌물 스캔들을 파헤칠 절호의 기회였는데!"

"바로 그 점 때문에 내가 힘이 빠지는 거요. 드 랜시가 바로 그걸 막으려고 했다는 생각을 떨칠 수 없기 때문에."

코스티디스는 어깨를 으쓱하고 창밖을 내다보았다. 메리는 그 말 뜻을 이해하고 소름이 돋았다.

"그렇다면 당신은 드 랜시가……."

"그래요. 난 세르지오가 드 랜시를 매수했다는 의심을 품고 있소."

"세상에, 연방검찰을?"

"돈만 있다면 누구든 매수 못 할 것도 없잖소."

"당신을 매수할 수는 없잖아요."

메리는 남편의 손을 만졌지만 그는 아무런 반응을 보이지 않았다. 그는 위로를 받고 싶지 않았다. 메리는 손을 다시 거둬들였다.

"그렇지. 날 매수할 수는 없지. 난 무모한 싸움을 벌이고 있는 바보 멍청이니까. 곧 있으면 뉴욕에서 잘나가는 사람들과 다 관계가 나빠질지도 모르오. 게다가 내 부하직원 중에 배신자가 있다는 사실은 너무 끔찍하구려." 그는 허탈하게 웃었다.

"왜 그렇게 생각해요?"

"세르지오는 주커먼이 생각을 바꾼 지 12시간도 되지 않아서 그 사실을 알았소. FBI하고 내 부하직원 말고는 아무도 모르는 사실이었는데."

"드 랜시는요?"

"나도 처음에는 그 사람을 의심했소. 하지만 그 사람은 지금 유럽에 가 있어서 내일이 되어서야 그 사실을 알게 돼요."

메리는 마음이 무거워 입을 다물었다. 자기 조직 안에 배신자라니! 이제 왜 남편이 그토록 상심했는지 이해할 수 있었다. 남편은 적 앞에서는 두려움이 없지만 아주 가까운 부하직원, 믿었던 직원이 몰래 적과 내통한다는 것은 정말 끔찍한 일이었다.

"난 못 하겠소. 난 지금껏 그렇게 많이 이겼고 성공했지. 처음에는 그러리라 생각도 못했는데 말이오. 하지만 이번에는 내가 질 것이라는 걸 알고 있소."

코스티디스가 조용한 목소리로 말했다. 메리는 마주 오는 자동차의 헤드라이트로 인해 남편의 눈에 깃든 어두운 절망감을 볼 수 있었다. 메리는 이상하게 예언처럼 들리는 말에 등골에 오싹 소름이 돋았다. 8월의 밤은 따뜻했지만 오한을 느꼈다.

"그렇지 않아요." 메리가 속삭였다.

"하지만 사실이오. 그자들이 더 강하지. 내가 자기들한테 방해가 되기 때문에 나를 파멸시키는 데 온갖 수단 방법을 다 동원할 거요. 그리고 저들이 나와 가까운 부하직원과 손잡고 내게 덤비면 어떻게 할 방법이 없소."

그는 메리를 쳐다보지 않고 고개를 저으며 한숨을 내쉬었다. 물이 차오르는 배 안에서 숟가락으로 물을 퍼내고 있는 듯한 기분이 들 때가 가끔 있었다. 어딘가에 잘못된 것을 제거하거나 구멍을 막으면 또 다른 곳에 더 큰 구멍이 생겼다. 처음 시장이 되었을 때 그는 이상주의에 가득 차 있었다. 그렇다고 경험이 없거나 순진한 것은 아니었다. 하지만 자신의 선거 공약을 실천에 옮기는 것이 이렇게 절망적이고 앞이 보이지 않는 일일 줄은 몰랐다. 물론 그의 전임자들이 했던 대로 할 수도 있었다. 세르지오에 맞서 싸워서 너덜너덜하게 녹초가 되는 대신에 타협을 할 수도 있었다. 하지만 그는 만약 그렇게 한다면 자기 얼굴을 거울에 떳떳이 비춰볼 수 없다는 것을 잘 알았다. 재계와 정계의 뉴욕 거물 가운데 상당수는 노골적으로 그에게 접근하기도 했다. 하지만 그는 매수라고 생각될 만한 모든 유혹을 단호하게 거절했다.

그는 2주 전에 자선 행사를 가장한 고객 유치 행사의 화려한 리셉션 행사에서 뉴욕 최고의 부동산 갑부인 찰리 로젠바움과 논쟁을 벌였다. 로젠바움은 뉴욕 할렘가에 무료로 유치원을 지어주겠다고 약속했다. 코스티디스가 그런 존경스러운 기부에 대한 대가가 무엇이냐고 질문하자 로젠바움은 다운타운에 '실수'로 6개 층을 더 올린 건물에 대한 사후 허가를 바란다고 했다. 이것은 뉴욕에서는 관행이었지만 코스티디스는 바로 그 점이 늘 불만이었다. 부자들은 서슴지 않고 무엇이든 할 수 있었다. 그들에게 법이나 규제 따위는 존재하지 않았다. 이들은 테이블 위에 돈을 올려놓기만 하면 원하는 것을 하거나, 원하지 않는 것을 하지 않을 수 있었다. 음주 운전이나 건설 법규 위반도 할 수 있었고 사기, 거짓말, 절도, 횡령, 심지어 살인도 할 수 있었다.

"전 유권자에게 뉴욕이 정직하고 안전한 도시가 되도록 힘쓰겠다고 약속했습니다. 그리고 저는 그 약속을 반드시 지킬 생각입니다."

코스티디스는 로젠바움에게 이렇게 대답했다.

"내가 제안하는 거래가 왜 정직하지 않다고 생각하십니까? 전 우리 도시에 예쁜 새 유치원을 지어주려는 겁니다. 최신식 시설에 밝고 필요한 모든 것이 갖춰진 그런 유치원 말입니다. 서로 상부상조하는 거죠. 대신에 나는 사후 허가를 받게 되는 것이고요. 더 올린 6개 층에는 세금을 내는 기업들이 입주하게 됩니다. 건물이 116층이든 122층이든 무슨 상관입니까?"

로젠바움은 일부러 의아한 척 눈을 동그랗게 뜨고 물었다.

"저는 원칙에 대해 말씀드리고 있습니다."

"원칙! 시장님! 우리 시는 파산했기 때문에 민간 투자자들이 필요합니다. 제가 투자를 하지요. 대신에 그에 대한 보상을 요구하는 겁니다. 사업이란 게 다 그렇죠. 자선만으로 살 수 있는 사람은 없어요."

"그건 매수입니다."

그러자 로젠바움의 얼굴빛이 어두워졌다.

"그건 길거리에서 방황하고 몇 년 후에 마약에 손 대고 범죄자로 전락할 많은 아이들에게 의미 있는 시설을 지어주겠다는 좋은 의도에 대한 모욕이에요."

사실 로젠바움의 제안은 정말 구미가 당기는 것이었다. 실제로 시 재정은 파탄 직전이었다. 사우스 브롱크스나 할렘에 새로운 유치원을 시 재정으로 짓는 것은 불가능한 일이었다.

"찰리 로젠바움 씨. 제가 우리 직원이나 유권자에게 기회주의자로 비치지 않고 당신에게 그런 허가를 내줄 방법이 있을까요? 당연히 저도 시의 돈을 들이지 않고 예쁜 새 유치원을 원하고 있습니다. 하지만 그렇다고 해서 제가 건설국에 가서 '이보게, 로젠바움 씨가 실수로 원래 허가받은 것보다 6개 층을 더 올렸다네. 그분이 상당히 미안하게 생각하고 있지만 자네들이 2년 전에 거절했던 걸 이제 사후 허가를 내줘야겠네……'라고 말할 수는 없는 노릇이잖소."

"시장은 당신입니다. 당신은 할 수 있습니다."

"제 체면을 구기지 않고 할 수는 없어요. 죄송하군요, 로젠바움 씨."

"전 허가를 얻어내고 말 겁니다. 시간이 좀 걸리고 돈도 상당히 들어가겠죠. 변호사와 감정인에게 주느니 차라리 유치원을 짓는 데 쓰고 싶은 그 돈 말입니다."

"제가 해줄 수 있는 일이 아니에요."

로젠바움은 이제 말이 안 통한다는 것을 깨닫고 엷은 미소를 지으며 어깨를 으쓱했다.

"저는 늘 시장님이 아주 똑똑한 분이라고 생각해왔습니다. 하지만 단단히 착각한 모양입니다. 그런 고집불통과 타협을 모르는 태도는 우리 시에 많은 손해를 끼치게 될 겁니다. 돈이 있는 사람과 투자자는 다른 곳으로 옮겨갈 겁니다. 그런 분을 팔 벌려 환영해주고, 선의를 매수라고 매도하지 않는 그런 곳으로 말입니다."

로젠바움은 그 어떤 사람보다도 분명하게 자신의 생각을 전달했다. 코스티디스는 도덕 기준이 높은 자신이 이런 일에 적임자가 아닐지도 모른다는 생각이 뼈저리게 들었다. 시와 시민을 위해 그의 부탁을 들어주고, 흑백논리를 버리고 자신의 원칙에 반하는 조치를 내려야 했던 것이 아닌가? 새로 유치원을 지으면 수백 명의 아이들이 혜택을 받을 수 있다. 그리고 사실 원래 허가 받은 것보다 건물을 조금 높게 지었다고 해서 누구에게 방해가 되는 것도 아니었다. 하지만 그는 정말 원칙을 중요하게 여겼다. 한 번 그런 거래를 받아들이면 다음번에도 '노'라고 대답하지 못한다. 그렇게 된다면 그가 '부패한 마리오네트'라고 비난했던 그의 전임자들보다 나을 것이 없었다. 그리고 뉴욕 시민은 그가 그러지 않겠다고 약속했기 때문에 그를 뽑아준 것이다. 그렇기 때문에 결과가 어떻든지 간에 그렇게 하면 안 되는 것이다.

"유감이군요. 전 시장님이 그렇게 융통성 없이는 아무것도 할 수 없다는 것을 이제 충분히 알 때가 됐다고 생각했어요 지나친 도덕의식 때문에 우리 시를 완전히 파산시킨 시장으로 역사에 길이 남고 싶으면 몰라도 말입니다." 로젠바움이 말했다.

이런 대화를 나눈 후 코스티디스는 로젠바움이 했던 말을 여러 번 곱씹어보았다. 그 이후 그는 자신의 생각이 가진 정당성에 대해 심각하게 고민했다. 밤새도록 생각하고 고민해보았지만 결국 스스로 한 말을 지키기 위해 원칙을 고수하기로 결심했다.

택시가 이스트 88번 스트리트와 이스트 엔드 애비뉴가 만나는 곳에 자리한 칼슐츠 공원 대문 앞에 멈춰 섰다. 코스티디스는 택시기사에게 돈을 내고 내렸다. 경비원들이 시장 부부를 알아보고 정중하게 인사를 했다. 이들은 코스티디스가 자주 택시와 지하철을 타고 다니는 데 익숙해져 있었다. 시장 부부는 아무 말 없이 집을 향해 걸어갔다. 베란다와 흰색 난간 때문에 남부 지역의 빌라를 연상시키는 집이었다. 라일락 향기가 장미꽃 향기와 섞여 있었다. 나뭇잎이 너무나 빽빽하고 풍성하게 자라 진입로가 좁게 느껴질 정도였다.

아름다운 밤이었다. 보름달의 달빛이 잔디밭을 은빛으로 만들었지만 메리는 공원의 아름다움에도 위안을 얻지 못했다. 남편은 바지 주머니에 손을 찔러넣고 시선을 떨군 채 낯선 사람처럼 옆에서 걸어갔다. 남편을 이런 무거운 분위기에서 벗어나게 해줄 만한 적당한 말을 고민했다. 남편은 최근에 우울해하는 일이 부쩍 잦았다. 그럴 때면 그는 자신의 내면을 완전히 차단시켜버리고 공허하고 씁쓸한 눈빛을 짓곤 했는데, 메리는 그런 남편을 지켜보기가 매우 가슴 아팠다.

"여보."

침묵을 견디지 못한 메리가 입을 열었다. 가로등 아래 나방이 모여

들었고, 멀리서 절대 조용해지는 법이 없는 대도시의 소음이 마치 중얼거리는 속삭임처럼 이곳까지 전해졌다.

"왜?"

그는 아내와 눈이 마주치는 것을 피했다.

"당신이 그렇게 절망하고 용기를 잃은 모습을 지켜보는 게 너무 가슴 아파요. 당신은 아무리 가망이 없어 보이는 상황에서도 지금껏 잘 싸워왔잖아요. 지금 절대 포기하면 안 돼요!"

코스티디스는 대답하지 않았다.

"사랑해요. 다른 사람들이 당신에 대해 뭐라고 하든지 간에 난 상관없어요." 메리가 조용히 속삭였다.

"메리, 당신은 이해하지 못해요. 뭐냐 하면……."

코스티디스가 억제된 목소리로 말을 하다 말고 고개를 저었다.

"내가 시장 직에 적합한 사람이 아니라는 걸 인정할 수밖에 없소."

"말도 안 되는 소리에요! 당신은 역사상 최고의 시장이이에요!"

코스티디스는 아내를 쳐다보았다. 그의 절망스럽고 조롱하는 듯한 눈빛이 마치 따귀처럼 메리를 찔렀다.

"고맙구려. 한 사람이라도 그렇게 생각해주니 정말 고맙소."

코스티디스는 자조적으로 웃었다. 그러더니 몸을 돌려 빠른 발걸음으로 집을 향해 걸어갔다. 메리는 천천히 뒤따라갔다. 남편이 자신을 이렇게 거칠게 대한 적은 한 번도 없었다. 뜨거운 눈물이 핑 돌았고 목 안에 무언가 묵직한 것이 걸린 듯했다. 코스티디스는 마음속으로 그녀에게서 멀어졌는데 메리는 그 이유를 알 수가 없었다.

*

다음날 아침 코스티디스는 대문을 나와 늘 그렇듯 두 경비원에게 혼자서 충분히 시내에 갈 수 있다고 안심시키고 86번 스트리트를 따라 렉싱턴 애비뉴 모퉁이에 있는 지하철역까지 걸어갔다. 빠른 걸음걸이로 계단을 내려가 가까스로 다운타운 익스프레스에 몸을 싣고 맨 마지막 칸 빈자리에 앉았다. 일요일 아침 이른 시간이라 몇몇 관광객을 제외하면 지하철은 텅텅 비어 있었다. 열차는 덜덜거리며 어두운 터널 속을 질주했다. 그가 탄 익스프레스 열차는 이따금 환하게 불을 밝힌 정거장 여러 곳을 그냥 스쳐 지나갔다. 그는 등을 뒤로 기대고 눈을 감았다. 어젯밤에 거의 잠을 이루지 못했다. 땀에 흠뻑 젖어 새벽 4시 무렵 악몽 때문에 잠에서 깼지만 어떤 내용이었는지 기억이 나지 않았다. 하지만 지금도 꿈에서 느꼈던 마비되는 듯한 무력감이 남아 있었다.

그는 동이 틀 때까지 침대에 누워 부하직원 가운데 누가 이 일에 연루되어 있을지 곰곰이 생각해보았다. 주커먼을 그 호텔로 옮겼다는 사실을 알고, 주커먼이 세르지오에게 불리한 진술을 할 예정이었다는 사실을 아는 사람은 누구일까? 열차가 끽 소리를 내며 멈춰 서고 문이 열렸다가 몇 초 후 다시 닫혔다. 열차가 다시 흔들리며 다시 뉴욕의 지하 세계를 달리기 시작했다.

그는 캐널 스트리트 역에서 N선으로 갈아탔다가 한 정거장 더 가서 시청에 도착했다. 그는 시청 공원에 발을 들이며 눈부시게 파란 하늘에 떠 있는 8월의 밝은 햇살 때문에 눈을 깜빡였다. 그리고 잠시 멈춰 서서 그가 근무하는 시청 건물을 자부심과 체념이 뒤섞인 감정으로 쳐다보았다. 그는 미국 국기와 뉴욕시 깃발 사이에 정의를 상징

하는 정의의여신상이 서 있는 역사적인 건물을 자랑스러워했다. 그에 앞서 많은 전임 시장이 1812년부터 이 건물에서 뉴욕시를 잘 이끌어가려고 고군분투했던 것을 생각해보니 새삼스럽게 존경심이 들었다. 하지만 그와 동시에 시청을 위협하는 유리와 콘크리트로 지은 최신식 고층빌딩들이 어떤 상징처럼 느껴졌다. 이 도시의 진정한 권력은 저 고층빌딩 안에 앉아 있는 사람들로부터 나온다. 은행, 대기업, 그리고 그 꼭대기에 앉아 있는 거침없고 탐욕스러운 사람들로부터. 코스티디스는 한숨을 내쉬며 시청 계단을 올라갔다. 로비에는 엄청난 취재진이 모여 있었다. 이들은 시장을 보자마자 우르르 달려들었다.

"시장님! 시장님께서 데이비드 주커먼의 죽음에 대한 책임이 있다는 얘기에 대해 어떻게 생각하시죠?"

열정적인 젊은 여기자가 그를 부르더니 물었다. 그는 순식간에 얼굴에 마이크를 들이대는 취재 기자, 사진 기자, 카메라맨들에 둘러싸였다. 언론은 주커먼 사건을 어떻게 벌써 알게 된 것일까?

"시장님! 주커먼은 마피아에 의해 살해당했다고 하던데요. 이에 대해 어떻게 생각하십니까?"

이번에는 '네트워크 아메리카'의 존 스틸 기자였다. 코스티디스는 손을 들어 웅성거리는 소리가 가라앉을 때까지 기다렸다.

"일단, 여러분, 좋은 아침입니다. 저는 지금 당장 드릴 말씀이 없습니다. 저도 주커먼 씨가 어젯밤에 총에 맞아 살해됐다는 사실 말고는 아는 바가 없습니다. 지금 경찰청장님과 회의가 잡혀 있습니다. 회의를 마친 후에 자세히 알려 드리죠." 그는 애써 친절한 표정을 지었다.

"코스티디스 시장님, 시장님께서 주커먼의 죽음과 관련되어 있다는 얘기가 있어요. 왜 그런 비난을 받고 계신다고 생각하시나요?"

짙은 색 머리의 여기자가 끈질기게 물고 늘어졌다. 코스티디스는 여기자의 눈에서 프로페셔널하지 않은 가십을 캐내려고 하는 열망을 엿보았다.

"정말 아무 근거도 없는 허무맹랑한 얘기입니다. 주커먼은 특혜와 사기, 매수 방조 혐의로 기소된 상태였어요. 그건 전적으로 검찰 소관입니다. 저는 뉴욕시장이고 그런 일은 제 권한 밖의 일입니다."

"그렇지만 소문에 의하면 주커먼이 비탈리 회장 밑에서 일했다고 합니다. 그리고 잘 알려져 있다시피 시장님하고 비탈리 회장은……." 짙은 색 머리의 여기자가 자꾸 물고 늘어졌다.

"이봐요."

코스티디스는 여기자의 말을 끊었다. "기자님이 저보다 더 많은 걸 알고 계신 모양이군요. 무슨 일인지 제가 파악할 때까지 좀 기다려주시면 안 되겠습니까, 네?"

그는 기자들 틈을 헤집고 1층 집무실로 향하는 복도로 바삐 발걸음을 옮겼다. 문 앞에서 프랭크 코헨과 마주쳤다.

"기자들이 어떻게 벌써 알게 된 건가? 대체 이게 무슨 빌어먹을 상황이야?" 그는 화가 나서 쏘아붙였다.

"기자들요?" 프랭크는 의아한 표정으로 쳐다보았다.

"그래. 기자들이 로비에서 기다리고 있다가 나한테 질문 세례를 퍼부었네. 나는 준비되지 않은 상태에서 기자들한테 시달리는 건 정말 질색이네. 기자들이 나한테 주커먼의 죽음과 관련되어 있는지 질문하더군!" 코스티디스는 빠른 걸음으로 복도를 걸어갔다.

"시장님께 말입니까? 기자들이 왜 그런 생각을 하게 된 걸까요? 그리고 언론에서는 무슨 일이 일어났는지 어떻게 알게 됐을까요?"

프랭크가 의아한 듯 되물었다. 그러자 코스티디스가 갑자기 멈춰 서서 뒤따르던 프랭크와 부딪힐 뻔했다.

"나도 바로 그 점이 궁금하네. 하지만 이제 비밀 같은 건 없는 모양이야! 10시간도 채 안 됐는데 뉴욕의 모든 시민이 나보다 훨씬 많은 걸 알다니!"

그의 눈은 화가 나서 이글거렸지만 사실 화가 난 것이 아니었다. 그는 마치 누가 자신이 젓고 있던 노를 빼앗아간 것 같은 무력감을 느꼈다. 그리고 그런 무력감이 정말 싫었다.

"트루먼 맥디어 씨가 집무실에서 기다리고 있습니다. 30분 정도 됐어요." 프랭크가 말했다.

두 사람은 시청의 서쪽 건물에 도착했다. 주말이라 주중의 분주함이 느껴지지는 않았다. 사무실들은 비어 있었고 코스티디스의 비서인 앨리 미첼만과 레이먼드만 책상 앞에 앉아 있었다.

"전화통에서 불이 날 것 같아요. 그리고 드 랜시 검사님하고 로드즈 주지사님이 전화를 하셔서 오시는 대로 전화를 달라고 부탁하셨어요." 앨리가 코스티디스에게 말했다.

"그렇군. 그분들도 좀 기다려야겠네. 나는 우선 맥디어 씨의 얘기를 들어봐야겠어."

코스티디스는 얼굴을 찌푸렸다. 그가 집무실로 들어가자 프랭크와 레이먼드, 앨리는 의미심장한 눈빛을 주고받았다.

*

트루먼 맥디어는 닉 코스티디스가 집무실로 들어오자 회의 탁자에 앉아 있다가 자리에서 일어났다. 그의 얼굴은 평소보다 더 일그러져 보였다.

"어쩌다가 그런 일이 일어났소?"

코스티디스는 짧게 인사를 나눈 후 맥디어에게 따져 물었다.

"저는 시장님께 해명할 의무가 없습니다. 저희가 잘못한 건 없어요." 맥디어는 뾰족하게 대답했다.

"FBI 직원 15명이 감시하던 남자가 살해당한 것 말고는요." 코스티디스가 빈정거리며 말했다.

맥디어의 표정이 더욱 어두워졌다.

"아무도 이번 작전을 몰랐습니다. 감시 임무를 맡은 요원들도 현장에 도착해서야 감시 대상자의 신분에 대해 알게 됐거든요. 요원들도 서로 모르는 사이였고, 주커먼을 이동시킨 곳을 미리 아는 사람도 없었어요. 시장님 부하직원들하고 저 말고는 아무도 몰랐다는 말입니다. 그럼 우리 요원들이 주커먼 암살을 걱정할 이유가 뭐가 있겠습니까?"

맥디어는 흥분해서 말하고는 어깨를 으쓱한 뒤 담배에 불을 붙였다. 코스티디스는 맥디어를 날카로운 눈초리로 쳐다보았다. 그는 맥디어를 이미 오래전부터 알고 있어서 그가 하는 말이 전부는 아니라는 것을 알고 있었다.

"맥디어 씨, 진짜로 무슨 일이 벌어진 겁니까?"

코스티디스의 말투는 달래듯 조금 부드러워졌다. 맥디어는 잠시 고민을 하다가 숨을 깊이 들이마시고 조용한 목소리로 말했다.

"우리는 호텔 전체에 우리 요원을 배치했어요. 뒷문, 주방, 지하 주차장, 엘리베이터 할 것 없이요. 그리고 요원 한 명은 주커먼의 방에 상주하고 있었고요. 8시 30분쯤 어떤 남자가 방문에 노크를 했어요. 약속한 노크 신호가 맞았고, 아무런 문제 없이 6층까지 올라왔죠. 그래서 요원이 문을 열어줬어요. 그 요원은 그 남자를 전날 회의할 때

본 것 같아서 FBI 소속이라고 생각했습니다. 그리고 그자가 교대를 하러 왔으니 로비로 내려가서 교대 신고를 하라고 해서 방에 있던 요원이 밖으로 나갔죠."

코스티디스는 눈을 감았다. 노련하고 대담한 마피아의 전형적인 수법이었는데 FBI가 속아 넘어가고 말았다.

"그게 말입니다. 그 요원이 로비에 도착하자 뭔가 잘못됐다는 걸 알아차렸어요. 그래서 다시 방으로 올라갔는데 이미 늦어버린 거죠. 주커먼이 꼼짝없이 죽어 있었어요. 심장과 머리에 한 발씩 맞았어요. 살해 무기는 소음기가 장착된 45구경 스미스앤웨슨이었는데 우리가 발견했습니다."

맥디어는 그런 실수를 인정하는 것이 상당히 힘들어 보였다.

"그래요?" 코스티디스는 다시 눈을 떴다.

"빨래수거함 안에 들어 있었죠."

"총 주인은 알아냈소?"

"아니요. 시리얼 넘버가 없었어요. 지문도 없고 아무것도 없더군요. 무기는 현재 전문가들이 자세히 조사하고 있어요. 하지만 무기만으로 범인을 알게 될 가능성은 희박합니다. 전문가의 소행이에요."

"마피아의 소행 냄새가 나는군요."

"그런 것 같습니다. 우리는 완벽하게 하려다가 오히려 실수를 범했습니다. 일부러 서로 일면식이 없는 요원들을 배치했는데, 범인은 바로 그 점을 노린 겁니다."

맥디어는 언짢게 고개를 끄덕이며 말했다.

"범인이 모든 상황을 잘 알고 있었던 게 분명하군요."

코스티디스가 말했다. 우려했던 것이 속속 사실로 드러나고 있었다. 이런 냉혹한 살인을 저지를 사람은 세르지오밖에 없었다.

"그렇습니다. 주커먼을 살해한 자는 모든 상황을 너무나 잘 알고 있었습니다. 이런다고 해서 죽은 사람이 다시 살아 돌아오는 건 아니지만 살인범이 어디서 정보를 얻었는지 정말 궁금합니다. 자세히 아는 사람은 몇 명 안 돼요. 따라서 의심을 해볼 만한 용의자의 폭이 상당히 줄어들죠." 맥디어가 대답했다.

"로이드 커너스 검사, 경찰청장, FBI가 알고 있었죠."

"그리고 시장님도 아시고."

"난 자세한 사실은 몰랐소. 주커먼이 어떤 호텔로 이송될지는 알았지만 구체적으로 어떤 과정을 거치는가에 대한 보고는 받지 못했으니까."

코스티디스는 고개를 저으며 말했다. 맥디어는 재떨이에 담배를 눌러 껐다.

"저희가 잘하지 못한 것은 인정합니다. 하지만 그렇다고 해서 제 부하직원들이 그런 의심을 받는 것은 단호하게 아니라고 말할 수 있습니다."

두 남자는 서로 말없이 쳐다보았다.

"내부 첩자는 검찰이나 경찰, 아니면 이곳 시청에 있는 자 중 하나일 겁니다."

코스티디스는 손으로 얼굴을 문질렀다. 그도 자기 직원 중에 배신자가 있다는 혐의를 맥디어처럼 단호하게 부인하고 싶었다. 하지만 그럴 수가 없었다. 이번 일을 알고 있던 부하직원 15명을 더는 믿을 수가 없었다.

"시장님, 유감스럽게도 시정에서 부패 사건은 늘 있어왔습니다. 원하시면 저희가 시장님 부하직원들을 조사해볼 수도 있어요."

맥디어가 말했다.

"아니, 아니오."

코스티디스가 얼른 손사래를 쳤다. "그건 다른 방법으로 알아내야 할 것 같소. 어쩌면 검찰 쪽 사람일지도 모르고."

그는 오래전부터 함께 일해오고 있는 직원들을 떠올려보았다. 앞으로는 직원들과 이야기를 할 때마다 혹시 첩자가 있을지도 모른다는 사실을 염두에 두어야겠다는 생각이 들었다. 그러나 이것은 정말 끔찍한 생각이었다. 코스티디스는 자기가 직원들의 급여를 주면 좋겠다는 생각이 들었다. 시청 직원의 급여는 엄청나게 과중한 업무량에 비해 정말 형편없었다. 그렇기 때문에 직원 가운데 일부가 부수입을 찾아 기웃거리는 것도 그다지 놀랄 일이 아닐 수도 있다.

얼마 뒤 맥디어가 인사를 하고 나가자 코스티디스는 생각에 잠겨 혼자 남았다. 1960년대에 당시 시장이었던 존 린제이는 뉴욕을 통치할 수 없는 도시라고 선언했다. 부정부패와 낙후된 기반시설, 극심한 빈부격차, 높은 실업률, 만성적인 재정 적자로 인해 제대로 된 정책을 펼치는 것이 불가능에 가까웠다. 하지만 지금껏 코스티디스는 개의치 않았다. 그는 정열적이고 낙관적인 태도로 전임자들이 실패했던 정책을 열심히 수행해왔고 이미 어느 정도 여러 가지 성과를 거둬왔다. 그리고 대중의 폭넓은 지지도 그가 옳다는 것을 말해주었다. 하지만 범죄와의 전쟁과 강경한 경찰의 태도에 불만을 품은 사람도 있었다. 하지만 지금까지 그가 추구한 무관용 정책은 그에 반대하는 사람들이 힘을 쓰지 못하게 만들었다. 결국 그는 1년 반 만에 뉴욕의 범죄율을 급격히 낮추는 데 성공했다. 그러나 이제 두 발의 총성이 그가 지금껏 이룬 성공을 물거품으로 만들 위협을 하고 있었다.

코스티디스는 주커먼 살인 사건이 뉴욕의 안전에 관한 새로운 논쟁을 불러일으킬 것을 알았다. 이번 사건을 언론으로부터 차단할 방법은 없었다. 그는 벌써 신문에 실릴 기사들이 눈에 선했다. '맨해튼에서 마피아 소행으로 추정되는 살인 사건! 뉴욕은 얼마나 안전한가?' 그러면서 공개적으로 그의 안전 정책에 의문을 제기하고, 청결과 안전, 인프라 개선에 들인 지금까지의 그의 노력을 잊게 될 것이 분명했다. 그는 양손으로 얼굴을 가렸다. 그는 전사였다. 평생 싸우며 살았지만 그 자체는 아무렇지 않았다. 하지만 자기 부하 중에 배신자가 있을지도 모른다는 생각 때문에 너무나 상심이 컸다.

"하딩 경찰청장님이 오셨습니다." 앨리가 인터폰으로 알려왔다.

"들어오시라고 하게. 그리고 커피 좀 준비해주게."

그는 자리에서 일어나 뉴욕 경찰청장인 제롬 하딩을 맞이했다. 하딩은 50대 후반으로, 브롱크스에서 순찰경관으로 업무를 시작해서 강력한 경찰이라는 명성을 얻었다. 건장한 체격에 주걱턱이 특징인 얼굴 때문에 공격적인 인상을 풍겼다. 고급 양복과 비싼 실크 넥타이 덕분에 겉으로는 상당히 고상해 보였지만, 그 이면은 절대 용서하는 법이 없고 잊는 법이 없는 브롱크스의 난폭한 싸움꾼이었다. 그는 25살에 경찰에 입문한 뒤 살인 전담부서의 팀장이 되었다. 야망이 큰 그는 야간대학에 다니면서 법학 학위를 받았고 뉴욕 검찰에 지원해서 유가증권 사기 전담부서 팀장으로 빠르게 승진했다. 코스티디스는 그곳에서 하딩을 처음 알게 되었다. 개인적으로는 별로 좋아하지 않지만 그의 효율적인 업무 능력은 인정했다. 그것은 서로 마찬가지였다. 두 사람은 개인적인 비호감을 드러내지 않을 정도로 모두 프로페셔널한 사람들이었다.

하딩은 다혈질 기질과 성깔뿐만 아니라 고집으로도 유명했다. 그는 에너지가 넘치는 무자비한 심문자로, 쓸데없는 양심의 가책을 느끼지 않는 그런 사람이었다. 1980년대에 월스트리트에서 내부자 거래 스캔들을 기소하는 데 성공한 것도 하딩의 공이 컸다. 하딩은 뉴욕 경찰청장으로서 지난 몇 년간 코스티디스가 범죄와의 전쟁을 벌이는 데 가장 강력한 아군 중 하나였다.

"청장님, 일요일 아침부터 오시라고 해서 미안합니다. 그리고 와주셔서 고맙습니다."

코스티디스 시장은 미소를 지으며 악수를 청했다.

"천만의 말씀을. 경찰은 절대 잠드는 법이 없다는 걸 잘 알고 계시잖아요."

하딩은 웃으며 윙크했다. 두 남자는 커다란 회의 탁자에 앉아 앨리가 커피를 갖다 줄 때까지 기다렸다.

"무슨 일이십니까? 제가 어떻게 도와 드리면 되겠습니까?"

"글쎄요."

코스티디스는 손을 깍지 끼며 제롬 하딩은 얼마나 믿을 수 있는 사람일까 생각했다. 하지만 그런 의심은 얼른 거둬들였다. 제롬 하딩은 모든 범죄자에게 무자비한 사람으로 유명했다. 하딩은 비록 호감이 가지 않는 면도 있지만 절대 부패한 사람은 아니었다!

"FBI가 주커먼을 지키는 데 실패했다는 소식은 이미 전해 들으셨겠죠."

"그렇습니다. FBI가 엄청난 실수를 저질렀죠. 하지만 시장님께서 FBI가 주커먼의 감시를 맡아야 한다고 주장하셨잖습니까?"

하딩은 책망의 손짓을 했다. 코스티디스는 그의 날카로운 말을 애써 무시했다.

"15명이나 지키는데 어떻게 접근할 수 있었을까요?"

"FBI 놈들은 초보자처럼 전형적인 마피아 수법에 걸려들었어요. 멍청한 놈들! 살인범은 아마 처음부터 함께 있었는데 그놈들이 눈치

채지 못한 게 분명합니다." 하딩은 경멸적으로 웃었다.

"바로 그 점 때문에 제가 머리가 아파요! 그런 일은 절대 일어나서는 안 될 일이라는 걸 우리는 너무나 잘 알고 있잖습니까!"

하딩은 코스티디스를 날카로운 눈빛으로 쳐다보았다.

"무슨 말씀을 하시고 싶은 겁니까?"

"살해를 지시한 사람은 주커먼의 진술이 예정되어 있다는 사실을 알고 있었어요. 그들은 주커먼이 숨어 있던 곳과 모든 작전을 알았던 겁니다. 청장님, 잡기 쉽지 않은 살인범은 나중 문제예요. 저는 그런 비밀 정보들이 어떻게 그렇게 빨리 밖으로 새어나갈 수 있었는지 알고 싶습니다. 우리 조직의 약점이 어디인지 말입니다!"

하딩은 잠시 머뭇거리더니 예상치 못한 대답을 했다.

"시장님은 이번 사건을 너무 개인적으로 받아들이고 있어요. FBI는 망신을 당했어요. 시장님과 저하고는 상관이 없는 일이죠."

그는 커피를 한 모금 마신 후 등을 의자에 기댔다. 코스티디스는 아무 말도 하지 않았다. 하딩의 말이 맞는 걸까? 세르지오가 또다시 촘촘한 수사망을 빠져나갔기 때문에 이번 일을 너무 개인적인 일로 받아들이고 있는가?

"아니, 그렇지 않아요. 며칠 지나면 아무도 책임을 묻는 사람은 없겠죠. 하지만 이번 일로 인해 우리에게 상당히 부정적인 여론이 따라다닐 겁니다. 저는 지지자들에게 안전한 도시를 만들겠다고 약속했어요. 그리고 이미 많은 성과를 거두기도 했죠. 하지만 저를 반대하는 세력은 이번 살인 사건을 구실 삼아 우리의 숨통을 조여 올 겁니다. 경찰의 강경 대응에 불만을 품은 세력이 많다는 걸 잘 알고 계시잖습니까. 이제 경찰 활동의 타당성에 대한 공개적인 논의가 일어날 겁니다."

코스티디스가 대답했다.

그러자 하딩의 얼굴에서 경멸적인 미소가 사라졌다.

"시장님께서는 이번 일을 너무 극적으로 보고 계시는군요. 우리는 지금까지 그 빌어먹을 진보적인 얼간이들의 입을 꾹 막아왔고 앞으로도 그렇게 될 겁니다."

"그러니까 우리가 가만히 있는 게 좋겠다는 말입니까?"

"그렇죠. 그냥 언론에 특별한 내용이 없는 브리핑을 한 다음에 FBI하고 검찰 쪽에 책임을 돌려버리세요. 그리고 지켜보면서 차나 마시자고요. 이번 일을 더 확대시킬 만한 말씀만 하지 않으면 됩니다."

하딩은 고개를 끄덕인 뒤 말했다. 코스티디스는 경찰청장을 미심쩍게 바라보았다. 하딩은 평소와 다르게 소극적인 태도를 보였다. 그냥 조용히 있자는 제안은 평소 하딩답지 않았다.

"하지만 저는 살인범이 어떻게 세세한 정보까지 입수했는지 알고 싶습니다." 코스티디스가 끝까지 자기 생각을 고수했다.

"이런, 정말 산사태를 일으키고 싶으신 겁니까? 부정부패에 관한 공개적인 논쟁에 불을 붙이시려는 겁니까? 이번 사건을 그냥 가만히 지켜보는 것보다 훨씬 골치 아파질 겁니다."

하딩은 조급하게 혀를 끌끌 차며 말했다.

*

코스티디스는 경찰청장과의 회동 결과가 전혀 만족스럽지 않았고, 존 드 랜시 연방검찰과 로드즈 주지사와의 전화 통화도 그의 기분을 끌어올려주지 못했다. 자신을 제외하면 아무도 세르지오에게 결정적으로 불리한 진술을 해줄 주커먼의 죽음에 대해 별로 안타까워하지 않는다는 느낌마저 들었다. 주커먼이 진술을 했다면 틀림없이 엄청난 파장을 몰고 왔을 것이다. 그때 코스티디스의 비서실장 격인 마이클 페이지가 들어왔다.

"제가 기자회견을 준비했습니다. 저희는 억측의 여지를 두지 않을 겁니다." 페이지는 시장에게 종이 3장을 건네주었다.

"음."

코스티디스는 건네받은 종이를 넘겨보았다. "하딩, 드 랜시, 로드즈 주지사는 그냥 가만히 내버려두라는 입장이었네."

"정말입니까? 시장님 생각은 어떠하십니까?"

마이클 페이지는 믿어지지 않는다는 눈치였다.

"잘 모르겠네. 겉으로 드러난 것보다 훨씬 큰 일이 도사리고 있다는 생각이 드네."

"제가 성명서를 수정할 수도 있습니다."

"아니, 잠깐 기다려보게. 일단 한번 읽어보겠네."

코스티디스는 집중해서 성명서를 읽더니 얼굴에 미소가 번졌다.

"아주 훌륭하네, 마이클. 이렇게 하면 내가 다른 사람들하고는 반대 입장이 되겠지만 그래도 전투는 져도 전체 전쟁에서 지는 건 아니겠군." 코스티디스가 성명서를 다 읽은 후 말했다.

"그렇습니다. 대중은 세르지오와 로젠바움을 비롯한 그 일당에 대해 격분하게 될 겁니다. 우리에게 책임을 돌리는 게 아니라."

페이지는 만족스러운 미소를 지었다. 코스티디스는 성명서의 일부를 조금 수정했다.

"이 부분만 좀 수정해주게. 그런 다음에 맥디어한테 팩스로 보내. 맥디어가 내용에 동의하면 로비에 모인 기자들한테 직접 나눠주고 나머지 언론사에도 배포하게."

*

세르지오 비탈리는 비탈빌딩 86층에 위치한 사무실 책상에 앞에 앉아 일그러진 표정으로 〈뉴욕 타임스〉의 머리기사를 읽었다. 굵은 글씨체로 인쇄된 기사 제목은 '맨해튼에서 마피아 소행의 살인?'이었다. 기사 내용은 다음과 같았다.

8월 16일 새벽, 뉴욕시에 거주하는 유명 부동산 중개인인 데이비드 주커먼(42세)이 미드타운 맨해튼에 위치한 호텔에서 신원 미상의 범인에 의해 살해됐다. 1980년대에 월드 파이낸셜 센터 시공사 선정 과정에서 불법 거래를 한 혐의를 받고 있는 주커먼은 월요일에 맨해튼 검찰 조사위원회에서 조사를 받을 예정이었다. 주커먼은 이미 지난해 10월 금품 제공, 가격 담합과 최소한 4건의 사기 혐의로 기소를 당한 상태였다.

롱아일랜드의 대저택과 케이프 코드의 호화로운 주말 별장을 소유한 주커먼은 첫 번째 신문에서 거부권을 행사했고 검찰은 증거 불충분으로 석방할 예정이었다. 맨해튼에서 오랫동안 검사로 재직했던 코스티디스 시장은 주커먼의 무죄에 대한 의문을 품고 재기소를 제안했고 새로운 증거들이 나오면서 혐의가 입증되기 시작했다.

이 비리 사건에 상당수 건설업체가 연루된 것으로 알려지고 있는데, 그중에는 월드 파이낸셜 센터 건축 수주를 받은 '비탈빌딩 주식회사'도 포함되어 있다. 이와 관련하여 소유주인 세르지오 비탈리는 이미 건설 수주와 관련된 금품 수수와 불법 가격 담합 혐의 등을 여러 차례 받았다.

하지만 월드 파이낸셜 센터 건설을 둘러싼 스캔들은 가장 규모가 크며, 상당수의 유명 기업과 은행이 연루된 것으로 알려져 있다. 검찰은 주커먼의 진술을 통해 세르지오의 불법 거래 혐의를 입증할 수 있기를 기대했다……

"빌어먹을."

세르지오는 씩씩거리며 계속 기사를 읽어 내려갔다.

……FBI는 범인을 추적하고 있지만 여전히 미궁 속을 헤매고 있다. 수사 책임자인 트루먼 맥디어는 어제 기자회견에서 다음과 같이 밝혔다.

"정말 냉혹하고 잔인하게 살해된 것으로 미루어보아 마피아의 소행으로 추정하고 있다. 주커먼이 조사위원회에서 진술을 하면 불편한 진실이 드러나는 것을 두려워하는 자들의 소행이 틀림없고……."

"나는 FBI가 이번 사건을 가지고 이렇게 요란을 떨 줄 몰랐네. 오히려 그런 치명적인 실수를 저지른 것이 민망할 텐데 말이지."

넬슨 반 미렌이 우려 섞인 표정으로 말했다.

"이건 FBI에서 밝힌 사항이 아니야. 이 기사는 코스티디스 입에서 나온 게 분명해."

세르지오는 손바닥으로 신문을 내려치면서 악랄하게 웃었다.

"이제 드디어 나를 잡을 수 있다고 생각했는데 내가 또다시 빠져나간 걸 알게 된 거지."

"상황이 마음에 안 들어, 세르지오. 마피아와 부패와 관련해서 자네 이름이 자꾸 거론되는 것은 자네 평판에 안 좋아. 언론 쪽에는 아주 좋은 먹잇감인 셈이지."

"내 평판 따위는 상관없어. 몇 주만 지나면 아무도 신경 쓰지 않을 일이야. 코스티디스가 제 아무리 추측을 한다고 해도 증거를 댈 수가 없어. 그건 본인도 너무나 잘 알고 있지."

세르지오는 자리에서 일어나 신문을 구겼다.

"이번 사건도 그렇게 빨리 잠잠해질지는 잘 모르겠네. 자넬 공개적으로 깎아내릴 절호의 기회니까. 이게 얼마나 민감한 사안인지 자네도 잘 알고 있잖아. 언론에서 그 일에 더 주목하기 시작하면 우리 친구들이 계속해서 우리 편을 들어주기가 힘들게 될 걸세. 정치인들은 부정적인 여론에는 정말 민감하게 반응하니까." 넬슨이 말했다

"하지만 그자들은 내 돈을 사랑하지. 그자들이 날 좋아하든 말든 전혀 상관없어. 어차피 내 손아귀에서 벗어나지 못해. 그자들이 내 뒤통수를 치기에는, 내가 그들의 은밀한 탈세 부수입에 대해 너무나 잘 알지." 세르지오는 차갑게 웃었다.

넬슨 반 미런은 한숨을 내쉬었다. 세르지오의 제국이 합법적이고 견실한 면모를 갖춘 것으로 보이게 하는 데 오랜 세월 동안 많은 노력을 기울였다. 부정적인 기사와 텔레비전 보도의 파괴력은 엄청날 수 있다. 그리고 언론이 여름에는 늘 새로운 화젯거리를 들쑤시고 다니기 때문에 언론에는 그런 머리기사가 등장할 것이 분명했다.

"폴 매킨타이어가 좀 전에 전화를 했네." 넬슨이 말했다.

"벌써 엄청 떨고 있는 모양이군. 그자는 지난달에 우리한테 2만 5천 달러를 받았어! 그런데 무슨 짓을 하겠어? 자기한테 먹이를 주는 손을 덥석 물어버리는 짓은 하지 않을 걸세."

세르지오는 다시 의자에 앉아 차가운 미소를 지으며 등을 뒤로 기댔다. 그리고 회전의자를 옆으로 돌려 엠파이어스테이트 빌딩과 미드타운 맨해튼의 고층빌딩 숲을 내다보았다.

"이것 좀 봐, 넬슨. 이 도시는 내 발 밑에 있다고! 내가 맨해튼의 왕이고 여기서 사업을 하려는 사람은 우선 나를 보고 가야지!"

그는 비록 웃었지만 가장 가까운 조언자를 바라보는 눈에는 냉랭

한 불꽃이 보였다.

"내가 과대망상에 빠진 것이 아니라는 걸 넬슨 자네도 잘 알고 있을 걸세. 난 누구의 도움도 없이 리틀 이탈리아의 길거리에서 여기까지 올라왔어. 난 역풍에 익숙해. 아무것도 날 물러서게 만들 수 없어. 오히려 그 반대지. 난 싸우는 걸 즐겨! 그리고 이기는 걸 좋아하지. 그리고 이번에도 이기고 말 거야."

"코스티디스가 어떻게든 자네를 해치우려고 할 걸세."

"이미 몇 년째 그러고 있잖아."

세르지오는 별일 아니라는 손짓을 했다.

"난 관심 없어. 난 신용이 있어야 하는 그런 은행 따위는 필요 없어. 내 소유의 은행이 있으니까. 난 돈도 많고 권력도 있어. 난 대중 앞으로 나갈 생각이 없어. 지금까지 늘 그래왔듯이 뒤에서 조종을 할 거야. 넬슨, 어떤 상황이 안 좋은 건지 아나?"

"아니."

"내가 저 아래에 있는 사람들이 아직 필요했다면 정말 상황이 안 좋았을 걸세. 하지만 나는 저 사람들이 필요 없어. 사실 이제 내가 그만 물러나도 될 것 같아. 최근에 진지하게 생각도 해봤지. 하지만……." 세르지오는 생각에 잠긴 미소를 지었다.

"하지만 뭐?" 넬슨이 진지하게 쳐다보았다.

"마시모가 다 맡기에는 아직 준비가 안 됐어. 그리고 그만두기에는 이 일이 아직 너무나 재밌어." 세르지오는 팔을 활짝 벌렸다.

친구이자 보스를 바라보는 넬슨의 마음은 좋지 않았다. 그는 세르지오가 승승장구 하는 모습을 옆에서 지켜보았고 그가 얼마나 냉정하고 무자비한 사람인지 잘 알고 있었다. 하지만 세르지오는 한 가지를 착각하고 있었다. 그는 대중의 평판으로부터 절대 자유로울 수 없었다. 그의 사업 파트너는 언론에서 마피아라고 떠드는 자와 일을 할수는 없었다. 폭력과 피 위에 세운 세르지오의 제국이 막강해진 이유는 영향력 있는 사람들을 자기편으로 끌어들이는 데 능숙했기 때문이다. 이제 그 어떤 것도, 그리고 그 누구도 자신을 흔들 수 없다고 생각한다면 그것은 착각이었다. 그는 이 자리까지 올라오면서 많은 적을 두었다. 넬슨은, 돈으로 산 친구는 세르지오의 제국이 흔들리면 언제 그랬냐는 듯 다 떠난다는 것을 알았다. 이 세상에 정치인보다 더큰 기회주의자는 없다.

"넬슨, 자네 왜 그래? 설마 신문에 난 그 쓰레기 같은 기사 때문에 겁먹은 거야?" 세르지오가 물었다.

"나는 자네가 모든 걸 너무 가볍게 생각한다는 생각이 드네. 지금은 중요한 인맥을 잃을 수 있는 그런 실수를 절대 하면 안 돼."

"무슨 얘기를 하고 싶은 건가?"

세르지오는 차가운 파란 눈으로 넬슨을 뚫어질 듯 쳐다보았다. 넬슨은 소름이 돋았다. 내막을 잘 아는 누군가가 발을 떼겠다고 하면무슨 일이 벌어질지 자명했다. 가령 빈센트 레비가 세르지오를 공개적으로 지지하면서 은행의 명예에 흠집이 나는 것을 감수할까? 절대그럴 리 없다! 레비는 사업가였고 이탈리아 사람이 아니라 유대인이다. 막다른 길에 몰리면 그는 살아남기 위해 언제든 편을 바꿀 사람이다. 하지만 세르지오와 논쟁을 하는 것은 의미가 없었다. 그는 자신의 생각 외에 현실을 받아들이려고 하지 않기 때문이었다. 넬슨은 세르지오가 이미 얼마 전부터 자신의 조언에 진심으로 귀를 기울이지않는다는 것을 느끼고 있었다.

"아무것도 아니야. 자네 말이 맞아. 아마 며칠 지나면 아무도 그 얘기는 입 밖으로 꺼내지 않게 될 테지."

넬슨은 결국 체념한 듯 말했다. 세르지오는 미소를 지었다.

"자네가 나이가 들어가면서 설마 마음이 약해지는 건 아니겠지?"

세르지오가 호의적으로 물었다. "내막을 아는 자의 구체적 진술보다는 내가 마피아와 관련되어 있을지도 모른다는 막연한 추측이 낫지. 주커먼과 관련된 폭풍은 곧 지나가고 정계와 법조계, 관가의 아첨꾼들이 다시 돌아올 걸세. 돈과 부에 대한 인간의 원초적인 욕망 때문에 나한테 달라붙게 되어 있어."

세르지오는 자리에서 일어나 창밖을 내다보았다. 사람들이 잠시 거리를 둘 수는 있어도 절대 신의를 저버리지는 않을 것이다. 신의를 저버리려고 했던 한 사람은 지금 몸이 차갑고 딱딱하게 굳어서 법의학실 냉장고 안에 들어 있다. 세르지오 비탈리는 결코 호락호락한 사람이 아니었다.

"그 여자는 어떻게 됐나?"

세르지오는 뒤돌아서 넬슨을 의아한 눈빛으로 쳐다보았다.

"알렉스 말인가?"

"그래."

"아무 일도 없어. 그런 질문은 왜?"

"그 여자는 자네 편인가?"

"모르겠어. 자기 일을 아주 열심히 잘하는 여자야. 하지만 나하고 내 사업에 관한 얘기는 하지 않아."

세르지오는 어깨를 으쓱했다. 넬슨은 안도했다. 넬슨은 세르지오가 그 여자한테 마음이 약해져서 예전에 마음먹었던 것처럼 그 여자한테 은밀한 사업 이야기를 꺼낸 건 아닌지 속으로 걱정하고 있었다.

"자네는 내가 여자 때문에 위험한 짓을 할까봐 걱정하는 건가?"

세르지오가 웃었다.

"글쎄, 어쨌든 한때 그 여자를 측근으로 만들 생각도 했잖나."

"하지만 난 그러지 않았네. 내가 너무 감상에 젖어 있던 순간이었지. 하지만 이제 그렇지 않아."

세르지오는 다시 책상 앞에 앉았지만 얼굴에서 미소가 사라졌고 대신에 험악한 표정이 그 자리를 대신했다.

"매킨타이어하고 전화 연결 좀 해주게. 그자가 돌아버리기 전에 얘기를 좀 해봐야겠어." 세르지오가 넬슨에게 말했다.

"비탈리 회장님! 신문 보셨어요?"

공포감이 그대로 묻어 있는 낮은 목소리로 폴 매킨타이어가 전화를 받았다. 평소 자신만만하고 도도한 태도는 온데간데없었다.

"네, 읽어봤죠. 그런데 내 흥미를 끌 만한 기사라도 있었나요?"

"맙소사. 주커먼이 죽었어요! 조사위원회는 열리지 않아요! 코스티디스는 잔뜩 열받았고, 틀림없이 이제 나를 못살게 굴 거라고요."

매킨타이어는 목소리를 낮춰 흥분하며 속삭였다.

"쓸데없는 소리. 누가 못살게 굴 거라는 겁니까?"

"검사, 코스티디스, 그리고 또 누가 올지 알게 뭡니까!"

"아무도 오지 않을 겁니다. 내가 장담하죠. 일단 진정하세요. 난 국장님과 상의할 일이 좀 있어요."

"진정하라고요? 뉴욕 전체가 발칵 뒤집혔는데 저보고 진정하라니!" 매킨타이어는 절망스럽게 웃으며 말했다.

"휴가는 어땠어요? 원하시는 대로 만족스럽게 즐기고 오셨나요?"

세르지오는 편안하게 등을 의자에 기대고 구두를 신을 발을 거울처럼 반짝이는 마호가니 책상 위에 올렸다. 매킨타이어는 이 말의 의미를 곧장 알아차렸다 그는 잠시 머뭇했지만 목소리는 이내 차분해졌다.

"물론이죠. 늘 그렇듯 완벽했어요. 제 아내는 스쿠버다이빙까지 했어요."

"그거 잘됐네요. 돈은 맘껏 썼는지 모르겠네요."

"음…… 네……."

"조지타운에 있는 당신 계좌로 약간의 금액이 이체됐다는 소식을 들었습니다."

"잘됐군요."

매킨타이어는 여전히 긴장한 상태였으나 이제 다시 스스로를 통제하고 있었다.

"당신한테 부탁이 있습니다. 작은 문제가 있는 친구가 있어요."

매킨타이어 뉴욕시 건설국장은 말없이 눈알을 굴렸다. 세르지오의 이 말은 뉴욕의 정·관계에서 유명했다. 단순한 부탁 이상의 의미였다. 세르지오는 자신의 부탁을 들어주는 사람에게 사례를 넉넉히 한다는 사실 역시 매킨타이어가 잘 알고 있었다. 15년 전, 그가 건설국 행정관으로 있을 때 처음으로 세르지오의 부탁을 들어준 이후 그의 부탁을 들어준 것을 한 번도 후회한 적이 없었다. 매킨타이어의 자녀들은 궁색한 공립학교 대신에 사립학교에 다닐 수 있었고, 그의 가족은 전 세계 세르지오 소유의 호텔에서 저렴한 가격으로 휴가를 보낼 수 있었다. 그리고 그런 곳에 가면 마치 세르지오와 아주 가까운 친척인 것처럼 융숭한 대접을 받았다. 게다가 매킨타이어는 이제 노후자금도 넉넉히 모아두었다. 지금은 남이 보기에 분수에 넘치게 사는 것처럼 보이지 않게 눈치를 봐야 했지만 은퇴를 하고 나면 흥청망청하며 살 수 있었다.

"무슨 부탁 말입니까?"

"찰리 로젠바움이 52번 스트리트에 새로 지은 빌딩 때문에 골치가 아픈 모양입니다." 세르지오가 말을 꺼냈다.

"맙소사! 그 일이라면 제가 어쩔 수가 없어요! 시장님이 지난주에 직접 저한테 로젠바움이 사후 허가를 요청했는지 물어봤다니까요!"

세르지오는 코스티디스라는 이름을 듣기만 해도 화가 부글부글 끓어올랐다. 그 더러운 자식은 모든 일에 사사건건 끼어들었다! 시장으로 할 일도 많을 텐데 왜 검사와 건설국이 하는 일까지 끼어드는 걸까?

"그래서요? 그 사람이 사후 허가를 받았습니까?"

세르지오는 애써 태연한 척했다.

"아니요."

"그럼 됐어요. 이제 사후 허가를 해주면 되겠네요. 코스티디스의 머릿속은 지금 다른 일로 복잡해서 사후 허가 요청 건에 대해 다시 물어보지 못할 겁니다."

"그건 불가능해요!"

"나는 불가능하다는 말은 모르는 사람입니다."

"제 모가지가 걸린 일이에요."

"나는 내 친구한테 말을 잘 해주겠다고 약속했습니다."

로젠바움은 세르지오가 건설 당국과 중재를 해주면 사례로 모리사니아와 헌츠 포인트에 있는 낡은 주거단지를 헐값에 넘겨주겠다고 약속했다. 로젠바움은 그 지역이 바로 시에서 가장 시급한 재건축 구역으로 선정했다는 사실을 몰랐다. 몇 년만 지나 허름한 임대아파트들을 철거하고 나면 땅값이 지금보다 100배에서 1,000배는 오를 것이 분명했다. 이 정보는 코스티디스 집무실에서 일하는, 세르지오가 가장 아끼는 첩자 덕분에 알게 되었다. 시장과의 껄끄러운 관계가 그로 인해 조금 보상을 받았다. 운명의 장난 덕분인지 재커리 세인트존의 옛 대학 친구인 그는 코스티디스의 가장 가까운 참모가 되었다. 불만이 많던 그를 세인트존의 중재로 내편으로 끌어들이는 것은 세르지오에게 그야말로 식은 죽 먹기였다. 정기적으로 주는 돈 외에도 세르지오는 그의 정치적 야심을 지원하겠다고 약속했다. 세르지오는 이런 생각을 하면서 미소를 지었다. 시장의 집무실 안에 세르지오의 눈과 귀가 되어주는 사람을 두고 있다. 지금까지는 시청 안에서 그렇게 높은 자리에 스파이를 둔 적이 없었다. 코스티디스의 일거수일투족이 곧바로 세르지오에게 전달되었고, 세르지오는 즉시 필요한 조치를 취할 수 있었다. 뉴욕의 108대 시장은 이제 역사상 가장 성과가 없고 실패한 시장으로 등극할 것이 분명했다.

"어떻게 하시겠습니까?" 세르지오가 물었다.

매킨타이어는 한숨을 내쉬었다. 세르지오는 자기가 이겼음을 알았다. 건설국장은 형식적으로 조금 더 버틸 뿐이었다.

"그리고 말입니다. 국장님 부인이 몇 년 전부터 꿈꾸어오던 바로 그런 집을 내가 우연히 발견했어요. 롱비치 해변에 자리 잡은 집인데, 파이어 아일랜드가 바라다보이는 전망이 정말 끝내주죠. 개인 선박장과 개인 모래사장까지 갖춘 정말 환상적인 집이에요."

세르지오가 비장의 카드를 꺼내들었다. 이로써 남아 있던 마지막 망설임까지 사라졌다. 또다시 탐욕이 이기고 말았다.

"알겠습니다. 로젠바움 씨에게 제게 전화하라고 전해주세요."

폴 매킨타이어는 저항을 포기했다.

"당신은 내 친구죠, 폴. 그리고 알다시피 난 친구를 잊는 법이 절대 없죠."

세르지오는 구두 끝으로 책상 위에 있던 자유의여신상 미니어처를 툭툭 건드렸다.

알렉스도 〈뉴욕 타임스〉에 실린 기사를 읽었다. 세르지오가 마피아와 연루되어 있을지도 모른다는 암시는 억측이 아니라 분명한 사실이었다. 세르지오의 집에서 마주쳤던 그 혐오스럽게 생긴 남자가 바로 데이비드 주커먼을 살해한 범인이었다. 세르지오가 그녀를 속였다는 사실은 의심할 여지가 없었다. 알렉스는 세르지오가 했던 말을 믿었었다. 토요일 저녁, 그녀는 몰래 그의 집에서 빠져나왔다. 시내로 운전해 오면서 올리버한테 전화를 할까 잠깐 생각했다가 그만두었다. 그의 경멸적인 말과 눈빛이 아직도 생생하게 떠올랐고, 만약 올리버가 문을 열어주었다가 알렉스를 보고 문을 쾅 닫아버리면 견딜 수 없을 것 같았다.

알렉스는 밤새도록 두려움에 덜덜 떨며 어두운 집 안에 앉아 생각을 정리해보려고 애썼다. 세르지오는 알렉스가 그에 관한 진실을 알아버렸다는 것을 아직 몰랐다. 앞으로도 절대 알면 안 되는 일이었다. 앞으로도 아무것도 모르는 척 계속 지내야 했다. 또다시 공포심이 밀려왔다. 세르지오의 파티에 왔던 손님들도 다 모르는 것일까, 아니면 다들 세르지오의 실체를 아는 것일까? 혹시 아무것도 모르는 사람은 알렉스뿐이 아닐까? 하지만 주지사와 〈타임〉 발행인, 또는 LMI 경영진이 그런 사실을 알 리가 없을 것 같았다.

알렉스는 입술을 깨물고 어떻게 하면 눈에 띄지 않게 서서히 세르지오와의 관계를 청산할까 생각에 잠겨 있는데 갑자기 사무실 유리문을 노크하는 소리가 들렸다. 신경이 너무 바짝 곤두서 있는 상황이라 알렉스는 마치 누가 총이라도 쏜 듯이 소스라치게 놀랐다.

"안녕하세요, 팀장님. 여기 샤오링 산업과 미드웨이 포터에 관한 서류 가져왔어요."

안으로 들어온 마크는 알렉스의 놀란 표정을 살펴보았다.

알렉스는 멍하니 고개를 끄덕였다. 다행히 앞으로 8일간 세르지오를 피해 다닐 수 있었다. 존 쿠와이와 함께 동아시아와 유럽으로 출장이 잡혔기 때문이다. 그래서 돌아올 때까지 새로운 전략을 세울 생각이었다.

"괜찮으세요? 안색이 안 좋아 보이시네요."

마크가 걱정스러운 표정으로 물었다.

"아무렇지도 않아요."

알렉스는 억지로 미소를 지어 보였다. 문득 마크가 올리버와 친구라는 사실이 떠올랐다. 올리버가 마크한테 집에서 있었던 민망한 사건에 대해 이야기를 했을까?

"또 무슨 볼일 남았어요?"

알렉스는 여전히 파일을 들고서 하고 싶은 말이 있는 것처럼 서 있는 마크에게 물었다.

"팀장님하고 상의하고 싶은 얘기가 좀 있어요." 마크가 말했다.

"급한 일인가요? 난 공항에 가기 전에 회의가 잡혀 있는데."

"어쩌면 중요할지도 모르겠어요. 팀장님께서 읽어보셔야 할 몇 가지 정보를 제가 모아봤어요. 제가 최근 몇 달간 알게 된 이상한 부분들이에요. 팀장님은 이런 일을 알고 싶어 하지 않으셨지만 결국 관심을 가지실 게 분명합니다."

마크가 진지하게 말하더니 두툼한 봉투를 책상 위에 올려놓았다.

"무슨 정보죠?"

알렉스는 마크를 미심쩍은 표정으로 쳐다보았다. 세인트존이 딜링룸을 어슬렁거리고 돌아다니는 것이 보였고 마크도 그를 보았다. 아직 개장 전이라 비교적 조용한 분위기였다. 세인트존은 직원 몇 명과 이야기를 나누었다.

"이 봉투가 세인트존의 손에는 들어가지 않는 게 좋겠어요."

마크가 말했다. 알렉스는 갑자기 기분이 이상해졌다.

"왜 하필 지금 이 서류들을 나한테 주는 거죠?" 알렉스가 물었다.

마크는 딜링룸 쪽을 흘깃 쳐다보았다.

"팀장님께서 저를 믿으셔도 된다는 걸 알게 해드리고 싶어요. 하지만 여기 있는 다른 사람들은 믿으면 안 돼요. 팀장님, 부탁드립니다. 다 읽어보세요. 하지만 누구하고도 이에 관한 얘길 하시면 안 됩니다." 마크가 나직한 목소리로 말했다.

바로 그 순간 세인트존이 알렉스의 방으로 들어왔다. 마크는 인사를 하고 밖으로 나갔다. 알렉스는 그 봉투를 출장을 위해 준비한 다른 서류와 함께 가방에 넣었다.

"자네 어제 갑자기 사라지고 없더군. 불꽃놀이를 보고 갔어야 했는데. 정말 환상적이었거든."

세인트존은 손님용 의자에 앉아서 호기심 가득한 눈으로 알렉스의 책상을 훑어보았다.

"그랬겠네요. 그런데 어제 갑자기 너무 피곤했어요. 그리고 오늘 전 홍콩으로 출장을 가야 하거든요."

알렉스는 태연한 척 애썼다.

세인트존이 불꽃놀이와 파티에 대한 수다를 늘어놓는 동안 알렉스는 서류 가방 안에 마치 째깍거리는 시한폭탄이 들어 있는 것 같았다. 그러다 갑자기 세인트존의 경고가 떠올랐다.

'세르지오한테서 손 떼는 게 좋을 거야.'

그 말이 무슨 의미였는지 묻고 싶은 마음이 굴뚝같았다. 설마 세르지오의 실체를 아는 것일까? 알렉스는 이제 누구를 믿어야 할지 혼란스러웠다.

알렉스는 홍콩에서도, 그리고 싱가포르에서도 마크가 준 봉투를 열어볼 시간이 없었다. 그리고 3일 후 다시 뉴욕으로 돌아가면 세르지오를 어떻게 대해야 할지 아직 머릿속이 정리되지 않은 상태였다. 익히 예상했듯이 언론은 여름 비수기를 맞추어 주커먼 살인 사건이 일으킨 스캔들에 열광적으로 달려들었다. 신문사나 방송사에서는 '뉴욕의 마피아'라는 주제를 장황하게 다루었다. 알렉스는 매일 주변에서 구할 수 있는 미국 신문을 구입해서 기사를 주의 깊게 살폈다. 세르지오는 밀포트 플라자에서 살해된 남자와 관련되어 있다는 혐의를 받았다. 세르지오 부친의 범죄로 얼룩진 삶과 끔찍한 죽음에 관한 기사가 또다시 실렸다. 세르지오가 지금까지 연루된 것으로 추정되는 모든 사건을 다루면서도 어떤 기자도 그를 조폭 두목으로 묘사하지는 않았다. 하지만 이런 추측 기사만으로도 세르지오에게 불리하게 작용할 것이 분명했다.

새로운 고객들과 긴 시간에 걸친 저녁 식사를 마친 후 알렉스는 호텔방으로 올라와 드디어 마크가 전해준 봉투를 열었다. 길버트 셰너헌에 관한 신문기사를 스크랩한 서류였다. 그런데 알렉스는 읽으면서 소름이 돋았다. 그리고 자신이 지난 몇 달간 성사시킨 거래 내역을 정리한 서류가 있었다. 카멕스코, 핸슨 페이퍼 밀, 아메리칸 로드맵, 내셔널 콘크리트, 셔먼 인더스트리스, 시애틀 퍼시픽 우드즈 주식회사, 다이아몬드 크라운, 레드우드 럼버, 스토러, 해일 뉴포트, A&R, 마이크로맥스였다. 마크는 정말 꼼꼼하게 조사를 잘했는데, 이들 고객 뒤에는 늘 파나마에 있는 세비코 홀딩이나 선셋 프라퍼티스라는 이름의 회사가 있다는 사실을 알아냈다.

선셋 프라퍼티스는 1985년에 영국령 버진 아일랜드에서 설립되었다. 마크는 모든 것이 한 점에서 만나는 도표를 작성했다. 알렉스는 이해할 수 없어 고개를 저었다. 이게 무슨 뜻일까? 그리고 LMI가 최근 몇 달간 새로 선보인 펀드 목록이 있었다. 펀드 대부분은 거래를 지원하기 위해 출시된 것이었는데, 그녀의 자금 조달 계획의 일부였다. 프라이빗 이쿼티 펀드라는 이름이 노란색 형광펜으로 강조되어 있었다. 자본금 5억 달러인 이 펀드는 가장 막강하면서도 투기 등급이 매우 높다. 주로 기술 기반의 벤처 캐피털 회사, 특히 벤처 캐피탈 시스타프렌즈 합자회사라는 이름의 회사에 투자했다.

알렉스는 담배에 불을 붙이며 생각에 잠겨서 노란색 형광펜으로 표시된 부분을 뚫어지게 쳐다보았다. 그녀는 연관성을 이해할 수 없어 다음 페이지로 넘겼다. 그녀의 머릿속에는 여러 가지 생각이 뒤죽박죽 얽혔다. '날 바보 취급하는 거야, 아니면 정말 그렇게 순진한 거야?' 그 순간 문득 이 말이 번쩍 떠오르더니 머릿속이 정리되었다.

세비코. 세르지오 비탈리 코퍼레이션의 약자였다. 담배를 들고 있던 손이 부들부들 떨리기 시작했다. '내 소유의 회사 가운데 LMI와 거래하는 곳도 있지…….' 세르지오한테 LMI와의 관련성에 대해 물었을 때 그는 이렇게 대답했다. 최근 몇 달간 알렉스가 담당하고 성사시켰던 모든 거래 뒤에 세비코가 개입되어 있다는 것이 서류에 분명하게 드러났다. 알렉스는 서류를 다시 앞으로 넘겨보았다. 벤처 캐피탈 시스타프렌즈 합자회사. 시스타(SeaStar) - 바다의 별. '스텔라 마리스(바다의 별이라는 뜻-옮긴이 주).' 이 모든 것이 다 우연이란 말인가? 알렉스는 숨을 멈추고 마크가 조사한 서류의 마지막 페이지를 넘겨 읽어보았다. 맨 위에 손으로 적은 글씨가 적혀 있었다.

……WNBC 방송위성회사는 1997년 4월 탤러해시 뉴스 그룹(TNG)의 지분을 100퍼센트 인수했다. 인수 거래는 LMI가 맡았다. 1997년 3월, TNG의 주가는 사상 최고치인 23.30달러를 기록한 후 7.95달러로 하락했다. 같은 시간 BVI(영국령 버진 아일랜드-옮긴이 주)에는 32만 달러 규모의 매그놀리아 합자회사라는 이름의 IBC가 설립되었다. TNG의 급격한 주가 변동 때문에 증권거래위원회의 조사를 받았다. 길버트 셰너헌은 소환되었고 소환 하루 전날 차에 치여 사망했다. LMI의 법무팀이 매그놀리아의 유일한 주주인 길버트 셰너헌을 위해 정관을 만들어주었다는 사실이 드러났다. LMI는 증권거래위원회에서 아무것도 모른다고 진술했고, 셰너헌은 모든 책임을 뒤집어썼지만 사실 그 순간 이미 죽어버리고 없었다.

알렉스는 다음 페이지를 훑어보면서 숨이 멎을 뻔했다. 마크는 그녀가 성사시킨 거래의 주식 시세 날짜를 기록했다. 알렉스는 온몸이 오싹해졌다. 인수합병이 공식적으로 발표되기 직전에 매번 주식 시세가 살짝 올랐다. 서류 맨 아래에 마크가 손으로 쓴 문장이 있었다.

거래 성사를 발표하기 전에 미리 알고 있는 사람이 누구일까요?

알렉스는 식은땀이 났다. 그녀는 그가 누구인지 알았다. 자기가 거래 정보를 유일하게 알려준 사람, 바로 세인트존이었다. 그는 그 정보를 바탕으로 거래를 하는 듯 보였다. 단지 누구를 위해서 그런 거래를 하느냐는 문제가 남아 있었다. 자기 자신을 위해서? 아니면 설마 빈센트 레비 회장을 위해서?

알렉스는 호텔방 벽을 멍하니 쳐다보았다. 뒤죽박죽이던 머리가 서서히 정리되면서 밝아졌다. 모든 일의 톱니바퀴가 잘 맞물려 돌아가면서 갑자기 눈앞이 선명해졌다. 세르지오는 세인트존이 주최한 파티에 참석했다. 그리고 알렉스는 그곳에서 세르지오를 처음 만났다. 알렉스는 그가 왜 그 자리에 있었는지 한 번도 생각해보지 않았다. 그리고 세르지오도 세인트존을 생일 파티에 초대했다. 왜? 좋은 사업 파트너이기 때문에?

'내가 레비 회장의 지시로 세인트존에게 전해주는 정보가 세르지오한테도 전달되는 걸까?' 만약 세르지오가 세비코 뒤에 감춰진 사업에 연루되어 있다면 아마 세인트존을 통해 불법과 탈세를 일삼으며 막대한 돈을 벌어들이고 있는 것이다. 정말 믿어지지 않았다. 알렉스는 자신이 얼마나 순진하고 눈이 멀었는지 깨닫자 당황스러움이 분노로 바뀌었다. 혹시 LMI가 알렉스를 스카우트 하도록 세르지오가 손을 쓴 것일까? 충분히 그럴 수 있는 일이었다. 레비는 알렉스가 더러운 거래에 얼마나 협조할 준비가 되어 있는지 테스트했고, 알렉스는 그가 제시하는 미심쩍은 보너스를 받아들였다. 마크의 말이 맞았다. 알렉스가 마크의 조사 결과를 제대로 해석했다면 그녀는 그동안 엄청난 사기극에서 조종을 당한 꼭두각시에 지나지 않았다. 알렉스는 한동안 런던 호텔 객실 침대 위에서 미동도 하지 않은 채 가만히 앉아 있었다. 진실을 알아내는 것은 아주 간단했다. 세인트존을 함정에 빠트리면 되었다. 만약 그가 함정에 걸려든다면 모든 것이 확실해질 것이다.

*

알렉스는 열쇠를 현관 옆 탁자 위에 던져놓고 샌들을 벗고 재킷을 벗었다. 불도 켜지 않은 채 부엌으로 가서 냉장고 문을 열고 우유병을 꺼내 우유를 꿀꺽 마셨다. 매들렌과 트레버 부부와 함께했던 저녁 시간은 상당히 즐거웠지만 레드와인을 너무 많이 마셨다. 매들렌 부부가 지난 주말 동안 롱아일랜드 아마간셋에 있는 집으로 초대한 덕분에 알렉스는 숨 막히는 더위가 기승을 부리는 도시를 벗어나서 기뻤다. 7월에 이미 한 번 그곳에 간 적이 있었다. 알렉스는 해변에서 말을 타면서 두 부부와 함께 매우 즐거운 시간을 보냈다.

알렉스는 맨발로 거실로 걸어가 무심코 전등 스위치를 켰다. 주위가 환해진 순간 그녀는 갑자기 얼어붙었다. 너무 놀라 하마터면 들고 있던 유리병을 떨어트릴 뻔했다. 소파에 세르지오가 앉아 있었다.

"깜짝이야! 사람을 어떻게 이렇게 놀래킬 수가 있어요? 깜깜한 데서 뭐 하고 있어요?" 알렉스가 소리를 질렀다.

"잘 지냈어? 3시간째 당신을 기다리고 있었어. 당신 휴대전화가 꺼져 있더라고."

세르지오는 미소를 지었다. 어둑한 얼굴에 하얀 이가 반짝거렸다.

"우리가 만나기로 약속했나요?"

알렉스는 우유병을 바닥에 내려놓았다. 몸이 덜덜 떨렸다. 그 끔찍한 비밀을 알게 된 그날 이후로 처음 만나는 것이었다. 알렉스는 그의 실체를 알게 되어 화가 나고 상처를 받고 경악했지만 지금은 그런 감정이 드러나지 않게 자제해야 했다.

"당신이 유럽 출장에서 돌아오고 나서 연락이 없어서 너무 보고 싶어서 왔지. 그동안 어떻게 지냈어?"

"잘 지냈죠. 당신은 어떻게 지냈어요?"

알렉스는 조명 스위치 옆에 서서 세르지오를 바라보았다.

"아주 잘 지냈지."

"신문 기사를 보면 그리 잘 지냈을 것 같지 않은데요."

"그깟 신문 기사가 뭐라고. 난 원래 그런 거 신경 써본 적이 없는 사람이야." 세르지오는 경멸적으로 웃었다.

"당신이 그 부동산 중개업자 살인 사건과 관련 있다고 하던데요."

알렉스는 속으로 덜덜 떨었다. 자신이 알고 있는 모든 사실을 그의 면전에 퍼붓고 싶은 충동을 간신히 참았다.

"그래, 나한테 모든 혐의를 덮어씌우고 싶겠지."

세르지오는 다리를 꼬고 피식 웃었다. 인정하고 싶지는 않았지만 적대적인 언론이 상당히 힘들고 성가신 것은 사실이었다. 그는 넬슨의 조언대로 어떤 비난에 대해서도 입을 열지 않았지만 언론에 맞서지 못하는 것이 화가 났다. 게다가 코스티디스 시장이 텔레비전에 독선적인 태도로 등장하는 것도 꼴 보기 싫고 참기 힘들었다. 월요일에 세무조사반이 피치아벨리 음식점에 들이닥쳐 가게를 완전히 뒤집어 놓았다. 마시모는 화를 참지 못하고 세무 공무원을 폭행했는데, 세르지오는 자신의 뇌물 리스트에 올라 있는 영향력 있는 인사들에게 수십 통의 전화를 걸어 공무원 폭행이 언론에 알려지는 것을 막았다. 그런데 그의 '친구' 중 일부가 자기를 부인하는 것을 알게 되었다. 이것은 코스티디스의 선동 캠페인이 효과를 발휘하고 있다는 명백한 증거였다. 곳곳에서 문제가 발생했는데 알렉스는 연락이 닿지 않았다. 세르지오는 여러 모로 신경이 바짝 곤두서 있었다. 그는 알렉스와의 잠자리가 그리웠다.

"코스티디스 그놈은 지난 15년간 계속해서 나를 잡으려고 전쟁을 벌이고 있어. 나를 어떻게든 철창 속으로 보내버릴 생각에 사로잡혀 있지. 연방검찰이었을 때도 나를 비방하려고 온갖 수단 방법을 다 동원했지. 뉴욕의 지하 세계 전체하고 월스트리트의 절반을 법정에 세우는 것으로 만족하지 않았어. 그놈은 날 원해."

그는 시선을 알렉스에게 고정시킨 채 자리에서 일어났다. 얼핏 보기에는 자신감에 넘치고 태연해 보였지만 미간 사이에는 긴장했다는 것을 엿볼 수 있는 주름이 잡혔다.

"그놈은 별 방법을 다 동원했어. 내가 마피아라고도 했고 뇌물 공여, 협박, 사기, 노조 방해죄도 덮어씌우려고 했지. 하지만 아무런 결과도 얻어내지 못했어. 검찰이 나한테 덮어씌운 혐의의 증거를 찾아내기 위해 몇 달 몇 년을 보냈는지 몰라. 다 쓰잘 데 없는 짓이었지."

세르지오의 얼굴빛이 어두워졌다. 목소리는 분노로 가득했다.

"나는 정당하게 세금을 내고, 수천 개의 일자리를 만들었어. 막중한 책임을 지고 있는데 말이야. 그런데 그 그리스 출신 녀석이 난데없이 나타나서 이탈리아계 이름을 가진 모든 사람을 마피아로 치부해버렸어. 날 비방하고 모함해서 이미 엄청난 피해를 입혔어. 하지만 난 더는 그놈 때문에 화가 나지 않아. 그놈은 그러다가 결국 우스운 꼴을 당하겠지."

세르지오는 험악하게 웃었다. 하지만 알렉스는 이것이 전혀 재미있는 상황이 아님을 알았다. 특히 세르지오가 지금 선보이는 연기력에 감탄했다. 그는 눈썹 하나 까딱하지 않고 그녀와 눈을 맞추었다. 그의 실체에 대해 몰랐다면 여전히 그의 말을 곧이곧대로 믿었을 것이다. '돈 세르지오', 하고 알렉스는 속으로 중얼거렸다. 등에 오싹 소름이 돋았다.

"그럼 왜 그런 비방에 대응하지 않고 가만히 있는 거예요? 당신 이름이 더럽혀지는 것을 왜 가만히 두고 보기만 하냐고요?"

알렉스는 아무것도 모르는 체하며 그의 놀이에 동참했다.

"나하고 상관없는 일에 대해 해명하고 날 변명할 필요성을 느끼지 않아."

그는 알렉스를 뚫어지게 쳐다보았다. 미소를 짓고 있음에도 파란 눈동자는 얼음처럼 차가웠다. "대중이 뭐라고 생각하든 말든 아무 상관이 없다구."

"하지만 평판이 안 좋아지면 당신 사업에도 지장이 있을 거 아니에요."

"말도 안 되는 소리. 나하고 사업을 하는 사람들은 신문 쪼가리에 난 선동적인 그깟 기사 나부랭이 때문에 겁먹거나 당황할 그런 소심쟁이들이 아냐."

세르지오는 경멸하듯 고개를 저었다. 알렉스는 아무 말도 하지 않았다. 심장 박동 소리가 목까지 치고 올라오는 것처럼 느껴졌다.

"왜 그래? 설마 그런 소문을 믿는 건 아니지?"

세르지오는 알렉스의 어깨에 손을 올리고 눈을 뚫어지게 쳐다보았다.

"내가 '네'라고 대답할 수 있었으면 좋겠어요. 하지만 난 그럴 수가 없어요."

"신문에서 떠드는 기사들을 정말 진지하게 받아들이는 거야?"

그는 알렉스의 손목을 움켜쥐었다.

"아니요. 나도 당신과 마찬가지로 신문에 난 기사 따위는 신경 쓰지 않아요. 당신이 내게 정직하기만 하면 남들이 당신에 대해 뭐라 하든 상관없어요. 하지만 난 당신이 내게 정직하다는 생각이 들지 않아요."

알렉스는 고개를 저으며 말했다. 세르지오는 손목을 놓아주었다.

"당신하고 상관없는 일에 대해 왜 알려고 하는 거지? 내가 당신하고 가끔 잠자리를 갖는다고 해서 당신한테 내 인생에 대한 해명까지 해줘야 하는 거야?"

세르지오는 바지 주머니에 손을 넣었다. 얼굴에는 미소가 사라졌다. 알렉스는 믿을 수 없다는 눈빛으로 세르지오를 뚫어지게 쳐다보았다.

"난 당신한테 무슨 해명을 하라고 요구한 적이 없어요. 하지만 당신은 내가 당신을 믿어주기를 바라잖아요. 그리고 언론에서는 연일 당신에 대해 내가 아는 것과는 전혀 다른 기사를 싣고 있고요. 당신은 날 안 믿는데 내가 어떻게 당신을 믿을 수 있겠어요?"

"내가 말한 그대로야."

"성경 말씀대로 말이죠? 보이지 않는 것을 믿는 자가 복되다!"

알렉스는 웃었고 갑자기 오한을 느꼈다. 세르지오는 진지한 표정으로 알렉스를 쳐다보았다. 잘생긴 얼굴은 마치 돌을 조각한 조각상 같았다.

"사랑해." 세르지오가 갑자기 내뱉었다.

"당신은 나를 사랑하지 않아요. 나를 갈망할지는 모르죠. 하지만 그게 다예요." 알렉스는 고개를 저었다.

알렉스는 트레버와 매들렌 부부가 자연스럽게 서로 사랑하는 모

습을 떠올렸다. 하지만 세르지오는 절대 그럴 수 있는 사람이 아니었
다. 알렉스는 갑자기 세르지오를 더 보고 싶지 않았다. 피곤해서 잠을
자고 싶었다.

"며칠 과로했더니 지금 너무 피곤해요. 이만 돌아가 주세요."

알렉스는 이렇게 말하며 몸을 돌렸다. 그러자 세르지오는 30분간
힘들게 억눌렀던 분노가 타올랐다. 그는 세 걸음을 성큼성큼 다가와
알렉스의 팔을 거칠게 움켜잡았다.

"이 팔 놔요. 난 이제 그만 침대에 가서 자고 싶다고요."

"나도 그래. 그것도 당신하고 같이."

세르지오는 알렉스를 껴안고 도발하듯 아랫도리를 밀착시켰다.

"하지만 나는 당신하고 같이 자고 싶지 않아요."

알렉스는 팔로 세르지오의 가슴을 밀쳤지만 그는 놓아주지 않고
더 큰 욕정에 사로잡혔다. 알렉스는 공포감에 사로잡혀 세르지오를
때렸지만 오히려 그의 제어할 수 없는 쾌락에 더 불을 질렀다. 광기
와 분노에 사로잡힌 끈질긴 싸움이었다. 하지만 결국 알렉스가 지고
말았다. 알렉스는 얼굴을 돌리며 속수무책인 상태로 분노를 느꼈고,
세르지오는 강압적으로 욕정을 풀었다. 세르지오가 숨을 헐떡거리며
절정에 이르자 알렉스는 자신이 그를 증오한다는 사실을 깨달았다.
알렉스는 분노로 이글거리며 세르지오가 침대에서 일어나 아주 태연
하게 천천히 바지를 입고 넥타이를 매는 모습을 지켜보았다.

"이 더러운 자식! 넌 날 강간했어!"

알렉스가 중얼거렸다. 세르지오는 알렉스를 향해 몸을 숙이고 알
렉스가 쳐다볼 수밖에 없도록 얼굴을 들어올렸다.

"앞으로 한 가지는 꼭 명심하는 게 좋겠어. 난 내가 원하는 건 언제
든지 손에 넣을 수 있는 사람이야."

그는 미소를 짓고 있었지만 눈은 매서웠다. 그러더니 문 쪽으로 걸어가 나가버렸다.

알렉스는 훌쩍이기 시작했다. 두려움과 절망의 파도가 밀려왔다. 안 좋은 소문이 사실일지도 모른다는 예감을 하면서도 왜 다른 사람의 경고에 귀 기울이지 않았던 것일까? 어찌 할 수 없는 상황에 빠져버렸다. 세르지오 비탈리가 그녀를 순순히 떠나지 않을 것이라는 사실을 조금 전 고통스럽게 몸소 깨달았다.

크리스마스 직전, 알렉스는 올해 M&A 분야에서 가장 센세이션을 불러일으킨 거래를 성사시키는 데 성공했다. 맥샘은 세계적으로 인지도가 높은 블루칩으로서 컴퓨터 기술 분야에서 급속하게 영역을 확대해가고 있는 복합기업이었다. 알렉스는 맥샘이 텍사스에 있는 하드웨어 강자인 IT시스템스라는 회사에 관심을 갖고 있다는 사실을 알게 되었고, 영리하고 능숙한 협상을 벌인 끝에 모든 경쟁자를 물리쳤다. 하지만 알렉스는 세인트존에게 이런 사실에 대해 전혀 이야기하지 않았다. 모든 임원이 모인 가운데 곧 열릴 회의에서 LMI가 맥샘의 인수 협상을 맡게 될 것이라는 발표를 하면 세인트존이 어떤 반응을 보일지 궁금했다. 마크와 알렉스는 역외 회사들과 LMI의 복잡하게 얽히고설킨 관계를 구체적으로 알아내지는 못했지만, 이제는 알렉스가 전해주는 정보를 세인트존이 뻔뻔하게 이용하고 있다는 것을 확신하게 되었다. 그래서 두 사람은 맥샘 거래를 비밀리에 준비하고 성사시켰다. 만약 세인트존이 오늘 그 사실을 알게 되면 맥샘이나 IT 시스템스와 관련해서 무슨 수를 쓰기에는 너무 늦을 것이다.

알렉스는 오늘 회의를 위해 만반의 준비를 했다. 1주일에 120시간 넘게 일하느라 완전히 탈진하기 직전이었지만 곧 거두게 될 승리에 마음이 두근거렸다. 빈센트 레비 회장이 회의를 공식적으로 시작하기 전에, 존 쿠와이와 론 셸런바움 사이에 앉아 있던 알렉스가 자리에서 일어났다.

"임원 여러분."

알렉스는 회의 탁자에 둘러앉은 사람들의 대화가 잦아들 때까지 기다렸다. "모두 기뻐하실 소식을 전해 드리려고 합니다. 미리 드리는 크리스마스 선물이라고 생각해주세요."

그러자 모두 기대에 찬 눈빛으로 알렉스를 쳐다보았다.

"맥샘 엔터프라이즈가 IT시스템스를 인수하기 위한 차입매수 거래를 우리에게 맡겼다는 소식을 전해 드리게 되어 기쁘게 생각합니다."

커다란 회의실에는 정적이 흘렀다. 모두 말없이 알렉스를 뚫어지게 쳐다보았다. 이들은 맥샘이 IT시스템스에 관심이 있다는 사실은 알았지만, 이런저런 소문만 떠돌았지 구체적으로는 눈에 보이는 것이 없었다. 잠시 후 회의실은 갑자기 웅성거리는 소리로 가득했다. 알렉스는 만족스러운 미소가 피어오르는 것을 겨우 참았다.

"저는 1주당 40달러에 차입매수를 산정했습니다."

알렉스가 말을 잇자 모두가 다시 알렉스의 말에 귀를 기울였다. "우리는 고금리로 채권을 발행해서 5억 달러를 마련하게 될 겁니다. LMI는 이번 신규 발행에서 언더라이터로서의 역할을 맡게 됩니다."

레비는 최고재무책임자인 마이클 프리드먼에게 LMI가 실제로 이런 어마어마한 거래를 성사시킬 수 있는 상황인지 물었다. 알렉스는 프라이빗 에쿼티 테크놀로지 트러스트도 5억 달러의 자금을 운영하는데 이 질문은 상당히 엄살로 들린다고 생각했다.

"어떻게 하겠다는 거죠? 어떻게 아무한테도 알리지 않고 그런 일을 혼자 계획할 수 있는 겁니까?" 흥분한 세인트존이 물었다.

"이건 제 일입니다. 그리고 '차이니즈 월'은 제가 그런 차입매수에 대해 내부에 알리는 것을 금지하고 있죠. 맥샘 경영진에서도 우리 일에 만족했고 그래서 우리 팀은 인수 비용을 꼼꼼하게 산정했습니다."

알렉스는 차가운 미소를 지어 보였다. 세인트존은 입을 다물었지만 눈은 분노로 이글거렸다.

"맥샘은 현재 IT시스템즈를 사들일 만한 자금이 충분하지 않습니다. 그렇기 때문에 자금을 조달해야 합니다. IT시스템즈는 수익을 내는 우량 기업으로, 컴퓨터 하드웨어 분야의 시장 선두주자로 통합니다. 하지만 안타깝게도 미숙한 경영 때문에 상황이 별로 좋지 않죠. 그런데 맥샘 외에 다른 대기업도 IT시스템즈에 큰 관심이 있습니다. HP나 마이크로소프트 같은 회사들 말입니다. 저는 위험 부담이 있는 길을 선택할 수밖에 없습니다. 제가 요구한 금리는 경쟁 회사들이 제시한 금리보다 조금 낮았고, 맥샘은 결국 우리에게 차입매수를 맡겼습니다. 여러분 이번 건은 12억 달러가 걸린 일입니다. 거래를 통해 받는 수수료 외에도 우리가 발행하는 채권을 통해 약 1억 달러를 벌 수 있습니다." 알렉스가 큰 소리로 말했다.

"단 한 건의 거래로 우리 회사가 지난해 1년 동안 얻은 수익을 거둘 수 있다는 말입니까?" 프리드먼은 놀라 입을 다물지 못했다.

"그렇습니다. 제가 레비 회장님의 말을 제대로 이해한 것이 맞다면, 회장님은 LMI를 이 분야의 선도 회사로 키우고 싶어 하십니다. 이번 거래를 통해 적어도 M&A 분야에서는 충분히 그렇게 될 겁니다."

알렉스는 의기양양한 미소를 지었다. 그리고 서류 가방을 열어 보고서를 복사한 종이뭉치를 꺼내 모든 참석자에게 나누어주었다.

"이건 무책임한 짓입니다!"

세인트존이 자리를 박차고 일어났다. 그의 얼굴에 붉은 반점이 번졌다.

"나는 훌륭하다고 생각합니다. 정말 훌륭해요. 지금 협상은 어느 정도 진행된 상태인가요, 알렉스 팀장?"

레비는 보고서를 들여다보다가 고개를 들고 말했다.

"내일 IT시스템스 대표들과 함께 모여서 LBO 계획대로 결정을 내릴 가능성이 매우 높습니다. 저는 조금 전에도 IT시스템스의 버니 리트 회장님과 상세하게 대화를 나눴습니다. 맥샘은 IT시스템스 주주들에게 아주 좋은 조건을 제시하고 있어요. 주식을 1대1로 교환해주고 10주당 1주를 추가로 보너스를 지급할 예정입니다. 보상을 지급받는 경영진을 제외하고는 모든 직원들은 고용이 승계될 겁니다. 모든 일이 순조롭게 잘 풀리면 크리스마스 전에 오케이 사인을 받게 될 것이고요. 몇 년 만에 가장 큰 거래입니다. 그리고 지금 LMI 낚싯대에 월척이 걸려 있어요."

"만약 IT시스템스 경영진이 동의하지 않으면 어떻게 되죠?"

세인트존이 음흉하게 물었다.

"그러면 맥샘 경영진 측에서 이익이 훨씬 낮은 적대적 인수를 하겠다는 의견을 분명히 했어요. 그렇게 되면 주주들이 미래를 결정하겠지만, 맥샘과 같은 그런 좋은 제안을 받지는 못할 겁니다. 다른 모든 잠재적인 구매자들은 IT시스템스를 쪼개고 분리시킬 겁니다."

"그만 하게, 세인트존. 알렉스는 정말 최고의 실적을 이뤄냈어요. 우리가 모르고 있던 상황이라 당황스럽기는 하지만 인정을 해줘야 합니다. 이번 거래는 의심의 여지없이 LMI가 지금껏 맡게 된 가장 큰 거래입니다." 레비가 말했다.

회의 시간 내내 당연히 맥샘 거래가 주요 화제여서 한해 결산보고는 아예 뒷전으로 밀렸다. 알렉스는 자기가 맡은 일을 했고, 이제는 기업 금융, 유가증권과 신용 담당 부서에서 LBO를 실행에 옮기고 고객에게 신규 채권을 판매하는 일만 남았다.

회의가 끝나자 알렉스는 서둘러 회의실을 빠져나가려고 했다. 팀원 모두가 엄청난 거래를 성사시킨 것을 자축하기 위해 벌써 '루나루나'에 모여 기다리고 있었기 때문이다. 알렉스는 미소를 지으며 회의 참석자들에게 인사를 했다. 모두 알렉스에게 축하 인사를 건넸다. 물론 세인트존을 제외한 모두였다. 알렉스는 별로 놀랍지도 않았다. 자신의 어두운 의심이 맞는다는 것을 확인시켜줄 뿐이었다.

"알렉스!"

뒤에서 세인트존이 부르는 소리에 알렉스는 멈춰 섰다.

"내 사무실로 와!"

세인트존의 명령에 알렉스는 어깨를 으쓱하고 순순히 갔다. 그는 책상 앞에 앉은 후 알렉스한테는 앉으라는 말조차 하지 않았다. 그는 거짓된 미소를 지으며 분노를 제법 잘 감추었다.

"내가 이번 거래에 대해 왜 이런 식으로 알게 되는 거지? 먼저 나한테 귀띔을 해주기로 약속하지 않았나?"

"일이 정말 정신없이 긴박하게 진행됐어요. 마침 다른 곳에 계셨고 제가 말씀드린다는 것을 깜빡했네요."

알렉스도 마찬가지로 거짓된 미소를 지었다.

"깜빡했다고? 난 자네가 자기 능력을 조금 과대평가하고 있다는 생각이 드는군."

세인트존은 과장되게 놀란 척하며 눈을 크게 뜨더니 빈정거렸다. 알렉스의 미소는 사라졌다. 그녀는 가방을 내려놓고 양손으로 책상을 짚었다. 세인트존은 머리 뒤로 양손을 깍지 끼고 미소를 지었다.

"저는 이사님이 과거에 '차이니즈 월'이라는 개념을 너무 과소평가해왔다는 생각이 듭니다. 제가 성사시킨 거래마다 바로 직전에 주가가 이상하게 움직였다는 사실을 누군가 알려주더군요. 내부 정보를 이용한 부당 거래를 해왔다는 확실한 증거죠."

알렉스가 조용한 목소리로 말했다. 세인트존은 능숙한 연기자였지만 세르지오보다는 연기력이 떨어졌다. 알렉스는 그의 눈이 흔들리고 입가가 움찔거리는 것을 보았다.

"자넨 자기가 아주 중요한 사람이라고 착각하는 것 같군."

"아뇨. 전 다만 맡은 일에 최선을 다할 뿐이에요. 전 시장에 대한 책임이 있거든요. 그리고 이사님의 반응이 저의 의심을 더 강하게 만들었어요." 알렉스는 등을 꼿꼿이 세우고 앉았다.

"잘난 척 하는 년!"

세인트존은 갑자기 프로답지 않게 모욕감을 노골적으로 드러냈다. 알렉스는 미소를 지었다.

"그리고 당신은 패배자죠. 전 이만 우리 팀원들하고 축하 파티를 하러 가야겠어요. 우리 팀원들이 정말 열심히 일해줬거든요. 이사님도 즐거운 저녁 시간 보내세요!"

알렉스는 이렇게 반격하며 서류 가방을 챙겼다.

*

모든 팀원은 이미 브로드 스트리트에 있는 편안한 분위기의 맥줏

집인 루나루나에 도착해 있었다. 루나루나는 특히 증권 브로커와 은행원이 이용하는 술집이었다. 알렉스가 안으로 들어오자 팀원들이 박수와 환호성으로 맞이해주었다. 알렉스는 회의 진행 상황과 경영진의 반응에 대해 이야기해주었다.

"자, 여러분." 알렉스가 손을 들자 주위는 다시 조용해졌다.

"이제 그런 얘기는 그만 하고 편안한 저녁 시간을 보내요. 여러분 모두 일을 정말 훌륭하게 잘 해냈고, 그런 여러분이 정말 자랑스러워요. 야근을 밥 먹듯이 하고 주말도 반납하고 정말 열심히 일한 대가로 오늘은 제가 다 쏘겠습니다! 오늘 저녁 맘껏 즐겨요!"

또다시 박수갈채가 터졌고 테이블에 술이 나왔다. 즐겁고 편안한 분위기였다. 모두가 마음껏 술을 마셨고 비인간적으로 주당 100시간 일했던 것은 씻은 듯이 잊혀졌다. 크리스마스와 연말연시 덕분에 조용히 쉴 수 있는 시간을 앞두고 있었다. 알렉스가 모든 팀원과 한 잔씩 마신 후 마크와 잠깐 이야기를 나누었다.

"어떻게 됐어요?" 마크가 호기심 가득한 눈으로 물었다.

"세인트존이 길길이 날뛰며 화를 냈죠. 못 말릴 정도였어요."

"빙고. 팀장님 말씀이 맞았어요."

마크가 심각한 표정으로 고개를 끄덕였다.

"글쎄, 하지만 아직도 세인트존이 어느 정도 윗선까지 닿는지 모르겠어요. 레비 회장도 이런 사실을 알고 있을까?"

알렉스는 한숨을 내쉬며 물었다.

"셰너헌 관련 일도 알고 있었어요. 그래서 지금도 분명히 알 겁니다." 마크가 나직한 목소리로 말했다.

알렉스는 얼굴을 찡그렸다. 그녀는 이제 완전히 말려들게 되었다. 얼마 전까지만 해도 자신이 제공한 정보로 세인트존이 무슨 짓을 하는지 몰랐다는 사실을 아무도 믿어주지 않을 것이기 때문이다. 당국에서 이 사실을 알게 되면 그녀는 처벌뿐만 아니라 면허까지 취소당할 수 있었다.

"에이, 난 정말 바보 멍청이였어. 난 당해도 싸."

좋았던 기분이 한순간에 사라졌다.

"왜 그렇게 생각하세요?" 마크가 의아한 표정으로 쳐다보았다.

"예전에 올리버가 나한테 그런 얘길 해주려고 했는데, 난 그 말을 흘려듣고 믿지도 않았어요. 지금 보니 다 맞는 말이었는데."

알렉스는 어깨를 으쓱했다

"저도 처음에는 안 믿었어요." 마크가 말했다.

"근데 요즘도 올리버하고 자주 만나요?"

알렉스가 물었다. 술 덕분에 갑자기 용기가 생겨 마크가 자기와 올리버 사이에 있었던 일을 알고 있는지, 그리고 어떻게 생각하는지 꼭 알고 싶었다.

"만난 지 한참 됐어요. 5월에 몇 달 예정으로 뉴욕을 떠났어요, 왜냐하면……" 마크는 알렉스를 힐끗 쳐다보며 말을 끊었다.

"왜냐하면 뭐요? 계속 말해봐요, 마크!"

"모르겠어요. 그게…… 그게 저하고는 상관없는 일이라."

"올리버가 뭐라고 했는데요?"

마크는 잠시 머뭇거리다가 알렉스를 쳐다보았다.

"올리버가 지난 5월에 폭행을 당해서 많이 다쳤어요. 그리고 병원에 입원해 있는 동안 누군가 집에 들어와서 쑥대밭으로 만들었죠."

"네? 그게 정확히 언제였어요?"

알렉스는 그 자리에서 몸이 얼어버린 듯했다.

"제가 이런 얘길 해도 되는지 모르겠네요. 저하고는 정말 상관없는 일이라……." 마크는 주저하며 입술을 깨물었다.

"마크! 무슨 일이 있었는지 말해주세요, 부탁이에요!"

알렉스가 재촉했다.

"팀장님이 어느 날 밤 갑자기 올리버 집에 나타나서…… 음……
그러니까, 세르지오 비탈리하고 내연관계라고 말했다고 했어요."

마크는 어쩔 줄 몰라 하며 말을 시작했다. "그 얘길 듣고 싸웠다고
요. 근데 다음날 저녁 복도에 복면을 한 남자 셋이 올리버를 기다리
고 있다가 무자비하게 폭행했어요. 그중 한 놈이 올리버한테 상관없
는 일에 끼어들지 말고 팀장님한테도 접근하지 말라고 했다더군요."

"이런 세상에!"

알렉스는 너무 놀라 중얼거렸다. 세르지오는 올리버와 그녀의 관
계를 다 알았는데도 그런 이야기는 한마디도 꺼내지 않았다. '그런
일을 알 수 있는 방법은 오직…… 안 돼!' 세르지오가 자신을 감시하
고 미행하도록 시켰다는 생각이 너무 끔찍하고 소름끼쳐서 더 생각
하고 싶지도 않았다. 알렉스는 올리버와 다툰 날의 기억을 떠올려보
았다.

'그래, 세르지오는 나와 함께 '르 서크'에서 저녁 식사를 하고 펜트
하우스를 보여주었지. 그런데 그는 나와 함께 식사를 하는 동안 사람
들을 시켜 올리버를 잔인하게 폭행했어.'

알렉스는 경악을 금치 못했고 오싹해지는 두려움이 밀려왔다. 알
렉스는 세르지오가 어떤 사람인지 너무나 잘 알았다. 세르지오는 여
전히 날 감시하고 있을까? 내가 무슨 일을 하고 누구와 대화하는지
알아내기 위해 미행하는 것일까? 알렉스는 저도 모르게 주변을 두리
번거리며 즐겁게 웃고 노는 팀원 사이에 혹시 낯선 사람이 있는지 찾
아보았다.

"지금…… 올리버는 어떻게 지내요?" 알렉스가 속삭이며 물었다.

"이젠 다 회복된 것 같아요. 하지만 병원에 3주 동안이나 입원해 있었죠." 마크가 대답했다.

알렉스는 온몸이 덜덜 떨렸다. 거래 성공에 대한 성취감은 온데간데없이 이제는 두려움과 올리버에 대한 죄책감만 들었다.

"여기요. 이거 좀 마셔보세요."

마크는 알렉스에게 새 술잔을 건넸다. 알렉스는 고개를 들어 절망스러운 표정으로 마크를 쳐다보았다.

"내가 어떻게 하면 좋죠? 난 전혀 몰랐어요! 올리버는 날 증오하겠죠? 내가 다……." 알렉스가 나직한 목소리로 말했다.

"아니에요. 올리버는 팀장님을 증오하지 않아요. 오히려 그 반대예요. 팀장님을 아주 많이 걱정하고 있어요."

마크가 서둘러 알렉스의 말을 자르며 말했다. 하지만 알렉스는 그 말을 믿을 수가 없었다. 자신이 올리버를 위험에 빠트렸다! 그리고 그녀와 친한 사람은 세르지오 눈밖에 나면 위험에 빠질 것이다. 정말 끔찍했지만 알렉스가 할 수 있는 일은 아무것도 없었다.

그때 세인트존이 한 남자와 함께 술집 안으로 들어왔다. 그는 알렉스를 보고 씩 미소를 짓더니 사람들 틈을 비집고 그녀에게 다가왔다.

"저 사람은 또 왜 나타난 거야." 알렉스가 중얼거렸다.

"나하고 함께 있어주세요. 마크."

"전 꼼짝 안 하고 있을 거예요." 마크도 세인트존을 보았다.

"안녕하세요, 이쁜 아가씨."

세인트존은 알렉스 옆에 끼어 앉았다. 그는 이미 다른 곳에서 한잔 걸치고 온 것이 분명했다. 술 냄새가 진동을 했고, 늘 말끔했던 차림이 살짝 흐트러져 있었다. 넥타이가 비뚤어지고 와이셔츠 맨 위 단추도 풀렸다.

"안녕하세요, 이사님. 여긴 어쩐 일이세요?" 알렉스는 놀란 척했다.

"레이, 우리 뭐 마실까? 보드카 온더 락?"

세인트존은 같이 온 남자를 향해 고개를 돌렸다.

얇은 금발머리 남자는 히죽거리며 고개를 끄덕였다. 알렉스는 남자를 흘긋 쳐다보았다. 어디선가 본 적이 있는 것 같은 얼굴인데 기억이 떠오르지는 않았다.

"바텐더, 보드카 온더 락 더블 두 잔에 얼음을 적게 넣어주게!"

세인트존이 손가락을 튕겼다. 알렉스는 어떻게든 그 자리를 빠져나오고 싶은 생각이 간절했다. 세인트존은 충혈된 흐리멍덩한 눈빛으로 알렉스를 쳐다보았다. 그리고 잔을 들어 올리며 말했다.

"우리의 훌륭하고 멋진 M&A 팀장님을 위하여! 팀원들과 함께 즐기기 위해 파크 애비뉴의 침대에서 기어 내려오신 분이죠. 참 친절하기도 하시지!"

그의 발음은 불분명했지만 주변 사람들에게 들릴 정도로 컸다.

"미쳤어요? 대체 왜 그래요?"

"알렉스 팀장님, 정말 존경스러워요. 정말 대단해요!"

세인트존은 친한 척하며 어깨에 팔을 두르며 속삭였다. "부자 애인은 어디 가셨나, 응? 오늘은 왜 혼자 외출하셨나?"

"많이 취하셨군요."

알렉스는 몸을 떼려고 했으나 세인트존이 꼭 붙잡았다.

"알렉스, 정말 영리하게 잘했어. 그건 정말 알아줘야 해. 자넨 남자하난 제대로 낚았어, 대단해! 설마 빈센트 회장하고도 잔 거야? 자네한테 완전 흠뻑 빠졌던데, 그 노인네가. 회사의 다른 임원들과 마찬가지로 말이야. 다들 자네랑 한 번쯤 잤나……."

"그만 하세요!"

알렉스가 날카롭게 말을 끊어버렸다. 세인트존은 악랄하게 웃으면서 보드카를 한 번에 벌컥 마셔버렸다.

"한 잔 더!" 그가 바텐더를 향해 소리쳤다.

"대체 왜 이러시는 거예요?" 알렉스는 그가 역겨워졌다.

"난 아무 문제 없어."

그는 미소를 짓고 있었지만 눈은 증오심으로 가득 차 있었고 알렉스의 얼굴에 가까이 다가가 속삭일 때 입술이 볼을 건드렸다.

"난 당신 그림자 밑에서 일하는 게 좋아. 난 내가 더러운 뒤처리나 하는 멍청인 게 좋아. 하루 종일 알렉스, 알렉스, 알렉스 소리를 듣고 사는 게 미칠 정도로 좋다니까!"

알렉스는 볼에 묻은 그의 침을 혐오스럽게 닦아냈다. 세인트존의 얼굴에 미소가 사라졌다. 알렉스는 그가 얼마나 질투심에 사로잡혀 있는지 느꼈다. 그는 알렉스의 평판, 경영진으로부터 받는 인정을 질투했고, 자신은 그런 기회를 얻지 못해 화가 나 있었다. 그동안 그가 보여준 호의적인 태도는 그저 가면이었을 뿐이다. 그는 결코 알렉스에게 우호적인 인물이 아니었다. 오히려 그 반대였다. 알렉스는 바 의자에서 내려왔다.

"전 이만 가봐야겠어요. 많이 취하신 것 같네요."

알렉스가 냉랭하게 말했다.

"그래, 나 술 취했어."

세인트존이 너무 바짝 다가와서 그의 모공 하나까지 자세히 보였다. "하지만 내가 다른 얼간이들처럼 그렇게 정신이 나갔다고는 생각진 마. 넌 날 속였어. 이 나쁜 년. 하지만 두 번 다시 그럴 순 없을 줄 알아!"

그 순간 마크가 끼어들었다. 그는 세인트존을 옆으로 밀쳐 하마터면 싸움이 벌어질 뻔했지만 다른 남자 팀원들이 모두 세인트존을 막아서서 알렉스는 바에서 무사히 빠져나갈 수 있었다. 알렉스는 몸이 부들부들 떨리고 눈물이 맺혀서 눈비가 내리는 길거리에 서 있었다.

"괜찮아요?"

마크가 너무 걱정스러운 눈빛으로 쳐다봐서 알렉스는 자제력을 잃을 뻔했다. 요 며칠 너무나 많은 일이 일어났다. 세르지오가 올리버와의 관계를 안다는 사실과, 세인트존의 음흉한 비밀도 알게 되자 감정이 폭발했다.

"네, 괜찮아요." 알렉스가 떨리는 목소리로 말했다.

"제가 집까지 바래다 드릴게요." 마크가 말했다.

알렉스는 다시 올리버 생각이 났다. 어쩌면 이 근처에도 세르지오의 첩자가 숨어서 지켜보고 있을지도 모른다. 알렉스는 마크에게도 그런 일이 일어나는 것을 절대 원하지 않았다.

"아뇨. 됐어요. 그냥 택시 타고 갈게요. 안으로 들어가서 팀원들하고 좀 더 즐기다 가요."

"팀장님 혼자 가게 할 수 없어요."

마크는 고집을 부리며 마침 지나가는 택시를 불러 세웠다.

"아뇨. 혼자 갈 수 있어요. 난 괜찮아요."

알렉스는 억지로 미소를 지어 보였다.

"그럼 잘 도착하셨는지 전화 걸어도 되죠?"

마크는 진심으로 걱정했다. 알렉스는 고개를 끄덕였다. 그러고는 순간적으로 마크를 껴안았다.

"정말 고마워요, 마크. 믿을 수 있는 사람으로 옆에 있어줘서."

마크는 침을 꿀꺽 삼키고 고개를 끄덕였다. 알렉스는 기다리고 있던 택시에 올라타서 마크를 향해 손을 흔들었다.

*

거친 서리가 내려앉은 대지 위로 창백한 파란 하늘이 드리웠고, 알렉스가 매들렌과 함께 모래 언덕을 헤치고 해변으로 말을 타고 내려갈 때 12월의 햇살은 약간의 온기를 베풀어주었다. 알렉스는 매들렌 부부가 롱아일랜드의 랜즈 엔드 하우스로 초대했을 때 응한 것이 다행이라는 생각이 들었다. 지난 7월에 이곳에 처음 왔을 때 엄청난 규모에도 불구하고 뽐내는 느낌이 없는 커다란 빨간 벽돌 저택에 반해버렸다. 이 집은 트레버의 고조부가 1845년에 몬탁과 아마간셋 사이에 위치한 롱아일랜드 북단에 집을 지은 이후 대대로 가족 소유로 전해 내려왔다. 트레버와 매들렌은 알렉스의 진정한 친구가 되었으며, 알렉스는 이 부부의 집에서 지내며 안정감과 편안함을 느꼈다. 예쁘게 크리스마스 장식을 한 집안의 즐겁고 가정적인 분위기와, 난롯가에 앉아 대화를 나누는 것이 좋았고, 매들렌 부부가 그녀를 진심으로 대해줘서 고마웠다. 알렉스 역시 진심으로 대했다. 알렉스는 매들렌 부부에게 세르지오 이야기를 꺼낸 적이 있었다. 이들 부부도 그런 사실을 알아야 한다는 생각이 들었기 때문이다. 이야기를 다 마친 후 알렉스는 두근거리는 마음으로 이들 부부가 이제 그녀를 노골적으로 거부할지도 모른다고 생각했다. 하지만 부부는 그녀의 말을 아무 비판 없이 받아들였다.

"정말 떨리네. 이런 크리스마스 파티를 18년째 준비해오고 있는데 매번 혹시 뭐가 잘못될까봐."

해변에 도착해서 나란히 말을 타고 가던 매들렌이 알렉스한테 말했다.

"매들렌, 뭐 그런 걱정을 해요? 잘못될 게 뭐가 있어요? 손발이 척척 맞아 준비를 했고 제가 도와주려고 여기 와 있잖아요."

알렉스가 미소를 지어 보였다.

"그래서 아주 고맙게 생각하고 있어. 알렉스는 늘 실용적이고 침착함을 잃지 않아 좋아. 나는 늘 흥분되고 초조해진다니까."

매들렌은 한숨을 내쉬더니 웃었다.

"침착하고 냉정함을 잃지 않는 것이 제 직업이죠. 아무리 무슨 일이 생기더라도 말이에요."

"클리프 고든도 부부 동반으로 헬리콥터를 타고 마서즈 빈야드에서 날아온대."

"어머나."

알렉스는 트레버가 대통령의 남동생인 로버트 고든과 대학 동창이라는 사실을 알고 있었다. 미국 귀족 가문에 속하는 두 집안은 여러 대에 걸쳐 친분을 유지해오고 있었다.

"매들렌 부인은 알고 보니 정말 지체가 높은 분이었네요."

"에이, 그만 놀려! 알렉스야말로 우리 못지않게 유명 인사를 많이 알고 있잖아." 매들렌이 미소를 지었다.

"우리 좀 더 속도 내서 달려요."

자신이 아는 유명 인사에 관해 별로 말하고 싶지 않은 알렉스는 화제를 돌렸다. 대서양에서 불어오는 센 바람이 잿빛 바다를 헤집어 커다란 파도를 바닷가로 밀쳐냈다. 부서지는 파도의 짠 물기가 두 여자의 얼굴에 튀었다. 알렉스는 깊이 숨을 내쉬며 미소를 지었다. 말안장에 앉아 차가운 바람을 쐬고 눈앞에 끝없이 펼쳐진 바다를 보면서 그녀는 당분간 아이처럼 아무런 걱정 없이 자유로울 수 있었다. 갈매기들이 울며 바람에 맞서 날아다녔다. 모래사장이 수 킬로미터 떨어진 몬탁까지 이어졌다. 언덕 위에는 여기저기 호화로운 별장이 여러 채 서 있었는데, 그 안에 사는 사람들은 이 시간에는 아직 깊은 잠에 빠져 있었다. 알렉스의 말이 제멋대로 움직이기 시작했다.

말은 달리고 싶었다.

"말을 맘껏 달리게 해줘. 난 뒤따라 갈게." 매들렌이 말했다.

두 사람은 스토니 베이에 도착했다.

"알았어요! 그럼 달려봐요!" 알렉스는 윙크를 했다.

말이 갑자기 달리기 시작했다. 미숙한 기수였다면 갑작스러운 말의 움직임에 어쩔 수 없이 안장에서 떨어졌을 것이다. 하지만 알렉스는 몸을 앞으로 숙여 무릎과 허벅지로 꽉 버텼다. 말은 이제 더는 버팅기지 않았다! 귀를 쫑긋 세운 말은 해변을 따라 바람과 갈매기들과 내기라도 하듯이 힘차게 달렸다. 빨리, 더 빨리! 알렉스는 행복하게 웃었다. 바람 때문에 눈에 눈물이 맺혔고, 말의 목을 향해 몸을 숙이고 말의 유연한 힘을 느꼈다. 레트리버를 데리고 일찍 산책을 나온 사람들은 알렉스가 마치 발퀴레(전쟁의 여신-옮긴이 주)처럼 말을 타고 달리자 감탄하며 쳐다보았다. 알렉스는 말이 스토니 베이 일대를 마음껏 휘젓고 다니게 해주다가 서서히 속도를 줄여 주위를 둘러보았다. 레트리버를 데리고 산책을 나온 사람들은 이제 바닷가에 있었고 매들렌이 그들과 이야기를 나누었다. 알렉스는 다시 말을 달렸다. 아까 너무 거칠게 달리느라 머리를 묶었던 밴드가 풀려서 금발머리가 말의 갈기와 함께 차가운 12월의 바람에 휘날렸다.

매들렌이 알렉스한테 손짓을 했다. 알렉스는 매들렌이 있는 곳으로 방향을 바꾸어 달리다가 몇 미터 앞에서 서서히 말의 고삐를 죄었다. 숨이 차고 얼굴이 빨갛게 달아오른 알렉스가 마침내 말을 멈춰 세웠다.

"정말 멋지게 잘 타지 않아요?"

매들렌이 함께 있던 다른 부부를 보며 말했다. 세 사람은 알렉스가 흥분한 말을 달래는 모습을 감탄하는 눈빛으로 지켜보았다.

"정말 그렇군요. 정말 근사해요." 남자가 말했다.

"알렉스, 코스티디스 부부 알지?" 매들렌이 말했다.

알렉스는 깜짝 놀라 고개를 돌렸다. 매들렌의 말 옆에 서 있던 남자는 바로 뉴욕시장이었다. 파란색 다운재킷과 청바지를 입은 모습은 전혀 달라 보였지만 예전에 오랫동안 인상 깊게 남았던 이글거리는 짙은 색 눈동자는 여전했다.

"안녕하세요? 우리 한 번 뵌 적 있죠."

알렉스가 미소를 지으며 인사를 했다.

"알렉스 존트하임 양. 시티 플라자에서 만났죠. 기억나는군요."

코스티디스는 고개를 끄덕이며 뚫어지게 쳐다보았다. 알렉스는 세르지오가 시장에 대해 늘 나쁘게 말하고 싫어하던 것이 떠올랐다. 그는 코스티디스더러 광신자, 떠돌이 개, 전염병 같은 존재라고 했다. 매들렌과 메리 코스티디스가 말에 관해 이야기를 나누는 사이, 알렉스는 뉴욕시장이 크리스마스 날 아침 7시 반에 인적이 드문 북부 롱아일랜드에는 웬일인지 의아했다. 매들렌이 그런 알렉스의 궁금증을 풀어주었다.

"크리스토퍼가 이번에도 부인 여동생 집에 같이 왔어요?"

매들렌이 시장 부인에게 물었다.

"아니요. 올 크리스마스에는 앞으로 장인 장모가 되실 분들 댁이 있는 허드슨 밸리에 있어요." 부인이 웃었다.

알렉스는 코스티디스가 계속해서 그녀에게 시선을 고정시키고 있다는 것을 깨달았다. 알렉스는 왜인지는 알 수 없었지만 그의 뚫어질 듯한 진지한 눈빛 때문에 당황스럽고 불안해졌다. 코스티디스가 그녀가 누구인지 안다면, 그녀와 세르지오 비탈리와의 관계도 알 것이다. 저것은 경멸의 눈빛일까? 알렉스는 태연하고 무심하게 보이려고 애썼다. 매들렌과 메리가 계속 이야기를 나누었지만 알렉스는 한마디도 들리지 않았다. 알렉스가 다시 고개를 들자 코스티디스와 눈이 마주쳤다. 두 사람의 시선이 몇 초간 정지되었다. 알렉스는 볼이 뜨겁게 달아오르는 것을 느끼고 다시 고개를 돌렸다.

"저흰 이제 그만 가봐야 해요, 매들렌. 말들이 땀을 많이 흘렸어요. 감기에 걸릴 것 같아요." 알렉스가 말했다.

"맞아, 그래야지! 난 이렇게 말에 대해서 잘 모른다니까요!"

매들렌은 미안한 표정을 지었다.

"즐겁게 타세요! 이따가 봅시다!" 코스티디스가 말했다.

"네, 이따가 봬요!" 매들렌은 미소를 지으며 손을 흔들었다.

알렉스는 아무 말 없이 매들렌 옆에서 말을 타고 갔다. 코스티디스는 왜 그녀를 그렇게 이상하게 쳐다봤을까? 그의 눈빛의 의미를 해석하기 힘들었다. 그는 아마 지금쯤 부인한테 이렇게 말하고 있을 것이다.

'아까 그 여자 봤소? 세르지오 비탈리의 내연녀지. 조폭의 애인!'

알렉스는 불안한 것은 딱 질색이었다. 코스티디스가 매들렌 부부의 파티에도 나타날 생각을 하니 파티에 가고 싶은 마음이 싹 가셨다. 마음 같아서는 코스티디스와 또 마주치기 전에 당장 가방을 싸서 이곳을 떠나고 싶었다.

*

　손님들이 랜즈 엔드 하우스에 속속 도착하기 시작할 때 알렉스는
아직 방에 앉아 내려갈까 말까 고민했다. 알렉스는 지금 편안하게 수
다를 떨고 싶은 마음이 없었다. 말을 타고 나가서 긴장감을 잠깐 날
려버릴 수 있었지만, 예기치 않게 코스티디스와 마주치는 바람에 행
복감이 싹 가시고 말았다. 알렉스는 코스티디스와 함께 있으면 마음
이 편치 않았지만 그래도 코스티디스를 보아야겠다는 생각이 들었
다. 알렉스 자신도 이런 모순적인 감정을 설명할 수 없었다. 뉴욕시
장이 그녀에게 불러일으키는, 끌림과 거부감이 뒤섞이는 감정은 설
명되지 않았다. 그의 눈빛에는 알렉스가 설명할 수 없는 무언가가 있
었다. 조롱이나 경멸일까, 아니면 자신이 그냥 그렇게 느끼는 것뿐일
까? 아래층에서는 크리스마스캐럴과 웃음소리가 들렸다. 알렉스는
자신이 파티에 참석하지 않으면 매들렌 부부가 몹시 실망할 것임을
알고 있었다. 결국 알렉스는 일부러 챙겨온 페라가모 이브닝드레스
로 갈아입고 한번 거울을 본 뒤 한숨을 쉬며 아래층으로 내려가기 위
해 문을 열었다.

　파티 분위기는 이미 한껏 무르익었다. '조촐한' 크리스마스 파티
라는 말은 당시 세르지오가 말했던 '조촐한' 생일 파티와 마찬가지로
한참 과소한 표현이었다. 미국 동부에서 이름을 알 만한 사람은 모두
초대되어 참석했다. 하지만 세르지오의 생일 파티와는 달리 이곳에
서는 정말 전통적으로 부유한 귀족, 진정한 상류층, 미국의 귀족이 모
였다. 북부 롱아일랜드가 괜히 '황금 해안'으로 불리는 것이 아니었
다. 해변의 모래 색깔 때문이 아니라 부유한 주민 때문에 붙여진 이
름이다. 알렉스는 유명 인사의 명성이나 재산에 그다지 놀라지 않은

지는 한참 되었다. 알렉스는 직업상 매일 천문학적인 숫자의 돈을 다루고, 미국에서 가장 부유한 사람들과도 알고 지냈다.

알렉스는 손님들 속에서 와인색 드레스를 입고 흥분되어 볼이 빨갛게 상기되어 멋지고 소녀 같아 보이는 매들렌을 발견했다.

"파티 마음에 들어?"

매들렌이 반짝이는 눈으로 물었다. "정말 멋지지 않아? 파티가 시작되기 전에는 늘 초조한데 막상 손님들이 도착하고 나면 정말 환상적이니까!"

"정말 근사한 파티네요."

"대통령과 영부인도 이미 도착했어."

매들렌이 알렉스에게 속삭이며 포옹을 하더니 다시 가던 길을 갔다. 알렉스는 샴페인 잔을 들고 낯선 사람들로 가득한 널따란 집 안을 돌아다녔다. 파란 응접실 안에서는 대통령이 트레버와 호프만 상원의원, 로드즈 주지사, 제임스 베일런트 3세 국회의원, 테드 케네디, 그리고 청바지 대신에 진회색 양복과 빨간 넥타이로 갈아입은 코스티디스와 대화를 나누고 있었다. 알렉스가 눈에 띄지 않게 응접실을 슬며시 지나치려는 찰나, 트레버가 알렉스를 발견하고 가까이 다가오라고 손짓했다. 그는 미소를 지으며 알렉스를 모여 있는 사람들 쪽으로 이끌었다.

"대통령님, 이쪽은 알렉스 존트하임이라고 합니다. 저희 부부의 좋은 친구입니다." 트레버가 대통령에게 알렉스를 소개했다.

"아 네. 만나서 반갑습니다, 알렉스 씨."

클리프 고든 대통령은 친절한 미소를 지으며 알렉스에게 손을 내밀었다.

"저도 영광입니다, 대통령님."

나라의 최고 권력자와 마주서자 알렉스는 흥분되어 심장이 마구 뛰었다. 트레버는 다른 남자들에게도 알렉스를 소개해주었다. 알렉스는 상원의원과 로드즈 주지사를 세르지오의 생일 파티에서도 만났던 기억을 떠올렸다. 지금 그런 이야기를 꺼내면 과연 두 사람은 뭐라고 할까? 트레버가 대통령에게 6개월 전에 매들렌과 알렉스가 처음 만났을 때의 사건을 들려주자 대통령은 깊은 인상을 받았다. 알렉스는 닉 코스티디스의 시선을 느꼈다. 대통령은 알렉스의 일에 관해 질문했는데 의아할 정도로 깊은 관심을 보였다.

"알렉스 씨는 월스트리트에서 아주 명성이 자자하더군요. 우리나라에는 알렉스 씨 같은 분이 필요합니다. 용감한 시민의식이 있는 똑똑하고 지적인 젊은이들 말입니다." 대통령이 말했다.

알렉스는 몸 둘 바를 몰라 미소를 지었다. 대통령이 자신을 백악관으로 초대하자 속으로 무척 흥분되고 자랑스러웠다. 이때 알렉스는 닉 코스티디스와 눈이 마주쳤다. 그의 눈에서 비웃음을 본 것 같았다. 조금 전에 느끼던 자랑스러운 감정이 순식간에 날아가버렸다. 다른 사람들이 대통령 주위에 모여들자 알렉스는 안도하며 양해를 구하고 자리를 빠져나왔다. 잠시 많은 사람들로부터 벗어나기 위해 알렉스는 옆방으로 피신해서 창가에 있는 안락의자에 앉았다. 코스티디스를 죽여버리고 싶었다! 그는 대통령과의 만남에 초를 쳤을 뿐만 아니라 그녀의 하루를 완전히 망쳐버렸다! 그가 은근히 조롱한 것 같은 느낌을 떨칠 수가 없었다. 월스트리트의 스타이자 유명 오페라 가수인 매들렌 로스다우니를 구해준 알렉스 존트하임은 뉴욕의 마피아 대부이자 미심쩍은 방법으로 거물이 된 세르지오 비탈리와 관계를 가진 독일 여자일 뿐이다! 알렉스가 살인범의 애인이라는 사실을 알게 되면 대통령은 과연 뭐라고 할까? 만약 그런 사실을 알고도 백악관으로 초대했을까? 알렉스는 화가 나서 눈물이 핑 돌았고 주머니에서 담배를 찾았다. 그때 뒤에서 목소리를 가다듬는 소리가 들려 알렉스는 뒤돌아보았다. 하필이면 기껏 피해서 온 닉 코스티디스가 서 있는 것을 보자 알렉스는 눈을 의심했다.

"혹시 화장실을 찾으시는 거라면 다음 다음 문이에요."

알렉스가 무심하게 말했다

"고마워요. 알고 있어요."

코스티디스는 미소를 지으며 방 안으로 들어왔다. "하지만 사실 알렉스 양을 찾아왔어요."

"그러세요? 왜죠?"

알렉스는 담배를 한 모금 빨았다. 울어서 충혈된 눈이 민망했다.

"잠깐 앉아도 될까요?"

마음 같아서는 당장 꺼지라고 하고 싶었지만 겨우 자제했다. 그가 맞은편 의자에 앉았다. 두 사람 사이에 잠시 긴장된 침묵이 흘렀다.

"제가 뭘 도와 드릴까요, 시장님?"

"글쎄요. 알렉스 양이 날 도와줄 일이 있는지 모르겠군요."

코스티디스가 다리를 꼬고 뚫어지는 눈빛으로 쳐다보아서 알렉스는 어쩔 줄 몰랐다. 당장 자리를 박차고 일어나 도망가고 싶었다. 코스티디스가 계속해서 말을 이었다.

"난 알렉스 양에 대해 아는 게 거의 없어요. 사실은 전혀 없죠. 물론 알렉스 양이 자기 분야에서 이룬 성공에 대해서는 언론을 통해 아주 흥미롭게 지켜보고 있어요. 그리고 트레버와 매들렌 부부도 알렉스 양에 대한 칭찬이 늘 자자하고."

"그러세요?" 알렉스는 여전히 경계를 늦추지 않았다.

"알렉스 양은 아주 성공한 여성이죠. 지적이고 야심이 있고, 용감하기까지 하고요."

"그런데 왜 세르지오와 관계를 갖고 있는지 궁금하신 거군요. 바로 이 질문을 하시려던 거 맞죠?"

알렉스가 냉랭한 말투로 그의 말을 끊었다. 코스티디스는 속으로 흠칫했을지는 몰라도 겉으로는 전혀 티를 내지 않고 천천히 고개를 끄덕였다.

"시장님이 그에 대해 어떻게 생각하시는지 잘 알아요. 그리고 아마 저에 대해서도 똑같이 생각하고 계시겠죠."

알렉스는 자리에서 벌떡 일어나 창가로 걸어갔다.

"아니에요! 그렇지 않아요! 아까 말했듯이 난 알렉스 양에 대해 아는 바가 없어요. 신문 기사나 매들렌 부부가 얘기해준 것 말고는 없어요. 그렇기 때문에……."

코스티디스는 고개를 저었다. 알렉스는 다시 몸을 돌려 깊은 인상을 심어주면서도 또 불안하게 만드는 이 남자를 쳐다보았다.

"그러세요?"

알렉스는 당당하게 보이려고 애썼지만 목소리가 가늘게 떨렸다.

"알렉스 양, 난 사생활에 끼어들고 싶은 생각은 전혀 없어요."

코스티디스는 몸을 앞으로 숙여 집요하게 쳐다보았다.

"시장님이 신경 쓰실 일도 아니죠." 알렉스가 통명스럽게 말했다.

코스티디스의 미소는 사라졌다. 그는 차분한 목소리로 다시 입을 열었다.

"세르지오 비탈리, 아주 위험한 자죠. 내가 몇 년 전부터 그자의 범죄 행위를 입증하고 책임을 묻겠다고 눈이 벌게서 사람들은 나보고 미쳤다고 하죠. 나는 세르지오 비탈리와 그자가 하는 사업에 대해 상당히 많은 걸 알고 있어요. 하지만 유감스럽게도 지금까지 죄를 입증할 결정적 증거가 없었을 뿐. 세르지오 비탈리는 자기 권력을 폭력으로 방어하는 데 거칠 것이 없어요. 그자를 법정에 세울 증거를 손에 쥐기는 했지만 중요한 증인이 하룻밤 사이에 기억상실증에 걸리거나 갑자기 사라지곤 했죠. 몇몇 증인은 다시 나타나기는 했지만. 시체로 말이에요."

알렉스의 다리에 힘이 풀렸다. '그놈을 해치웠습니다. 주커먼은 이제 입도 벙긋하지 못하게 됐어요.' 그날 서재에서 엿들었던 말이 생각나자 다시 두려움에 현기증이 났다. 코스티디스의 말이 맞는다는 사실을 너무나 잘 알고 있었다.

"왜 저한테 이런 말씀을 하시죠?" 알렉스가 물었다.

"알렉스 양이 내 상황을 이해했으면 합니다. 언론에서 늘 주장하듯이 세르지오 비탈리와 나 사이의 사적인 문제가 아니에요. 그 이상으로 중요한 문제죠. 전임 시장 중 한 분은 뉴욕을 '통치 불가능'하다고 했죠. 나는 뉴욕의 부채와 열악한 인프라, 심각한 빈부 격차를 어느 정도 해소할 수 있다고 생각했어요. 그러기 위해서 정말 열심히 일했고, 여러 가지 좋은 성과를 거두기도 했죠. 하지만 가장 심각한 악은 부정부패입니다. 세르지오 비탈리를 못 건드리는 이유는 그자가 영향력 있는 정치인과 판사들을 매수했기 때문이에요. 어느 정도 선까지는 부정부패를 눈감아줄 수도 있어요. 하지만 이제는 세르지오 비탈리가 내 측근 중에도 첩자를 심어두고 모든 정보를 빼간다는 의혹마저 있어요."

코스티디스는 잠시 말을 멈추고 손으로 얼굴을 문질렀다. 몹시 피곤해 보였다. "8월 15일에 한 남자가 총에 맞아 살해됐어요. 아직 젊은 남자인데, 이제 그 남자의 아내는 미망인이 되었고 어린 두 아이는 아버지 없는 아이로 자라야 하죠."

알렉스는 침을 꿀꺽 삼켰다. 서늘한 두려움이 그녀의 위장을 묵직하게 짓눌렀다. 그녀는 주커먼의 살인범이 누구인지 알고 있었다. 그리고 살인을 지시한 사람이 누구인지도 알았다. 엄밀히 말하면 알렉스는 경찰에 자신이 아는 것을 말할 의무가 있었지만 두려웠다. 세르지오가 알면 알렉스도 파리 목숨이 될 것이 뻔했다. 코스티디스를 도와주고 싶어도 그럴 수가 없었다.

"그 사람은 조사위원회에서 세르지오 비탈리한테 치명적인 증언을 할 예정이었어요. 그래서 우리는 비밀리에 엄격한 경호 아래 그 남자를 호텔방으로 옮겨서 증언 전까지 완전히 외부와 차단시키려고 했죠. 그 사실을 아는 사람은 극소수였어요. 그런데도 이 정보가 밖으로 새어나가 결국 그 남자는 영원히 침묵하게 되었죠."

코스티디스가 계속 말했다. 그의 말을 들은 알렉스는 내면에 어둡고 공허한 감정과 동시에 거칠고 참을 수 없는 분노를 느꼈다. 코스티디스는 그녀에게 무엇을 기대하고 있는 것일까? 그는 알렉스가 어떻게 될지 따위는 안중에도 없다. 알렉스가 만약 코스티디스에게 세르지오에 관한 정보를 준다고 해도 그녀에게 무슨 일이 일어날지 개의치 않았다. 그는 어떤 방법을 써서라도 세르지오를 잡아넣으려고 했다. 그는 지금 알렉스의 양심과 도덕에 호소하는 방법으로 아주 노련하게 접근하고 있었다. 알렉스의 현기증이 더욱 심해졌다.

"저는 세르지오의 사업에 대해 아는 바가 전혀 없어요."

알렉스가 말했다. 코스티디스는 그녀가 거짓말을 하고 있다는 것을 알고 있을까?

"솔직하게 말하죠. 매들린과 트레버의 말을 듣고 나서 난 당신이 옳은 일을 할 용기가 충분히 있는 분이라는 인상을 받았어요."

코스티디스는 알렉스에게 눈을 떼지 않으며 말했다. 알렉스는 말없이 그를 뚫어지게 쳐다보았다. 용기! 이 남자는 세르지오가 얼마나 잔인한 사람인지 알고나 있는 걸까? 예전에는 모든 것이 너무나 단순했다. 선한 사람과 악한 사람이 있었지만 이제 알렉스의 세계는 온통 뒤죽박죽이 되어버렸다. 이제 간단한 것은 아무것도 없었다. 그녀의 미래가 달려 있는 문제였다. 직장에서의 성공은 물론 심지어 목숨까지도 걸린 일이었다. 데이비드 주커먼은 죽었다. 시장한테 살인범이 누구인지 말한다고 해도 어차피 그가 살아 돌아오는 것도 아니다.

"그건 용기와 상관없는 일이에요."

알렉스는 코스티디스가 자신의 감정을 읽고 있다는 느낌이 들었다. 마치 '나는 누가 데이비드 주커먼을 죽였는지 알아요'라는 글씨가 적힌 티셔츠를 입고 있는 느낌이었다.

"그러면 뭣과 관련 있는 일이죠?"

알렉스는 코스티디스와 더는 눈을 마주칠 수가 없었다. 그는 알렉스를 불안하게 만드는 데 성공했다. 그녀는 이런 식으로 이용당하는 것은 질색이었다. 그에게 달려들어 가만히 좀 내버려두고 당장 꺼지라고 소리치고 싶었다. 대체 어쩌다가 이런 처지가 된 것일까?

"이보세요, 시장님. 시장님께서 무슨 걱정을 하고 계시는지는 너무나 잘 알고 있어요. 그리고 저도 가능한 한 도와 드리고 싶어요. 하지만 그럴 수가 없네요. 이해하시겠어요?"

알렉스는 가능한 태연하고 침착하게 보이려고 애썼다. 코스티디스는 천천히 고개를 끄덕이며 한숨을 내쉬었다.

"물론이죠. 아주 잘 이해합니다. 내가 지금 한 얘기는 그냥 잊어버리세요."

그는 이렇게 말하며 다시 미소를 지었다. 하지만 경계의 눈빛이 번득였다. 두 사람의 시선이 마주쳤다. 이들은 서로 상대의 속을 들여다보기 위해 애를 썼다.

　"혹시라도 무슨 할 얘기가 있으면 언제라도 날 찾아주세요."

　"알겠습니다. 하지만 그런 일은 없을 거예요."

　알렉스가 냉랭하게 말했다. 코스티디스는 마지막으로 알렉스를 살펴보듯 쳐다보았다.

　"혹시 모르죠."

　그는 알 수 없는 미소를 짓더니 몸을 돌려 방에서 나갔다.

2부

Unter Haien

2000년 6월 6일 LMI

알렉스의 사무실 유리문이 벌컥 열리더니 마크가 뛰어 들어왔다.
그의 얼굴은 근심으로 가득했다.

"마크, 무슨 일이에요?"

서류를 들여다보고 있던 알렉스가 고개를 들었다. 마크는 황급히
문을 닫았다.

"오늘 PBA스틸 주가 들여다보셨어요?"

"네, 오늘 아침에 봤죠. 17.5달러던데요."

알렉스는 평소에 늘 침착하던 마크를 의아하게 쳐다보았다.

"2분 전에는 26.8달러였어요."

"뭐요?"

알렉스는 모니터를 향해 몸을 돌려 하루에도 몇 번씩 변하는 주식
시세 화면을 들여다보았다. 알렉스는 믿을 수 없다는 듯이 그새 또 1
달러가 오른 PBA스틸의 주가를 쳐다보았다.

"말도 안 돼!"

알렉스는 얼른 생각을 해보았다. 알렉스의 고객인 블루스틸은 미국 동부 최대의 철광회사였다. 그녀는 지난주에 이제는 뚜렷이 쇠락한 PBA스틸에게 1주당 21.8336달러에 블루스틸에 인수합병되는 것을 비공개로 제안했다. PBA스틸 경영진은 망설이면서 우선 주주들이 블루스틸에 인수되는 것에 동의하는지 상의를 해보겠다고 했다. 시장 전문가들도 그런 인수 제안을 전혀 짐작하지 못했다. PBA스틸은 파산과는 거리가 멀었고, 여전히 좋은 우량주였기 때문이다. 블루스틸은 지난해 새로운 경영진 덕분에 평균 이상의 이익을 올렸는데, 예상되는 세금을 줄이기 위해서 새로운 투자 분야를 물색하고 있었다. 이런 이유 때문에 알렉스는 시장을 조사하다가 PBA스틸을 발견한 것이다. 전체적으로 떠들썩하지 않고 조용한 평균적인 거래가 될 예정이었다.

전화벨이 울리자 알렉스는 편치 않은 마음으로 전화기를 들었다. 역시 블루스틸 사장인 마르티 프리먼의 전화였다.

"알렉스 팀장, PBA 주가 들여다봤어요? 우리한테 장난으로 그런 제안을 한 겁니까? 우리는 1주당 21달러를 제안했는데 이제 주가가 30을 향해 뛰고 있잖아요! 어떻게 몇 년째 20달러 밑이던 주가가 갑자기 이렇게 뛸 수가 있죠?"

그가 전화기에 대고 고래고래 소리를 질렀다.

"저도 잘 모르겠습니다. 전 PBA를 몇 주에 걸쳐 지켜봤고 몇 년 전 시세도 다 살펴봤어요. 변동폭이 별 의미 없는 몇 센트밖에 되지 않았어요. 제 계산에는 아무 문제가 없었어요."

알렉스는 흥분한 사장을 달래기 위해 애썼다.

"제가 할 말은 해야겠군요."

프리먼은 목소리를 조금 낮추었다. "누군가 이번 일을 알게 된 게 분명해요! 어쨌든 우린 1주당 50달러라면 인수에 관심이 없어요. 당신도 그 낡아빠진 고물 회사가 그럴 만한 가치가 없다는 걸 잘 알고 있잖아요!"

이런 식의 대화가 한동안 이어지는 사이에도 주가는 계속해서 고공 행진 했다. PBA스틸은 이미 과대평가되었다. 블루스틸의 인수 제안이 알려지면 불법으로 시장에 개입했다는 혐의 때문에 어쩔 수 없이 증권거래위원회가 개입할 것이다.

"이런 빌어먹을 자식! 이건 진짜 심하잖아!"

프리먼과 통화를 마친 알렉스가 욕을 내뱉었다.

"세인트존 짓이라고 생각하세요?"

마크는 눈썹을 치켜 올렸고 알렉스는 화가 잔뜩 난 표정으로 고개를 끄덕였다. 세인트존에게 맥샘 거래에 대해 알리지 않음으로써 그가 무슨 짓을 하는지 다 안다는 것을 확실히 주지시킨 다음에는 다시 그에게 조금씩 협조적인 태도로 대했다. 두 사람은 루나루나에서 있었던 일에 대해 한마디도 언급하지 않았지만 그 이후로 냉랭하고 사무적인 관계가 되었다.

"마크, 만약 그가 한 짓이라면 당장 알아내야 해요. 어떻게 알아내든 상관없지만 난 알아야겠어요. 폐장 전이면 더 좋고."

알렉스는 재빠르게 머리를 굴리며 말했다.

"만약 진짜로 세인트존 짓이면, 그럼 어떻게 하죠?" 마크가 물었다.

"그렇다면 나한테서 결코 잊지 못할 교훈을 얻게 될 테죠."

알렉스가 어두운 얼굴로 말했다.

마크가 나가고 잠시 뒤에 알렉스도 딜링룸 쪽으로 뒤따라나갔다. 직원들은 이 시간이 가장 바쁠 때였다. 전화벨이 수없이 울리고, 여기

저기서 소리를 지르고 온갖 몸짓과 손짓이 오갔다. 어떤 사람은 양쪽 귀에 전화기를 하나씩 대는 것도 모자라 손에도 전화기를 들고 있었다. 알렉스는 전면에 있는 커다란 LED 전광판을 쳐다보았다. 전광판은 NYSE에 상장된 주식 시세를 시시각각 표시하고 있었다. 프리먼 사장은 그녀를 멍청한 초보자로 생각하고 있을 것이 분명했다! 머릿속에 여러 가지 생각이 스쳐 지나갔다. 딜링룸에서 복도로 나가는 유리문의 센서가 알렉스를 감지하자 스스로 열렸다. 알렉스는 안으로 뛰어 들어가다가 세인트존과 부딪칠 뻔했다.

"어, 알렉스. 일은 어떻게 돼가나?"

세인트존은 과장되게 친절한 미소를 지어 보였다.

"아주 잘되고 있어요." 알렉스도 마찬가지로 억지 미소를 지었다.

맥샘 거래로 엄청난 성공을 거둔 이후 그가 자신을 몹시 싫어한다는 것을 알고 있었다. 하지만 그는 비밀 정보를 이렇게 노골적으로 사용할 만큼 멍청하단 말인가? 아니면 훼방 놓으려는 것일까? 내부자 거래는 유가증권법에 심각하게 저촉되는 행위였다. 알렉스는 속으로 이제 그에게 단 한 번만 더 정보를 주기로 결심했다. 하지만 거기에는 분명한 저의가 깔려 있었다.

"같이 점심 먹으러 나갈까?" 그가 물었다.

"오늘은 시간이 안 되네요. 다음에 같이 먹어요."

"알았어. 잘해봐."

그는 아르마니 재킷을 걸치더니 나갔다. 알렉스는 세인트존이 엘리베이터를 타고 사라질 때까지 쳐다보았다. 이제 숨바꼭질 놀이를 조금 포기할 때가 되었다. 레비 회장도 이제 그녀가 미심쩍어한다는 것을 알아야 했다. 레비 회장의 반응을 보면 그가 미리 알고 있었는지, 아니면 세인트존이 단독으로 벌인 일인지 알 수 있을 것이다.

알렉스는 뒤돌아서 자기 사무실로 돌아왔다. 잠시 생각을 한 후 막스 루덴스키의 전화번호를 누르고 그가 전화 받기를 초조하게 기다렸다. 막스는 아주 오래전부터 알고 지낸 업계 동료로, 런던과 뉴욕에서 오랫동안 브로커로 활동했다. 의례적인 인사말이 오간 후 알렉스는 단도직입적으로 시장에서 PBA스틸에 대해 들은 것이 있는지 물었다. 알렉스는 막스를 세르지오의 파티에서 만난 후 몇 가지 미심쩍은 점이 있었다. 그가 언급한 거래는 모두 그 수상한 세비코와 어떤 식으로든 관련된 회사들이었다. 알렉스가 품은 의심이 맞는다면 막스는 세인트존에게 알렉스가 전화를 했다고 가장 빨리 알릴 사람이었다. 어쩌면 세르지오한테까지 알릴 수도 있었다. 이런 생각은 아주 두려웠다. 지금까지도 그녀는 세르지오가 이런 일에 연루되지 않았을 것이라는 희망을 품고 있었다. 알렉스가 이미 예상했듯이 막스는 아무것도 모르는 척했지만 알렉스는 상관없었다. 그녀가 지금 중요하게 생각하는 것은 그가 세인트존에게 전화를 거는지 여부였다.

알렉스는 마크가 돌아오기를 기다리면서 멍하니 앞만 바라보았다. PBA스틸 건은 물 건너갔다. 1시간 후 돌아온 마크는 숨을 헐떡이며 의자에 앉아 보고하기 시작했다.

"대부분의 주식 거래가 맨해튼 포트폴리오 매니지먼트(MPM)라는 회사를 통해 이루어졌어요. 그리고 막스가 주식을 미친 듯이 사들이고 있어요. 우리 직원들은 어디서 매수 오더가 오는지 전혀 몰라요."

알렉스는 고개를 끄덕였다. 막스가 매수에 참여한 것은 익히 예상했지만 MPM은 어디일까? 어디선가 이름을 들어본 적이 있는 것 같았다. 하지만 어디서?

"이제 어떻게 하죠?"

마크가 물었다. 그 순간 알렉스는 기억이 났다. 잭 랭이다. 세르지오의 생일 파티! 세인트존과 역외 회사에 관한 이야기를 했었다.

"MPM 뒤에 누가 있는지 알아내야 해요. 세인트존은 그 회사를 아주 잘 알겠죠. 하지만 우리는 어떻게 알아내죠?"

알렉스가 단호하게 말하며 물었다.

"사업자등록청을 통해서 알아보면 어떨까요?" 마크가 제안했다.

"좋은 생각이에요."

알렉스는 몸을 곧추세우고 득의의 미소를 지었다. "마크 씨가 맡아서 좀 알아봐주세요. 난 그동안 작은 함정을 준비해놔야겠어요."

알렉스는 세인트존에게 진짜 뼈아픈 교훈을 줄 수 있는 정말 좋은 아이디어가 떠올랐다.

*

주식 시장이 폐장되자 PBA스틸은 1주당 32달러로 올라서며 역사상 최고가를 기록했다. 주가를 끌어올리려고 작정한 사람은 멍청한 짓을 한 것이었다. PBA스틸이 하루 종일 사람들의 입에 오르내렸기 때문이다. 알렉스는 세인트존의 내선번호를 눌렀다. 그는 곧장 전화를 받았다.

"PBA 주가 지켜보셨어요? 정말 믿을 수 없는 일이죠?"

알렉스가 아무렇지 않게 물었다.

"그래, 그렇군. 자네가 PBA와 거래를 하게 될지도 모른다고 나한테 말한 지 하루도 안 돼서 말이야." 그가 능청스럽게 대답했다.

"전 이사님이 이번 주가 상승과 관련되어 있는 줄 알았어요."

알렉스는 웃었다. 세인트존도 따라 웃었지만 억지스럽게 들렸다.

"그렇다면 우린 서로를 의심하고 있었던 셈이군."

"말도 안 되죠. 주가가 그렇게 급등해서 우리한테 득이 될 게 뭐가 있어요? 거래는 무산되었고 블루스틸은 화가 잔뜩 나 있어요."

알렉스는 예의주시하며 그의 반응을 기다렸다.

"그 일이 제대로 풀리지 않으면 레비 회장님이 별로 좋아하지 않을 텐데."

"그러게요. 운이 안 좋았어요. 저는 1주당 21달러를 근거로 산정을 했어요. 하지만 할 수 없죠 뭐. 전 또 다른 일도 준비하고 있으니까."

"정말이야? 그게 뭔데?" 세인트존은 궁금함을 감추지 못했다.

"너무 알려고 하지 마세요! 아직 한창 준비 중이에요. 어쩌면 맥샘 거래보다도 더 큰 거래가 될지도 모르겠어요."

"나한테 무슨 거래인지 얘기 안 해주려고 그러는 건가?"

"때가 되면 말씀드릴게요. 아직은 첫 대화밖에 오가지 않은 상황이라서요. 하지만 정말 대단한 거래가 될 수도 있는 일이에요."

"정말 궁금해 미치겠네!"

알렉스는 배시시 웃었다. 그녀는 만화의 한 장면처럼 세인트존의 눈에 달러 표시가 그려진 상태에서 의자에 앉아 안절부절못하는 모습이 떠올랐다.

"알았어요. 사실 제 미래 고객 한 분이 증자 방법을 모색하고 있어요. 최근에 대규모 투자를 많이 하셔서 유동성이 많지는 않지만 평판이 좋은 기업을 사들일 생각을 하고 계시죠. 제 생각은 합자회사를 설립하거나, 아니면 유망한 신생 벤처기업 같은 데 투자하는 펀드를 발행하는 것이에요. 좀 위험하긴 하지만 수익은 막대하죠. 물론 고이율의 채권이나 국공채를 생각해보기도 했어요. 어머, 제가 너무 많은 말씀을 드리는 것 같네요." 알렉스가 못 이기는 척 말했다.

"그럴듯하군. 자넨 정말 똑똑하다니까. 오늘 저녁에 같이 식사나

하러 갈까?"

'아첨꾼'이라고 생각하며 알렉스는 속으로 그를 경멸했다. 조금 전에 했던 모든 이야기는 순전히 지어낸 것이었다. 새로운 고객 같은 것은 없었다. 알렉스는 미끼를 던졌고 이제 누군가 미끼를 덥석 물기를 기다리기만 하면 되었다. 알렉스는 흥분되어 몸이 짜릿해졌다. 그녀는 사냥꾼의 본능을 가진 능숙한 전략가였다. 절대 사냥감이 되어 쫓기는 처지는 되지 않을 것이다. 오히려 그 반대였다.

5시 반쯤 마크는 흥분해서 돌아왔다.

"뭔가 알아냈어요?" 알렉스가 초조하게 물었다.

"물론이죠. 시청에 근무하는 아는 분이 있어요. 덕분에 제가 알고 싶던 자료를 모두 찾아볼 수 있었죠."

마크는 의미심장한 미소를 지었다. 그는 서류 가방을 뒤적거리더니 상업등기부등본 사본을 꺼냈다. 알렉스는 그가 어떻게 해냈는지는 알고 싶지 않았지만, 해냈다는 것 자체는 마크가 상당히 열심히 일하고 있다는 증거였다.

"맨해튼 포트폴리오 매니지먼트 사장은 잭 랭이라는 사람이에요. 그리니치 빌리지 르로이 스트리트에 거주하고 있어요. 근데 이제부터가 정말 흥미진진해요."

알렉스는 기대감에 잔뜩 차서 마크를 쳐다보았다.

"맨해튼 포트폴리오 매니지먼트, MPM은 벤처캐피탈 시스타프렌즈 합자회사 소유로 되어 있어요."

"말도 안 돼요. 법인이 아니라 자연인의 이름으로 등록되어 있는 거 아니에요?" 알렉스는 고개를 젓더니 물었다.

"아뇨. 법적으로 반드시 그럴 필요는 없어요. 제가 회사법 전문 변호사와 통화를 했는데, 실제로 그렇다고 확인을 해줬어요."

마크는 흥분해서 몸을 앞으로 숙이고 목소리를 낮추었다. "이게 무슨 뜻인지 아시겠어요? LMI와 관련되어 있다는 얘기예요! 우리 회사에서 발행한 펀드가 영국령 버진 아일랜드에 설립된 시스타프렌즈라는 이름의 역외 회사에 투자하고 있다는 말입니다. 기억나시죠?"

알렉스는 마크가 한 말의 의미를 깨닫고 말문이 막혀 그를 멍하니 쳐다보았다.

"물론이죠. 정말 말도 안 돼." 알렉스가 속삭였다.

"이제 우리는 시스타프렌즈 뒤에 누가 숨어 있는지 알아내기만 하면 돼요. 그렇게 되면 세인트존이 단독으로 벌이는 짓인지, 아니면 빈센트 레비 회장도 끼어 있는지 알게 되겠죠."

마크가 말했다. 그러고는 마치 세인트존이 뒤에 나타나기라도 한 듯 뒤를 돌아보았다.

"하지만 사실 이미 명백해졌어요. LMI는 외국 벤처캐피털에 투자하는 5억 달러 규모의 펀드를 조성하지 않거든요. 돈이 사내에 머무르길 바라죠."

"물론이죠."

알렉스의 머릿속에는 수천 가지 의문이 스쳐 지나갔다. 역외에 설립된 회사에 대해 더 많은 것을 알아내는 것은 사실상 불가능했다. 자국이 아닌 다른 나라와만 거래하는 회사는 공표나 기장 의무가 없기 때문이었다.

"역외 회사와 관련해서 해박한 지식을 가진 사람을 제가 알아요."

잠시 망설이던 마크가 말했다. 알렉스는 한숨을 내쉬었다.

"그런 사람은 나도 알죠. 하지만 내가 연관되어 있다는 걸 알고도 도와줄지가 의문이라서 그렇죠."

"올리버는 제 친구예요. 기껏해야 거절밖에 더 하겠어요."

마크가 말했다. 알렉스는 올리버 스케릿에게 그런 부탁을 해야 하는 것이 껄끄러웠지만 결국 호기심이 이겼다. 이런 거래에 불법적인 이득을 취하는 사람이 누구인지 알고 싶었다. 그때 전화벨이 울렸다.

"마크 씨, 전화 좀 받아주세요. 혹시 세인트존 전화면 좀 전에 나갔다고 전해주세요."

알렉스가 얼른 말했다. 역시 세인트존이었다. 알렉스는 씁쓸한 미소를 지었다. 물고기는 아직 조심스럽게 미끼 주변을 배회하면서 미끼를 탐욕스럽게 바라보고 있었다. 알렉스는 만약 세인트존이 그녀의 사무실로 와서 염탐을 하면 절대 놓칠 수 없는 메모를 책장 위에 남겼다. 세인트존은 알렉스가 아직 사무실에 있는지 알아보기 위해 전화를 건 것이 틀림없었다. 그는 잠시 기다렸다가 내려와서 알렉스의 책상을 뒤져볼 것이 분명했다.

'재미있는 시간 보내세요, 재커리 세인트존 이사님.'

알렉스는 마크와 함께 엘리베이터에 올라타며 속으로 생각했다.

'그리고 정말 뜨거운 맛을 보시길!'

*

알렉스는 다음날 블루스틸 경영진을 달래기 위해 볼티모어로 가서 하루를 다 보냈다. PBA의 주가는 다시 평균 시세인 18.5달러로 안정이 되었다. 알렉스가 막스에게 전화를 걸어 그녀가 무슨 일이 벌어지고 있는지 눈치 챘다는 것을 알렸고, 막스도 자신의 고객들에게 알렸기 때문일 것이다. 거래를 완전히 망치지 않기 위해서 그들은 다시 제자리로 돌아왔고 시장은 다시 안정되었다.

저녁에 다시 아파트로 돌아온 알렉스는 완전히 녹초가 되었다. 맥주 한 병을 따서 테라스로 나가 휴대전화로 마크한테 전화를 걸었다. 세르지오가 자신에게 미행을 붙였다는 사실을 알게 된 이후, 알렉스는 전화도 도청되고 있을지도 모른다는 생각이 들었다. 벨이 두 번 울리자 마크가 전화를 받았다. 세인트존은 하루 종일 회사에서 코빼기도 보이지 않았다. 그리고 마크는 올리버와 연락을 했는데, 지금 유럽 체류 중이라 7월 초에나 돌아올 예정이라고 했다.

알렉스는 내심 세인트존이 단독으로 저지르고 있는 일이기를 바랐다. 그는 이런 일을 얼마든지 혼자서도 할 사람이었다. 그는 큰돈이 오가는 세계에서 인맥과 정보원이 상당히 풍부하기 때문이었다. 그리고 그가 금전욕과 과시욕이 지나친 사람이라는 것을 알렉스는 너무나 잘 알았다. 하지만 과연 세인트존이 레비 회장과 세르지오까지 속이는 위험을 감수할 만한 사람일까? 알렉스는 생각에 잠겨 있다가 날카로운 전화벨 소리에 정신이 들었다. 시계는 11시가 조금 넘은 시각을 가리켰다. 자동응답기로 넘어가기 전에 알렉스는 유선 전화기 수신 버튼을 눌렀다.

"나야. 요즘 어떻게 잘 지내고 있어?"

마침 자기 생각을 하고 있던 것을 알기라도 한 듯한 세르지오의 전화였다.

"그럭저럭 지내고 있어요. 오늘은 정말 끔찍한 하루였어요. 거의 성사시킨 거래가 무산돼버릴 것 같아요."

"무슨 거래?"

세르지오가 물었다. 모르는 척하는 걸까, 아니면 정말로 모르는 걸까? 알렉스는 이제 더는 세르지오를 믿지 못하게 되었다.

"블루스틸과 PBA스틸 말이에요. 모든 게 아주 확실했고 레비 회장님한테도 이미 보고를 했는데 어제 갑자기 PBA 주가가 두 배도 넘게 폭등해버렸어요. 그래서 전 오늘 하루 종일 볼티모어에 가 있었어요. 하지만 블루스틸 쪽 사람들한테 정말 면목이 없었어요. 게다가 증권거래위원회에서 조사에 착수할까봐 걱정이에요. 마치 우리가 이번 거래에서 폭리를 취하려고 주가를 조작한 것같이 되어버렸거든요!"

"증권거래위원회에 대한 걱정은 안 해도 돼."

알렉스는 몸을 곧추세우고 똑바로 앉았다.

"그게 무슨 뜻이에요? 증권거래위원회는 이보다 사소한 일에도 조사에 착수한 적이 많아요."

"말 그대로야. 증권거래위원회 따위는 잊어버려."

'증권거래위원회 따위는 잊어버려!' 알렉스는 마음 같아서는 단도직입적으로 시스타프렌즈에 대해 물어보고 싶었지만, 아직까지는 세르지오가 MPM에 관련되어 있다는 것은 추측에 불과했다. 세르지오는 은행가는 아니었지만 전체 유가증권 거래를 감독하는 증권거래위원회에서 개입하는 것이 무슨 뜻인지 이해할 만큼 이쪽 업계에 대해 잘 알고 있었다. 특히나 MPM과 LMI가 내부 정보를 가지고 거래한다는 것을 안다면 더더욱 그랬다. 세르지오의 무심한 태도는 무죄의 증거일까, 아니면 그 정반대 의미일까?

크리스마스 날 매들렌 부부의 집에서 코스티디스와 대화를 나눈 이후 알렉스는 그를 자주 머릿속에 떠올렸고, 세르지오가 하는 말마다 무언가 알 수 있지 않을까 하고 귀를 쫑긋 세웠다. 알렉스는 그 이후 코스티디스와 다시 만나지는 않았지만 그래도 여전히 별로 달갑지 않은 끈질긴 죄책감에 시달렸다.

다행히 세르지오는 아직 시카고에 있었는데, 15분 후 전화를 끊으며 다시 뉴욕으로 돌아가면 연락을 하겠다는 말이 알렉스의 귀에는 협박처럼 들렸다.

*

세르지오는 3일간 라스베이거스에 머물며 길고 지루한 협상 끝에 마침내 매우 만족스러운 결과를 이끌어냈다. 골드 너겟과 피라미드, 서던 크로스 외에도 이제 네 번째 호텔인 메르디앙도 그의 소유가 되었다. 끈질긴 협상이었다. 예전에 그토록 유명했고, 1960년대에 서부로 이주한 카날레티 가문의 마지막 자손인 안젤로 카날레티는 도통 사업 감각이 없었다. 그는 모든 것이 넘치도록 풍족하고 달콤한 삶에 빠져버려서 600개의 침실과 대형 카지노를 보유한 메르디앙 호텔을 완전히 망하기 직전의 상황까지 몰고 갔다. 그는 턱밑까지 물이 차오른 상태였다. 세무 당국은 그에게 수백만 달러의 세금을 부과했다. 세르지오는 인내심을 발휘한 끝에 헐값에 호텔을 사들일 수 있었다. 세르지오는 계약 체결과 함께 라스베이거스에서의 주도권을 마침내 확장했다. 카지노에서 거둬들이는 수익은 어마어마했다. 위기에도 안정적인 견고한 수입원이었다.

하지만 호르헤 알바레즈 오르테가와의 만남은 그보다 훨씬 중요했다. 오르테가는 몇 달 전 에밀리오 아르퀘로스가 끔찍한 죽음을 당한 이후 막강한 콜롬비아 마약 카르텔의 일인자로 급부상한 인물이었다. 오르테가와의 협상은 미국의 코카인 수입에 관한 것이었다. 세르지오가 브루클린 항구에서 새로운 영향력을 굳건히 함으로써 그는 오르테가에게 콜롬비아의 마약을 미국으로 안전하게 들여오는 것을 보장해줄 유일한 사람이 되었다. 플로리다나 멕시코를 경유해서 들어오는 기존의 루트는 너무 위험해져서 적발되는 사례가 많아졌다. 하지만 세르지오의 부하들은 세관과 경찰의 눈을 피해 마약을 문제없이 곧장 뉴욕으로 밀수하는 방법을 알고 있었다. 세르지오는 이에 대한 대가로 매출의 30퍼센트를 요구했는데, 오르테가는 15퍼센트를 주장했다. 이 협상은 밤새 이어졌고 세르지오의 인내심은 시험에 들었다. 두 사람은 실컷 먹고 마시며 지냈다. 라스베이거스에 있는 세르지오 부하인 프랑코 카발레제는 라스베이거스에서 가장 예쁜 여자들을 불러 모았다. 거친 남아메리카 농부인 오르테가의 눈이 휘둥그레지는 모습을 세르지오는 경멸하면서도 흥미진진하게 지켜보았다. 새벽 3시 무렵 오르테가는 새파랗게 젊은 금발 미녀 셋과 함께 스위트룸 안으로 사라졌다. 그때까지 세르지오와 오르테가는 협상에서 한 발짝도 다가가지 못한 상태였다. 3시 반쯤 세르지오는 호텔에서 나와 공항으로 향했다. 세르지오는 그 농부를 기다릴 필요가 없었다. 오르테가가 아쉬운 것이 있으면 본인이 직접 뉴욕으로 날아올 것이다. 세르지오가 매출의 30퍼센트를 달라는 것이 과도한 제안이 아님을 명확히 보여주기 위해 그는 콜롬비아에서 다음에 들여오는 화물이 적발되게끔 할 계획이었다.

세르지오는 시카고에 도착하자마자 세인트존이 생각 없는 행동으로 인해 증권거래위원회가 LMI와 MPM에 대한 조사에 착수할지도 모른다는 소식을 레비로부터 전해 들었다. 심각한 상황이었지만 여기저기 몇 군데 통화를 한 후 세르지오는 그 일을 간신히 막을 수 있었다. 하지만 더 심각한 일은 알렉스가 의심을 품기 시작했다는 사실이었다. 세인트존은 MPM의 잭 랭과 막스에게 LMI가 인수를 맡게 될 회사의 주식을 미친 듯이 사들이라고 지시했다. 평소 세인트존은 정보를 능숙하게 이용했지만 이번에는 실수를 하고 말았다. 세르지오는 당장 알렉스와 이야기를 해보고, 그녀가 혹시 무언가 눈치를 챘는지 확인해야 했다.

알렉스와 전화 통화를 마치자 세르지오는 문득 그녀가 미친 듯이 그리웠다. 알렉스는 세르지오가 지난해 10월, 자제하지 못하고 자기를 덮친 일에 대해 한마디도 꺼내지 않고 평소처럼 대해주었다. 세르지오는 알렉스가 자신의 추태를 용서한 것으로 믿었다. 넬슨이 시나몬 아일랜드에서 해주었던 충고에도 그는 여전히 콘스탄치아와 이혼을 꿈꾸곤 했다. 그는 밤이고 낮이고 알렉스를 곁에 두고 싶은 마음이 간절했다. 미행을 하고 전화를 도청하고 이메일을 확인해봤지만 특이한 점은 찾을 수 없었다. 알렉스는 회사에 출근하고 집으로 퇴근을 하며 세르지오와 정기적으로 만나고, 회사 직원과 회식을 하거나 매들렌 부부와 가끔 주말을 롱아일랜드에서 보냈다. 세르지오 말고는 알렉스의 삶에 다른 남자는 없었다.

세르지오는 잔에 위스키를 따르고 내일 아침 스케줄을 그냥 취소해버릴까 생각해보았다. 그의 몸은 털끝 하나까지 알렉스를 간절히 원하고 있었다. 동시에 그는 이렇게 알렉스에게 푹 빠져 있는 자신에게 화가 났다. 오르테가와 세인트존에 대한 분노 때문에 몸이 긴장되고 굳어서 참을 수 없는 지경이었다. 그는 누군가를 죽여버리기 전에 긴장을 해소할 돌파구가 필요했다. 그래서 방으로 여자를 불러들였다. 세르지오는 위스키 한 잔을 더 마시고 또 한 잔 더 마셨다. 여자는 젊고 금발에 상당한 미녀였지만 세르지오는 문득 알렉스가 떠올랐다. 세르지오는 어린 창녀가 열심히 노력을 해도 아무런 느낌이 들지 않는다는 사실에 충격을 받았다. 그는 엄청난 굴욕감에 화가 나서 여자를 내보냈다. 그 순간 그는 알렉스를 진심으로 증오했다. 그가 실패한 것은 다 알렉스 탓이었다. 알렉스가 그에게 마법을 걸어버렸다!

*

2000년 6월 14일 화요일, 브루클린 항구 세관의 그물에 월척이 걸려들었다. 아침 일찍 세관 직원들은 코스타리카에서 커피 원두를 싣고 오는 파나마 화물선 카보드라 나오호를 자세히 살펴보라는 익명의 제보를 받았다. 실제로 세관원들은 화물선에서 200킬로그램이 넘는 코카인을 발견했다. 암시장에서 수백만 달러에 거래되는 엄청난 양이었다. 마약은 콜롬비아산으로, 플라스틱 봉투에 밀봉된 채 커피 자루에 숨겨져 있었다. 카보드라 나오호의 선장과 선원들은 즉시 체포되어 조사를 받았고 물품 전체는 압수당했다. 뉴욕의 항구나 공항에서 세관원과 마약단속반은 자주 마약을 적발하기는 했지만 대부분은 기껏해야 몇 그램에서 1킬로그램 정도에 불과한 양이었다. 이번에 발견된 양은 의심할 여지없이 미국 역사상 최대였다. 콜롬비아 마약 보스들이 보인 뻔뻔함은 믿을 수 없을 정도였다. 브루클린에서 코카인이 적발됐다는 소식은 하루 종일 모든 방송사의 주요 톱뉴스였다. 코스티디스 시장은 뉴욕의 마약 범죄와 조직범죄에 일격을 가했다며 자랑스럽게 선전했다. 세르지오는 경멸적으로 웃으며 텔레비전으로부터 눈을 돌렸다.

"아주 좋아. 이렇게 된 이상 오르테가가 이젠 뜻을 좀 굽히겠지."

세르지오는 함께 파크 애비뉴 아파트에서 뉴스를 지켜보던 마시모, 넬슨, 루카, 실비오에게 말했다.

"아니면 전쟁이 벌어지겠지." 넬슨이 우려를 나타냈다.

"오르테가가 그럴 수는 없을 걸세. 미국에 마약을 대규모로 들여오기 위해서는 항구에 있는 우리 연줄이 반드시 필요하니까. 그리고 그자한테는 미국이 아주 중요한 시장이지."

세르지오는 고개를 젓더니 텔레비전 화면에 등장하는 코스티디스 시장을 못마땅한 얼굴로 다시 쳐다보았다.

"저 멍청이는 정말로 자기 경찰들이 혼자서 해낸 일이라고 생각하는 모양이군."

"자네가 다시 한 번 오르테가와 얘기해보는 게 어떨까 하네. 아마 지금쯤⋯⋯." 넬슨이 조심스럽게 제안했다.

"넬슨! 자네 대체 왜 그래? 자네가 이러는 거 처음일세!"

세르지오는 의아한 표정으로 친구를 쳐다보았다.

"자네가 그 콜롬비아 사람들하고 대치하는 게 아무래도 찜찜해. 너무 위험해."

"자네가 나이가 들면서 겁이 많아진 모양이군."

세르지오가 재미있다는 듯 웃었다.

"자네 마음대로 생각하게. 어쨌든 난 그 사람들하고 전쟁을 벌이고 싶은 생각은 추호도 없으니까." 넬슨이 대답했다.

"전쟁 같은 건 없을 걸세. 오르테가한테 연락이 올 거야. 그러면 다시 협상을 하게 되겠지."

세르지오는 텔레비전을 꺼버리고 자리에서 일어났다.

"자네의 착각이 아니면 좋겠네."

"오르테가는 사업가야, 넬슨. 전쟁은 너무 많은 희생자와 너무 많은 돈이 들어가는 일이라고." 세르지오가 반박했다.

알렉스는 8시 반에 컴퓨터를 끄고 책상을 정리했다. 건물 전체에는 알렉스와 경비직원들 외에는 아무도 없었다. 알렉스와 마크는 여전히 시스타프렌즈라는 회사의 은밀한 정체에 대해 알아낸 것이 없었다. PBA의 주가는 증권거래위원회가 개입한 이후 다시 정상화되었다. 이상하게도 조사는 이틀 만에 흐지부지 끝이 나버렸다. PBA를 둘러싼 모든 일이 상당히 불가사의했지만 블루스틸과의 거래는 다음 주 내로 끝이 날 예정이었다. 알렉스가 막 사무실에서 나가려는 찰나 외선 전화벨이 울렸다. 알렉스는 잠시 망설이다가 전화기를 들었다.

"알렉스 존트하임입니다."

"안녕하세요, 알렉스 양. 아직 사무실에 있을 줄 알았어요."

누구의 목소리인지 분명했다.

"안녕하세요, 시장님. 운이 좋으셨어요. 저는 지금 막 나가려던 참이었거든요. 잘 지내셨어요?" 알렉스는 다시 자리에 앉았다.

"잘 지냈죠. 알렉스 양은 일은 잘돼가고 있나요?"

"네, 만족스럽게 진행되고 있어요."

왜 전화를 한 걸까? 그리고 어떻게 직통번호를 알았을까?

"우리 시에서 용감한 시민에게 수여하는 상을 거절했단 소식을 좀 전에 들었어요. 그래서 거절 이유를 듣고 싶어서 전화했죠."

코스티디스가 말했다.

알렉스는 몇 주 전에 시장 명의로 온 편지 한 통을 받았다. 지난 해 매들렌을 용감하게 구해준 것에 대해 뉴욕시가 상을 주겠다는 내용이었다. 다른 용감한 시민이나 어떤 식으로든 시에 기여한 시민과 함께 축제기간 중에 시청에서 상을 준다는 것이었다. 알렉스는 그런 자리에 참석할 생각이 없어서 비서를 통해 거절 의사를 전했다.

"설마 시장님께서 거절하는 시민에게 일일이 직접 전화를 거시는 건 아니겠죠."

알렉스는 살짝 비아냥거리며 말했다. 알렉스는 코스티디스 생각을 자주 했고, 그런 자신한테 화가 났다.

"물론 그렇진 않죠. 하지만 상을 거절하는 사람은 거의 없어요."

시장이 웃었다.

"그렇겠죠. 대부분의 사람들은 신문에 이름이 나고 싶어 안달이니까요." 알렉스의 말투에 빈정거림이 담겨 있었다.

"그럴지도 모르죠. 하지만 그럴 만한 자격이 마땅히 있는 분들이에요. 상을 받는 시민은 모두 뭔가 특별한 공로가 있는 분이니까요."

"시장님, 저도 꼭 참석하고 싶습니다만 그날은 제가 휴스턴으로 출장을 가야 합니다. 죄송합니다."

알렉스는 또다시 별로 달갑지 않은 대화에 휘말린 것을 깨달았다.

"할 수 없죠. 아쉽네요. 하지만 제가 전화를 건 용건은……."

알렉스는 저도 모르게 마음속으로 방어 태세를 취했다. 시장은 뜻밖의 용건을 꺼냈다.

"7월 15일에 시장 관저에서 열리는 디너파티에 초대하고 싶군요. 물론 따로 서면으로 초대장을 보내 드릴 예정입니다. 저희 부부는 알렉스 양이 참석해준다면 정말 기쁘겠어요."

"어머, 감사합니다. 그런데 어쩌다가 저에게 그런 영광을?"

코스티디스는 알렉스의 비꼬는 말투에 넘어가지 않았다.

"캐나다 대사님의 환영 만찬 자리입니다. 저희는 그런 자리에 늘 흥미로운 분들을 초대하길 좋아하죠. 매들렌 부부도 참석할 예정이고, 제 아내가 알렉스 양도 초대하자고 제안했어요. 제 아내가 알렉스 양한테 깊은 인상을 받은 모양입니다."

코스티디스가 차분하게 말했다.

알렉스는 그의 목소리에서 미소가 전해지는 듯했다. 시장은 지금 그녀를 갖고 노는 것일까? 분명히 다른 이유에서 그녀를 초대했을 텐데 아내를 구실로 삼는 것은 속이 빤히 들여다보이는 말이었다.

"저 혼자 초대하시는 것으로 알겠습니다."

알렉스가 뾰족하게 대답했다.

"물론 다른 분과 동반해서 참석하셔도 좋습니다."

알렉스는 코스티디스가 냉소적인 반응을 도발한다는 느낌이 강하게 들었다.

"그날 시간이 되는지 스케줄을 확인해볼게요."

알렉스가 냉랭하게 대답했다.

"좋아요. 아, 그리고 저번에 우리가 했던 얘기 다시 생각해봤나요?"

그렇다. 이제야 그가 처음부터 하고 싶었던 본론을 꺼냈다. 바로 이런 이유 때문에 알렉스를 시상식과 시장 관저 환영 파티에 초대했을 것이다.

"아니요. 지난 몇 달간 너무 바빠서 그럴 겨를이 없었습니다."

거짓말이었다. 사실 알렉스는 시도 때도 없이 그 생각을 했다.

"유감이군요."

"시장님, 저를 이용하려는 것이 불편합니다. 시장님께서 여러 가지 골치 아픈 문제를 안고 있다는 건 알아요. 그러니 FBI나 CIA에 연락을 해보세요. 전 도와 드릴 수가 없네요."

알렉스는 마음 같아서는 소리를 치고 싶었지만 목소리를 낮추고 말했다.

"내가 혹시 알렉스 양을 이용하겠다는 느낌을 줬다면 정말 미안하군요. 그럴 의도는 없었어요."

그는 잠시 말을 멈추었다. "혹시 브루클린 항구에서 있었던 마약 사건에 대해 들으셨나요?"

"네. 요즘 가장 큰 화젯거리죠. 그런데 저하고 무슨 상관이죠?"

알렉스는 갑작스러운 화제 전환에 의아했다.

"FBI 전문가들은 조만간 콜롬비아 마약 카르텔하고 뉴욕 지하 세계 사이에 전쟁이 벌어질 것으로 예상하고 있어요."

"왜 저한테 그런 얘기를 하시는 거죠?"

"세르지오 비탈리씨가 이번 일에 연루되어 있다는 심증이 있기 때문입니다. 난 알렉스 양한테 무슨 일이 일어나는 것을 막고 싶군요."

코스티디스는 잠시 침묵했다가 대답했다. 순간 알렉스의 등에 소름이 돋았다.

"걱정해주셔서 정말 고맙습니다만, 예전에 이미 한번 말씀드렸다시피 저는 세르지오 씨의 사업하고는 아무런 관련이 없습니다."

알렉스가 쌀쌀맞게 대답했다. 코스티디스는 한숨을 쉬었다.

"그렇다면 안심이군요. 어쨌든 저희의 초대에 응하시겠습니까?"

"조만간 알려 드리겠습니다."

"알겠습니다. 즐거운 주말 보내세요."

"고맙습니다. 시장님도 즐거운 주말 보내세요."

알렉스는 전화기를 내려놓자 심장이 터질 듯이 뛰었다. 빌어먹을, 코스티디스는 왜 그녀를 가만히 내버려두지 못하는 것일까!

초인종이 울리고 얼마 후 자물쇠에 열쇠가 돌아가는 소리가 들리더니 세르지오가 안으로 들어왔다.

"알렉스? 나 왔어!" 세르지오가 불렀다.

"금방 나갈게요!"

화장실에 있는 알렉스가 소리쳤다. 알렉스는 거울에 비친 자기 얼굴을 바라보았다. 오늘 길고 짙은 금발 머리를 턱 길이로 잘라버리고 밝은 금발로 염색했다. 취향이 구식인 세르지오가 별로 좋아하지 않는 딱 달라붙은 은색 미소니 원피스와 마찬가지로 바뀐 헤어스타일도 그의 마음에 들지 않기를 바랐다. 알렉스는 세르지오를 더 견딜수가 없었다. 그와 함께 있으면 항상 신경이 곤두섰고 그의 잔인함을 떠올리면 치가 떨렸다. 알렉스는 몇 주 동안이나 중요한 결정을 미뤄왔지만 이제는 정말 고통이 되어버린 관계를 오늘 저녁에는 반드시 끝내리라 마음먹었다. 알렉스는 화장실에서 나가기 전에 숨을 깊이 들이마셨다.

"왔어요?" 알렉스가 말했다.

"그래."

세르지오는 눈썹을 치켜 올렸다. 그의 눈길이 알렉스의 머리끝에서 은색 스트링샌들까지 왔다 갔다 했다. 그는 미소를 짓지 않았지만 알렉스의 볼에 입맞춤을 했다.

"머리에 무슨 짓을 한 거야?"

"오늘 미용실에 다녀왔어요. 우리 그만 나갈까요?"

알렉스는 그를 볼 때마다 느끼던 두근거림이 사라지고 없었다.

"그러지."

두 사람은 말없이 엘리베이터를 타고 내려갔다. 로비에서 루카가 기다리고 있었다. 알렉스는 간단한 고갯짓으로 인사를 했다.

"언제부터 나하고 외출할 때 보디가드가 필요해요?"

알렉스가 물었다. 세르지오의 얼굴빛이 잠시 어두워졌다.

"아무도 당신을 훔쳐가지 못하도록 하려고 그러지."

세르지오는 가볍게 받아넘겼다. 세르지오의 리무진은 시동을 켠 상태로 바로 출입구 앞에 대기하고 있었다. 그때 알렉스는 코스티디스가 했던 말이 떠올랐다. 항구에서의 마약 적발, 콜롬비아 마약 카르텔, 뉴욕의 지하 세계. '세르지오 씨가 이번 일에 연루되어 있다는 심증이 있기 때문입니다……'

아니, 그럴 리는 없었다. 세르지오는 평소와 다르지 않았고 남미 마약상과 전쟁을 앞둔 사람처럼 보이지도 않았다. 코스티디스는 정말로 병적인 망상에 시달리는 것이 분명했다.

15분 후 리무진은 51번 스트리트에 있는 '르 버나딘' 앞에 멈춰 섰다. 세르지오는 고급 프랑스 레스토랑 주인으로부터 극진한 환영을 받았다. 세르지오가 '잔'이라고 부르는 주인 남자는 레스토랑 구석에 있는 테이블로 그들을 안내했다. 레스토랑 안의 모든 시선이 알렉스를 따라다녔다. 세르지오도 그런 시선을 알아챘다.

"그 옷이 저녁 식사 차림으로는 너무 노출이 심하다고 생각하지 않아?" 세르지오가 조용한 목소리로 말했다.

"다른 손님들은 다 마음에 들어 하는 것 같은데요. 당신 마음에 안 들어요?" 알렉스는 무표정하게 담배에 불을 붙였다.

"나는 다른 남자들이 당신을 그렇게 뚫어지게 쳐다보면 질투가 나서 미치겠어."

"정말요? 당신은 질투심 같은 그런 평범한 감정을 초월한 사람인 줄 알았는데요." 알렉스는 비꼬듯 웃었다.

세르지오는 총주방장이 나타나서 미처 대답을 못 했는데, 식사하는 동안 평소처럼 유쾌하려고 애썼다. 알렉스는 이제 세르지오에게 매력을 느끼지 못한다는 것을 깨달았다. 자꾸 시계를 들여다보고 싶은 마음을 간신히 참았다. 알렉스는 그에게 하고 싶었던 말을 하고 가능한 빨리 자리를 뜨고 싶었다.

"왜 그래? 왜 나한테 그처럼 냉랭하게 구는 거야? 이렇게 근사한 식사를 했으면 나한테 좀 친절하게 대하면 좋을 텐데 말이지."

디저트를 먹을 때 세르지오가 물었다. 알렉스는 생각에 잠겨 그를 쳐다보았다.

"난 식사가 끝날 때까지 기다렸어요. 내가 내린 결정에 대해 얘길 하려고요."

"그렇군."

그는 태연하게 미소를 지었지만 경계의 눈빛을 띠었다. "어떤 결정을 내렸지?"

"작년에 그 일이 있은 이후부터 우리 사이에 아주 중요한 것이 빠져 있다는 걸 깨닫게 됐어요. 당신은 나를 사랑하지 않아요. 당신은 날 그저 원하는 대로 이용할 수 있는 소유물로밖에 생각하지 않아요. 날 존중하지 않죠."

세르지오는 아무 말 없이 그저 파란 눈동자로 유심히 쳐다보기만 했다. 알렉스가 계속해서 말을 이었다.

"그날 저녁, 당신이 날 겁탈한 그날 저녁, 난 당신이 진짜로 어떤 사람인지 깨달았어요."

"내가 어떤 사람인데?" 세르지오는 간신히 미소를 짓고 있었다.

"당신은 이기주의자예요. 당신에겐 세르지오 비탈리 말고는 아무도 없어요. 당신의 행동으로 인해 난 깊은 상처를 받았어요."

"미안해."

"그 말이 별로 믿어지지 않아요."

"난 평생 당신만큼 이토록 갈망한 여자가 없었어."

그는 앞으로 몸을 숙여 알렉스의 손을 잡았다.

"그래서요?"

"그래서? 그래서라니?"

세르지오는 알렉스를 어리둥절하게 쳐다보았다

"당신이 내 몸을 갈망한다는 건 알고 있어요. 하지만 나는 남녀관계에서 섹스뿐만 아니라 그 이상을 원해요. 난 곧 37살이고, 이젠 내 감정이나 욕구 따위는 안중에도 없는 남자의 노리개가 되고 싶지 않아요." 알렉스가 말했다.

"나한테 뭘 원하지?"

세르지오는 알 수 없는 눈빛이었다. 불안일까? 아니면 이런 대화에서 빠져나갈 수 없다는 단순한 짜증일까?

"아무것도 없어요."

알렉스는 어깨를 으쓱했다. "당신한테 원하는 건 아무것도 없어요. 우리 사이에는 섹스 이상은 없을 거예요. 당신은 절대 나를 동등한 파트너로 받아들이지 않을 거라고요. 왜 그런지 모르겠지만 그런 생각을 자주 해봤어요. 때로는 내 탓이라고 생각을 하기도 했지만 그렇진 않아요. 당신은 여자한테 섹스 그 이상을 원하지 않는 사람이에요. 하지만 난 계속해서 이런 관계를 유지할 수는 없어요."

세르지오는 잠시 침묵했고 얼굴은 무표정했다.

"나는 당신이 나를 떠나도록 허락하지 않을 거야."

세르지오는 이렇게 말하며 잡은 손을 놓았다.

"어떻게 할 건데요? 나한테 총을 겨누고 당신하고 같이 자도록 강요할 건가요?"

세르지오는 이런 비꼬는 말에 반응하지 않았다.

"내가 어떻게 하면 당신 생각이 바뀔지 말해줘."

"아무것도 없어요. 너무 늦었어요."

"난 못 받아들여."

"당신은 나한테 거짓말을 말아야 했어요. 하지만 당신은 계속 거짓말을 하고 있어요. 왜 오늘 저녁 우리 단 둘이 외출하지 않은 거죠? 리무진은 뭐고, 또 레스토랑 안으로 들어오는 사람들을 다 뚫어지게 쳐다보는 저 보디가드들은 다 뭐죠?"

알렉스는 깊은 한숨을 내쉬며 고개를 저었다. "난 당신을 사랑할 준비가 되어 있었어요, 세르지오. 나한테 솔직했다면 아무리 끔찍한 진실이라도 다 받아들였을 거라고요."

알렉스는 세르지오의 눈빛에서 자신이 그의 약점을 건드렸다는 것을 알아챘다.

"내 아내는 30년 동안 한 번도 내 사업 얘기에는 관심도 없었어. 왜 지금처럼 그냥 이렇게 지내면 안 되지?"

세르지오는 딱딱하게 말했다.

"왜 그런지 얘기했잖아요. 이제 그만 집에 가고 싶어요."

알렉스는 담배를 눌러 껐다.

세르지오는 침을 꿀꺽 넘겼다. 그는 알렉스를 절대 놓치고 싶지 않았다. 알렉스는 지금까지 만난 그 어떤 여자보다도 훨씬 중요한 사람이었다. 넬슨의 경고는 그냥 무시하고 알렉스한테 사실대로 말할까도 생각해보았다. 알렉스가 곁에 있으면 천하무적이 될 수도 있다. 알렉스는 아들 마시모에게 부족한 모든 것을 갖추고 있다. 그녀는 뛰어나고 냉철한 전략가이며 모험을 즐기며 이성적이고 선견지명이 있는 사람이다. 하지만 진실을 마주하면 어떤 반응을 보일까? 알렉스가 갑자기 양심의 가책을 느낀다면 그에게 큰 위협이 되기에 결국 그녀를 제거하는 수밖에는 선택의 여지가 없다. 여자는 알다가도 모를 존재다. 알렉스는 더욱더 그랬다. 세르지오는 가늠할 수 없는 위험 요소는 딱 질색이었다. 그는 이런 경우에 필요한 최고의 전략을 생각할 시간이 필요했다. 그래서 우선은 관계를 유지하는 것이 가장 좋다는 생각이 들었다. 이런 생각을 하는 순간에도 알렉스를 향한 그리움에 마치 칼에 찔린 듯이 고통스러웠다. 다른 남자가 그녀를 만진다고 생각만 해도 이성을 잃을 것 같았다.

"그 얘긴 다음에 하지. 당신이 한 얘기에 대해 생각을 해봐야겠어."

세르지오는 이렇게 말하며 억지로 미소를 지어 보였다.

"알았어요."

12시 15분 무렵 두 사람은 르 버나딘에서 나왔다. 저녁 내내 레스토랑 로비에서 어슬렁거렸던 루카와 또 다른 남자는 이미 길에서 기다렸다. 알렉스도 밖으로 나갔고 세르지오는 레스토랑 주인과 잠깐 대화를 나누었다. 밖은 6월의 날씨치고는 제법 쌀쌀했고 보슬비가 살짝 내렸다. 세르지오는 밖으로 나오면서 트렌치코트 깃을 올렸다.

"차는 어디 있나?" 그는 루카를 보자마자 쏘아붙였다.

"지금 한 블록 돌아오고 있습니다." 루카가 대답했다.

알렉스는 덜덜 떨며 세르지오 옆에 서 있다가 자동차 바퀴가 끽 하는 소리를 듣자 고개를 들었다. 낡은 갈색 포드 승용차가 차선을 바꾸며 전속력으로 그들을 향해 달려오는 것이 보였다. 알렉스는 비가 내리는데도 차창이 열려 있는 것을 보고 의아하게 생각했다. 문득 코스티디스가 해준 이야기가 떠올랐다. 그리고 언론에 등장하는 세르지오에 관한 비판 기사들이 머리를 스쳤다. 아니, 사실 그녀는 아무 생각도 하지 않았는데 그녀의 뇌가 순식간에 각기 다른 정보의 조각들을 처리했다. 알렉스는 본능적으로 그 자동차가 위험하다는 것을 느꼈다.

"세르지오, 조심해요!" 알렉스가 소리를 질렀다.

알렉스의 외침을 들은 세르지오는 몸을 돌렸다. 바로 그 순간 차 안에서 기관총의 불꽃이 보였다. 알렉스는 루카가 등을 밀쳐 기관총이 발사되는 소리를 들으며 바닥에 쓰러졌다. 총알이 공기를 가르고 다른 자동차에 박히고 레스토랑 창문이 산산조각 나는 소리가 들렸다. 겨우 몇 초 만에 이런 믿을 수 없는 광경이 바로 알렉스의 눈앞에서 슬로모션처럼 펼쳐지다가 끝이 났다. 포드 승용차는 거친 엔진 소리를 내며 록펠러 센터 방향으로 달아났다. 늦은 시간에 길거리에 나와 있던 행인들은 공포에 질려 소리를 질렀고, 자동차들은 멈춰 서서 경적을 울려댔다. 알렉스는 루카로부터 몸을 풀고 벌떡 일어났다. 세르지오와 또 다른 보디가드는 총알이 박힌 주차 차량 뒤에 웅크리고 있었다.

"알렉스, 괜찮아?" 세르지오는 그녀를 향해 손을 뻗었다.

"괜…… 괜…… 괜찮아요."

알렉스는 너무 놀라 제대로 말을 할 수가 없었다.

"당신은요?"

"나도 괜찮아."

몸을 일으키는 세르지오의 얼굴은 창백했으나 겉으로는 늘 그렇듯 침착하고 태연해 보였다. 구경꾼들이 몰려들었다. 총소리를 듣고 얼굴이 하얗게 질린 레스토랑 주인과 손님들도 밖으로 나왔다.

"회장님! 경찰을 부를까요? 아니면 구급차를 부를까요?"

레스토랑 주인이 놀라 소리쳤다.

"아뇨, 아뇨. 됐어요, 잔."

세르지오는 오른손으로 코트에 묻은 오물을 털어냈다. "괜찮아요."

"누가 당신한테 총을 쐈어요!"

극도로 흥분한 알렉스의 목소리가 덜덜 떨렸다. 공포심이 알렉스의 온몸을 휘감았다. 다리에 힘이 풀리고 온몸이 부들부들 떨렸다. 포드 승용차는 미드타운 맨해튼의 혼잡한 도로 속으로 이미 사라져버렸다.

"괜찮아."

세르지오는 다시 한 번 말하며 이제 길가에 멈춰 선 리무진을 향해 걸어갔다. 모든 상황은 15초에서 20초밖에 걸리지 않았지만 알렉스는 마치 몇 시간이나 되는 것 같았다. 알렉스는 그제야 자신이 죽을 뻔했다는 사실을 깨달았다. 이것은 영화가 아니라 현실이었다. 총알에 부서진 자동차 주인들은 흥분하며 소리를 쳤고, 누군가 경찰을 불렀다.

"세르지오, 경찰을 불러야 해요! 누군가 당신에게 총을 쐈다고요!"

알렉스의 목소리는 날카로웠고 두려움에 떨렸다.

"아니, 그럴 필요 없어. 이미 말했듯이 아무 일도 없었어. 자, 이제 그만 차에 타."

세르지오는 알렉스를 쳐다보지 않고 대답했다. 알렉스는 무슨 말을 하려고 입을 벌렸지만 조금 전에 목숨을 구해준 루카가 리무진에 올라타라고 등을 떠밀었다. 문을 닫자마자 운전기사는 차를 출발시켰다. 알렉스는 심장이 미친 듯이 뛰었다. 몸이 뜨거워졌다 차가워졌다 반복했다. 알렉스는 여전히 조금 전에 무슨 일이 일어났는지 이해할 수 없었다. 리무진의 어둑한 실내에서 알렉스는 자신이 세르지오의 어깨를 건드렸던 손을 멍하니 내려다보았다. 손이 피로 흥건했다. 세르지오는 고통으로 일그러진 얼굴로 코트와 재킷을 벗었다. 알렉스는 경악한 표정으로 셔츠가 점점 피로 물드는 것을 바라보았다.

"이럴 수가, 다쳤어요! 총에 맞았어!" 알렉스가 속삭였다.

"아르만도, 알렉스한테 마실 것 좀 줘. 자네들은 어때? 다친 데 있나?" 세르지오는 이렇게 말하며 셔츠 단추를 풀었다.

"없습니다." 루카가 대답했고 아르만도 역시 괜찮다고 했다.

알렉스는 눈을 크게 뜬 채 말없이 두 남자를 쳐다보다가 결국 시선이 세르지오에게 멈추었다. 그는 셔츠 아래에 방탄조끼를 입고 있었다.

"왜 그런 걸 입고 있어요?"

알렉스는 속삭이며 물었지만 이제 서서히 생각이 정리되기 시작했다. 코스티디스가 전화로 그녀에게 했던 말은 사실이었다. 세르지오는 누군가 자신을 향해 총을 겨누리라는 것을 예상하고 있었다.

"세르지오!"

알렉스는 다시 한 번 불렀지만 그는 아무런 반응을 보이지 않았다.

"이거 마셔봐, 알렉스. 마시면 좀 좋아질 거야."

아르만도가 잔 가득 위스키를 따라서 건네주자 세르지오가 말했다. 알렉스는 순순히 위스키를 받아 마셨다. 몸이 떨리는 증세가 한결 나아졌다. 아르만도가 구급상자에서 붕대를 꺼내자 루카는 피가 심하게 나는 세르지오의 어깨에 응급처치를 하기 시작했다. 자기들끼리 조용히 이탈리아 말로 대화를 나누는 동안 루카는 운전석과 차단된 유리판을 열어 기사에게 브루클린에 있는 어떤 주소로 가자고 명령했다. 알렉스는 여전히 충격이 가시지 않은 상태였다. 리무진이 조명이 휘황찬란한 브루클린 다리를 건너는 것도 몰랐다. 루카는 휴대전화로 짧게 두 번 통화를 했다. 세르지오는 눈을 감고 붕대를 손으로 누르고 있었는데 손가락 사이의 붕대가 붉게 물들었다. 알렉스는 원래 예민한 성격이 아니고 평소에 피를 보는 것도 아무렇지 않았지만 지금은 전혀 다른 상황이었다. 누군가 세르지오를 죽일 목적으로 그를 향해 총을 쏜 것이다.

"세르지오. 누가 그랬어요? 총을 쏜 사람이 누구냐고요?"

알렉스는 몸을 앞으로 숙여 떨리는 목소리를 애써 가라앉혔다.

"그런 쓸데없는 생각 하지 마. 난 그냥 살짝 긁힌 것뿐이야."

세르지오는 눈을 뜨고 희미한 미소를 지어 보였다.

"당신은 죽을 뻔했다고요!"

"그래, 하지만 다행히도 당신이 내게 알려줬잖아."

알렉스는 아무 말도 하지 않았다. 만약 알렉스가 소리를 치지 않았다면 세르지오는 아마 지금쯤 죽었을 것이다. 차는 한적한 도로로 들어섰다. 알렉스는 창고 건물들이 쭉 늘어선 것을 보았다. 강 건너편에는 맨해튼의 불빛이 보였다.

"여긴 어디예요?" 알렉스가 물었다.

"누가 당신을 집까지 태워다줄 거야. 당신은 내 생명의 은인이야. 고마워."

세르지오는 늘 그렇듯 직접적인 대답을 피하며 알렉스의 손을 잡았다. 차가 멈춰 섰다.

"여기서 뭐 하려고요? 왜 병원으로 가지 않고?"

알렉스는 무슨 일이 일어나고 있는지 이해하기에는 머릿속이 너무 혼란스러웠다. 아르만도가 문을 열자 세르지오는 힘겹게 차에서 내렸다. 비가 더 강하게 내렸다. 쌀쌀한 날씨였지만 세르지오의 이마에는 땀방울이 맺혔다. 강한 빛줄기 사이로 전조등을 켠 차들이 다가왔다. 아무도 알렉스를 신경 쓰지 않았기 때문에 알렉스는 창고 건물까지 그들을 따라 갔다. 알렉스는 세르지오의 아들인 마시모와 넬슨 반 미렌을 알아보았다. 알렉스는 작은 사무실 벽에 바짝 붙어서 말문이 막힌 채 벌어지는 광경을 지켜보았다. 밖에는 또 다른 차들이 속속 도착했다. 알렉스는 차문이 닫히는 소리를 들었다. 심각한 표정을 한 남자들이 창고 건물 안으로 들어와서 조용히 이탈리아어로 대화를 나누었다. 알렉스는 이들이 모두 중무장한 상태라는 것을 알아차렸다. 지금껏 알렉스에게 마피아는 그저 부정적인 느낌의 추상적인 개념의 존재일 뿐이었다. 그런데 어느새 알렉스는 그들 한복판에 있게 되었다. 그때 마시모가 갑자기 앞에 나타나서 말을 시키는 바람에 알렉스는 소스라치게 놀랐다.

"다리오가 이제 댁까지 모셔다 드릴 겁니다." 마시모가 말했다.

"아버지 상태는 좀 어때요? 잠깐 보고 가도 될까요?"

알렉스가 물었다.

마시모는 미심쩍은 표정으로 쳐다보다가 고개를 끄덕였다. 알렉스는 천장까지 서류로 가득 찬 흔들거리는 책장들이 죽 늘어선 방을 지나갔다. 왜 마시모는 집이나 병원으로 가지 않고 이곳으로 온 것일까? 마시모는 문 앞에 멈춰 서서 노크했다. 문이 열리자 마시모는 조용히 이탈리아어로 넬슨에게 귓속말을 했고, 넬슨은 알렉스를 못마땅한 눈빛으로 쳐다보았지만 결국 고개를 끄덕였다. 알렉스는 가슴이 쿵쾅거리며 안으로 들어갔다. 세르지오는 상의를 벗은 채 좁은 침대 위에 누워 있었다. 조금 나이가 들어 보이는 남자가 세르지오의 어깨를 살펴보았다.

"총알이 아직 속에 박혀 있어요. 그리고 혈관 하나가 손상된 것 같습니다."

남자는 피가 묻은 손가락을 수건에 닦으며 말했다.

"자네를 서른 박사한테 데리고 가야겠네. 이미 전화를 해놨어. 그쪽 병원이 자네한테 제일 안전할 걸세." 넬슨이 말했다.

안전하다고? 무엇으로부터? 또 다른 공격으로부터? 알렉스는 다시 무릎이 덜덜 떨리기 시작했다. 코스티디스는 그녀에게 이미 경고를 했지만 그의 말을 믿으려고 하지 않았었다. 이제는 세르지오가 지하 세계와 관련이 되어 있다는 사실을 의심할 필요가 없다. 30분 전에 알렉스는 누군가 세르지오의 목숨을 노리는 현장에 함께 있었고, 운이 좋게 가까스로 모면했다. 그리고 지금 밖에는 중무장한 장정 50명이 대기하고 있다. 알렉스는 자신이 지금 뉴욕 마피아 본부에 와있다는 생각에 기분이 묘했다.

"알겠네. 나탈레는 어디 있나? 나탈레한테……."

세르지오가 고통으로 일그러진 얼굴로 말했다. 넬슨이 손짓을 하자 세르지오는 말을 하다 말았다. 그의 시선이 서류 선반장 옆쪽 벽에 멍하니 서서 두려운 눈빛으로 쳐다보고 있는 알렉스에게 향했다.

"알렉스, 이리 가까이 와."

세르지오는 오른손을 뻗으며 힘겹게 미소를 지었다. 알렉스는 주저하며 그에게 다가가 손을 잡았다. 손이 이상하리만큼 차가웠다. 그의 눈은 열이 날 때처럼 반짝였고 덥지 않은 날씨임에도 땀을 흘렸다. 그는 깊은 부상을 당한 상태에서도 여전히 상황을 잘 주도하고 있었다.

"이런 모습을 보여주게 돼서 유감이야. 하지만 당신은 오늘 내가 왜 보디가드들을 대동하고 다니는지 궁금해했잖아."

세르지오는 얼굴을 찌푸렸다. 알렉스는 잠깐 할 말을 잃었다가 두려움이 뜨거운 분노로 바뀌었다. 알렉스는 잡고 있던 손을 뺐다.

"당신은 이런 일을 예상하고 있었다는 거네요. 그런데 나한테는 그런 얘기를 일절 하지 않았고요. 당신은 날 생명의 위협에 빠트릴 정도로 하찮게 여기는 거잖아요!" 알렉스가 속삭이며 말했다.

"미안해."

알렉스는 주먹을 불끈 쥐었다. 마음 같아서는 그의 무표정한 얼굴에 주먹을 날리고 싶었다.

"지옥에나 떨어져, 세르지오. 난 절대 용서하지 않을 거야."

알렉스가 쏘아붙였다. 그리고 세르지오가 무슨 말을 하기도 전에 뒤돌아 나왔다. 이런 어두침침한 창고 건물, 어두운 남자, 그리고 이런 끔찍한 악몽에서 빠져나오는 것은 빠를수록 좋았다.

*

사우스 브롱크스 모리사니아에 있는 41경찰지구대에 새벽 1시 무렴 비상벨이 울릴 때, 마빈 피네건은 동료들과 함께 카드놀이를 하고 있었다. 비교적 평온한 밤이어서 순찰을 돌지 않는 경찰들은 카드놀이를 하며 시간을 보냈다. 41경찰지구대가 있는 부근은 뉴욕에서 가장 낙후된 지역으로, 반짝거리는 맨해튼의 고층건물 숲과 5번 애비뉴에 자리 잡은 명품 부티크, 그리고 어퍼 이스트사이드에 있는 고급 아파트와는 지구에서 달만큼이나 멀리 떨어진 것같이 느껴지는 곳이었다. 시청 공무원들은 대부분 사우스 브롱크스로 가는 것을 꺼렸다. 그곳에는 부패한 경찰들이 대충 임무를 수행하고 있었다. 그리고 사우스 브롱크스에서 마약은 별로 특이한 것도 아니었다. 구역 전체가 완전히 파산 상태였다. 다 쓰러져가는 집에 거주하는 사람들은 비참하거나 무력하거나, 아니면 이미 체념을 한 사람들이었다. 그래서 마약이 그들의 비참한 삶을 달래주는 역할을 했다. 가족 가운데 최소한 명은 마약 중독자인 가정이 대부분이었다. 대부분의 남자들은 정부에서 주는 몇 푼 안 되는 돈을 술로 탕진해버리기 일쑤였고, 때로는 10명 이상이 모여 사는 작은 집에서는 크고 작은 가족 간의 다툼과 폭행 사건이 심심치 않게 일어났다. 가난과 무기력이 이곳을 무겁게 짓눌렀다. 아무도 건물 유지 보수에 신경 쓰지 않아 허름한 임대 아파트들은 쓰러지기 일보 직전이었다. 심지어 불타버리는 경우도 있었다. 폐허가 된 거리에서 창녀와 매춘 남성, 마약거래상, 어린 깡패들을 만나는 것도 일상이었다. 대부분의 경찰관도 이곳의 주민만큼이나 좌절감에 젖어 있었다. 경찰들이 마약상으로부터 뇌물을 받아먹기도 하고, 가게 주인들에게 보호를 명목으로 돈을 뜯어내기도 했으며, 수시로 병가를 내거나 다른 지역으로 전근 신청을 했다.

마빈 피네건은 16년째 뉴욕의 가장 비참한 구역에서 경찰관으로 근무했다. 그는 이곳에서 태어나고 자랐다. 사우스 브롱크스를 떠난 것은 군대를 가고 경찰대학에 다닐 때뿐이었다. 그는 강력하고 정의로운 경찰로, 그의 이름은 사우스 브롱크스에서 이미 전설이었다. 청렴결백했고 주민을 범죄부터 보호하겠다는 사명감을 갖고 있기 때문이었다.

"마빈!"

새벽 1시 무렵 당직이던 패트릭 피터스 경장이 휴게실 문 사이로 고개를 들이밀었다. "플랫부시 스트리트, 사운드뷰 애비뉴 모퉁이의 주거단지에 거주하는 여자가 좀 전에 전화를 해서 거기에 또 건달들이 나타나서 사람들을 괴롭힌다고 신고했어요. 그래서 내가 행크하고 프레디를 그쪽으로 보냈어요."

피네건은 잠시 주저하다가 카드를 내려놓았다. 손에 풀하우스를 들었지만 어쩔 수가 없었다.

"자, 출동하자고!"

그가 동료 경찰관들을 향해 말했다. 3년째 피네건의 파트너로 활동하고 있는 토마스 가넬리는 흥분된 미소를 감추지 않았다.

"패트릭, 발렌타인하고 번스한테 연락을 해봐. 현장으로 출동하라고 지시해. 사이렌은 울리지 말고 말이야. 오늘밤에 그 나쁜 놈들을 아주 제대로 손봐줘야겠어." 피네건이 재킷을 입으며 말했다.

10분 후, 주거지에서 멀지 않은 막다른 길에 순찰차가 멈춰 섰다. 허물어지기 직전인 건물 안에는 주로 노동자 가족, 마약 중독자, 부랑자, 그리고 불법 도박을 하기 위해 모여든 사람들이 살고 있었다. 피네건과 토마스는 멀리서도 고함치는 소리와 유리가 깨지는 소리를 들을 수 있었다. 두 사람은 허름한 건물 뒤 담장으로 몰래 다가갔다. 고물과 쓰레기에 걸려 넘어지지 않게 조심해야 했다. 두 사람은 불탄 자동차를 지나쳤다. 그 정도는 이곳에서 흔히 볼 수 있는 광경이었다.

피네건은 총을 꺼내들었다. 지난 몇 주 동안 허름한 주거지에서 밤 사이에 주민을 폭행하고 협박하는 사건이 연달아 발생했다. 어떤 집은 두 번이나 방화를 당했는데, 매번 근처에 있는 소화전이 차단되어서 기초벽만 남기고 다 타버렸다. 41경찰지구대 경찰들이 보기에는 의도적으로 주민들을 쫓아내려는 작전으로 보였다. 주민들이 끊임없이 벌어지는 테러에 대한 두려움 때문에 포기하고 이사를 가버리면 굴착기들이 나타나서 건물을 완전히 철거해버렸다. 예전에 아파트였던 곳곳에 이제는 불에 타버린 잔해나 쓰레기더미만 쌓여 있었다.

뉴욕에서 건물을 지을 수 있는 땅은 드물었다. 그래서 언젠가 이곳에는 비싼 아파트나 상가같이 새로운 근사한 건물들이 지어질 것이다. 어쩌면 이 구역이 몇 년 지나 재개발되면 땅을 값싸게 사들인 부동산 투기꾼들이 엄청난 이득을 볼지도 모른다. 하지만 가난한 사람들은 이스트 할렘이나 더 허름한 구역으로 밀려날 것이다.

경찰들은 서로 무선으로 연락을 취하고 건물을 빙 둘러쌌다.

"모두 몇 명이나 되고 지금 어디 있나?" 피네건이 물었다.

"집 안에 있어요. 다섯에서 여섯 명 정도 되는 것 같습니다."

무전기를 든 경찰관이 말했다. 이들은 천천히 건물에 접근했다.

"휘발유 냄새가 진동을 하는군요. 이 건물을 다 불태워버릴 작정인가 봅니다." 토마스가 조용히 말했다.

바로 그 순간 불꽃이 치솟았고, 창문이 벌컥 열리면서 주민들이 소리를 질러댔다.

"소방서에 연락해." 피네건은 이렇게 지시하며 무전기를 켰다.

"다들 전진!"

경찰들이 건물 앞에 도착하자 방화범들이 깨진 현관문을 통해 막

달아나려던 참이었다.

"경찰이다! 멈춰!" 피네건은 소리치며 권총을 뽑아들었다.

토마스는 조명등을 켜서 방화범들을 향해 비추었다. 방화범들은 눈이 부셔 잠시 멈칫하더니 그중 한 명이 무기를 꺼내들었다.

"숙여!"

피네건은 몸을 숙였다. 방화범이 곧장 총을 발사했다. 피네건도 38구경 매그넘을 꺼내 쏘았다. 양심의 가책이나 잠깐의 머뭇거림은 이런 상황에서 치명적일 수 있었다. 그의 뒤에서 신음소리가 들려왔고, 곧이어 조명등이 꺼졌다. 다른 경찰관들은 합창단원처럼 얌전히 서 있던 다른 다섯 남자를 덮쳤다.

"토마스? 이봐, 토마스!"

피네건은 파트너를 향해 걱정스럽게 몸을 숙였다.

"총에 맞은 것 같아요." 토마스가 신음 소리를 내며 속삭였다.

"젠장! 구급차가 필요해! 토마스가 총에 맞았어!"

피네건이 일어났다. 경찰관 두 명이 달려왔다. 손전등 불빛에 피네건은 토마스가 배에 총알을 맞았다는 사실을 확인했다. 그는 너무 급한 나머지 방탄조끼를 착용하는 것을 깜빡했다.

"이런 빌어먹을. 토마스, 제발 조금만 견뎌줘! 제발 견뎌! 지금 병원으로 데려다줄게. 금방 다시 좋아질 거야."

그는 친구이자 파트너의 얼굴을 토닥였다. 토마스는 엷은 미소를 지었다. 멀리서 소방차 사이렌 소리가 들렸다. 구경꾼도 모여들었다. 건물의 깨진 지하실 유리창 사이로 매캐한 연기가 새어나왔다. 경찰관들은 다섯 남자를 그래피티가 그려진 건물 벽에 세우고 무기가 있는지 수색한 후 수갑을 채웠다. 지미 솜스가 피네건이 쏜 총에 맞아 바닥에 쓰러진 남자에게 몸을 숙이고 상태를 살펴보았다.

"구급차는 필요 없겠어. 이미 죽었어."

솜스는 이렇게 말하며 총을 총집에 넣었다.

피네건은 보슬비가 내리는 가운데 부상을 당한 파트너 옆에 쭈그리고 앉아 구급차가 도착하기를 기다렸다. 그는 토마스의 입가에 가느다란 핏줄기가 흘러내리는 것을 보았다. 그의 눈빛이 흐릿해지자 가망이 없다는 것을 예감했다. 토마스는 이제 갓 28살이었다.

＊

지구대에 도착하자 동료 경찰이 총에 맞았다는 소식이 이미 다 퍼졌다. 경찰서 안은 평소 이 시간 무렵과 달리 상당히 혼잡했다. 사우스 브롱크스에서 강제 퇴거 활동을 하던 방화범들이 체포되고, 그 와중에 경찰관 한 명이 총에 맞았다는 소식을 듣고 기자들이 구름처럼 모여들었다. 오맬리 경위가 피네건과 마주쳤다.

"자네도 믿어지지 않을 걸세. 방화범 중 한 명이 세르지오 비탈리의 아들이라고 하네. 맨해튼의 그 부동산 갑부 말이야."

"세상에, 정말 굉장하군."

피네건은 냉랭한 미소를 지었다. 그는 기다리던 기자들의 질문에 대답을 하지 않은 채 지나쳐서 지하 조사실에서 피터스 경위와 마주했다.

"토마스 일은 정말 안됐어. 포드햄 대학병원으로 이송됐어."

피터스가 안타까운 마음으로 말했다.

"그놈 중 한 명이라도 해치워 그나마 다행이군."

"그래, 얘기 들었네. 머리에 정통으로 맞았다고."

피터스는 고개를 끄덕였다.

"하지만 너무 늦었어. 그놈이 벌써 토마스를 향해 발사한 뒤였지."

피터스는 피네건을 유심히 살펴본 후 그의 어깨를 두드렸다.

"오늘은 그만 쉬는 게 좋겠네."

"아니, 난 토마스의 상태가 어떤지 알 때까지 여기 있을 걸세. 난 괜찮아. 가만히 있을게, 알았지?" 피네건이 말했다.

"알았어. 그나저나 자네들이 거물을 낚은 것 같네. 이번에 정말로 배후세력을 잡을 것 같다는 생각이 드는군."

피터스는 고개를 끄덕이며 말했다.

"나도 이미 들었네. 세르지오 비탈리의 아들이라고. 시장님한테 우선 알려 드리는 것이 좋을 것 같아. 아주 좋아하시겠는걸." 피네건이 말했다.

"그건 트레멜 지구대장님이 결정할 일이야. 이쪽으로 오시는 중이네." 피터스가 말했다.

피네건은 재킷을 옷걸이에 걸고 다섯 방화범이 구금되어 있는 조사실로 내려갔다. 피터스 경위는 41경찰지구대의 지휘관인 트레멜 지구대장에게 밤에 일어난 사건에 대해 보고하기 위해 상황실로 올라가는 길에 멘도자와 솜스와 마주쳤다.

"세르지오 비탈리의 아들은 어디 있나?"

피네건이 물었다. 멘도자는 피네건의 단호한 눈빛을 보고 책상 맞은편에 있는 문 쪽을 향해 고개를 끄덕였다.

"난 그럼 커피나 가져와야겠군……."

*

체사레 비탈리는 조롱하는 미소를 지으며 자기를 둘러싼 3명의 경찰관에게 당당하게 보이려고 애썼다. 하지만 피네건은 체사레의 짙은 눈동자에서 두려움을 읽을 수 있었다. 그는 체사레의 눈빛을 보고 마약에 취해 있다는 것을 알았다. 하지만 체사레는 이곳에 사는 불쌍한 녀석들처럼 크랙(코카인의 일종으로 값이 저렴함-옮긴이 주)을 피우거나 헤로인 주사를 맞은 것이 아니라 코카인을 흡입했다. 멘도자와 솜스가 문 앞에 딱 버티고 섰다.

"전화를 좀 걸어야겠어요!" 체사레가 말했다.

"지금은 안 돼." 피네건이 태연하게 말했다.

"나는 전화를 걸 권리가 있다고요."

"쓸데없는 소리 지껄이지 마."

피네건은 능글거리는 이런 이탈리아 녀석들이 싫었다. 그는 부잣집 아들이 비싼 가죽 재킷을 입고 머리에 젤을 바르고 떵떵거리며 비싼 차를 타고 이 근방에 어슬렁거리며 나타나는 꼴이 보기 싫었다. 그리고 코카인 중독자를 혐오했다.

"어이, 경찰 나리, 나는 변호사하고 통화하고 싶다고."

체사레는 의자 뒤로 등을 기댔다. 피네건은 '경찰 나리'라고 불리는 것도 딱 질색이었다.

"내가 얘길 하면 자리에 일어나야지, 이 스파게티 녀석아."

체사레는 어이없다는 눈빛으로 다른 경찰관들을 쳐다본 후 미소를 지었다.

"엿 먹어, 이 짭새야."

피네건은 이 순간만을 기다렸다. 그는 단번에 체사레한테 다가가서 재킷을 잡았다. 이 오만방자한 어린 놈 때문에 토마스가 심각한 중상을 입었다고 생각하니 분노가 끓어올랐다. 피네건은 체사레가 바닥에 쓰러질 정도로 세게 따귀를 날렸다.

"너 방금 뭐라 그랬어?"

피네건이 다정하게 물었다. 그는 아주 침착하게 고무 곤봉을 꺼내서 손바닥을 툭툭 쳤다.

"당신들이 날 어떻게 대우했는지 우리 아버지가 알면 모두 옷 벗을 줄 알아요."

체사레는 이렇게 말했지만 눈은 두려움으로 가득했다. '겁쟁이'라고 피네건은 속으로 생각했다.

"어머, 너무 무서워서 무릎이 덜덜 떨리네요."

피네건은 일부러 눈을 크게 뜨며 두려움에 떠는 척했다. "오늘 밤네가 우리 구역에 뭐 하러 왔는지 알고 싶다고, 이탈리아 쥐새끼야!"

"변호사 없인 아무 말도 하지 않겠어요."

체사레는 팔짱을 끼고 고집스러운 얼굴 표정을 지었다. 피네건은 아무렇지 않게 고무 곤봉으로 체사레의 어깨를 내리쳤다. 체사레는 비명을 지르며 몸을 웅크렸다. 피네건은 체사레가 신음 소리를 내며 제발 봐달라고 사정할 때까지 내리쳤다.

"이 쥐새끼야. 이제 어서 말을 해봐. 안 그럼 정말 힘들어질 거야."

피네건이 차분하게 말했다. 체사레의 볼에는 눈물이 주르륵 흘러내렸다. 당당한 태도는 온데간데없었다.

"이런, 울고 있네! 너 여자니? 아니면 혹시 게이야?"

피네건이 말했다. 체사레의 눈에 잠깐 분노가 스쳐 지나갔지만 두려움이 더 컸다.

"난 아무 말도 안 할 거예요. 당신, 무사하지 못할 줄 알아요."

"혹시 왜 그런지 물어봐도 될까요?"

피네건의 목소리는 아주 부드러웠다.

"날 때렸잖아요!"

"뭐라고?"

피네건은 의아한 표정으로 그저 미소만 짓고 있는 동료들을 향해 뒤돌아보았다. "얘가 내가 자기를 때렸다고 하네! 솜스, 멘도자, 자네들 생각은 어때?"

"피네건한테 맞은 녀석들이 어떤 몰골인지 알고나 하는 소리야?"

멘도자가 히죽 웃으며 체사레를 향해 말했다. 체사레는 당황한 표정으로 쳐다보았지만 곧 상황을 깨달았다. 이 경찰들은 자기편을 들어줄 증인이 아니었다. 코카인을 들이마셔서 황홀했던 기분은 갑자기 사라져버렸다. 경찰관이 폭행했다고 주장해도 믿어줄 사람은 아무도 없었다. 그는 범죄 혐의자이기 때문에 그의 말이 법정에서 신빙성이 높을 리가 없었다. 아버지를 언급해서 협박을 하는 것도 통하지 않았다. 체사레는 자기가 체포된 것을 아버지가 알면 분노로 폭발할 것임을 알고 있었다. 그는 또다시 사고를 치고 말았다. 이번에는 제대로 걸려들었다. 아들이 한 짓을 생각하면 아버지는 절대 도와주려 하지 않을 것이다.

"너희 빌어먹을 이탈리아 놈들이 내 파트너를 쐈어. 우린 우리한테 총질 하는 것들은 아주 질색이거든."

피네건이 차가운 목소리로 말하며 소매를 접어 올렸다. 체사레는 공포에 사로잡힌 표정으로 주위를 두리번거렸다. 피할 곳이 없었다. 문 앞에 서 있던 경찰관 두 명은 등을 돌려버렸다.

"이제 그 빌어먹을 주둥아리 좀 열지 그래. 아니면 너도 입을 터는 것보다 차라리 뒈지길 바라는 그런 마피아 돼지야?"

피네건이 쏘아붙였다. 고무 곤봉이 또 날아왔고 체사레는 코뼈가 부러지고 입술이 터졌다. 그는 처음 맞은 인생 최대의 위기에 너무나 두려운 나머지 바지에 오줌까지 지렸다.

"난 아무것도 몰라요! 제발요! 정말 아무것도 모른다고요!"

체사레가 울부짖었다.

"이상하네. 근데 왜 난 네가 거짓말을 하고 있다는 느낌이 들지? 난 거짓말하는 사람은 딱 질색인데 말이지."

또다시 구타가 이어졌다. 고무 곤봉 세례가 온몸에 퍼부어지자 체사레는 입에서 피 맛을 느꼈다. 그리고 입에서 부러진 치아 하나를 뱉어냈다. 피네건이 또다시 고무곤봉을 집어 들었다.

"안 돼요! 제발 때리지 마요! 내가 아는 거 다 얘기할게요!"

체사레는 얼굴을 팔로 가렸다

"그 봐. 진작 그럴 것이지. 그럼, 어서 말해봐."

피네건은 배시시 미소를 지었다.

*

마틴 서튼 박사의 개인병원은 사우스햄튼에서 몇 킬로미터 떨어진 롱아일랜드의 커다란 공원에 사람 키만큼 높은 울타리에 둘러싸여 있었다. 서튼은 세계적으로 유명한 전직 외과의사로서 오랫동안 어퍼 이스트사이드에 있는 마운트 시나이 병원에서 근무했다. 하지만 불법 낙태 수술 중에 환자가 죽는 사고가 일어난 뒤 그만두었다. 그나마 정치계의 인맥 덕분에 의사협회에서 방출되고 의사 면허가 취소되는 징계는 겨우 면할 수 있었다. 그는 롱아일랜드에 빌라를 구입해서 개인병원으로 개조한 후 성형외과 의사로서 다시 이름을 떨쳤다. 전 세계의 미인들이 그의 환자였다. 고객들은 그가 가진 최고의 의술과 환자의 비밀 보호를 높이 샀다.

서튼은 오랜 친구인 세르지오 비탈리를 이미 여러 차례 도와준 적이 있었다. 경찰이나 다른 조직과 총격전을 벌이다가 다친 그의 부하들을 치료해주곤 했다. 과묵한 서튼은 비참한 낙태 사고가 일어났을 때 세르지오가 자기를 위해 해준 일을 결코 잊지 않았다. 사람들은 스타 외과의사였던 그의 이름이 연일 부정적인 기사에 오르내리자 외면했지만, 세르지오는 주저하지 않고 그의 곁에 있어주었고, 자신의 인맥을 동원해서 그를 도와주었다. 서튼은 전적으로 세르지오 덕분에 지금껏 의사로 활동할 수 있었다.

서튼은 새벽 1시에 단잠에 빠져 있다가 넬슨 반 미렌이 다급히 깨우자 무슨 일인지 물어보지도 않고 곧장 병원으로 갔다. 만약 세르지오가 무슨 일인지 이야기를 해주면 고마운 일이었지만, 아무 말이 없어도 서튼은 굳이 물어보지 않았다. 그는 당직 의사에게 수술 준비를 해놓으라고 지시했다. 넬슨의 말에 따르면 세르지오가 심한 부상을 당한 눈치였다. 세르지오는 새벽 2시 반에 도착했는데, 이미 피를 많이 흘린 상태였다. 그는 참을성이 정말 대단했다. 서튼이 상처 부위를 살펴볼 때 한 번도 신음 소리조차 내지 않았다. 서튼이 세르지오의 어깨를 엑스레이 촬영을 하는 동안 간호사가 수혈을 준비했다.

"당장 수술을 해야겠어요." 서튼이 결정을 내렸다.

"내일 아침에 중요한 회의가 있어요."

세르지오가 말했다. 그의 입술은 종이처럼 바싹 말랐고 의식이 혼미하고 힘이 없었다. 처음에는 상처가 그리 심한 줄 몰랐는데 출혈이 멈추지 않았다. 하지만 가장 심한 고통은 온몸에 퍼지는 극심한 오한이었다.

"피를 너무 많이 흘렸어요. 총알이 동맥을 건드렸어요. 회복해서 다시 걸으려면 며칠 걸릴 겁니다." 서튼은 고개를 저으며 말했다.

"혈압은 120에 65입니다." 간호사가 말했다.

"확장기 혈압이 80이 되면 수술을 합시다. 존슨 박사한테 연락해서 마취를 준비해달라고 해주세요."

서튼은 혈액 봉투를 교체했다. 간호사는 고개를 끄덕이며 밖으로 나갔다. 서튼은 걱정스러운 표정으로 수혈되는 피가 곧장 어깨의 상처로 도로 흘러나오는 모습을 지켜보았다. 더는 기다릴 수 없었다. 그렇지 않으면 세르지오는 그의 손에서 과다출혈로 죽을 것이 분명했다. 마침내 마취과 의사가 안으로 들어왔다. 그 역시 아무런 질문도 하지 않았다. 두 의사는 함께 세르지오의 수술을 준비했다.

*

넬슨은 브루클린에 있는 창고 건물 사무실에 있는 마시모에게 전화를 걸었다.

"마시모, 어머니한테 연락을 해라. 상태가 별로 좋지 않다."

넬슨은 가능한 자신의 걱정을 드러내지 않고 말하려 애썼다.

"여긴 더 안 좋아요. 체사레가 브롱크스에서 체포됐어요. 실비오의 부하들을 데리고 건물에 불을 질렀대요." 마시모가 대답했다.

"뭐? 이런!"

넬슨은 몸이 싸늘하게 굳어버렸다. 대체 오늘은 무슨 마가 낀 날일까? 항구에서의 마약 단속 사건이 벌어진 뒤 예감이 좋지 않았다. 세르지오에게 우려를 나타내자 세르지오는 그를 비웃기만 했다. 하지만 이번에는 보스가 착각했다. 오르테가는 단호하게 복수극을 펼쳤다. 넬슨은 세르지오에게 이런 테러를 가할 자는 오직 그 콜롬비아 놈밖에 없다는 생각이 들었다. 그런데 운 나쁘게도 이제 체사레까지 체포되었다! 정말 설상가상인 상황이었다. 넬슨은 내일 신문에 날 머리기사가 벌써 눈에 선했다.

'내가 점점 나이가 들어 쇠약해진다는 세르지오의 말이 맞는지도 모르겠다. 20년 전만큼 그렇게 정신력이 강하지가 않아.' 넬슨은 이런 생각이 들면서 시골에 있는 자기 집, 아내, 아이들과 손자들이 보고 싶었다. 난 대체 여기서 뭘 하고 있는 것일까? 세르지오는 어차피 그의 말에 더는 귀 기울이지 않았다.

"저는 일단 어머니께 연락을 하지 않을 생각입니다. 하지만 브롱크스로 가셔서 체사레를 꺼내 오시는 게 좋겠어요. 체사레가 헛소리를 지껄이기 전에 말이죠." 마시모가 말했다.

"엄청난 보석금을 요구할 텐데." 넬슨이 걱정했다.

"상관없어요. 어서 가세요. 실비오 편에 돈을 두둑이 챙겨서 보낼게요. 또 무슨 허튼 짓을 저지르기 전에 체사레를 당장 꺼내 와야 합니다." 마시모가 말했다.

"알았네. 루카는 여기 남겨두지."

"네, 알겠습니다. 아버지는 좀 어떠세요?"

"지금 수술을 받고 계셔. 총알이 동맥을 관통했지. 피를 엄청 많이 흘렸네."

"아버지는 워낙 강직한 분이라 잘 이겨내실 겁니다."

넬슨은 이런 상황에서 마시모의 목소리가 세르지오와 아주 비슷하다는 사실을 깨달았다. 그는 모든 상황을 잘 통제하고 있는 듯 보였다. 그래도 세르지오가 무력한 상황에서 더는 아무 일도 일어나지 않기를 바랐다.

닉 코스티디스는 새벽 3시에 전화벨이 울리자 잠결에 전화기를 향해 손을 더듬거렸다. 그의 개인 전화번호를 아는 사람은 극소수이기 때문에 프랭크의 목소리를 듣고도 그다지 놀라지 않았다.

"프랭크, 자넨 잠도 안 자고 뭐 하나?"

그는 조용히 전화를 받으며, 잠결에 뒤척이는 메리를 쳐다보았다.

"가끔 잠을 자기는 합니다. 모스크바 시장님 방문 일정을 짜고 있습니다." 프랭크 코헨이 대답했다.

"무슨 일인데?" 코스티디스는 하품을 하며 눈을 비볐다.

"누구예요?" 메리가 잠에 취한 목소리로 물었다.

코스티디스는 손으로 전화기를 가렸다.

"프랭크요."

"41경찰지구대 트레멜 대장이 전화를 했습니다. 오늘 밤에 브롱크스에서 불법적으로 주민 강제 퇴거 활동을 하던 세르지오 비탈리의 아들이 체포된 것 같습니다. 그리고 경찰 한 명이 중상을 입었구요. 시장님께서 관심 있어 하실 것 같아 연락드렸습니다."

프랭크가 보고했다. 코스티디스는 잠이 싹 달아났다. 그랬다! 드디어 세르지오 비탈리를 잡아넣을 절호의 기회가 온 것이 아닐까?

"그게 언제였나? 벌써 판사 앞에 섰나?" 코스티디스는 불을 켰다.

"아니요. 내일 아침 일찍 판사가 구속영장 발부 심사를 할 겁니다. 41경찰지구대 소속 경찰들이 체사레와 공범자들을 본보기로 삼으려는 것 같습니다. 경찰들이 그 지역 주민들에게 테러를 가하고 건물에 방화를 하는 조직원들을 몇 달째 추격하고 있었답니다."

"내가 당장 그리로 가지." 코스티디스가 말했다.

"아, 그리고 시장님 한 가지 더 있어요. 범인들이 노린 집들은 전부 모리사니아하고 헌츠 포인트에 있어요. 웨스트체스터 애비뉴와 보스턴 로드 사이에 말입니다. 혹시 뭔가 집히는 데가 있으세요?"

프랭크가 물었다.

"아니, 아직은 잘 모르겠네."

"지난해에 우선적으로 재개발 프로젝트로 선정된 지역입니다."

"그래서 자네가 하고 싶은 말이 뭔가?"

"주거지를 습격한 일당의 배후에 만약 세르지오가 있다면, 그자가 재개발계획을 알고 있었다는 말입니다."

코스티디스는 프랭크가 하려는 말을 이해하자 저도 모르게 몸이 떨렸다. 또다시 내부 스파이의 짓이었다.

"무슨 일이 생겼어요? 정말 나가야 되는 일이에요?"

메리가 불빛에 눈이 부셔 눈을 깜빡거리며 말했다.

"세르지오 비탈리의 아들이 체포됐다는구려. 이제 그놈을 마침내 잡아넣을 절호의 기회인지도 모르겠소."

코스티디스의 눈이 반짝거렸다. 그는 세르지오를 잡아들이는 데 혈안이 돼 있었다. 메리는 남편이 검사 직을 그만둘 때 이런 일이 끝날 줄 알았는데 그렇지 않았다. 자나깨나 그 생각이었다. 메리는 언젠가 그자 때문에 불행을 겪게 될지도 모른다는 막연한 불안감에 휩싸였다.

"가지 말아요! 이제 당신 일도 아니잖아요!"

"메리! 난 20년째 그놈을 쫓고 있어요. 매번 잡을 뻔한 순간에 그놈은 날 비웃으며 빠져나갔지. 하지만 오늘 밤은 더는 그러지 못할 것 같구려!"

코스티디스는 신발 끈을 묶기 위해 침대 가장자리에 걸터앉으며 말했다.

"무서워요. 당신한테 무슨 일이 생길까봐 무서워요."

"걱정 마요. 아무 걱정할 필요 없소. 2시간 후에 돌아오리다."

그는 침대에서 일어났다.

세르지오의 아들을 통해 세르지오를 잡아넣게 될지도 모른다는 생각에 코스티디스는 전율했다. 그는 세르지오가 매번 그의 손아귀에서 유유히 빠져나갔던 순간을 떠올렸다. 그리고 그가 부하들과 함께 몇 날 며칠이나 세르지오의 범죄 혐의를 입증하기 위해 보낸 시간을 생각했다. 그런데 그는 이상하게도 갑자기 알렉스 존트하임이 떠올랐다. 시티 플라자 호텔에서 처음 만난, 정체를 알 수 없는 이 미모의 여성은 이후에도 쉽사리 그의 머리에서 떠나지 않았다.

코스티디스는 서둘러 옷을 입었다. 양복과 넥타이 대신에 옷장에서 흰 티셔츠와 가죽 재킷을 꺼내 입었다. 메리는 걱정스러운 표정으로 계단을 내려가는 남편을 지켜보았다. 두려움에 심장이 쪼그라드는 것 같았다. 그녀는 수천 번도 넘게 남편이 그냥 시골의 작은 우체국 직원이면 얼마나 좋을까 생각하곤 했다. 메리는 이런 잔인하고 폭력이 난무하는 이 도시가 싫어졌다. 현관문이 잠기는 소리가 들리는 순간 메리는 결국 울음을 터트렸다.

*

새벽 4시 무렵, 한 승용차가 마치 요새 같은 41경찰지구대 건물이 있는 심프슨 스트리트에 멈춰 섰다. 보슬비가 내리는 가운데 건물 앞 계단에는 기자들이 몰려 있었다. 코스티디스는 가죽 재킷과 청바지로 위장했지만 기자들이 금세 알아보았다. 여기저기서 카메라 플래시가 터졌다. 조명등 두 개도 어두운 밤을 밝혔다. 기자들이 그에게 달려들어 질문 세례를 퍼부었다.

"세르지오 비탈리 씨의 아들이 체포됐다는 사실이 맞습니까?"

"부상당한 경찰의 생존 여부에 대해 아십니까?"

"세르지오 비탈리씨가 오늘 밤 총격을 당한 것에 대해 어떻게 생각하십니까?"

"이번 총격 사건이 항구에서 마약이 적발된 사건과 관련이 있다고 보십니까?"

코스티디스는 말없이 기자들 틈을 헤집고 41경찰지구대 안으로 들어가며 숨을 깊이 들이마셨다.

"기자들이 무슨 총격을 말하는 건가?"그가 프랭크에게 물었다.

"저도 모르겠습니다."

프랭크는 어깨를 으쓱했다. 41경찰지구대의 트레멜 대장이 걱정스러운 표정으로 다가왔고, 뉴욕경찰청 차장인 루카스 모건이 뒤따라왔다. 코스티디스는 모건을 보고 의아했다. 그가 경찰청을 벗어나는 것은 극히 이례적인 일이기 때문이었다. 제롬 하딩과는 달리 모건은 나다니기를 좋아하는 사람이 아니라 진정한 공무원으로서, 끈기 있고, 조용히 성공에 이르는 계단을 하나하나 밟고 올라가, 언젠가는 하딩의 자리를 차지하기를 기다리는 그런 사람이었다. 코스티디스는 두 사람에게 인사를 했다.

"기자들이 세르지오 비탈리가 밤에 습격을 당했다고 하던데, 맞소?"

"51번 스트리트에서 자정이 조금 지나서 총격 사건이 있었습니다. 주민들이 신고를 했는데 부상자는 없었어요. 감식반에서 담장에 박힌 총알을 발견했고 레스토랑 출입문도 파손됐어요. 목격자들의 말에 따르면 지나가던 차 안에서 레스토랑에서 나온 남자 셋과 여자 한 명을 향해 기관총이 발사됐다고 합니다."

모두 함께 지구대장의 사무실로 걸어가면서 모건이 설명했다. 남자 셋과 여자 하나? 알렉스! 코스티디스는 세르지오 비탈리가 브루클린의 마약 사건과 관련이 되어 있다는 생각이 들었다.

"그래서 어떻게 됐소?" 코스티디스가 물었다.

"남자들과 여자는 리무진을 타고 가버렸습니다. 그런데 오늘 밤 총격으로 다친 사람이 들어왔다는 병원은 없었어요. 저희는 그가 비탈리씨였는지도 정확히 모릅니다. 레스토랑 주인은 그가 식사를 하러 왔는지 기억나지 않는다고 하더군요."

모건은 어깨를 으쓱하며 말했다.

"새로운 소식이 들어오는 대로 제게 바로 알려주세요."

코스티디스가 말했다. 그 여자가 만약 알렉스였다고 해도 다치지 않아 다행이라는 생각이 들었다.

*

"드 랜시 검사님?"

맨해튼 연방검사는 귀와 어깨 사이에 수화기를 끼고 잠에 취해 안경과 조명 스위치를 향해 손을 더듬거렸다.

"네…… 그렇습니다만, 누구십니까?"

그는 잠긴 목소리를 가다듬었다.

"마시모 비탈리입니다."

존 드 랜시는 잠이 확 달아났다. 가슴이 뛰기 시작했다.

"드 랜시 검사님, 오늘 밤에 제 동생이 브롱크스에서 체포됐어요.

동생이 당장 풀려날 수 있도록 부탁드립니다."

마시모가 무뚝뚝한 목소리로 말했다.

"나는…… 그게…… 왜 나한테 전화를 하는 거죠?"

존 드 랜시는 마시모의 말투가 마음에 들지 않았다. 게다가 세르지오가 아닌 다른 사람이 자기와 세르지오가 맺은 은밀한 약속을 알고 있다는 사실에 놀랐다. 공식적으로 세르지오는 절대 그의 친구가 아니었다. 작년에 일어난 주커먼 사건 이후에는 더욱더 그랬다. 드 랜시는 세르지오와 직접적인 접촉만 했기 때문에 아무것도 모르는 척했다. 이 전화는 함정일 수도 있기 때문이다.

"아버지께서 1시간 전에 총격을 당해서 지금 병원에 계십니다. 지금 아버지를 이 일 때문에 성가시게 할 상황이 아니에요. 우리는 검사님의 도움이 필요합니다. 지금 당장요! 제 동생은 감옥에 가면 안 된다고요, 아시겠어요?" 마시모가 재촉했다.

"내가 뭘 어떻게 하길 바랍니까? 당신들도 분명히 변호사가 있을 텐데……."

"저는 검사님이 우리 아버지에게 갚아야 할 빚이 있다는 거 알고 있어요."

마시모는 거칠게 말을 끊어버렸다. 예의바르게 굴기에는 시간이 촉박했다. 드 랜시의 머리는 빠르게 돌아가기 시작했다. 그가 정말로 한밤중에 경찰서로 달려가 어떤 범죄를 저질러서 체포된 사람을 그냥 풀어주게 할 수 있을까? 사실 검사는 그 정반대 일을 하는 사람이었다.

"내가 할 수 있는 일이 뭔지 알아보죠."

드 랜시는 이렇게 대답했고 마시모는 전화를 끊었다. 30초도 채 지나지 않아 또다시 드 랜시의 전화벨이 울렸다. 드 랜시 사무실에서 근무하는 한 젊은 검사가 마시모가 조금 전에 했던 말을 확인해주었다. 주거용 건물 방화 사건이 일어났는데 경찰 한 명이 총에 맞고, 범인 한 명이 사망했다. 체포된 자 중에 세르지오의 아들도 있고, 41경찰지구대에서는 검사를 보내달라고 부탁했다. 드 랜시는 진퇴양난에 빠졌다. 그는 실제로 세르지오에게 빚을 지고 있었지만, 이런 민감한 사안에 자신을 노출시키는 것은 상당히 불편한 일이었다. 비록 세르지오에게 도움을 주겠다고 약속을 한 적은 있지만 어디까지나 뒤에서 도와주겠다는 의미였다. 하지만 다른 한편으로 생각해보면 별일 아닐 수도 있었다. 사우스 브롱크스에는 그런 사건이 워낙 빈번하게 일어나서 크게 신경을 쓰는 사람이 없었다. 비 내리는 밤에 41경찰지구대에 나타나서 누군가 구속되기를 기다리는 기자는 아마 한 명도 없을 것이다.

"내가 직접 그리로 가지."

그는 그렇게 말했다. 젊은 검사는 그런 대답이 의아했다. "내가 직접 처리하는 것이 좋겠어. 지금 언론은 세르지오 비탈리에 관한 일이라면 아주 민감하게 반응하고 있기 때문에 우린 어떤 실수도 하면 안 돼."

*

패트릭 피터스 경위는 식은땀을 흘렸다.

"그렇게 할 수는 없습니다. 불가능해요……." 그가 조용히 말했다.

"좋은 방법이 떠오를 겁니다. 여기 3장 준비했어요. 일이 잘 끝나면 3장을 더 드리죠."

루카 디 바레세는 미소를 짓지 않았다. 피터스는 침을 꿀꺽 삼켰다. 루카는 그를 재촉하듯 쳐다보았다. 루카는 지금 자기가 하는 일이 썩 내키지는 않았지만 브루클린에서 시내로 돌아가는 차 안에서 보스가 내렸던 명령은 너무나 확고했다. 세르지오는 막내아들이 언젠가는 사고를 치고 감옥에 가게 될 것이라는 사실을 예감했다. 그리고 그는 아들이 비겁하게 두려움에 떨며 감옥에서 모든 사실을 털어놓을 것도 예상했다. 보스는 자기 사업을 보호하기 위해 아들을 희생시킬 마음의 준비가 되어 있었다. 루카의 바람과는 달리 그런 상황이 실제로 일어나고 말았다. 지금은 세르지오 비탈리가 결정을 내릴 수 있는 상황이 아니고 마시모와 실비오, 넬슨이 이 일을 알면 안 되기 때문에 보스의 명령을 수행하는 것은 전적으로 그에게 달렸다. 피터스 경위는 몇 분 망설이더니 결국 돈뭉치를 받았다.

"그러니까…… 죽어야 한다는 말이죠. 제가 이해를 한 게 맞다면."

그가 속삭였다.

"그렇습니다."

루카는 무표정한 얼굴로 고개를 끄덕였다. 그런 후 41경찰지구대 주차장에서 아무도 보지 못하게 빠져나와 롱아일랜드로 향했다.

＊

트레멜 지구대장은 지난밤에 일어난 사건들에 대해 보고했다.

"세르지오 비탈리의 아들이 입을 열었습니다."

트레멜이 낮은 목소리로 이렇게 말하자 코스티디스는 등골에 소름이 돋았다. 믿어지지가 않았다. "우연히 함께하게 됐다고 했습니다. 놈들은 실비오 바키오키라는 자의 지시로 건물을 습격하고 방화를 했습니다. 실비오라는 자는 세르지오의 행동대장이라는 건 우리도 이미 오래 전부터 알고 있었습니다. 사소한 사건으로 전과가 몇 건 있는데 덕분에 우리 전산에 기록이 올라와 있습니다."

"그렇다면 세르지오와 관련되어 있다는 얘기군요."

코스티디스가 말했다. 그는 평정심을 유지하기가 힘들었다.

"그러게요. 이미 실비오에 대한 구속영장을 신청했고 몇 가지 질문을 할 예정입니다. 체사레는 우리에게 몇 가지 결정적인 정보를 줬어요." 모건 차장은 천천히 고개를 끄덕이며 말했다.

"그 애가 그런 얘기를 다 술술 풀어놨단 말입니까?"

코스티디스가 믿을 수 없다는 듯이 물었다.

"그냥 순순히 털어놓은 건 아닙니다. 저희 경찰관들이 상당히 흥분한 상태입니다. 동료 한 명이 작전 중에 총에 맞아 심한 부상을 당했거든요. 그래서 세르지오 비탈리 아들에게 좀 압박을 가했죠. 그랬더니…… 음…… 입을 열었어요." 트레멜은 잔기침을 하고 말했다.

"강요된 자백이에요. 그런 자백은 법정에서 아무 의미가 없어요."

모건이 말했다.

"상관없어요. 비탈리와의 관련성을 파악한 것으로 됐어요."

코스티디스가 거칠게 말했다.

그때 노크 소리가 들렸다. 당직 경위였다.

"대장님, 변호사가 와서 체사레 비탈리에 대한 보석을 신청했습니다." 당직 경위가 보고했다.

"아직 보석금이 확정되지 않았네. 내일 아침이 돼야 판사 앞에 서게 될 걸세." 트레멜이 대답했다.

"그 녀석은 지금 제정신이 아닙니다. 이건 불법 감금이고 공갈협박이라며 지금 고래고래 소리를 지르고 있습니다."

경위는 얼굴을 찌푸렸다.

"우리가 24시간 동안 데리고 있을 수 있다고 전하게. 주거 침입, 방화, 상해, 공무집행방해, 기타 등등의 혐의가 있지. 내일 판사를 만날 때까지는 여기 있어야 한다고 하게."

"알겠습니다." 경위는 다시 사라졌다.

"우리가 저 녀석을 체포했다는 걸 변호사가 대체 어떻게 아는 거죠? 전면 보도금지령을 내렸는데도!"

트레멜이 짜증 섞인 말투로 말했다.

"기자들도 이미 알고 있잖나." 모건이 말했다.

"세르지오의 손이 41경찰지구대까지 뻗친다는 뜻이겠죠."

코스티디스가 한숨을 내쉬었다. 누군가 체사레의 아버지인 세르지오한테 연락을 한 것이다. 공무원, 아니 어쩌면 경찰일 수도 있다. 세르지오의 뇌물 리스트에 오른 자는 도처에 도사리고 있다. 이곳뿐만이 아니라 그가 일하는 시청 안에도.

*

경찰 지구대 근처에서 시끄러운 소리가 들렸다. 체사레의 변호사가 경찰들과 실랑이를 벌이고 있는 중이었다. 담당 경사는 당장이라도 도망치고 싶은 얼굴 표정이었다. 경찰관 3명이 문 앞에서 기자들이 건물 안으로 들이닥치는 것을 막고 있었다.

"당장 내 의뢰인을 만나게 해줘요! 의뢰인은 변호사의 도움을 받을 권리가 있다고요!"

변호사가 고래고래 소리를 질렀다. 코스티디스는 멈춰 섰다.

"안녕하시오, 넬슨 변호사님. 뭣 때문에 이렇게 흥분하셨소?"

코스티디스가 차분하게 인사를 건네며 말했다. 넬슨은 뒤돌아서서 어이없다는 표정으로 그를 뚫어지게 쳐다보았다. 하지만 이내 마음을 가라앉혔다.

"시장님! 시장님이 벌써 여기 와 계실 줄 알았어요!"

그는 아무리 큰 재판장이라도 구석에까지 들릴 만한 특유의 변호사다운 목소리로 말했다. 코스티디스와 넬슨은 여러 번 재판장에서 마주선 적이 있었다. 검사로서 코스티디스는 번번이 넬슨에게 지곤 했다. 하지만 오늘 저녁에는 이상하게 승리를 할 것만 같은 생각이 들었다. 그것은 아마도 넬슨이 특유의 침착함과 평정심을 잃은 듯 보였기 때문이다. 그의 눈에는 공포가 깃들어 있었고 그새 많이 늙어 보였다. 너무 급하게 살을 뺀 뚱뚱한 남자들처럼 얼굴 살은 쪽 빠졌지만 뱃살은 아직 남아 있고 아파 보였다. 양복도 너무 헐렁했다.

"변호사님도 벌써 오셨군요. 보도금지령이 내려졌는데도 말입니다. 소식통이 여전히 잘 작동하고 있는 모양이군요."

코스티디스가 대꾸했다.

"내 의뢰인과의 접견을 요구합니다."

넬슨은 코스티디스의 말에 대답하지 않고 말했다. 지구대 건물 앞은 또다시 소란스러워졌다. 이때 한 남자가 나타났다. 코스티디스는 그가 뉴욕 연방검찰청 존 드 랜시 검사라는 것을 알아보고 놀랐다.

*

드 랜시는 브롱크스에 있는 경찰 지구대 건물 앞에서 이미 자신이 큰 실수를 했다는 것을 깨달았다. 지구대 앞에 이미 기자들이 구름떼처럼 몰려든 것을 보니 이 사건은 이미 다 알려진 것이 분명했다. 그는 기자들 틈을 헤집고 아무 말 없이 지구대 건물 안으로 들어가면서 플래시 세례를 흠뻑 받았다. 드 랜시는 지구대에서 하필이면 그의 전임자인 시장과 마주치자 분노와 두려움이 뒤섞였다. 그는 여전히 전임자인 코스티디스와 비교당하고 있었다. 사실 그는 전임자와 비교하면 초라하기 그지없었다. 아무도 모르게 일을 무마시키기에는 너무 늦었지만 이미 이곳에 와버렸으니 아무렇지 않게 다시 사라질 수도 없는 노릇이었다. 영리한 여우인 코스티디스가 무언가 냄새를 맡기 전에 일단 손쓸 수 있는 것은 써봐야 했다. 드 랜시는 지금껏 한 번도 이렇게 무력한 분노를 느껴본 적이 없었고, 트레멜과 모건 옆에 서 있는 닉 코스티디스를 발견한 순간처럼 두려워서 진땀을 흘려본 적도 없었다. 드 랜시는 이제 체사레는 안중에도 없고 치명적인 결과를 초래할 조그마한 실수라도 저지르지 않기 위해 집중을 해야 했다.

"그런데 대체 무슨 일이 있었던 겁니까?"

드 랜시가 짜증난 말투로 물었다. 넬슨은 곧바로 자신의 불만을 재차 토로했다.

"곧 의뢰인과 접견할 수 있을 겁니다."

드 랜시는 이렇게 말하면서 코스티디스를 쳐다보았다. 그의 눈에는 분노가 깃들어 있기는 했지만 얼핏 두려움도 비쳤다.

"시장님께서 여기 어쩐 일이십니까? 다시 검사가 되고 싶으신 건가요, 아니면 한밤중에 자주 이 근처를 돌아다니시는 모양이죠?"

드 랜시가 날카롭게 물었다. 그의 목소리는 적대감으로 가득했다.

"호기심이라고 하든지 개인적인 관심이라고 해두지."

코스티디스는 자신이 이곳에 와 있는 것에 대해 검사가 왜 그렇게 예민하게 반응하는지 의문이었다.

"사우스 브롱크스의 쓰레기기 직전인 건물에 불을 지르려던 자들이 몇 명 체포됐다고 해서 여기에 시장님과 부청장, 게다가 연방검사까지 총출동을 해야 하는 일인지 도무지 모르겠군요! 대체 무슨 일입니까?" 드 랜시가 흥분하며 말했다.

"경찰 한 명이 심한 부상을 입었고, 범인 한 명이 죽었고, 막대한 재산 피해가 발생했습니다. 그리고 저는 검사 한 분만 와달라고 부탁했지 연방검사님께서 직접 오시라고 한 적은 없습니다."

트레멜이 끼어들며 말했다. 드 랜시는 마치 자기 갈비뼈에 지구대장이 칼이라도 꽂기라도 한 듯한 표정으로 뒤돌아보았다. 그는 심한 말을 하려고 입을 열었다가 코스티디스와 눈이 마주치자 그냥 침묵했다. 그러다 잠시 후 한결 가라앉은 목소리로 다시 입을 열었다.

"그러니까, 보아하니 우리 시에서 막강한 권력과 영향력을 휘두르는 인사의 아들이 체포돼서 여기에 다 모이신 거군요. 실제 사건보다는 대외적으로 피해를 최소화하는 게 중요해 보이는데요."

"뭐라고?"

코스티디스는 자기 귀를 의심했다. "경찰관 한 명이 지금 병원에서 사경을 헤매고 있네! 대체 어떤 피해를 최소화시키시겠다는 건가?"

"아, 시장님, 그 애가 경찰한테 총을 쐈는지는 아직 밝혀지지 않았잖습니까. 단지 시장님이 그애 아버지랑 적이라고 해서 이런 하찮은 일로 과민반응을 보이시면 안 되죠!"

드 랜시의 이마에 땀이 송골송골 맺혔다. 트레멜 대장과 모건은 너무 놀라 입이 떡 벌어졌다. 시민을 위협하고 한밤중에 사람이 사는 주거지에 불을 지르려고 한 행위는 결코 '하찮은 일'이 아니었다.

"난 세르지오와 적이 아니네. 난 그자를 무자비한 범죄자로 생각하네. 그리고 내가 이제 검사가 아닌 시장이 됐다고 해도 그 생각에는 변함이 없어. 그리고 난 여전히 뉴욕에서 최소한의 안전과 질서를 유지하기 위해서는 그자를 잡아넣어야 한다고 보네."

코스티디스가 받아쳤다. 코스티디스는 드 랜시의 초조한 기색과 이마에 흐르는 땀을 보면서 세르지오가 이미 드 랜시를 매수했을지도 모른다고 생각했다. 믿기 힘들었지만 그것은 사실일 가능성이 높았다. 세르지오가 얼른 사건을 무마하라고 그를 이곳으로 보냈을 것이다. 만약 코스티디스가 우연히 이번 일에 대해 듣지 못했다면 아마드 랜시는 그 임무를 완수했을지도 모른다. 그럴 수도 있었을 것이다. 드 랜시의 얼굴 근육이 떨리면서 얼굴에 붉은 빛이 돌고 안색이 좋지 않았다.

"내가 체사레와 얘길 해보고 싶소."

코스티디스가 트레멜에게 말했다.

"그럴 순 없습니다." 드 랜시가 거칠게 끼어들었다.

"왜 안 된다는 건가?"

"시장님은 이번 일과는 아무 상관이 없어요!"

그의 셔츠 깃이 이미 땀으로 흠뻑 젖었다. 드 랜시는 점점 땀을 많이 흘렸다.

"난 우리 시의 시장이네. 난 우리 시민의 안전을 책임지고 있는 사람이야. 그렇기 때문에 내가 그 애한테 몇 가지 질문을 하고 싶다고."

코스티디스는 냉담한 표정으로 드 랜시를 뚫어지게 쳐다보았다. 검사도 그를 노려보았다. 그의 머릿속이 바쁘게 돌아갔다. 무슨 수를 써서라도 시장이 체사레와 만나는 것을 막아야 했다. 그는 코스티디스를 너무나 잘 알았다. 예전에 젊은 검사였을 때 그는 코스티디스에 대해 감탄을 금치 못했다. 법정에서 코스티디스만큼 성공적인 사람은 흔치 않았기 때문이다. 그는 법정에서 원고를 대신해 호통을 치거나, 때로는 원고의 이해심 많은 친구가 되어주기도 했다. 그의 논고는 훌륭한 것으로 유명했다. 그는 배심원에게 어떻게 하면 긍정적인 영향을 미치는지, 그리고 절대 입을 열지 않으려는 증인을 설득하는 방법을 너무나 잘 알았다. 검사로서 이룬 그의 전설적인 성공은 인간에 대한 이해와, 심리학자 같은 상대와의 공감 능력, 끈기, 그리고 컴퓨터 같은 뛰어난 기억력 덕분이었다. 체사레 같은 애송이쯤은 그에게 꼼짝 못 하리라는 것은 불 보듯 뻔한 일이었다. 드 랜시는 코스티디스의 눈빛에 무력한 분노를 느끼고 주먹을 꽉 쥐었다가 다시 풀었다.

"체사레가 판사를 만나기 전까지는 아무도 접견할 수 없습니다. 제 아무리 중국의 황제가 납신다고 해도 말입니다!"

트레멜이 상황을 종료시켰다.

"나는 뉴욕주 연방검사입니다. 우리가 이번 사건 조사를 맡았고 지금 당장 체사레 비탈리에 대한 접견을 요구합니다!"

드 랜시가 힘주어 말했다. 트레멜은 모건과 눈빛을 교환하더니 어깨를 으쓱했다. 그는 결국 모두를 조사실로 안내하고, 체사레를 데리러 갔다.

"시장님은 여기 계시면 안 됩니다!"

드 랜시가 집게손가락으로 코스티디스를 가리켰다. 코스티디스는 그를 잠시 쳐다보더니 어깨를 으쓱했다.

"체사레 비탈리 씨의 변호사를 불러오세요! 변호사를 접견할 권리가 있습니다."

드 랜시는 문 앞에 서 있는 경찰관에게 씩씩거리며 말했다. 모건도 드 랜시 검사가 상당히 비상식적인 행동을 하는 것을 의아하게 여겼다. 게다가 그는 코스티디스를 두려워하는 것 같았다. 왜일까?

"왜 이렇게 오래 걸립니까?"

드 랜시는 손목시계를 쳐다보며 초조하게 방안을 왔다 갔다 했다.

"너무 오래 걸리는군. 그나마 다 자백해서 다행이야. 이번에는 정말로 세르지오를 옭아맬 증거를 확보할 수 있을 거야."

코스티디스가 말했다. 드 랜시가 몸을 홱 돌렸다. 목의 울대가 초조하게 출렁거렸고 이마에서 땀이 주르륵 흘러내렸다.

"드 랜시 검사, 다행인 줄 알게. 난 20년 동안이나 세르지오를 추적해왔지만 오늘 자네처럼 이렇게 확실한 증거를 손에 쥐어본 적이 없네."코스티디스가 일부러 아무렇지 않게 말했다.

"시장님, 이제 시장님과는 상관이 없는 일이라고 말씀드렸잖아요! 더는 검찰이 하는 일에 상관하지 마십시오."

드 랜시가 쏘아붙였다. 문가에 서 있던 코스티디스가 몸을 돌렸다.

"가끔 궁금한 게 있는데 말이야. 자네가 누구 편에 서 있는지 모르겠군."

코스티디스는 드 랜시에게서 시선을 떼지 않고 천천히 말했다. 드 랜시는 말문이 막힌 채 그를 뚫어지게 쳐다보았다. 그의 신경은 너무 바짝 곤두서서 무너지기 일보 직전이었지만 겉으로는 평정심을 잃지 않으려고 무진 애를 썼다.

"우린 그만 가지. 세르지오의 아들은 어차피 자백했어. 비록 강요에 의한 자백이기는 하지만 어쨌든 세르지오 앞잡이의 지시로 행동했다는 것을 알게 됐으니, 이 정도면 충분히 세르지오와의 관련성을 입증할 수 있으니 말일세."

코스티디스가 당직 경관의 책상에서 기다리던 프랭크에게 가서 말했다. 그리고 이렇게 나직이 덧붙였다.

"드 랜시는 세르지오 쪽 사람이야. 내 그럴 줄 알았네."

"연방검사가요?"프랭크의 눈이 휘둥그레졌다.

"그래. 반응을 보면 알지. 스스로 정체를 드러냈네."

코스티디스는 피곤한 얼굴을 손으로 문질렀다.

"저자도 내가 그렇게 생각한다는 걸 알걸세. 내가 너무 노골적으로 의심을 표시했거든. 이제부터 공개적으로 나를 웃음거리로 만들려고 온갖 방법을 다 쓰겠지."

"음." 프랭크는 걱정스러운 표정을 지었다.

그 순간 유치장에서 소란이 벌어졌다. 트레멜과 경찰관 두 명이 하얗게 질린 얼굴로 유치장 쪽에서 뛰어나왔다.

"이런 망할! 체사레가 유치장에서 목을 맸어요!"

평소에 이성적인 41지구대장은 극도로 흥분한 상태였다.

"뭐요?" 코스티디스와 프랭크가 동시에 외쳤다.

"그렇다니까요! 허리띠를 압수하는 걸 깜빡했어요! 난방 배관에 목을 맸어요!"

드 랜시가 조사실에서 뛰쳐나왔다. 새빨갛게 달아오른 얼굴에서 눈알이 금세라도 튀어나올 듯 보였다.

"대체 이게 뭐요! 여긴 제정신인 사람이 하나도 없습니까?"

드 랜시가 고래고래 소리를 질러댔다. 의료진이 급히 달려갔고, 넬슨과 다른 경찰관들도 뒤쫓아 갔다. 드 랜시의 눈길이 코스티디스에게 고정되었다.

"정말 잘됐네요!" 드 랜시가 증오심에 가득 차서 말했다.

"아니, 전혀 그렇지 않네. 살아 있는 편이 훨씬 쓸모 있었을 거야. 안녕히 계시게!" 코스티디스가 말했다.

"지옥에나 떨어지시죠."

드 랜시가 시장의 등 뒤에 대고 내뱉었다. 그는 두려웠지만 한편으로는 체사레가 죽었다는 사실에 내심 안도했다. 이제는 체포된 자를 유치장에서 어떻게 빼내올까 궁리할 필요 없이 그냥 시체만 잘 처리하면 되었다.

"뭔가 지독하게 냄새가 나."

코스티디스가 계단을 올라가면서 말했다.

"드 랜시는 이제 모든 수단 방법을 동원해서 이 일을 어떻게든 덮으려고 할 겁니다. 그가 세르지오 측 사람이라는 시장님의 추측이 맞는다면 절대 진실이 드러나도록 내버려두진 않을 겁니다."

곰곰이 생각을 하던 프랭크가 말했다.

"젠장, 그런데 우린 그걸 막을 방법이 없네."

코스티디스는 생각에 잠겨 멈춰 서서 말했다.

"있어요. 내일 아침 신문에 체포 이유와 자살 전에 자백한 내용이 실리면 더는 감추지 못할 겁니다."

"내일 아침 신문은 인쇄는 벌써 끝났지."

"그렇다면 텔레비전에 나오게 해야 합니다. WNBC와 WNCN 기자들이 밖에서 기다리고 있습니다."

코스티디스는 잠깐 생각을 하더니 미소를 지었다.

"그래 알았네. 그렇게 해보지. 어서 가세, 프랭크"

일요일 아침 9시에 폴리 스퀘어에 있는 연방법원 뒤편 앤드류 플라자의 연방검찰청 건물에 들어선 드 랜시는 몹시 피곤했다. 그는 지난밤에 한숨도 자지 못했다. 경찰 의료진이 체사레 비탈리의 죽음을 확인하고 사망진단서를 발급한 직후, 그는 41경찰지구대 뒷문으로 빠져나왔다. 그는 야비한 기자들과 마주치고 싶은 생각도 없었고, 코스티디스와 또 마주치지 않아 다행이라고 생각했다. 하지만 그는 영 찜찜했다. 체사레 비탈리 때문이 아니라, 시장이 그의 계략을 알아차렸을지도 모른다는 우려 때문이었다. 그의 사무실 앞에는 사람들이 웅성웅성하며 질문 세례를 퍼부었으나 그는 화를 내면서 그냥 비집고 지나갔다.

"대체 무슨 일이야? 이 사람들은 무슨 일로 모여들었지?"

그는 짜증난 목소리로 부하직원에게 물었다.

"검사님께서 어젯밤에 직접 현장에 계셨잖아요. 오늘 아침 텔레비전 안 보셨어요? 어젯밤에 브롱크스에서 일어난 사건을 모든 채널에서 계속 다루고 있습니다." 부하직원이 의아해하며 말했다.

드 랜시는 불길한 예감에 휩싸였다. 그는 마호가니목으로 마감된 커다란 사무실 문을 열었다. 벽에는 로널드 레이건, 조지 부시, J. 에드거 후버 등 유명 인사의 사인이 담긴 사진이 여러 장 걸려 있었다.

"오시는 대로 전화를 요청하신 분들입니다. 텔레비전을 켜드릴까요?" 그를 뒤따라 들어온 비서가 전화 리스트를 건네며 말했다.

"그래."

드 랜시는 퉁명스럽게 대꾸하며 법률 서적이 빼곡히 들어찬 벽 책장에 설치된 텔레비전을 쳐다보았다. 화면에는 41경찰지구대 계단에 서 있는 코스티디스가 등장했다. 드 랜시는 그 순간 자기가 어젯밤 뒷문으로 빠져나가면서 큰 실수를 저질렀다는 것을 깨달았다. 그는 코스티디스한테 그냥 무대를 내주고 온 셈이었다. 언론에 등장하기를 너무나 좋아하는 시장이 당연히 그 기회를 마음껏 누렸다.

"……이 도시의 시장으로서 저는 우리 시민의 안전에 대한 책임을 지고 있습니다."

코스티디스가 이렇게 말하자 드 랜시는 살인 충동이 치밀어 올랐다. 그러다 금세 무력감이 들었다.

"저는 무분별한 자들이 무고하고 선량한 시민에게 이런 식으로 테러를 가하는 것을 절대 용납할 수 없습니다. 6명의 범인이 임대주택에 방화를 시도했습니다. 여러 가족이 살고 있는 집이었습니다. 범인 중 한 명은 임무 수행 중인 경찰관에게 총을 쏴서 중상을 입힌 후 경찰에 사살됐습니다. 나머지 5명은 체포됐습니다."

"세르지오 비탈리의 아들도 끼어 있다는 게 사실입니까?"

젊은 여기자가 물었다.

"네, 맞습니다."

코스티디스가 대답했다. 면도도 하지 않고 가죽 재킷을 입고 보슬비를 맞으며 서 있는 모습이 바로 시민을 위해서라면 기꺼이 희생을 감수하는 남자의 모습처럼 보였다. 드 랜시는 코스티디스가 전임 시장과는 달리 정말 개성이 뚜렷한 사람이라는 사실을 인정할 수밖에 없었다. 특히 자기 PR을 하는 재주는 아무도 뒤따를 자가 없고, 천부적인 쇼맨십 감각이 있어서 시민들의 사랑을 받았다. 코스티디스는 아무리 하찮은 사건도 언론에서 큰 일로 부각시키는 데 항상 성공했다. 카메라와 마이크 앞에서 인위적이고 부자연스럽게 보이는 다른 많은 정치인과 달리 코스티디스가 언론에 등장하는 모습은 지극히 자연스러워 보이고 호감과 신뢰를 불러일으켰다. 그래서 그의 정적들은 그가 뉴욕보다는 할리우드에 어울리는 배우 같다고 조롱하기도 했지만 그들도 코스티디스가 피오렐로 라과디아 이후에 가장 인기 있는 시장이라는 사실을 인정할 수밖에 없었다.

"그래서 한밤중에 이곳으로 달려오신 겁니까, 시장님?"

어떤 기자가 물었다. 코스티디스는 늘 그렇듯 진실을 밝히는 데 거리낌이 없었다.

"네, 그렇습니다. 우리는 오래 전부터 세르지오 비탈리 씨가 그동안 브롱크스에서 발생한 임대주택 방화 사건과 관련이 있다는 의혹을 가지고 있었습니다. 그리고 그의 아들인 체사레 비탈리가 현장에서 체포된 것이 결정적인 증거라고 봅니다. 체사레 비탈리는 공범자와 함께 지시를 받고 행동했다고 자백했어요. 이 부동산 투기꾼들은 건물을 철거하기 위해 잔인한 방법으로 기존 세입자들을 쫓아내려고 했죠. 이건 명백한 테러 행위이며, 저는 우리 시에서 이런 일이 벌어지는 것을 절대 가만 두고 볼 수 없습니다!"

코스티디스의 눈은 분노감에 이글거렸다.

"시장님과 세르지오 비탈리 씨는 관계가 좋지 않다고 알려져 있습니다……."

한 기자가 다시 질문을 했다.

"개인적인 감정하고는 아무런 관련이 없습니다! 저는 연방검찰에 재직할 때부터 모든 범죄의 소탕을 위해 노력했고 지금도 그렇습니다! 저는 시장으로서 우리 시민과 우리 시를 방문해주시는 분들에 대해 큰 책임감을 느끼고 있어요. 저는 이분들이 테러를 당해 집에서 쫓겨나는 것을 가만히 두고 볼 수 없습니다. 이런 일에 세르지오 비탈리 씨의 아들이 연루되어 있든 다른 사람이 연루되어 있든 아무 상관이 없습니다." 시장은 기자의 말을 끊고 말했다.

"드 랜시 연방검사님도 오늘 이곳에 오셨습니다. 이번 사건이 정치적 문제로 비화되는 것처럼 보입니다."

"유명 인사인 세르지오 비탈리 씨의 아들이 이번 사건으로 체포됨으로써 아주 중요한 정치적 위치를 차지하게 된 것은 분명합니다. 어쨌든 이번 사건은 세르지오 비탈리 씨가 공개적으로는 늘 부인을 하고 좋은 이미지를 만드는 데 엄청난 돈을 들였음에도 어두운 거래에 연루되어 있다는 증거가 될지도 모르겠습니다."

코스티디스가 분명하게 말했다. 그는 믿을 수 없을 정도로 달변가였고, 가정법의 대가였으며, 생생한 표정과 몸짓은 그의 말보다 훨씬 많은 것을 표현했다. 그는 노련하게도, 직접적으로 의심을 드러내지 않도록 자제했다. 하지만 그의 말을 듣는 시청자는 그가 진정 무엇을 말하고 싶은지 알아들을 수 있었다.

"그리고 저는 이번 사건을 다른 사건과 똑같이 다뤄야 한다고 생각합니다. 드 랜시 연방검사님도 저와 같은 생각일 것입니다. 유명 인사라고 해서 결코 법망을 피할 수는 없습니다."

드 랜시는 온몸이 오싹해졌다. 이런 빌어먹을 자식! 벼락에 맞아 죽어버렸으면 좋으련만! 그는 정말 능수능란하게 잘 대처했다. 이제 코스티디스는 또다시 대중에게 끊임없이 범죄와의 전쟁을 벌이는 영웅으로 다시 부각되었다. 그는 세르지오를 직접적으로 공격하지 않았지만 그를 무자비한 부동산 투기꾼으로 몰아세우는 데 성공했다. 그리고 체사레 비탈리가 죽었다는 사실에 대해서는 단 한 마디도 꺼내지 않았다. 드 랜시는 현기증이 일어났다. 위궤양 때문에 찌르는 듯한 통증을 느꼈다.

"정말 멋지죠? 이제 진짜 세르지오 비탈리를 잡을 수 있을 것 같아요!"

옆에 있던 여직원이 말했다. 뉴욕검찰청 내에서 세르지오 비탈리는 수십 년째 적이었다. 지하실 창고에는 그에 관한 서류들이 산더미처럼 쌓여 있었다.

"여기 이렇게 어슬렁거리는 것 말고 다른 할 일은 없나?"

드 랜시가 쏘아붙이자 여직원은 그를 의아한 눈빛으로 쳐다보았다. 그녀는 상관이 만족스러워할 줄 알았다.

"그만 나가게!"

드 랜시는 손으로 배를 움켜잡았다. 여직원이 나가자 비틀거리며 책상으로 걸어가서는 의자에 털썩 앉았다. 빌어먹을 위궤양으로 인한 통증이 그를 갈기갈기 찢어놓을 것 같았다. 그때 전화벨이 울렸다. 그는 텔레비전 음을 끄고 한숨을 내쉬며 전화를 받았다.

"이런 걸 도움이라고 생각하시는 건가요? 정말 훌륭하시군요. 전 아버지가 검사님께 정말 투자를 잘못 했다고밖에는 할 말이 없습니다." 마시모 비탈리의 냉랭한 목소리가 그의 귓가에 울렸다.

"이봐요! 정말 미안하게 생각합니다. 내가 도착했을 때 코스티디스가 이미 있었어요! 내가 더 할 수 있는 일이 없었어요. 난 정말 최선을 다했어요. 하지만……." 드 랜시가 흥분해서 말했다.

"검사님이 모든 걸 망쳐버렸어요. 이제 뭘 해야 할지 알고 계시길 바랍니다. 검사님이 저지른 일들을 조금이라도 무마시키지 않으면 상당히 불편한 일이 생길 거라는 것만 명심하길 바랍니다."

마시모 비탈리는 싸늘하게 그의 말을 잘라버리며 말했다.

"하지만……."

전화는 끊겨버렸다. 건방진 놈이 전화를 그냥 끊어버렸다! 드 랜시는 식은땀을 흘리며 얼굴을 양손으로 가렸다. 그는 협박의 의미를 너무나 잘 알았다. 세르지오에게 돈을 받았다는 사실이 밝혀지면 모든 것이 끝장이었다. 그렇게 되면 그는 입안에 총구를 들이대고 발사하는 것 말고는 선택의 여지가 없었다. 그는 사실 법 없이도 살 사람이었는데 어쩌다가 세르지오에게 넘어갔을까? 그 때문에 인생에서 스스로 이룬 모든 공든 탑이 무너질 위험에 빠졌다. 그는 고개를 들어 화면에 등장하는 코스티디스의 얼굴을 빤히 쳐다보았다. 이제 와서 할 수 있는 일이 대체 뭐가 있을까? 코스티디스는 오늘의 헤드라인을 장식했고, 드 랜시는 검사장으로서 자기 조직에서 수년째 범죄 혐의를 받고 있는 자의 편에 설 수는 없는 일이었다. 그리고 무엇보다 동료들이 절대 의심을 품게 해서는 안 되었다. 이제 그는 그에게 맡겨진 역할을 해야 했다. 코스티디스가 그를 막다른 골목에 몰아친 역할. 시장은 어젯밤에 그가 한 행동을 꿰뚫어본 것일까?

'가끔 궁금한 게 있는데 말이야. 자네가 누구 편에 서 있는지 모르겠군.'

이런 제길, 어쩌다가 코스티디스한테 그런 망신을 당했을까? 이제 그는 그야말로 빼도 박도 못 하는 처지에 빠져버렸다. 그는 세르지오를 도와주지 않으면 끝장이었다. 하지만 너무 노골적으로 도와줄 수는 없는 노릇이었다. 자기 체면을 살리면서도 세르지오를 도울 방법이 있을 것이다. 그의 가장 큰 골칫거리는 세르지오가 아니라 뉴욕시장인 닉 코스티디스였다.

*

알렉스 역시 밤새 한숨도 자지 못했다. 세르지오의 운전기사가 집에 내려준 뒤부터 초조하게 집 안을 왔다 갔다 했다. 온몸이 덜덜 떨려서 보드카 세 잔을 연달아 마신 후에야 어느 정도 진정할 수 있었다. 달리던 승용차에서 총질을 해서가 아니라 자신이 이제 빠져나올 수 없는 형편에 처했다는 분명한 깨달음 때문이었다. 올리버의 말대로 코스티디스가 세르지오를 범죄자라고 주장했던 것은 사실이었다. 알렉스는 진실을 외면하고 싶어서 그런 말을 일부러 한귀로 흘려버렸다. 하지만 이제 더는 눈과 귀를 닫고 세르지오가 그냥 이따금 수상한 거래를 하는 사업가라고 적당히 속는 척할 수만은 없었다. 그녀가 만약 코스티디스를 찾아가서 그가 알고 싶어 하는 것을 모두 털어놓는다면 세르지오가 그 사실을 알게 될 것이고, 그러면 데이비드 주커먼을 죽였듯이 그녀도 죽이려고 할 것이다. 그렇게 되면 그녀를 보호해줄 사람은 아무도 없다. 그녀가 택할 수 있는 유일한 길은 직장을 그만두고 이 나라를 떠나는 것밖에는 없어 보였다. 어쩌면 싱가포르나 일본에서 새 직장을 얻을 수 있을지도 모른다. 세르지오와 브루클린에 있는 그 어두침침한 창고 건물에 있던 무서운 부하들로부터 가능한 멀리 떨어진 곳에서. 하지만 세르지오가 아무런 처벌도 받지 않고 계속해서 사람들을 죽인다는 사실을 안고도 태연하게 계속 잘 살 수 있을까? 그런 일을 막는 것이 올바른 의무가 아닐까? 알렉스는 매들렌 부부의 집에서 크리스마스 날 코스티디스가 했던 말을 떠올렸다.

'난 당신이 옳은 일을 할 용기가 충분히 있는 분이라는 인상을 받았어요.'

때마침 텔레비전 화면에 닉 코스티디스가 등장했다. 알렉스는 움찔했다. 그는 기자들에게 둘러싸여 경찰 지구대 앞에 서 있었는데, 그의 짙은 색 눈동자가 알렉스를 직접 뚫어지게 응시하는 것처럼 느껴졌다. 간청하듯. 요구하듯. 강요하는 듯……. 이 남자는 세르지오와 마찬가지로 간파하기 쉽지 않은 사람이었다. 알렉스는 그를 믿지 않았다. 너무나 많은 비밀이 있었다. 이런 비밀 뒤에 감추어진 진실은 얼핏 보기보다는 훨씬 복잡하고 위험했다. 알렉스는 너무 깊이 생각에 빠져서 정작 코스티디스가 텔레비전에서 하는 말을 지금껏 듣지 못했다. 알렉스는 그제야 TV 볼륨을 높였다. 세르지오의 아들 체사레가 지난 밤 체포되었다는 소식이었다.

"우리는 오래 전부터 세르지오 비탈리 씨가 그동안 브롱크스에서 발생한 임대주택 방화 사건과 관련이 있다는 의혹을 가지고 있었습니다. 그리고 그의 아들인 체사레 비탈리가 현장에서 체포된 것이 결정적인 증거라고…….."

알렉스는 담뱃갑을 향해 손을 뻗었다. 담뱃갑이 비어 있자 그녀는 신경질적으로 구겨버렸다. 한 기자가 코스티디스에게 브루클린 항구에서 마약이 발견된 사건과 세르지오에 대한 총격이 연관성이 있다고 생각하는지 질문했다. 알렉스는 자세를 고쳐 앉았다.

"어젯밤 비탈리 씨가 총격을 당했다는 소식을 전해 들었습니다."

코스티디스가 입을 열었다. 알렉스는 코스티디스가 그녀를 직접 쳐다보고 있는 듯한 느낌을 받았다. "목격자들에 의하면 비탈리 씨와 그 일행이 51번 스트리트에 있는 레스토랑에서 나오자마자 달리던 차에서 총격을 가했다고 합니다. 하지만 지금까지 범인이나 그 배경에 대해 알려진 바는 없어요. 세르지오 씨가 부상을 당했는지, 아니 생사 여부조차도 모릅니다."

"이런!"

알렉스가 중얼거리며 마치 추위에 떨듯 무릎을 양팔로 감쌌다. 그녀는 알고 있었다. 그녀가 재빨리 대응하지 않았다면 세르지오는 죽었을 것이다. 그리고 만약 그렇게 되었다면 코스티디스 시장은 그다지 슬퍼하지는 않았을 것이다.

*

병실 문 앞에서 넬슨과 마시모가 선 채로 세르지오와의 면회를 기다리고 있었다. 두 사람 모두 초조한 기색이 얼굴에 역력했다.

"언제 면회할 수 있을까요, 박사님?"

마시모가 서튼 박사에게 물었다.

"아직 시간이 조금 더 걸릴 겁니다. 출혈이 심했고 수술을 한 직후라 지금은 절대 안정이 필요합니다."

"전 기다릴 수가 없어요! 지난밤에 동생이 자살했어요! 제가 지금 어떻게 해야 하는지 말해줄 사람은 아버지밖에 없어요!"

마시모는 간신히 목소리를 억눌렀다.

"박사님! 상황이 정말 심각합니다." 넬슨이 끼어들었다.

"알겠습니다. 하지만 환자를 너무 흥분시키시면 안 됩니다."

서튼이 체념하듯 말했다.

마시모는 병실 문을 열었고 넬슨이 뒤따라 들어갔다.

"아버지."

마시모는 세르지오의 병상에 다가갔다가 아버지의 위중한 상태를 보고 깜짝 놀랐다. 토요일 밤에는 부상이 이 정도로 심한 줄 몰랐다. 줄줄이 매달린 관과 의료기들이 가뜩이나 초조한 마시모를 더욱 불안하게 만들었다. 어제까지만 해도 그는 아버지가 진짜로 무슨 일을 하는지, 그리고 순간의 잘못된 결정이 얼마나 끔찍한 결과를 초래할 수 있는지 잘 몰랐다. 사실 아버지가 며칠 안 계셔도 아무런 문제가 없을 줄 알았다. 하지만 지난 48시간 동안 일어난 여러 가지 사건을 통해 마시모는 많은 것을 배웠다. 그는 선장이 사라진 난파선에 올라탄 것처럼 속수무책이었다. 동생의 체포와 죽음으로 인해 마시모는 엄청난 두려움에 사로잡혔다. 텔레비전에서는 아버지가 불법적인 세입자 강제 퇴거와 항구에서의 마약 적발 사건과 관련되어 있을 것이라는 추측이 난무했다. 기자들은 콜롬비아 마약 카르텔과 지하 세계와의 전쟁이라고 표현했고, 마시모는 어떻게 해야 할지 알 수 없다. 언론 때문에 엄청난 피해를 입게 된 것은 물론, 어제는 아버지를 위해 일했던 항구 직원 세 명이 총에 맞아 죽었다. 더는 통제 불가능한 상황으로 치달았다.

"마시모." 세르지오가 희미한 목소리로 아들의 이름을 불렀다.

"네, 아버지, 저예요. 좀 어떠세요?"

"별로 안 좋아. 넬슨은 어디 있어?"

세르지오는 평소와 달리 아주 솔직했다.

"난 여기 있네."

"자네 말이 맞았어. 오르테가는 결코 오래 망설이지 않았어."

세르지오가 중얼거렸다. 넬슨은 세르지오의 상태가 정말 좋지 않다는 것을 확인하고, 그간에 일어난 여러 가지 사건에 대해 보고를 해야 할지 말아야 할지 망설였다.

"무슨 일이 일어났는지 엄마한테 얘기했니, 마시모?"

"네, 말씀드렸어요. 하지만……."

그는 말을 하다 말고 넬슨과 얼른 눈빛을 주고받았다.

"하지만?"

세르지오의 눈길이 마시모에서 넬슨으로, 그리고 또다시 마시모에게 향했다. 그는 잿빛으로 변한 두 사람의 얼굴을 보고 뭔가 끔찍한 일이 벌어졌다는 것을 직감했다.

"무슨 일이야?" 세르지오가 아무렇지 않은 목소리로 물었다.

"체사레가 죽었어요."

마시모가 결국 입을 열었다. 그는 넬슨과 번갈아가며 그동안 무슨 일이 있었는지 간단하게 설명했다. 체사레의 체포, 지구대에 나타난 코스티디스와 드 랜시, 체사레의 자살, 항구 직원 세 명의 살해, 언론에서 난무하는 온갖 추측까지 보고했다. 보고가 끝나자 세르지오는 침묵했다. 그는 모든 사건의 연관성을 파악하는 데 잠시 시간이 필요했다. 그리고 순간적으로 약해지는 감정에 하마터면 무너져버릴 뻔했다. 체사레는 자살한 것이 아니었다. 절대 그럴 리가 없었다. 체사레는 그러기에는 너무 비겁했다. 아들이 죽은 것은 세르지오 때문이었다. 만약 위급한 상황이 생기면 체사레가 입을 열지 못하게 하라는 분명한 지시를 루카에게 내린 장본인은 바로 그였다. 하지만 이런 일이 정말 벌어질지 어떻게 알았겠는가? 그는 지난 몇 년간 막내아들 때문에 정말 골치를 썩였다. 아들이 쓸모없는 인간이라는 사실을 인정하는 것은 아버지로서 정말 고통스러운 일이었다. 막내아들은 멍청하고 나약했지만 그래도 그의 혈육이자 아들인데, 이제 죽어버리고 말았다.

"아버지, 이제 우리가 어떻게 해야 할까요?"

절망감에 사로잡힌 마시모가 물었다.

"무엇보다 네가 정신을 똑바로 차려야 해. 앞으로 무슨 일이 벌어지든 말이야. 일단 숨어서 기다려. 섣부른 행동하지 말고. 드 랜시는 어떻게 됐나? 여전히 우리 편이야?" 세르지오가 말했다.

"그런 것 같아요." 마시모가 대답했다.

"코스티디스는 완전 신났더군. 자넬 잡을 기회만 노리고 있네."

넬슨이 말했다.

"그래, 그렇겠지."

세르지오는 얼굴을 찌푸리며 생각에 잠겼다. 돌이킬 수 없는 피해를 입기 전에 가능한 빨리 다시 주도권을 쥐어야 했다.

"엄마는 체사레 일에 대해 알고 있니?"

"네. 계속해서 텔레비전에 나오고 있거든요. 도메니코가 어머니 곁을 지키고 있어요. 어머니는 실신 직전이에요. 어머니는……."

마시모는 말하다 말고 마음이 불편한 듯 바닥을 내려다보았다. 세르지오는 아내가 막내이자 가장 약한 아들을 두 형보다 사랑한다는 것을 알았다. 지금 집에서 어떤 장면이 펼쳐지고 있을지 어렵지 않게 상상할 수 있었다.

"엄마가 뭐라 그러든?"

"어머니께서는," 마시모는 깊이 숨을 들이마시더니 아버지와 눈이 마주치는 것을 피했다. "아버지가 체사레를 죽이라고 지시했다고 생각하세요."

세르지오는 침대보를 손으로 강하게 움켜쥐었다. 콘스탄치아는 생각했던 것보다 남편을 훨씬 잘 알았다.

"말도 안 되는 소리. 아버지는 토요일 밤부터 이 병원에 누워 있었는데!" 넬슨이 말했다.

"아버지가 평소에 체사레를 별로 믿질 않으셨다는 걸 알아요. 하지만 저는 어머니에게 아버지가 절대 그런 일을 할 분이 아니라고 말씀드렸어요. 제 말이 맞죠, 그렇죠, 아버지?"

마시모의 목소리는 간청하듯 들렸다.

"나는 당연히 그런 적이 없다."

세르지오는 눈썹 하나 까딱하지 않고 거짓말을 했다. 마시모는 안도하는 듯 보였지만 넬슨은 뭔가 할 말이 남아 있었다.

"체사레가 목을 매달기 전에 경찰들한테 실비오의 지시로 건물에 방화했다고 자백했네. 그래서 어제 실비오가 체포됐어."

넬슨이 말했다. 세르지오는 눈을 감았다. 체사레는 정말 아무것도 몰랐다. 심지어 그들이 가장 중요하게 여기는 법칙, 바로 오메르타(조직의 비밀을 외부에 발설하면 안 된다는 철칙-옮긴이 주)조차도.

"하지만 경찰에서 그 진술을 자네를 법정에 세우는 데 사용할 수는 없을 걸세. 엄청난 압박 속에서 강요된 자백이니까."

넬슨이 말을 이었다.

"이제는 어차피 너무 늦었어. 체사레는 이미 죽었고 죽음을 돌이킬 수는 없어. 다른 식으로 접근하는 것이 좋겠네."

세르지오가 쉰 목소리로 말했다. 맑은 정신으로 생각을 하는 것이 너무 힘들었다. "내게 총을 쐈다고 자수할 누군가를 물색해봐. 그럴듯한 이유도 생각해내고. 대중들은 나를 향한 총격이 오르테가와는 아무 관련이 없다고 믿어야 하네. 넬슨, 자네는 보석금을 주고서라도 실비오를 당장 빼내와."

세르지오가 계속 쉰 목소리로 말했다. 그는 지쳐서 잠시 쉬었다. 눈 밑의 그림자는 더욱 진해졌고 말하느라 목이 아팠다. 세르지오는 자신의 의식을 흐리는 약물을 저주했다.

"넬슨, 언론의 관심을 다른 데로 돌릴 만한 것 아무거나 생각해봐. 우리가 예전에 이런 얘길 했던 거 자네도 생각이 날 거야."

세르지오가 중얼거렸다. 넬슨이 고개를 끄덕였다. 그때 노크를 하고 서튼 박사가 들어왔다.

"이제 정말 안정을 취해야 합니다. 부탁드립니다."

그가 힘주어 말했다.

"넬슨!"

세르지오가 속삭였다. 넬슨은 그에게 더 가까이 다가가 몸을 숙였다. "알렉스한테 전화해줘. 그리고 전해줘……."

넬슨의 눈빛에서 거절의 기색이 비쳤다. 세르지오도 금세 생각이 바뀌었다. 지금 알렉스에게 전화를 거는 것은 좋은 생각이 아니었다. 몸에 잔뜩 호스를 끼고 이렇게 약하고 무력한 모습을 알렉스한테 보여주고 싶지 않았다.

"아니야. 전화하지 말게. 하지만 도메니코한테 어머니를 잘 보살펴라고 전해주게. 지금 혼자 두면 안 돼."

세르지오는 고개를 저으며 말했다.

"그렇게 하지. 우리가 알아서 잘 처리할게. 걱정하지 말게."

넬슨은 친구의 손을 힘껏 잡았다.

＊

시청에는 이른 아침부터 전화통에 불이 났다. 닉 코스티디스는 밤새 한숨도 자지 못했는데 전혀 피곤하지 않았다. 체사레 비탈리의 체포와 자살, 그리고 아버지인 세르지오 비탈리에게 가해진 총격 사건은 모든 언론에서 대서특필 되고 있었다. 하지만 세르지오는 여전히 땅으로 꺼진 듯 사라지고 없었다. 이미 죽었거나, 아니면 코스티디스의 짐작대로 반격을 펼칠 수 없을 정도로 심한 중상을 입은 것이 분명했다. 어쨌든 그는 지난밤 브롱크스에서 텔레비전에 등장함으로써 이번 사건이 그냥 묻혀버리는 것을 막을 수 있었다. 그는 드 랜시가 이번 사건을 제대로 다룰 수밖에 없도록 만들었다. 그때 노크 소리가 들렸다.

"하딩 청장님이 찾아오셨습니다."

엘리가 말했다. 하딩 경찰청장은 대답을 기다리지도 않고 비서를 그냥 옆으로 밀친 채 벌겋게 달아오른 얼굴로 성큼성큼 들어왔다.

"세상에, 시장님, 이게 대체 무슨 일입니까? 이틀 자리를 비운 사이에 이런 일이 일어나다니요!" 그는 화가 나서 버럭 소리를 질렀다.

경찰청장이 너무나 흥분한 상태라 코스티디스는 혹시 그가 달려들어 때릴지도 모른다는 생각이 잠깐 스쳐 지나갔다.

"청장님, 무슨 말씀인가요?"

코스티디스는 영문을 몰라 놀라는 척했다.

"시장님은 이제 검사가 아니에요! 왜 경찰이 할 일에 개입하시는 겁니까? 어떻게 생방송 카메라 앞에서 세르지오가 콜롬비아 마약 마피아의 총격을 받았다고 말씀할 수 있는 겁니까?" 하딩이 소리쳤다.

"난 그렇게 말하지 않았는데……."

"물론 그러셨죠! 그냥 뉘앙스만 풍기셨죠. 하지만 그걸로도 충분합니다! 주지사께서 제게 전화하셨고, 상원의원도, 심지어는 워싱턴의 법무부 차관께서도 무슨 일이 벌어지고 있는지 전화하셨어요! 나는 바보 멍청이같이 가만히 서서 왜 시장이 내 일을 대신하고 있는지 질문 세례를 받고 있다고요!"

하딩은 화가 나서 목소리에서 쇳소리가 날 정도였다. 코스티디스는 흡족한 미소를 애써 억눌렀다.

"진정하세요, 청장님. 내가 브롱크스에서 발생한 불미스러운 일에 대해 언급한 것 말고는 아무 일도 없었어요. 내 생각에는 청장님도 임대주택에 대한 그런 방화가……."

"시장님의 그런 PR은 그만두시죠. 저한테까지 그렇게 보이실 필요 없어요! 시장님은 세르지오 비탈리와 전쟁을 벌이기 위해 이번 사건을 이용하고 계시잖아요! 시장님의 유명세를 이용해서 말입니다! 하지만 그 때문에 결국 경찰과 사법 당국의 업무를 방해하고 있어요!"

하딩이 거칠게 말을 가로막으며 말했다.

"내가 어떤 면에서 방해하고 있다는 겁니까? 설마 드 랜시 검사가 이번 일을 가능한 빨리 유야무야 덮어버리는 걸 방해한다는 말씀인가요?" 코스티디스가 눈을 가늘게 뜨고 경찰청장을 쳐다보며 말했다.

"그건 이제 시장님 임무가 아니에요. 시장님이 얼마나 세르지오 비탈리를 중상모략 하는지 그자가 알면 어찌 할지 아십니까?"

하딩이 거칠게 말했다. 코스티디스는 자리를 박차고 일어났다.

"세르지오가 무슨 짓을 하든지 난 상관없어요. 난 그저 우리 시의 관심사를 대변하고 있을 뿐입니다. 아무도 신경을 쓰지 않으니까. 연방검찰은 지난 토요일 밤 오직 체사레 비탈리의 안위에만 관심을 보이고 다친 경찰관에 대해서는 단 한 마디 질문도 안 하더군! 어떻게든 사건을 빨리 덮어버리려는 눈치였고, 난 그 이유가 궁금했어요. 드랜시 검사가 세르지오같이 악명 높은 자를 보호해서 얻는 이득은 뭘까? 그리고 청장 당신도 세르지오가 무슨 생각을 하든지 간에 그게 무슨 상관입니까?"

코스티디스가 냉랭하게 쏘아붙이며 말했다. 하딩은 얼굴이 빨갛게 달아올랐으나 코스티디스는 개의치 않고 계속 말을 이었다.

"검찰청 지하에는 세르지오에 관한 서류가 산더미처럼 쌓여 있어요. 누구나 다 알지만 혐의를 입증할 수 없을 뿐이지! 이제 그자의 범죄를 입증할 아주 작은 증거가 생겼는데 어떤 부패 공무원이 이런 절호의 기회를 망쳐버리는 것을 난 절대 용납 못 해요!"

"말조심하세요, 시장님! 그래서 하고 싶은 말이 뭡니까?"

하딩이 위협적으로 속삭였다.

"내가 하고 싶은 말이 뭐냐고요? 난 세르지오가 힘있는 자들을 여럿 매수했을 거란 의심을 갖고 있어요. 그자들이 침묵하고 못 본 척해주기 때문에 세르지오가 맘껏 활개치고 다니는 거요. 하지만 난 더는 우리 시에 깡패들이 주름잡고 다니는 걸 봐주지 않을 거요. 청장님도 이 부분에서 나와 같은 생각이길 바랍니다!"

코스티디스는 자기보다 머리 하나가 더 큰 거대한 체구의 경찰청장에게 바짝 다가서며 말했다. 하딩은 그를 뚫어지게 쳐다보더니 숨을 깊이 들이마셨다. 그리고 머리숱이 많은 흰 머리를 손으로 헝클어트리더니 한숨을 내쉬었다. 그의 분노가 갑자기 사라져버렸다.

"시장님 말씀이 맞아요. 이 도시는 그 어느 때보다 부정부패에 찌들어 있죠. 우리는 알 수 없는 적에 맞서 싸우고 있습니다. 하지만 시장님처럼 이렇게 해서는 안 됩니다."

하딩은 결국 회의 탁자에 있는 가죽 의자에 털썩 앉으며 말했다.

"안 되긴, 되고말고. 이렇게 할 수밖에 없어요. 이런 더러운 뒷거래는 공개적으로 들춰내야 해요. 어떤 정치인도 이제 감히 세르지오 편을 들어줄 수 없을 거요. 우선 세르지오의 정계 쪽 연줄이 끊겼습니다."

하딩은 아무 말도 하지 않았다. 코스티디스는 그를 애원하듯 쳐다보며 말을 이었다.

"하딩 청장님! 나는 지난 몇 년간 부정부패와 범죄에 맞서 싸워왔습니다. 그래서 지금 우리 시가 싸움터로 변질되는 것을 그냥 가만히 지켜볼 수 없어요! 이것은 나의 임무이고 나의 싸움이고, 그래서 다른 사람들처럼 나의 안위나 두려움 때문에 항복하거나 못 본 척할 수 없어요. 난 반드시 세르지오 비탈리를 잡아넣을 겁니다!"

"세르지오가 사라지면 또 그보다 더한 사람이 나타날 겁니다. 절대 끝나지 않아요. 그건 시장님도 잘 알고 계시잖아요."

하딩은 이렇게 말하며 얼굴을 찡그렸다. 이때 노크하는 소리가 들리더니 프랭크 코헨이 안으로 들어왔다.

"세르지오에게 총격을 가한 범인이 자수했다고 합니다. 지금 막 뉴스에서 보도되고 있습니다. 이미 자백까지 마쳤답니다. 예전에 세르지오의 보디가드였던 자인데, 세르지오에게 원한을 품고 복수하려고 했답니다."

청장과 시장은 놀라서 자리에서 벌떡 일어났다.

"결국 콜롬비아 마약 카르텔의 소행이 아니네요, 시장님. 옛 부하의 복수극이라니."

하딩이 빈정거리며 말했다. 코스티디스는 대답하지 않고 멍하니 고개를 저었다.

"전 경찰청에 있을 테니 혹시 필요하면 연락하십시오. 불미스러운 일들이 더 생기기 전에 제가 직접 일을 챙겨야겠습니다."

하딩이 이렇게 말한 뒤 나가자마자 코스티디스는 텔레비전을 켰다. 그는 프랭크와 함께 용의자의 체포 소식을 지켜보았다.

"경찰이 아직 수사도 시작하지 않았는데, 저 사람이 경찰에 자수를 해서 자백했다는 게 좀 이상한데요? 너무 쉽게 풀리는 것 같습니다."

프랭크가 말했다.

"간단히 해결되는 게 더 미심쩍지……. 익명의 제보자가 대규모 코카인 밀수 사실을 고해바친 지 나흘 만에 세르지오가 총격을 받았고……. 우리 정보원들은 콜롬비아 마약 카르텔과 여기 지하 세계 사이에 다툼이 일어났다고 했고……. 그리고 항구에서 세 명이 살해됐고……. 이탈리아인들이지. 자세히 조사해보면 틀림없이 세르지오 수하들일 걸세."

코스티디스는 생각에 잠겨 이맛살을 찌푸리며 말했다. 그리고 텔레비전을 꺼버렸다. "세르지오는 사라졌어. 부상을 당한 게 틀림없네. 그래서 보이지도 않고 소식도 없는 거야. 젠장, 다 관련된 일이야. 그런데 우리 말고는 아무도 그렇게 생각하지 않는 모양이군."

"자백을 했다는 남자가 어떻게 차를 운전하면서 동시에 창문으로 칼라슈니코프 소총을 발사했을까요?" 프랭크는 고개를 가로저었다.

"이번 사건이 그냥 간단히 끝나길 바라는 일당이 있는 것 같네. 이 모든 일은……."

그때 전화벨이 울렸고, 코스티디스가 구내전화 버튼을 눌렀다.

"유진 발레리 국장의 전화입니다. 아주 급한 일이라고 합니다."

엘리가 말했다.

"알겠네. 연결해주게."

유진 발레리는 보건국장이었다.

"안녕하십니까, 시장님. 성가시게 해서 죄송합니다만 아주 중대한 문제가 발생한 것 같습니다."

"그거 잘됐네. 이번에는 또 어떤 문제인가?"

코스티디스는 눈알을 굴리며 프랭크도 같이 들을 수 있도록 통화 볼륨을 높였다.

"오늘 우리 쪽에 협박 편지가 도착했습니다. 익명입니다. 처음에 우리 직원들은 별로 심각하게 생각하지 않았는데, 1시간 전에 제게 전화가 왔습니다. 전화를 건 남자는 식료품에 탄저균을 넣겠다고 협박했습니다. 그자는 퀸즈와 모닝사이드 하이츠에 있는 식료품 가게 두 곳의 주소를 말해주었는데, '프리조'라는 회사의 냉동 햄버거에 세균을 넣겠다고 했습니다. 그래서 문제가 될 만한 제품을 모두 수거해서 검사하도록 저희 직원들을 그쪽으로 파견했습니다."

발레리가 말했다.

"그렇군."

"정말 심각한 일입니다, 시장님. 협박한 놈은 미친 것 같지는 않습니다. 구체적인 요구사항을 제시했고 그걸 언론에 공개하라고 요구했습니다."

"요구사항은 뭔가?"

"외국 계좌로 300만 달러를 송금하라는 것이고, 또……"

"또 뭐?"

"시장님의 퇴진입니다."

"그렇군. 그런데 그자가 내 돈을 요구한 건 아니군, 그렇지?"

"농담하실 상황은 아닙니다. 이제 어떻게 할까요?"

발레리가 딱딱하게 말했다. 코스티디스는 프랭크를 쳐다보더니 한숨을 내쉬었다.

"경찰과 연방보건부에 연락을 취하게. FBI도."

"알겠습니다."

"아, 그리고 발레리 국장, 새로운 소식이 들어오는 대로 바로 알려주게나."

코스티디스는 전화를 끊고 잠시 가만히 있더니 자리에서 벌떡 일어났다. "세르지오가 대포를 꺼내들었어. 이 협박 건은 사람들의 관심을 체사레의 죽음과 세르지오 총격 사건에서 다른 데로 돌리려는 계략이라는 데 내 오른손을 걸지."

프랭크는 걱정스러운 표정을 지었다.

"만약 진짜 협박범이면 어떻게 하죠?"

"그렇다면 난 물러나서 평생 골프나 치고 낚시나 하면서 보낼 거야. 그리고 소돔과 고모라를 향해 절대 뒤를 돌아보지 않을 걸세. 프랭크 자네한테 맹세할 수 있네."

코스티디스는 피곤한 미소를 날리며 대답했다.

*

식료품에 세균을 넣겠다는 협박은 극비로 부쳤는데도 이 소식은 당연히 언론에까지 흘러들어갔다. 시민들의 반응은 경악스럽다 못해 히스테리에 가까울 정도였고, 언론은 공포심을 더욱 증폭시켰다. 언론은 익명의 협박범과 특이한 요구사항에 주목했다. 방송국은 케케묵은 자료실에서 탄저균 감염자들의 다큐멘터리를 끄집어냈다. 탄저균의 위험성과, 감염되면 2~3일 만에 죽는다는 전문가라는 사람들의 인터뷰가 계속 전파를 탔다. 프리조사는 보건당국이 자사의 모든 제품을 압수하자 격렬히 항의했다. FBI는 식료품을 오염시키려고 했던 병균의 출처를 파악하기 위해 미국 내의 모든 연구소에 대해 수사를 벌였다. 코스티디스 시장은 비상대책위원회를 구성하고, 걱정하는 시민에게 즉시 관련 정보를 제공하는 핫라인을 설치했다. 전화벨은 쉴 새 없이 울렸다. 많은 시민들은 잠시 멀리 사는 친척집에서 지내다 오기로 결심하기도 했다. 시내에서 외곽으로 나가는 고속도로는 이른 아침부터 대책 없이 꽉 막혔다.

"잘했네."

넬슨이 작전이 성공했다고 보고하자 세르지오는 만족스러워했다.

"저들은 총격을 가한 범인을 손에 넣었지만 콜롬비아하고는 전혀 상관없는 사람이지. 조직들 간에 전쟁 같은 것은 없을 것이고 모두들 진정될 걸세." 넬슨이 미소를 지었다.

"아버지 이름도 이제 헤드라인에서 사라졌어요."

마시모가 힘주어 말했다. 그는 아버지가 빨리 퇴원을 하고 다시 중요한 결정을 내릴 수 있게 되어 안도했다. 이들은 헬리콥터로 롱아일랜드에서 마운트 키스코로 가는 비행 중이었다. 세르지오는 넬슨에게 만나봐야 할 사람들의 순서를 나열해주었다. 그는 자기편에 서 있는 사람이 누구이고, 코스티디스가 다음에는 어떤 일을 벌일지 알아야 했다. 세르지오는 가짜 범인의 자백을 코스티디스가 믿을 리가 없다고 생각했다. 코스티디스는 그 어느 때보다도 심각한 위협이 되고 있었다.

세르지오는 마운트 키스코 근처에 있는 웨스트체스터 카운티의 집에 오후 늦게 도착했다. 둘째 아들 도메니코가 심각한 얼굴 표정으로 마중을 나왔다.

"아버지! 정말 천만다행이에요."

세르지오는 오른팔로 어색하게 아들을 안았다.

"엄마는 좀 어떠시냐?"

"진정제를 거부하고 계세요. 하지만 이제 어느 정도 진정되셨어요. 전 아직도 막내가 죽었다는 사실이 믿어지지 않아요."

"그래, 정말 끔찍한 일이지."

세르지오는 홀을 따라 걸어갔다. 두 아들과 넬슨이 뒤따랐다. 그는 커다란 거실 안으로 들어갔다. 커다란 가죽 의자 위에 콘스탄치아가 앉아 있었다. 옆에는 며느리 빅토리아와 이자벨, 그리고 콘스탄치아의 여동생인 로자와 사촌 마리아가 앉아 있었다. 다섯 여자는 검은 옷을 입은 채 울어서 눈이 퉁퉁 부어 있었다. 세르지오의 눈길은 검은 리본으로 장식된 커다란 액자 안에 들어 있는 체사레의 사진에 꽂혔다. 잠시 위장에 묵직한 통증을 느꼈다.

"나 왔소." 세르지오가 말했다.

"회장님, 심심한 애도를 표합니다. 정말 슬픈 일입니다."

마운트 키스코 출신의 젊은 의사가 다급하게 다가오더니 말했다.

"고맙네." 세르지오는 고개를 끄덕였다.

그 순간 콘스탄치아가 남편이 온 것을 보고 벌떡 자리에서 일어났다. 울어서 퉁퉁 부은 얼굴은 화난 표정으로 변했다.

"살인자!"

그녀는 날카롭게 소리를 지르며 누가 미처 막을 새도 없이 세르지오를 향해 달려들었다. "네가 죽였어! 짐승 같은 살인자! 네가 죽이라고 지시했지! 네 아들을!"

다른 여자들이 놀라서 자리에서 일어나고, 마시모와 도메니코는 흥분해서 날뛰는 어머니를 붙잡았다. 이들은 어머니가 아버지에게 퍼붓는 비난을 듣고 몹시 충격을 받은 모습이었다. 의사는 놀라 콘스탄치아를 뚫어지게 쳐다보았다. 그녀가 이탈리아어로 말을 해서 의사는 무슨 말인지 알아들을 수 없었지만 그녀의 목소리에 담긴 분노와 증오는 굳이 통역이 필요하지 않을 정도였다.

"체사레가 방해가 됐겠지! 넌 체사레가 너만큼 냉철하지 않다고 늘 경멸했지! 네가 체사레를 죽이라고 시켰어, 이런 냉혈 인간! 네가 우리 아버지를 감옥에 가게 만든 것처럼 말이지. 그럼 아버지가 돌아가실 줄 뻔히 알면서도 말이야! 넌 방해가 된다는 이유로 수많은 사람을 죽였어. 그런데 이제 우리 아기, 내가 사랑하는 아들까지 죽여버리다니, 이런 세상에!"

콘스탄치아는 비틀거리더니 큰소리로 울부짖었다. 짐승이 울부짖는 것 같았다.

"당신은 지금 제정신이 아니야, 콘스탄치아."

세르지오는 부인을 향해 손을 뻗었다.

"내 털끝 하나 건드리지 마, 이 살인자!"

그녀가 날카롭게 소리를 질렀다.

"아무도 체사레한테 무슨 짓을 하지 않았어. 정신이 나가서 혁대로 스스로 목 매달아 죽었다고. 또 코카인에 잔뜩 취해 있었겠지."

세르지오가 차분한 목소리로 말했다. 이때 그는 어이없어 하는 의사와 며느리들의 눈빛을 알아차렸다. 넬슨의 눈에서도 미심쩍은 기운이 엿보였고, 두 아들조차도 잠시나마 어머니의 말을 믿는다는 사실을 눈치 챘다.

"넌 한 번도 체사레를 좋아한 적이 없어. 늘 그 빌어먹을 사업만 중요한 사람이었지! 나는 널 증오해!"

콘스탄치아가 이제 조용한 목소리로 말했다.

"아내한테 진정제 주사를 좀 놔주게. 아들의 죽음을 감당하기에는 너무 고통이 큰 것 같군." 세르지오가 의사에게 말했다.

"그래! 마음대로 지껄여! 하지만 난 세르지오 비탈리를 잘 알아! 나는 네가 무슨 짓이라도 하는 자라는 걸 알고 있다고! 넌 피도 눈물도 없는 인간이야!" 콘스탄치아는 증오심에 가득 차서 웃었다.

"어머니! 이제 그만 하세요! 우리는 그만 위층으로 올라가요. 아버지는 좀 전에 퇴원하셨고 많이 슬퍼하고 계세요."

당황한 도메니코가 중간에 끼어들었다. 콘스탄치아는 아들의 손을 뿌리쳤다.

"네 아버지는 슬퍼하지 않아. 그 남자는 절대 슬퍼하는 법이 없어. 감정을 느끼지 않는 사람이니까. 심장이 없는 인간이거든."

그러더니 그녀는 몸을 돌려 응접실에서 나갔다. 빅토리아와 로자, 마리, 의사도 뒤를 따라 나갔다. 세르지오는 모두 나갈 때까지 기다렸다가 의자에 털썩 앉았다.

"마시모, 나한테 위스키 한 잔만 갖다 줘."

세르지오가 말했다. 아들이 위스키를 가져오는 동안 다른 사람들은 말없이 불편하게 서 있었다. 늘 차분하고 친절하던 콘스탄치아가 분노로 이성을 완전히 잃은 모습을 보자 모두 깊은 충격에 빠졌다.

"뭘 그렇게 뚫어지게 쳐다보니, 이자벨?"

세르지오가 마시모의 아내인 며느리에게 물었다. "설마 너도 내가 체사레를 죽였다고 생각하는 게냐?"

"아니에요. 절대 그렇지 않아요. 다만 어머니께서 저렇게 고통스러워하시는 모습을 지켜보는 게 힘들어요. 어머니께서 도련님을 각별하게 생각하셨으니까요." 며느리는 고개를 힘껏 가로저으며 말했다.

"그래, 나도 안다. 끔찍하겠지. 아들의 죽음을 받아들일 수 없겠지. 예전에도 암으로 돌아가신 장인어른의 죽음에 대한 책임을 나한테 돌렸었지. 좀 지나면 다시 진정이 될 게다."

*

알렉스는 사무실 책상에 앉아 〈뉴욕 타임스〉에 실린 체사레 비탈리의 자살에 관한 기사를 읽고 있었다. 그녀는 처음이자 마지막이 된 세르지오의 막내아들과의 만남을 떠올렸다. 그녀에게 치명적인 위기가 될 뻔한 만남이었다. 체사레는 첫인상이 워낙 비호감이라 그의 죽음에 대해 별다른 감정이 생기지는 않았다. 이때 마르샤가 문을 살짝 열고 고개를 내밀었다.

"비탈리 씨의 전화예요. 그리고 세인트존 이사님이 전화를 달라고 하셨어요. 급히요."

"고마워요."

알렉스는 전화기를 들었다. 그녀는 3일 내내 세르지오의 소식을 기다렸다. 그동안 여러 가지 사건이 연이어 벌어졌다. 세르지오 총격, 아들의 죽음, 총격 사건의 범인 체포, 그리고 신문의 헤드라인을 장식하고 있는 독극물 협박 사건. 알렉스는 승용차에서 기관총을 갈긴 자들이 예전에 일하던 보디가드가 아니라는 것을 알고 있었지만 아무것도 모르는 편이 좋겠다는 생각이 들었다. 어쨌든 알렉스는 되도록 그날 밤의 끔찍한 기억을 떠올리지 않으려고 애썼다.

"세르지오?"

"아뇨, 전 마시모 비탈리입니다."

"아 네. 아버지는 상태가 좀 어떠세요?"

"좋아지셨어요. 알렉스 씨를 보고 싶어 하세요. 가능하다면 지금 당장요."

"전 지금 해야 할 일이 아주 많아요."

알렉스가 둘러댔다. 세르지오를 만나고 싶지 않았다.

"중요한 일입니다. 아버지께서 파크 애비뉴에 있는 집으로 와달라고 요청하셨어요. 원하시면 제가 차를 보내 드리겠습니다."

"아뇨, 그럴 필요 없어요. 그냥 택시 타고 갈게요. 그리고 마시모 씨, 동생 일은 정말 안됐어요. 오늘 신문을 보고 알았어요."

알렉스가 말했다.

"고맙습니다. 언제쯤 도착하실 예정입니까?"

세르지오의 아들은 아버지와 똑같은 냉랭한 목소리로 말했다.

"1시간 후요."

알렉스는 결심을 하고 자리에서 일어났다. 계속 미루느니 세르지오를 그냥 만나고 오는 것이 낫겠다는 생각이 들었다. 딜링룸의 마크 애쉬턴의 자리는 비어 있었다. 하지만 아래층 홀에서 마크를 만났다. 그는 막 점심을 먹고 올라오는 길이었다.

"올리버하고는 연락이 됐나요?" 알렉스가 물었다.

"주말에 만나기로 했어요. 가능한 한 도와주겠다고 했어요."

마크가 대답했다. 그때 알렉스는 또 다른 생각이 떠올랐다.

"혹시 세인트존이 오늘 신크로트론에 관해서 질문을 했나요?"

"네, 물어봤어요. 새로운 고객인가요?"

마크는 의아한 눈빛으로 알렉스를 쳐다보았다.

"아뇨, 내 계획의 일부예요. 세인트존을 막다른 길로 몰고 가서 어떤 일이 일어나는지 지켜봅시다."

알렉스는 미소를 짓더니 그에게 윙크를 했다.

＊

세르지오는 파크 애비뉴에 자리한 아파트의 소파에 누워 있었다. 그는 몇 시간씩 연이어 전화 통화를 하며 '친구'들의 충성심을 확인했다. 그러나 결과는 대부분의 경우 절망적이었다. 대부분은 속이 빤히 들여다보이는 변명으로 통화를 꺼렸고, 통화가 되어도 몸을 사리거나 심지어 거부 반응을 보이기도 했다. 루카와 마시모, 넬슨은 아침 내내 온갖 사람들에게 전화를 하느라 시간을 보냈다.

"프레드 슈머는 사무실에 없어. 비서가 언제 돌아올지 모른다고 하는군."

넬슨이 전화기를 내려놓았다. 세르지오는 한숨을 내쉬었다. 프레드 슈머는 막강한 의회 감찰수사위원회의 위원장으로, 평소에는 소문 따위에는 아랑곳하지 않는 중요한 인물이었다. 세르지오와는 20년 지기였다. 그가 결정적으로 도와준 적이 여러 번 있었다.

"상황이 좋아 보이지 않아." 넬슨은 걱정스러운 얼굴이었다.

"빌어먹을 겁쟁이들. 비겁한 기회주의자들. 엿이나 처먹어라!"

세르지오가 화가 나서 으르렁거렸다. 세르지오는 지쳤고 부상당한 어깨가 아팠지만 그나마 머리는 문제가 없는 것이 다행이었다.

"하지만 우리한테 반드시 필요한 자들이야."

넬슨이 걱정스럽게 말했다.

"나도 잘 알아! 하지만 내가 대체 할 수 있는 일이 뭐가 있나?"

세르지오가 버럭 화를 냈다. 마시모와 루카는 서로 의미심장한 눈빛을 주고받았다. 상황은 정말 심각했다. 정계의 든든한 연줄 없이는 세르지오의 영향력이 크게 약해질 수밖에 없었다.

텔레비전에서는 독극물 협박 사건에 대해 새롭게 알려진 사실과 체사레의 죽음에 관한 보도가 방송되었다. 그때 코스티디스 시장이 화면에 등장했다. 그는 수많은 방송 카메라와 기자들에 둘러싸여 시청 계단에 섰다. 세르지오는 몸을 곧게 펴고 앉았고, 마시모와 루카, 넬슨은 입을 다물고 텔레비전에 가만히 귀를 기울였다.

"시장님, 협박범이 시장님의 퇴진을 요구한 것에 대해 어떻게 생각하십니까?" WNBC 기자가 물었다.

"제 생각에 이번 협박 사건은 여론의 관심을 다른 데로 돌리려는 노련한 계획에 불과합니다."

코스티디스가 차분하게 대답했다. 그는 토요일 이후 잠을 제대로 잔 적이 없지만 여전히 에너지가 가득해 보였다.

"여론의 관심을 다른 데로 돌리다니 무슨 말씀이십니까?"

다른 기자가 물었다.

"토요일 밤에 세르지오 비탈리를 겨냥한 총격 사건이 벌어졌습니다. 지난주 화요일 브루클린 세관이 대규모 코카인 밀수를 적발하고 압수한 이후에 벌어진 일이죠. 마약은 코스타리카에서 출발한 화물선에 실려 있었습니다. 콜롬비아가 우리나라로 마약을 밀수해오는 전형적인 루트예요. 그때 경찰과 세무 당국은 익명의 제보를 받았는데, 항구가 세르지오 비탈리의 손 안에 있다는 사실은 이미 공공연한 비밀입니다." 코스티디스가 말했다.

"저 빌어먹을 놈."

세르지오가 무표정한 얼굴로 중얼거렸다. 다른 남자들은 아무 말도 하지 않았다.

"세르지오 비탈리와 콜롬비아 마약 카르텔 사이에 전쟁이 벌어지고 있습니다. 토요일 저녁에 항구에서 남자 세 명이 피격 당하는 사건이 일어났는데, 피해자는 이탈리아계 미국인으로, 세르지오 밑에서 일했던 것으로 추정됩니다. 제 생각에는 세르지오가 총격을 당한 이유는 그가 마약 선박이 적발되게 한 데 대한 복수입니다."

"하지만 총격 사건의 범인이 자수하지 않았습니까?"

기자가 되물었다.

"아주 미심쩍지 않습니까? 저는 자수를 했다는 자가 세르지오의 사주를 받고 거짓으로 자수했을 거라고 생각합니다. 그럼 2년형 정도 선고받을 것이고, 모범수가 되면 아마 1년이면 풀려나겠죠. 하지만 시민들은 불안해하고 있어요. 지하 세계 간의 전쟁이 아니라 그냥 미친 사람의 소행이라고 생각하고 있으니까요."

코스티디스가 미소를 지으며 말했다.

"그런 건 다 어떻게 아십니까, 시장님?"

"전 아무것도 모릅니다. 하지만 식료품에 독극물을 넣겠다는 협박 역시 세르지오 비탈리의 총격 사건에 대한 사람들의 관심을 돌리는 데 이용되고 있다는 심증만 있을 뿐입니다."

"상당히 위험한 추측으로 들리는데요. 무슨 증거라도 있는 겁니까?" 어떤 기자가 물었다.

"아직은 없어요. 하지만 곧 갖게 될 겁니다. 전 전직 검사로서 그런 범죄자들을 오랫동안 다뤄봐서 그들의 사고방식과 행동양식에 대해 아주 잘 알고 있죠."

"세르지오 비탈리 씨를 범죄자라고 지칭하시면 안 되는데요."

"그래요? 안 됩니까? 하지만 전 그렇게 부르고 싶습니다! 여러 개의 기업을 소유하고 수백만 달러를 기부한다고 해도 그 사람이 쓴 가면을 벗겨보면 범죄자라는 걸 곧 알게 되실 겁니다. 세르지오 비탈리는 뉴욕의 대부입니다." 코스티디스의 짙은 색 눈동자가 반짝거렸다.

마시모와 루카, 넬슨은 세르지오를 흘깃 쳐다보았지만 그의 표정은 아무 변화가 없었다.

"한 가지는 알아줘야 해. 정말 똑똑해. 내 편이 아니라는 게 정말 유감이지." 세르지오가 결국 입을 열고 말했다.

"위험한 자야. 아주 위험하지. 우리의 계획을 전부 꿰뚫어봤어."

넬슨이 걱정스러운 말투로 말했다.

"하지만 증거가 없잖아요. 아무리 말로 떠들어봐야 그게 다예요."

마시모가 입을 열었다.

"코스티디스는 증거가 필요하지 않아. 그자가 내뱉는 말 한마디 한마디로 우리 편에 있는 사람들을 불안하게 만드는 거지. 그런 말을 텔레비전에서 하는데 공개적으로 우리 편이라고 말하고 다닐 사람은 없어. 그러면 모가지가 잘릴 텐데, 그럴 수가 없는 거지."

세르지오가 언짢게 대답했다.

"그럼 무슨 수를 써야죠! 비방과 중상모략으로 고소하는 건 어떤 가요? 어떻게 저렇게 터무니없는 주장을 할 수 있죠?"

혈기 왕성한 마시모가 말했다. 세르지오는 아들을 쳐다본 후 천천히 고개를 끄덕였다.

"무슨 수를 쓰기는 써야겠어."

"어떻게 하려고 그러나? 내가 가치분 신청을 해서 코스티디스가 자꾸……."

"됐네. 그자는 가처분 조치나 명예훼손 고소 따위는 아랑곳하지 않을 작자야. 자기가 옳다는 걸 만천하에 알리는 데 미쳐 있는 자인데, 엄밀히 따지자면 사실이잖아." 세르지오가 넬슨의 말을 끊고 말했다.

"그럼 그냥 입을 틀어막아버려요." 마시모가 말했다.

"그게 그렇게 간단한 일이 아니야. 그놈은 뉴욕시장이고 영향력이 엄청난 데다가 아주 유명하지. 이런 경우에는 단 가지 해결책밖에는 없어." 세르지오가 말했다.

주위는 갑자기 쥐 죽은 듯 고요해졌다. 모두들 세르지오의 그 말뜻을 이해했다.

"안 돼. 시장을 그냥 죽여버릴 수는 없네."

넬슨이 침묵을 깨고 자리에서 일어났다.

"누가 죽여버린다고 했나?"

세르지오는 어두운 표정으로 텔레비전 화면을 쳐다보았다. "사고, 비극적이고 안타까운 사고, 사람의 목숨은 정말 파리 목숨이지."

넬슨은 오랜 친구의 얼굴을 쳐다본 후 그가 진심으로 하는 말이라는 것을 알았다. 세르지오는 지금 상당히 힘든 상황이었다. 건강상 심한 타격을 입었고, 개인적으로는 체사레의 죽음과 콘스탄치아의 격렬한 반응 때문에 압박을 받고 있었다. 오랜 친구들은 세르지오를 멀리하고 관계가 무너질 위험에 처해 있었다. 게다가 항구에서 벌어진 오르테가와의 문제도 있었다. 그뿐인가? 코스티디스 때문에 엄청난 타격을 입을 위험에 처해 있었다. 즉시 무언가 조치를 취하지 않으면 안 되는 형편이었다. 코스티디스의 말이 더는 대중에게 먹혀들지 않도록 하는 노련한 전략이 필요했다.

"저놈을 제거해야겠어. 빠르면 빠를수록 좋아."

세르지오가 불쑥 말했다.

"그건 최후의 방법이네. 코스티디스한테 겁을 줘서 그냥 입을 꾹 다물고 있는 게 신상에 좋을 거라는 메시지를 전해주는 건 어떻겠나?" 넬슨이 조심스럽게 말했다.

"겁을 준다고?"

세르지오는 웃더니 고통스러운지 얼굴을 찌푸렸다. "자네가 그놈한테 어떻게 겁을 줄 생각인데? 그놈은 악마와 직접 대면한다고 해도 절대 겁먹지 않을 놈이야!"

"그러니까…… 신체적으로 겁을 주는 방법이 있지 않을까?"

세르지오는 콧방귀를 끼더니 루카한테 빈 유리잔을 내밀었다. 루카는 잔에 얼른 다시 위스키를 채워주었다.

"그놈은 초주검이 된 상태에서도 카메라 앞에 기어 나와서 자기가 의심하고 있는 것을 떠들고 다니고도 남을 놈이야."

세르지오는 진통제 세 알을 삼키고 잔을 단숨에 비웠다. "니콜라스 코스티디스는 협박 따위는 모르는 놈이지."

"하지만 그자가 죽으면 곧장 자네가 의심받게 될 걸세."

"그놈이 없어지면 난 마침내 평온해질 것이네. 그놈의 죽음을 조사하는 자들도 우리에게서 월급을 받는다는 사실을 잊지 말게."

넬슨은 단호하게 고개를 저었다. 마시모와 루카는 넬슨이 세르지오의 말에 거역하는 모습을 보고 당황했다.

"나는 그런 일은 같이할 수 없네. 나는 늘 자네 편이었어, 세르지오. 자네와 산전수전 다 겪고 이런저런 전쟁도 함께했지. 우리는 함께 모든 것을 다 이루었고 말이야. 그리고 마침내 합법적인 단계에 들어서는 데 성공했어. 그리고 난 이따금 누군가를 제거하는 것이 불가피하다는 사실도 받아들이게 됐지. 하지만 자네가 시장을 죽여버리면 일이 너무나 커져서 우리도 무사하지 못할 걸세. 시장을 없애는 건 우리를 나락으로 떨어뜨리는 짓이 될 거야!"

세르지오는 가장 오래되고 가장 의리 있는 친구를 의아한 눈으로 쳐다보았다. 넬슨이 이렇게 강력하게 반대하는 것은 처음이었다. 넬슨이 애원하는 목소리로 말을 이었다.

"자네가 그 어떤 것도 두려워하지 않는다는 걸 잘 아네. 하지만 우리는 이 문제를 다른 식으로 풀 수 있을 걸세. 중요한 건 오르테가와 잘 합의를 하는 것이고, 그럼 다른 일도 모두 술술 풀릴 거야."

"코스티디스는 내가 이룩한 모든 것을 파괴하려고 하고 있어. 이제 그놈은 재미를 들었어. 그럼 우리를 더는 가만히 두지 않을 거라는 걸 자네도 나만큼이나 잘 알고 있잖아!"

세르지오가 어두운 얼굴로 말했다.

"만약 자네가 그자를 죽일 계획이라면 나는 동참할 수 없네."

넬슨이 조용한 목소리로 재차 말하며 세르지오의 시선을 피하지 않았다. 세르지오는 힘겹게 자리에서 일어났다. 몸은 쇠약해졌지만 힘은 여전했다.

"넬슨, 자넨 가장 오래된 내 친구야. 내가 이 세상에서 친구라고 부를 수 있는 유일한 사람이지. 그런데 자네는 내가 위험을 더는 감수할 수 없다는 걸 알잖아. 그리고 코스티디스가 예측할 수 없는 엄청난 위험 요인이라는 사실도 알잖나, 안 그런가?"

세르지오가 부드러운 목소리로 말했다.

"그래. 하지만 그렇다고 해서 죽일 필요까지는 없잖아!"

세르지오는 그를 오랫동안 바라보았다. 그러나 얼음장처럼 차가운 파란 눈빛은 확고했다. 한참 후 넬슨은 고개를 숙였다.

"그럼 난 이만 실례해야겠네. 법의학실에 가봐야겠어. 1시에 부검 결과가 나올 예정이라고 하더군. 그리고 실비오를 위한 보석금도 신청해야 하고."

넬슨이 방에서 나가자 세르지오는 다시 자리에 앉았다. 그는 한참 동안 아무 말도 하지 않고 어두운 표정으로 그저 앞만 물끄러미 바라보았다.

"루카, 자네가 코스티디스를 침묵하게 할 수 있는 계획을 만들어보게. 자네가 어떻게 하든 나는 상관 않겠네. 빠른 시일 내에 이루어지기만 하면." 세르지오가 한참 만에 입을 열었다.

루카는 고개를 끄덕였다.

"그리고 똑똑한 부하 두 명을 골라줘. 넬슨을 단 1초도 눈에서 떼지 말고 잘 지켜보도록 하게."

"알겠습니다, 보스." 루카는 목례를 하고 밖으로 나갔다.

"아버지, 넬슨이 우리를 배신할 거라고 생각하시나요?"

아무 말 없이 모든 광경을 지켜보던 마시모가 입을 열었다.

"아니. 넬슨은 아파. 그리고 점점 나이가 들어가지. 이제 정신력이 예전만 못 해. 예전에는 달랐지. 하지만 최근에는 전쟁을 치른다는 것이 뭔지 잊어버린 것 같아." 세르지오가 피곤한 목소리로 말했다.

"하지만 오르테가……." 마시모가 다시 입을 열었다.

"나는 오르테가하고 얘기할 생각이 없어. 코스티디스는 나에 맞서서 전쟁을 벌이고 있어. 그놈은 오르테가보다 훨씬 정밀한 무기를 쓰고 있고, 그게 효력을 발휘하고 있지. 그놈은 나의 모든 약점을 알고 있고 아주 똑똑한 자야." 세르지오가 아들의 말을 끊고 말했다.

*

세르지오의 아파트에 도착했을 때, 알렉스는 그가 육체적으로 무척 약해진 처지에서도 모든 상황을 잘 통제하고 있다는 느낌이 들었다. 그의 얼굴은 평소보다 수척했고 표정도 더 날카롭고 냉랭했다. 그는 마치 자신의 권력을 자랑스러워하고 즐기는 총사령관 같았다. 평소에는 아무도 없던 아파트는 장정들로 가득했다. 알렉스는 들어올 때 가방 검사까지 받아야 했다.

"아들 일은 정말 안됐어요."

알렉스는 멀찌감치 떨어져서 그에게 입을 맞출 생각조차 하지 않았다. 알렉스는 세르지오가 뻔히 알면서도 자신을 생명의 위협에 빠트리게 했다는 사실을 잊지 않았다.

"고마워. 애 엄마가 많이 힘들어하지."

"당신은요?"

세르지오는 눈은 잠시 가늘게 뜨더니 어깨를 으쓱했다.

"체사레는 약해 빠진 놈이었어. 마약 중독에 심리적으로도 불안정했지."

"하지만 당신 아들이잖아요!"

알렉스는 세르지오가 아무렇지 않게 그런 이야기를 하는 것에 경악했다.

"체사레가 나한테 다른 사람 이상으로 중요하게 느껴진 적은 없어. 충격 받았어? 내가 그렇지 않은데 일부러 슬픔에 잠긴 아버지인 척 연기라도 해야 하는 건가?" 세르지오가 말했다.

알렉스는 아무 말도 하지 않았다. 만약 세르지오가 이런 모든 일을 겪었다고 해서 위로가 필요하다고 생각했다면 그것은 착각이었다. 세르지오는 모든 인간적인 감정과는 한참 거리가 있는 사람이었다.

"당신은 좀 어때?" 세르지오가 이제 알렉스의 안부를 물었다.

"괜찮아요. 당신은요?"

"괜찮아지겠지. 총알은 제거했어."

알렉스는 세르지오가 마치 흔한 맹장수술이라도 받은 것처럼 말해서 어이가 없었다.

"집 안에 그야말로 보디가드 부대를 들여놓았네요. 텔레비전에서는 범인이 잡혔다고 하던데."

알렉스가 쌀쌀맞게 말했다. 세르지오는 소파에 앉았다.

"만일의 경우를 대비해야지."

그의 눈에 알 수 없는 눈빛이 스쳐 지나갔다.

"당신이 총격을 당했을 때 내가 바로 당신 옆에 서 있었다는 사실을 까맣게 잊은 모양이군요. 방탄조끼도 입지 않은 상태로 말이죠. 지금 자수한 사람은 분명히 아니에요. 그렇다면 누구죠?"

알렉스가 날카롭게 말했다.

"나는 알고 있어. 하지만 그건 중요하지 않아. 개인 감정으로 한 짓은 아니었으니까." 세르지오가 대답했다.

"개인적인 감정으로 그런 게 아니었다고요? 나 같으면 누가 나한테 총을 쏘면 상당히 개인적인 감정으로 그랬을 거라고 생각할 텐데요!" 알렉스는 믿을 수 없다는 듯이 웃었다.

"내가 누구한테 좀 성가시게 굴었지. 총격은 그에 대한 대답이야."

세르지오는 위스키 한 모금을 마셨다. 조금이나마 어깨의 통증을 잊을 수 있었다. 알렉스는 세르지오를 뚫어지게 쳐다보았다. 세르지오가 그 어느 때보다도 낯설게 느껴졌고 주위에 무장을 한 수많은 장정들은 브루클린의 창고에서 그랬던 것처럼 불쾌감을 불러일으켰다.

"여기 내 옆에 와서 앉지그래!"

세르지오가 알렉스에게 말했다. 알렉스는 망설이다가 소파 쪽으로 다가갔지만 그 맞은편 소파에 앉았다.

"나는 왜 보자고 했어요? 당신 아들이 아주 긴급한 일이라고 해서 열일 제쳐놓고 왔거든요." 알렉스가 딱딱하게 물었다.

"우리가 나눴던 대화에 대해 생각해봤어. 당신은 우리 관계를 끝내고 싶다고 했었지."

알렉스는 아무 말 없이 세르지오가 계속 말을 하기를 기다렸다.

"당신이 나한테 화가 났다는 거 얼마든지 이해해. 내가 실수를 했어. 하지만 나는 당신을 잃고 싶지 않아. 그래서 한 가지 제안을 하고 싶어."

그는 평소와 달리 사려 깊게 말을 이었다. 알렉스는 그의 제안을 듣고 싶지 않았다. 그녀는 세르지오를 다시는 만나고 싶지 않았다. 하지만 알렉스가 미처 자리에서 일어나기 전에 세르지오가 몸을 앞으로 숙이고 손을 잡았다.

"지금 당장 대답할 필요는 없어. 시간을 갖고 생각을 해봤으면 좋겠어."

그는 미소가 아닌 알 수 없는 눈빛을 지었다. 그는 알렉스를 한참 쳐다보더니 손을 놓고 자리에서 일어났다. "나는 콘스탄치아하고 이혼할 생각이야. 당신이 내 아내가 되어주면 좋겠어."

알렉스는 예상치 못한 말에 몹시 놀라 귀를 의심했다. 세르지오하고 결혼한다고? 1년 전이었다면 한번 생각을 해봤을지도 모르지만 이제는 세르지오의 세계에 대해 너무 많은 것을 알아버리고 말았다. 그리고 그에 대해 깊이 혐오하고 있었다. 세르지오는 알렉스를 향해 몸을 돌렸다.

"어떻게 생각해?"

알렉스는 정신을 차리려고 애썼다. 궁지에 몰린 느낌이었다. 이런 상황에는 미처 마음의 준비가 되어 있지 않았다.

"그건⋯⋯. 너무 놀라서 뭐라고 해야 할지 모르겠어요."

그녀는 어쩔 줄 몰라 하며 할 말을 찾았다.

"당신은 계속 일을 하든지 그만두든지 마음대로 해도 돼. 내가 당신한테 집을 사줄 수도 있고. 우리 아이도 낳자고. 당신도 아이를 원하잖아."

알렉스는 세르지오와 결혼해서 그에게 완전히 내맡겨진 삶을 살게 되면 어떨까 하는 생각에 움찔했다. 그의 지시로 사람들이 죽은 것과 브루클린의 어두침침한 창고를 떠올리니 등골이 오싹했다.

"한번 생각을 해보겠다고 약속해줄 수 있지?"

그는 알렉스 앞에 쭈그리고 앉아 손을 잡았다. 그의 파란 눈은 신중했고 그 눈빛 뒤에는 뭔가 알렉스의 경각심을 불러일으키는 것이 도사리고 있었다. 세르지오는 천의 얼굴을 가진 남자였다. 그는 이유 없이 어떤 행동을 하지 않는 사람이었다. 그런데 갑자기 무슨 이유로 결혼을 하겠다고 하는 걸까? 무슨 일이 일어난 걸까?

"한번 생각해볼게요. 약속요." 알렉스가 대답했다.

"좋아."

그의 얼굴에서 승리의 미소가 깃들었다. 알렉스는 찜찜한 기분을 떨칠 수가 없었다. 저도 모르게 무엇인지 모르는 어떤 계획에 말려들게 될지도 모른다는 꺼림칙한 기분이 엄습했다. 지금 당장 세르지오가 키스를 하거나 잠자리를 가질 생각이 없다는 사실에 알렉스는 안도하며 차로 태워다 주겠다는 제안을 거절하고 나왔다. 알렉스는 당장 이 집에서, 그녀가 꿰뚫어볼 수 없고 두려움을 불러일으키는 이 남자로부터 벗어나고 싶었다.

*

브롱크스 임대주택 방화 사건 때 총에 맞아 중상을 입은 토마스 가넬리 경관은 며칠 후 결국 순직했고, 퀸즈에 있는 애스토리아 파크

묘지에 안장되었다. 41경찰지구대 동료들이 든 관에는 미국 국기가 덮였다. 사열식 제복을 차려입은 수많은 경찰관과 부인들이 7월 오후의 무더위 속에 땀을 흘리며 도열했다. 이들의 얼굴에는 동료의 죽음에 대한 충격과 분노가 서려 있었다. 당연히 제롬 하딩 뉴욕경찰청장은 대중이 큰 관심을 갖고 있는 장례식에 참석하지 않을 수 없었다. 그 외에도 뉴욕 고위 경찰 공무원을 비롯한 각계 공무원과 뉴욕시장이 참석했다.

하딩은 무덤 앞에서 30분가량 이어진 열띤 연설에서 모든 범죄에 대해 더 단호하게 대처할 것을 천명했다. 이에 비해 닉 코스티디스의 연설은 짧게 끝났다. 그는 하딩의 과장된 비장함이 적절하지 않다고 생각하고, 사망자의 가족과 동료들에게 위로의 말을 건네는 것으로 간단하게 끝냈다. 그리고 모든 경찰관에게 위험하면서도 매우 중요한 임무에 헌신하는 데 대해 감사의 인사를 전했다. 프랭크 코헨은 맨 뒤에 서서 즉흥적으로 적시적소에 적당한 말을 할 줄 아는 시장의 능력에 대해 새삼스럽게 감탄했다.

공식적인 장례 절차가 끝나자 코스티디스는 순직한 경찰관의 부모와 젊은 미망인에게 애도의 뜻을 전하고 시에서 행정적으로 필요한 모든 도움을 주겠다고 약속한 후 프랭크와 함께 말없이 공동묘지를 가로질러 이들을 기다리던 리무진을 향해 걸어갔다. 운전기사 캐리 로타는 차를 그랜드 센트럴 파크웨이 31번 스트리트로 몰고 가다가 롱아일랜드 고속도로에 올라탄 후 퀸즈 미드타운 터널을 통해 다시 맨해튼으로 돌아왔다.

"젊은 사람이 저렇게 죽어야 한다는 건 정말 수치스러운 일이야. 정말 너무 무의미하고 안타까운 죽음이었어."

한참 만에 코스티디스는 어두운 표정으로 차창 밖으로 보이는 건물들을 물끄러미 쳐다보며 입을 열었다.

"토마스 가넬리의 부모님은 시장님 말씀으로 인해 정말 많은 위로를 받으셨어요. 시장님의 진심을 느끼셨을 겁니다." 프랭크가 말했다.

"토마스 가넬리의 장례식이 아니라 용감한 경찰관 시상식 때 부모에게 진심 어린 말을 해주었다면 얼마나 좋았을까."

코스티디스는 피곤해서 등을 뒤로 기댔다. 지난 몇 주는 정말 힘들었다. 독극물 협박범은 잠잠해졌다. FBI의 대대적인 수사에도 언제 어떤 연구실에서 탄저균이 몰래 빼돌려졌는지 확인되지 않았다. 코스티디스와 세르지오가 벌이는 싸움은 현재 휴전 상태였고, 체사레 비탈리의 부검 결과 허리띠로 목을 매달아 생긴 목뼈 골절이 확실한 사인으로 밝혀지자 언론의 관심은 다른 곳으로 향했다. 겉으로는 이처럼 평화스러워 보였다. 하지만 새로운 위협의 먹구름이 몰려들고 있었다. 코스티디스는 오늘 아침 책상에서 발신인이 없는 편지를 발견했다. 그런 경우가 종종 있기는 했지만 그 편지 봉투에는 우체국 소인도 없고 우표도 없이 내용에 달랑 한 줄만 적혀 있었는데, 몹시 위협적이었다.

"침묵하지 않으면 죽는다."

그냥 일반 복사용지에 레이저프린터로 인쇄한 편지였다. 어떻게 이것이 시장의 책상 위에 올라왔는지 아무도 몰랐다. 코스티디스는 편지를 얼른 읽어본 후 고개를 저으며 구겨버린 후 쓰레기통에 던져 넣었다. 하지만 프랭크는 편지를 꺼내 주머니에 넣었다.

"시장님, 시장님께서 이런 얘길 듣고 싶어 하지 않으신다는 건 잘 알지만, 전 그 편지 때문에 정말 심각하게 걱정이 됩니다."

터널을 빠져나와 맨해튼에 도착하자 프랭크가 조심스럽게 말을 꺼냈다.

"신경 쓰지 마. 내가 지금까지 살아오면서 얼마나 많은 협박 편지를 받았는지 자네도 잘 알잖아. 정계에 몸담고 있으면 으레 있는 일이네. 누군가는 나를 싫어하게 되기 마련이지."

코스티디스는 너그러운 미소를 지었다.

"그렇지 않아요. 이번에는 좀 다릅니다. 특히나 지난 몇 주간 일어난 사건들을 생각해보면 더욱더 그렇습니다. 이번에는 정말 심각한 위협이라는 느낌이 듭니다. 어쩌면 그 의문의 독극물 협박범일 수도 있고, 배후에 세르지오 비탈리가 있을 수도 있습니다. 시장님이 언론에 등장하셔서 그를 궁지에 몰아넣었으니까요." 프랭크가 반박하며 말했다.

"익명의 편지 같은 건 세르지오답지 않은 짓이야."

"부탁입니다, 시장님. 세르지오와 관련된 사건이 좀 잠잠해질 때까지 신변 보호를 받으셔야 합니다."

"난 사람들이 화장실까지 쫓아다니는 건 정말 질색이네. 별일 없을 걸세." 코스티디스가 거부 반응을 보였다.

"아니면 최소한 사모님만이라도……."

"집사람은 이런 협박에 대해 몰라도 되네. 괜히 쓸데없는 걱정만 하게 될 뿐이야. 어차피 며칠 후면 결혼 준비를 위해서 크리스토퍼랑 약혼녀와 함께 언니가 있는 몬탁에 가게 될 걸세. 그때까지는 수상쩍은 일들이 다 끝나 있기를 바랄 뿐이네."

코스티디스는 프랭크를 안심시키듯 미소를 지어 보였다. "자네 신경이 너무 곤두서 있는 것 같네, 프랭크. 최근 몇 주간 잠을 잘 못 자서 그럴 걸세. 주말에 푹 쉬는 게 어떤가?"

"그래도 전 시장님의 안전이 너무 걱정됩니다. 그러면 최소한 혼자 지하철을 타고 다니지 않겠다는 약속만이라도 해주시겠습니까?"

"경호원을 붙이지 않겠다고 약속하면 그렇게 하지."

코스티디스는 히죽 웃었지만 프랭크는 순순히 물러서지 않았다.

"편지가 어떻게 시장님 책상까지 올라가게 됐을까요? 그 의문이 머리에서 떠나지 않습니다."

"그 유치한 편지 얘기는 이제 그만 듣고 싶네. 청소 아주머니가 올려놨을 수도 있지."

코스티디스가 고개를 가로저으며 대수롭지 않다는 듯 말했다.

"시장님 생각이 맞기만을 바랄 뿐입니다."

프랭크는 한숨을 내쉬며 얼굴을 찌푸렸다.

*

레이먼드 하워드는 독립기념일을 맞이해서 벌이게 될 퍼레이드의 마지막 수정 작업에 여념이 없었다. 그는 사무실에서 양쪽 귀에 전화기를 끼고 신경쇠약으로 쓰러지기 직전인 퍼레이드 책임자와 화가 잔뜩 난 참전용사협회 회장을 달래느라 번갈아 통화를 하고 있을 때 문가에 프랭크가 서 있는 것을 보았다. 그는 짜증이 섞인 표정으로 잠시 기다리라는 신호를 하고 나서 양쪽 전화 통화를 마쳤다.

"정말 이런 멍청이들. 매년 이런 주도권 싸움을 벌이는 꼴은 정말 못 봐주겠어."

레이먼드가 욕설을 내뱉으며 말했다. 이때 전화벨 소리가 또 울렸지만 그는 무시했다. "자네가 와서 다행이야. 연단의 주빈석 자리를 정하는 걸 좀 도와줘. 대통령 따님께서 뒤늦게 참석하겠다고 알려왔는데 친구까지 데리고 온다는군."

레이먼드가 프랭크에게 말했다. 이때 레이먼드는 수심에 가득 찬 프랭크의 얼굴을 보았다.

"무슨 일이야? 무슨 문제라도?"

"모르겠어. 자네는 어떻게 생각하나?"

프랭크는 재킷 주머니에서 구겨진 종이를 꺼내 레이먼드에게 건넸다. 레이먼드는 종이를 받아들고 눈썹을 치켜 올린 채 글씨를 읽었다. 두 번째 전화기의 전화벨도 울리기 시작했다.

"글쎄, 상당히 단호한 느낌인데. 시장님은 뭐라고 하셔?"

그는 고개를 들고 프랭크를 쳐다보며 말했다.

"대수롭지 않게 생각하시지, 늘 그렇듯이."

프랭크가 걱정스럽게 말했다.

"그럼 자넨?"

"이상한 기분이 들어. 지난 몇 년간 시장님 앞으로 온 편지를 많이 읽어봤지만 이렇게 노골적으로 죽이겠다는 편지는 처음이니까."

레이먼드는 어깨를 으쓱했다.

"그래도 시장님께서 당분간 지하철을 타고 시내를 다니지 않겠다고 약속하셨어. 로타도 밥값을 좀 해야지."

프랭크는 종이를 접어 주머니에 넣었다.

"그래, 그러는 게 좋겠네. 별일 없을 거야."

레이먼드는 고개를 끄덕이며 전화기에 손을 올렸다.

"자네 말이 맞길 바랄 뿐이야."

프랭크는 억지로 미소를 지어 보였다. 이 편지를 정말 심각하게 생각하는 사람은 자기밖에 없는지 의문이 들었다.

*

알렉스가 샤워를 마치고 나오자 전화벨이 울렸다. 늘 그렇듯 자동 응답기를 켰지만 삐 소리가 난 후 누구의 목소리가 들리는지 귀를 기울였다. 알렉스는 세르지오한테 연락을 하지 않았고 세르지오도 대답을 듣기 위해 전화를 하지 않아 다행이라고 생각하고 있었다.

"팀장님!"

평소와 달리 상당히 흥분한 마크의 목소리였다. "집에 계시면 제발 전화 좀 받으세요! 아주 급한 일이에요!"

알렉스는 서둘러 몸에 타월을 두르고 수화기를 집어 들었다.

"마크, 그렇게 중요한 일이 뭐예요?"

"오늘 저녁에 잠깐 볼 수 있을까요? 방법을 찾아냈어요. 뭐냐 하면……."

"잠깐!"

알렉스가 마크의 말을 끊었다. 세르지오가 도청을 할지도 모른다는 걱정이 들었다. "내가 곧바로 휴대전화로 다시 전화할게요."

알렉스는 서둘러 말하고 전화를 끊었다. 시계를 흘깃 쳐다보고 휴대전화에 마크의 번호를 입력한 후 테라스로 나갔다. 오늘 저녁은 뉴욕시장의 관저인 그래시 맨션에 초대를 받았다. 코스티디스는 약속대로 서면으로 초대장을 보내주었고 알렉스는 참석 여부를 잠시 고민하다가 매들렌의 부추김에 결국 초대에 응했다.

"무슨 일이에요?" 마크가 전화를 받자 알렉스가 물었다.

"전화로 할 수 있는 얘기가 아니에요. 오늘 저녁에 같이 비행기 타고 보스턴으로 가실 수 있어요?" 마크가 급하게 말했다.

"아니요. 오늘 저녁은 시장님의 초대를 받았어요. 마크 씨, 어서 말을 해보세요. 무슨 일이에요?"

"올리버 말에 의하면 합법적인 방법으로 역외 회사의 등록 여부를 확인하는 건 거의 불가능하답니다. 그런데 어제 문득 좋은 생각이 떠올랐다고 했어요. 우리가 같이 공부하던 동창생 중에 보스턴의 MIT에서 일하는 애가 있어요. 그 앤 진짜 컴퓨터 천재거든요."

"차근차근 말해보세요. 그 남자가 역외 회사하고 무슨 관련이 있는데요?" 알렉스는 혼란스러워서 머리를 흔들었다.

"아무 관련도 없어요. 하지만 전문 해커예요. 지금 MIT에서 프로그래머로 소프트웨어 보안 검사 일을 하고 있어요. 올리버가 그 애하고 통화를 해서 구체적인 이름은 말하지 않고 문제에 대해서만 얘기했어요. 그 친구는 다른 컴퓨터에 침투할 수 있어요."

마크는 목소리를 낮추고 흥분해서 속삭였다. 알렉스는 서서히 알아들었다.

"그거 불법인데."

"하지만 내부 정보를 가지고 거래하는 것도 불법이죠."

알렉스는 잠깐 생각을 해보았다. 어쩌면 잘될 수도 있는 일이었다. 만약 아니라고 해도 밑져야 본전이다.

"내일 아침에 보스턴으로 가면 어떨까요."

마크가 재촉했다. 알렉스는 흥분해서 심장이 쿵쾅거렸다. 이런 수상한 사업의 배후에 누가 있는지 알아야 했지만 다른 한편으로는 알게 될 사실이 두려웠다. 하지만 결국 두려움보다는 호기심이 이겼다.

"내일 아침 일찍 떠나는 보스턴행 비행기 예약해주세요. 내 휴대전화 음성사서함에 내가 몇 시까지 공항에 가야 하는지 알려주세요. 올리버도 같이 가나요?" 잠시 망설이다가 알렉스가 말했다.

"아마도 그럴 것 같아요. 팀장님께서 반대하지만 않으면 말이죠."

"아니요, 절대 그렇지 않아요!"

알렉스는 올리버와 만나는 것이 두렵기도 했지만, 한편으로는 다시 만나게 될 생각에 기뻤다.

"그럼 그렇게 할게요. 제가 또 연락드리겠습니다. 그리고 오늘 저녁에 즐거운 시간 보내세요."

"고마워요."

＊

알렉스는 매들렌 부부와 함께 시장 관저인 그래시 맨션에서 열리는 리셉션 장으로 향했다. 보안직원들이 초대장을 검사하고 정문에서 통과시켜주었다. 미국 식민지 양식으로 건축된 관저는 이스트 강변에 위치한 아름다운 공원 내에 자리를 잡고 있다. 관저 주위로는 키 크고 오래된 나무가 병풍처럼 둘러쌌다. 뉴욕시장이던 피오렐로 라과르디아가 1942년에 이 집을 관저로 선택한 이후 그의 후임자들도 이곳에서 사는 것이 전통이 되었다.

알렉스는 매들렌 부부와 함께 관저 안으로 들어가면서 가슴이 두근거렸다. 알렉스는 자신이 닉 코스티디스에게 호감이 있는지 아닌지 스스로도 애매했다. 그래서 시장의 초대에 응한 것이 좋은 생각인지도 확신이 없었다. 어쨌든 이들이 관저 안으로 들어서자 코스티디스가 팔을 활짝 벌리고 환한 미소를 지으며 다가왔다.

"저희 부부는 알렉스 양이 손님으로 와주셔서 정말 기쁘게 생각합니다." 코스티디스는 정말 진심으로 반가워했다.

"초대해주셔서 영광입니다."

알렉스도 예의바르게 인사했다. 이들은 열린 유리문을 통해 커다란 테라스로 나갔다. 이스트강이 펼치는 황홀한 전망이 눈에 들어왔다. 알렉스는 코스티디스의 아들인 크리스토퍼와 그의 약혼녀 브리트니 에드워즈와도 인사를 나누었다. 그런 후 코스티디스는 알렉스에게 다른 손님도 소개해주었다. 자크 투생 캐나다 대사와 부인 베로니크, 〈뉴욕 타임스〉의 전설적인 발행인 패트릭 그림포드, 트라이베카에 사는 할리우드 배우 마이클 캠피온, 패션의 제왕 케빈 랭, 그리고 유명 로펌인 둘롱앤키르시바움의 대표인 프랜시스 둘롱 등과 인사를 나누었다.

알렉스는 여러 사람과 즐거운 대화를 계속했다. 새로운 사람과 흥미로운 이야기를 나누는 것은 매우 즐거웠고 일상의 근심을 잠시나마 잊을 수 있게 해주었다. 정장을 입은 웨이터들이 손님에게 제공하는 샴페인 칵테일과 일본식 애피타이저는 정말 훌륭했고, 숨 막힐 듯 뜨거운 7월의 한낮이 지난 후에 불어오는 부드러운 저녁 바람과 평온한 분위기 때문에 알렉스는 기분이 좋았다.

메리 코스티디스 부인은 배려심이 많고 호감이 가는 사람이었다. 알렉스는 곧바로 메리에게 매력을 느꼈다. 메리 부인과 한참 동안 대화를 나누면서 알렉스는 그녀가 남편에 대해 이야기하는 말투와 표정을 통해, 예전에 매들렌 부부를 통해서 느꼈듯이 진정한 사랑이 있어야만 가능한 신뢰와 깊은 유대감을 느꼈다. 알렉스는 만약 정말 세르지오 비탈리와 결혼을 하면 어떨까 생각을 하다가 등골이 오싹해졌다. 만약 그렇게 된다면 다시는 시장의 관저로 초대받게 되는 일은 없을 것이다.

테라스 문을 활짝 연 근사한 응접실에서 저녁 식사를 할 때 알렉스는 케빈 랭과 영화배우 마이클 캠피온 사이에 앉아 아주 재미있는 시간을 보냈다. 11시가 되자 캐나다 대사 부부가 떠났고, 분위기는 한결 가족적이고 사교적으로 무르익었다. 참석자들은 모두 서로를 잘 아는 듯했고, 편안한 소파와 안락의자가 있는 다른 응접실로 자리를 옮겼다. 알렉스가 트레버, 매들렌, 마이클 캠피온, 프랜시스 둘롱과 그의 아내와 한참 얘기를 나누고 있을 때 코스티디스가 다가와 합석했다.

"제가 뉴욕시장이 되고 싶은 유일한 이유는 바로 이 관저 때문입니다." 트레버가 농담을 던졌다.

"그렇죠? 솔직히 말하면 저도 그랬어요. 무엇보다 직접 잔디를 깎지 않아도 되는 것이 가장 맘에 들어요."

코스티디스가 그의 말을 받아치며 말했다. 모두 즐겁게 웃었다. 알렉스는 시장이 이렇게 편안한 분위기에서는 상당히 호감이 가는 사람이라고 생각했다.

"와주셔서 정말 고마워요. 즐거운 시간을 보내면 좋겠군요."

코스티디스가 알렉스에게 말했다.

"네, 정말 즐거운 저녁시간 보내고 있어요."

알렉스는 미소를 지었다.

"뭐 더 마시겠어요?"

"네, 좋아요."

코스티디스가 웨이터에게 손짓하자 웨이터는 알렉스의 잔에 샴페인을 따라주었다.

"신선한 공기 좀 쐬러 잠깐 밖으로 나갑시다."

코스티디스가 제안하자 알렉스도 동의했다. 두 사람은 테라스로 나갔다. 마치 시골에 온 것같이 부드럽고 미지근한 밤이었다. 도시의 불빛이 칠흑같이 검은 강물에 반사되어 반짝거렸고, 라일락과 달콤한 꽃향기가 공기 중에 퍼져 있었다.

"정말 아름답네요. 뉴욕 한가운데 이런 곳이 있다는 것이 믿어지지 않아요." 알렉스는 테라스 난간으로 다가가 숨을 깊이 들이마셨다.

"가끔 고향이 그리울 때가 있나요?"

뒤에 있던 코스티디스가 물었다. 알렉스는 몸을 돌렸다. 그는 한 손은 바지주머니에 넣고, 한 손에는 잔을 들고 관심 어린 표정으로 알렉스를 쳐다보았다.

"이따금 제가 유년 시절을 보냈던 곳들이 그리울 때가 있어요. 시 장님은 독일에 가보신 적 있나요?" 알렉스는 미소를 지으며 물었다.

"아니요, 아직 못 가봤어요. 난 유럽에 가본 적이 아직 한 번도 없어요." 그가 아쉽다는 듯이 대답했다.

"저는 거의 방학 때마다 프랑스나 친척이 있는 테신에서 보냈어요. 저희는 대가족이라 삼촌, 이모, 사촌들이 곳곳에 있거든요. 겨울에는 산악지대에 가는 걸 좋아했어요. 산은 정말…… 다른 것과 비교할 수 가 없어요. 첫눈이 내리기 전의 공기가 유리처럼 맑거든요. 그리고 아 침에 일어나면 사방이 온통 하얗죠. 차가운 바람에 눈이 마치 안개처 럼 휘날리구요. 이런 대도시에서는 사계절의 진면목을 느낄 수가 없 어요."

알렉스는 생각에 잠긴 듯 깜깜한 공원을 바라보았다. "저는 가을 의 향기가 그리워요. 젖은 땅 냄새, 그리고 낙엽이 썩는 냄새 말이죠. 때로는 하늘이 아주 높고 멀게 느껴지다가 안개가 뿌옇게 끼기도 해 요. 길고 어두운 겨울이 지나고 봄이 되면 에메랄드빛 양탄자가 언덕 위에 깔리죠. 어두운 겨울이 지나고 처음으로 밖으로 나가 말을 타고 잔디 위를 달렸을 때의 그 기분이 아직도 생생하게 남아 있어요. 정 말 행복했어요."

알렉스는 생각에 잠겨 말을 멈추었다. 코스티디스가 그녀에게 흠뻑 취해 쳐다보는 것을 미처 알아차리지 못했다. 알렉스가 계속 말을 이었다.

"자연 속에 있으면요, 자신이 개미처럼 하찮고 무의미한 존재로 느껴져요. 자신의 의미에 대한 의식이 다시 제자리를 찾아간다고 볼 수 있죠."

"그게 무슨 말이죠?"

코스티디스의 얼굴에서 미소가 사라졌다. 그는 알렉스를 진지하게, 당황스러울 정도로 쳐다보았다.

"우리는 자기 자신을 너무 심각하게 생각해요. 우리의 삶, 우리의 문제와 일상적인 걱정들 말이에요. 자연의 아름다움을 눈앞에 보고 나서야 자신이 사실은 보잘것없는 존재라는 걸 깨닫게 되죠."

알렉스가 말했다.

"그런가요? 보잘것없는 존재?"

알렉스는 코스티디스를 쳐다보았다. 그의 질문이 진지하다는 것을 느낄 수 있었다.

"자연에 비해서는 그렇다고 볼 수 있죠. 우리 지구가 수억 년에 걸쳐 생성된 것을 생각해보세요. 이에 비하면 인간의 삶은 어떤가요? 그리고 갑자기 우리가 세상에 존재하지 않게 되면 누가 무엇을 하고 얼마나 악착같이 살았는지가 무슨 소용이겠어요."

"상당히 두려운 생각이군요."

"잘 모르겠어요. 저는 자연의 연속성이 상당히 위안이 된다고 생각해요."

"알렉스 양은 그야말로 철학자군요."

코스티디스가 말했다. 알렉스는 자신을 비꼬는 말인가 싶어 그를 흘긋 쳐다봤지만 그의 말은 진심이었다.

"아니에요. 제가 잠시 헛소리를 했어요."

알렉스가 당황하며 웃었다. 알렉스는 자신이 코스티디스와 이렇게 마음을 터놓고 이야기를 나눌 수 있다는 사실에 새삼 놀랐다. 세르지오와는 한 번도 이런 대화를 해본 적이 없었다.

"어쨌든 나는 덕분에 유럽에 대한 관심이 더 커졌어요."

코스티디스가 말했다. 두 사람은 잠시 말없이 서로를 쳐다보다가 알렉스가 시선을 돌렸다. 그녀는 사적인 대화를 하고 싶지는 않았다.

"제가 하필이면 마이클 캠피온 옆에 앉게 될 줄은 정말 상상도 못했어요. 제가 예전에 정말 좋아하는 배우였거든요."

알렉스가 미소를 지으며 말했다.

"정말이에요? 마이클은 내 오랜 친구죠. 같은 동네에서 함께 자랐고 둘 다 비슷하게 야심찬 꿈이 있었어요."

코스티디스 역시 다시 부담 없는 주제의 대화로 넘어온 것에 대해 안도하는 듯 보였다.

"그래서 그 꿈을 이루셨나요?" 알렉스가 물었다.

"내가 세운 여러 가지 목표를 이루기는 했죠. 그렇지만 꿈은……."

코스티디스는 알렉스를 진지하게 쳐다보며 말했다.

"보통 부정적인 것을 꿈꾸지는 않죠."

알렉스가 말했고 그는 고개를 끄덕였다.

"그렇죠."

코스티디스가 다시 힘주어 말했다. 두 사람은 또다시 한동안 말없이 서로를 쳐다보았다. 알렉스는 한참 쳐다보다가 민망해서 웃었다.

"마이클의 영화 중에서 어떤 게 가장 마음에 드셨어요?"

코스티디스가 물었다.

"제가 얘길 하면 아마 '그럼 그렇지'라고 생각하실 걸요?"

"왜죠?"

그의 눈빛은 알렉스를 불안하게 만들었지만, 알렉스는 코스티디스를 그동안 잘못 생각하고 있었다는 것을 인정할 수밖에 없었다. 그는 사실 상당히 호감 가고 신뢰할 만한 인물이었다.

"'살인 주식회사'……."

알렉스가 말했다. 그리고 두 사람은 깔깔거리며 웃었다.

"그런데 내가 왜 '그럼 그렇지'라고 생각할 거라고 했죠?"

코스티디스가 조용히 물었다.

"심리학적으로 봤을 때 제가 하필 이 영화를 좋아하는 것이 제가 왜 세르지오 같은 사람에게 매력을 느끼는지 설명되지 않을까요?"

"내 생각에는 알렉스 양이 이제 세르지오한테 그렇게 매력을 느끼지 않는 것 같은데요."

코스티디스는 알렉스를 쳐다보더니 가볍게 고개를 저으며 말했다. 알렉스는 숨이 턱 막혔다. 어떻게 알았을까?

"크리스마스 때 내가 세르지오 얘기를 꺼내니까 불안해하면서 무척 화를 냈잖아요."

알렉스는 어색하게 웃었다.

"혹시 심리학 전공하셨어요?"

"뭐 비슷해요. 난 오랫동안 검사로 일했어요. 그러다보니 인간에 대해 속속들이 알게 되더군요. 난……."

그는 미소를 짓고 어깨를 으쓱하며 말하다가 메리 코스티디스가 금발의 젊은 남자와 함께 테라스로 나오자 멈추었다. 알렉스는 언젠가 코스티디스와 함께 있었던 그 남자를 알아보았다. 시티 플라자에서 코스티디스가 세르지오를 조심하라고 경고했던 그날 저녁에 보았던 사람이었다. 그런데 그 남자를 어디선가 또 한 번 본 적이 있는 것 같았고, 무언가 부정적인 느낌이 들었다.

"방해해서 미안해요. 여보, 레이먼드가 당신하고 잠깐 얘길 하고 싶대요." 메리가 말했다.

"그래 물론이지."

그는 알렉스를 향해 몸을 돌렸다. "잠깐만 실례해도 되죠?"

알렉스는 고개를 끄덕였고, 그가 금발 남자와 함께 집 안으로 들어가는 모습을 매혹과 불안이 뒤섞인 감정으로 바라보았다.

"안으로 들어가시죠, 알렉스 양. 간단한 디저트가 준비되어 있어요." 메리가 친절하게 말했다.

*

"중요한 일이 뭔가?"

코스티디스는 집무실 안으로 들어가 문을 닫자마자 레이먼드에게 물었다.

"시장님 앞으로 또 편지가 왔습니다."

레이먼드가 코스티디스의 이름만 달랑 적힌 편지 봉투를 건넸다. 코스티디스는 편지 봉투를 뜯은 후 편지지를 펼쳤다.

'당신은 입을 다물지 않았어. 당신은 죽는다.'

"말도 안 되는 소리! 이 편지는 어디서 났어?"

코스티디스는 종이를 마구 구겨버렸다.

"출입구 앞 보안직원한테 전달됐다고 합니다." 레이먼드가 말했다.

코스티디스는 어깨를 으쓱하며 책상 앞에 앉았다. 그는 열 손가락으로 짙은 머리카락을 헝클더니 창문을 통해 깜깜한 공원을 내다보았다.

"그리고 검찰에서는 체사레 비탈리 사건에 대한 정확한 사인 규명 조사를 지시했어요."

"이유가 뭐지? 부검 결과 이미 자살로 판명이 난 줄로 아는데!"

코스티디스는 어안이 벙벙한 표정으로 레이먼드를 쳐다보았다.

"세르지오는 아들이 살해됐다고 주장하고 있어요."

"말도 안 되는 소리! 그 녀석은 코카인에 잔뜩 취해 있었고 통제력도 없었어!"

"글쎄요, 드 랜시 검사는 조사 때 시장님을 소환할 계획을 갖고 있습니다." 레이먼드는 방을 돌아다니며 말했다.

"뭐라고? 이게 다 무슨 수작이야? 나하고 무슨 관련이 있다는 거야?" 코스티디스는 분노가 치밀어 올랐다.

"시장님께서 드 랜시 검사를 훈계하셨잖아요. 그날 저녁 방송국 카메라 앞에서 망신을 주셨죠. 드 랜시는 아주 예민한 자입니다."

레이먼드가 말했다.

"전화를 연결해주게. 지금 당장."

"지금 자정이 지났습니다."

"상관없어! 얘기 좀 해야겠어! 지금 당장!"

코스티디스가 소리를 질렀다. 레이먼드 하워드는 상관을 잠시 쳐다보더니 전화기를 들고 번호를 눌렀다. 코스티디스는 화가 나서 집무실 안을 왔다 갔다 했다. 마침내 드 랜시 연방검사와 전화 연결이 되었다.

"드 랜시 검사! 방금 듣자하니 체사레 비탈리의 자살 사건에 대해 사인 규명 조사를 계획하고 있다고 하던데."

코스티디스가 짜증난 말투로 전화기에 대고 말했다.

"네, 그렇습니다. 모순되는 부분들이 좀 있어서 진상 규명이 필요합니다."

존 드 랜시는 시간이 너무 늦었다는 말은 하지 않고 묻는 말에 대답했다.

"어떤 부분 말인가? 그 녀석은 아버지의 지시를 받고 전과자들과 함께 주민들을 쫓아내려고 임대주택에 불을 지르려고 했네. 이 사건으로 두 명이 죽었고, 체사레 비탈리는 불안정한 상태에서 마약에 취해 우발적으로 자살한 거네!"

"체사레 비탈리는 심한 압박을 받았고 신체적인 가혹 행위를 당했습니다. 뉴욕경찰청 감찰팀에서 그날 밤 당직이던 41경찰지구대 소속 모든 경찰관을 조사하고 있죠." 드 랜시가 응수했다.

"무슨 이유로 그런 건가?"

"체사레 비탈리의 몸 전체에서 상해 흔적이 발견됐어요. 죽기 전에 누군가로부터 구타를 당한 겁니다."

"그렇군. 그런데 왜 나를 소환하려는 건가? 설마 내가 그랬다고 생각하는 건가?"

"제가 시장님에게 이런 말씀을 드릴 의무는 없지만, 그래도 말씀드리죠. 그날 저녁 시장님께서는 놀랄 정도로 빨리 지구대에 나타나셨어요. 시장님은 경찰들과 말씀을 나누고 카메라 앞에 서셨죠. 그리고 절 엄청나게 곤란한 상황에 빠트리셨죠." 드 랜시가 대답했다.

"내가 자네가 할 일을 대신 한 것이 약이 올라서 날 소환하겠다는 건가?"

"시장님은 진행 중인 경찰 수사에 개입하셨어요. 그리고 이번 사건을 떠들썩하게 만든 사람은 바로 시장님 아닙니까? 그런데 이제 와서 이 사건과 관련된다고 해서 의아하게 생각하시면 안 되죠."

연방검사가 냉랭한 목소리로 말했다.

"이건 정말 어처구니없는 일이라는 걸 자네도 잘 알잖나!"

"제가 아는 건 체사레 비탈리의 자백을 이끌어내기 위해 가혹 행위가 있었다는 것뿐입니다. 그리고 시장님은 그렇게 하도록 부추겼다는 명백한 혐의가 있습니다."

"정말 말도 안 돼! 설마 내가 경찰들에게 체포된 사람을 고문하라고 했다고 모함하는 건가?"

코스티디스는 화가 나서 자리를 박차고 일어났다.

"저는 시장님을 모함하지 않습니다. 사망자의 유족이 조사를 요구했을 뿐입니다." 드 랜시가 대답했다.

"이보게, 드 랜시 검사. 나는 할 일이 아주 태산같이 많은 사람이네. 하지만 난 자네가 날 공개적으로 내 평판에 흠집 내려는 걸 그냥 손 놓고 가만히 지켜보지는 않을 거야."

코스티디스는 위협적으로 들리는 낮은 목소리로 그의 말을 끊으며 말했다.

"저는 그렇게 할 수밖에 없습니다."

드 랜시가 다시 입을 열었다. 하지만 코스티디스는 그가 계속 말을 하게 내버려두지 않았다.

"할 수 있고말고! 내가 지금 자네 자리에 앉아 있어봤기 때문에 아무도 자네한테 압력을 가할 수 없다는 건 충분히 잘 아네. 특히나 현행범으로 체포된 자의 가족으로부터는 더더욱 그런 일은 있을 수가 없지! 누군가 자넬 압박할 만한 약점을 쥐고 있지 않다면 말이네."

코스티디스가 소리쳤다.

"그게 무슨 말씀입니까?"

드 랜시의 목소리는 이제 얼음장처럼 차가웠다.

"내가 더 자세히 말해줄까?"

코스티디스는 너무 화가 나서 마음 같아서는 드 랜시에게 마피아 하수인이라고 부르고 싶었지만 증거가 없기 때문에 그럴 수는 없었다. 명백한 증거 없이는 그저 추측에 불과했다.

"코스티디스 시장님, 제가 경고를 하죠. 시장님과 상관없는 일에 끼어들지 마십시오." 드 랜시가 재빨리 말했다.

"자네도 그날 밤 금세 경찰서에 나타나지 않았나. 왜 평소에 하듯이 부하직원을 보내지 않은 건가?"

"귀하가 이 도시의 시장님이고, 엄청 인기가 많은 분인지는 모르겠지만 난 관심 없어요. 방금 말씀도 밑도 끝도 없는 엉뚱한 말씀입니다. 어쨌든 난 귀하를 조사위원회에 소환할 것이고, 소환에 응하실 것을 충고 드립니다. 그렇지 않으면 귀하께 상당히 불편한 일이 일어날 겁니다. 안녕히 주무세요!" 그의 목소리는 더욱 싸늘해졌다.

"이봐, 레이먼드. 저 녀석은 잔뜩 겁먹었어. 누군가 단단히 압박하고 있는 모양이야. 그 누군가는 바로 세르지오겠지."

코스티디스는 전화기를 던져버리고 괘씸한 미소를 지으며 말했다.

"그렇다면 드 랜시가 세르지오에게 매수됐다는 말씀인가요? 뉴욕의 연방검사요?" 레이먼드의 눈이 휘둥그레졌다.

"그래, 바로 그거야. 날 조사하는 이유는 오직 한 가지, 바로 날 짓밟겠다는 거겠지. 정말 웃긴 일이야! 난 그날 밤에 경찰관 아무하고도 말한 적이 없어. 세르지오 본인 말고는 아들이 죽어서 이익을 볼 사람이 아무도 없지. 아들놈이 살아 있다면 우리가 훨씬 유리한 일이니까." 코스티디스는 손으로 머리카락을 쓸어 올렸다.

"공개적으로 그렇게 주장하시면 명예훼손으로 고소당하실 수 있어요." 레이먼드 하워드가 걱정스럽게 말했다.

"나도 그럴 생각은 없어. 드 랜시는 내가 자길 의심한다는 걸 알고 있어. 그런데 지금 정신력이 한계에 다다른 상황이야. 언젠가 실수를 저지르게 될 거야. 그 배후에 누가 있는지 알아내고 말겠네."

노크 소리가 들리더니 메리가 집무실 안으로 들어왔다. 그녀는 남편이 어두운 표정으로 뒷짐을 지고 창가에 서 있는 것을 보았다. 그는 강을 물끄러미 응시하고 있었다.

"여보, 손님 몇 분이 그만 가시겠답니다."

"금방 갈게." 그가 짧게 대답하자 메리는 다시 나갔다.

"어떻게 하실 생각이십니까?" 레이먼드가 물었다.

"무슨 뜻인가?" 코스티디스는 그를 의심의 눈초리로 쳐다보았다.

"그러니까 말입니다."

보좌관이 어깨를 으쓱했다. "너무 부정적인 여론은 시장님께도 좋지 않습니다. 시장님을 짓밟겠다는데 가만히 계실 건가요?"

"나는 시민들과 나 스스로에게 떳떳하면 되네. 난 내 모든 능력을 동원해서 양심을 걸고 시민들이 맡겨준 임무에 최선을 다하고 있지. 하루에 16시간씩 일하면서 말이네. 그 따위 조폭과 그 앞잡이들 때문에 내가 흔들리는 일은 없을 걸세! 조사위원회든 협박이든 말이야! 나는 한 번도 겁먹은 적이 없다는 걸 세르지오도 똑똑히 알아야 해."

코스티디스는 이글거리는 검은 눈동자로 레이먼드를 뚫어질 듯 쳐다보았다. 그의 얼굴이 벌겋게 상기되었다. 코스티디스는 레이먼드에게 다가가 바로 앞에 멈춰 서서 말을 이었다.

"여기는 내 도시야, 레이먼드, 알아들었나? 나는 여기서 나고 자랐네. 난 살아남기 위해 늘 싸워야 했고, 그런 일에 익숙해졌네. 그리고 난 내 출신이 부끄럽지 않아. 나는 마피아나 다른 범죄자들 때문에 이 도시와 시민들이 내게 맡겨준 의무와 책임을 저버릴 수는 없어. 난 기꺼이 싸울 준비가 되어 있네."

레이먼드는 시선을 돌렸다. 그는 코스티디스가 이렇게 공격적인 반응을 보인 것은 그가 약하기 때문이라고 생각했는데, 착각이었다. 코스티디스는 용감하고 강했다. 강철처럼 강력했다. 그는 훌륭한 시장이었고, 역대 최고의 시장이었다. 하지만 그는 시장 직을 수행하기에는 너무 직선적이고 고집스러우며 타협할 줄 몰랐다. 그는 권력자들, 사람의 목숨 따위는 하찮게 생각하는 자들에게 걸림돌이었다.

"다시 손님들에게 가봐야겠네. 그만 집으로 돌아가게, 레이먼드. 내일 아침 9시에 다시 여기서 만나기로 하지. 그때 어떻게 할지 전략을 세워보세." 코스티디스가 말했다.

"알겠습니다. 안녕히 계십시오."

레이먼드는 고개를 끄덕이며 말했다.

"잘 가게. 저들은 우리를 어찌 하지 못할 걸세."

코스티디스는 손잡이에 손을 올리고 미소를 지었다.

"그렇습니다."

레이먼드도 미소를 지으며 말했다. 하지만 코스티디스가 집무실에서 나가자마자 미소가 싹 사라졌다. 아까웠다. 코스티디스가 아까웠다. 그는 흔치 않은 남자였다. 하지만 그는 너무 강력한 적에게 감히 맞섰다. 코스티디스는 이제 미래가 없다. 그럴 바에는 아직 미래가 있는 남자의 편에 서는 것이 훨씬 낫다. 뉴욕시장이 이제 살 수 있는 시간이 기껏해야 24시간 정도밖에 남지 않았다.

*

알렉스는 택시를 타고 라과디아 공항으로 향하는 중이었다. 뉴욕의 고층빌딩 숲 위로 새파란 하늘이 드리웠고, 오늘 하루도 뜨거운 날이 될 것임을 짐작할 수 있었다. 어제저녁 이후 알렉스는 이상한 기분을 떨칠 수가 없었다. 지금까지는 닉 코스티디스가 단지 자신의 목적을 이루기 위한 수단으로 날 이용만 하려 한다고 생각했는데, 이제는 그런 생각이 과연 맞는지 확신이 없었다. 어제 알렉스는 그의 다른 면을 알게 되어 호감을 느끼게 되었고, 그래서 불안감과 동시에 호기심이 들었다. 오히려 그와 대화를 계속 이어가지 못해 아쉬웠다. 그가 자신에게 무슨 이야기를 하려고 했는지도 궁금했다. 코스티디스는 알렉스가 생각했던 것보다 그녀를 훨씬 많이 생각하고 있었다. 그녀는 그가 보인 관심에 마음이 움직였다. 그는 세르지오가 말하듯이 미친 사람이 아니었다. 그녀가 뉴욕에서 알게 된 대부분의 사람들처럼 자기 이익에 따라 다른 사람을 판단하는 것이 아니라 인간적이고 꾸밈이 없는 사람이었다. 알렉스는 그동안 그에 대해 잘못 생각하고 있었다는 것을 인정할 수밖에 없었다.

택시가 공항 청사 앞에 섰다. 알렉스는 택시비를 내고 내렸다. 이때 올리버가 델타항공 창구 앞에 서 있는 것을 보자 심장이 쪼그라들었다. 1년 만이었다. 알렉스는 용기를 내어 올리버에게 다가갔다.

"오랜만이야." 올리버 앞에 서자 알렉스가 힘겹게 말을 걸었다.

"안녕, 알렉스."

동그란 안경알 너머로 보이는 회색 눈동자가 그녀를 신중하게 쳐다보았다. 그는 늘 그렇듯 침착하고 확고해 보였다. 갑자기 알렉스는 자신이 그를 얼마나 그리워했는지 깨달았다. 그녀는 수줍게 미소를 지었고 올리버도 미소를 지어 보였다. 그가 팔을 벌리자 알렉스는 그의 목을 끌어안았다.

"아직도 나한테 화났어?"

알렉스가 속삭이며 물었다. 올리버는 말없이 고개를 저었다.

"그때 그런 일을 당해서 정말 미안해. 마크가 말해주기 전까지는 전혀 몰랐어."

"난 끄떡없이 살아남았어."

올리버는 알렉스를 꼭 안아준 후 그녀를 자세히 쳐다보았다. "아주 지치고 피곤해 보여."

"내가 그때 자기 말을 들었어야 했는데. 그런데 이제 난 발이 너무 깊이 빠져버렸어. 날 도와주겠다고 해서 고마워."

알렉스는 한숨을 내쉬며 말했다.

"그깟 마피아 놈들 때문에 자기가 주눅 들게 내버려둘 수는 없지."

올리버는 가볍게 말했다. 알렉스는 웃어야 할지 울어야 할지 몰랐지만 갑자기 늘 뒤따라다니던 두려움이 한결 견딜 만하게 느껴졌다.

"보고 싶었어, 알렉스. 정말 걱정 많이 했어."

올리버가 나직이 말하며 알렉스의 얼굴을 감쌌다.

"나도 보고 싶었어."

알렉스는 목이 메어 눈물이 났다. 마크가 공항 안으로 들어오는 것을 보고 손등으로 얼른 눈물을 닦았다. 올리버가 알렉스의 손을 꽉 잡아주었다.

세 사람은 8시 45분에 보스턴행 비행기에 올랐다. 이들은 비행기 안에서 미심쩍은 점들에 대한 대화를 나누었다. 올리버는 알렉스와 마크에게 영국령 버진 아일랜드에서 회사 등록이 어떻게 이루어지는지, 그리고 저스틴이라는 친구를 통해 얻고 싶은 정보에 대해 설명했다. 이들은 보스턴 공항에서 차를 렌트한 다음 세계적으로 유명한 MIT 대학교가 있는 캠브리지로 향했다. 저스틴 세이비어는 미디어 랩이 있는 위스너 빌딩 입구 앞에서 이들을 기다리고 있었다. 저스틴은 알렉스가 예상했던, 세상과 동떨어져 사는 전형적인 컴퓨터광의 모습이 아니라 마른 몸매에 갈색으로 그을린 피부와 레게 머리를 한 남자로, 청바지와 운동화, 색이 바랜 티셔츠를 입고 있었다. 세 남자는 서로 반갑게 인사를 나누었다. 저스틴은 알렉스를 소개받은 뒤에 이들의 이름이 적힌 플라스틱 이름표를 나눠주고 각자 티셔츠에 부착하도록 했다. 보안용 개찰구를 통과해 안으로 들어간 알렉스는 수도원 같은 썰렁한 복도를 보고 놀랐다. 저 문들을 열고 들어가면 세계 최고의 기술들이 연구 개발되고 있으리라고는 상상할 수 없는 모습이었다. 이들은 엘리베이터를 타고 지하 2층으로 내려갔다. 그리고 은행 금고처럼 생긴 육중한 철제문이 있는 커다란 전산실 앞에 도착했다.

"이 문 뒤에 신성한 방이 여럿 있어. 미국의 엘리트들이 여기서 반평생을 보내고 있지. 서방 세계에서 가장 성능이 좋은 컴퓨터가 여기 모여 있는데 1억 달러가 훌쩍 넘는 슈퍼컴퓨터들이야. 현대 기술 문명의 심장이자 두뇌지."

저스틴이 너무나 경건하게 얘기를 해서 알렉스는 살짝 놀랐다. 그는 문 옆에 설치된 망막 인식 스캐너 앞에 서서 초록불이 반짝이는 창을 들여다보았다. 삐 소리가 나면서 철제문이 조용히 딸깍 하며 열리자 이들은 거대한 방 안으로 들어갔다.

"인공지능의 세계에 오신 것을 환영합니다."

저스틴이 장난스럽게 웃으며 말했다. 위층의 엄숙한 고요함에 비해 형광등이 밝혀진 이 널따란 공간은 그야말로 충격이었다. 회색 케이스가 덮인 대형 컴퓨터가 쭉 늘어서 있었는데, 상당히 시끄러운 소음을 내고 있었다.

"저건 에어컨이야. 에어컨이 없다면 여긴 못 견디도록 뜨겁게 되지. 이 컴퓨터들은 전력 소모가 엄청난데, 어지간한 도시 전체가 사용하는 전력량에 맞먹는다고 보면 돼."

알렉스가 묻기도 전에 저스틴이 말해주었다. 알렉스는 허락도 없이 비밀 군사 시설에 침입한 것 같은 불안한 마음이 들었다.

"우리는 세계 최신 슈퍼컴퓨터로 작업을 할 거야."

저스틴이 계속 말을 이으며 단순한 회색 케이스에 들어 있어 실용적이고 평범해 보이는 컴퓨터 앞에 멈춰 섰다. "예를 들어 이건 크레이2 슈퍼컴퓨터인데, 메모리가 2기가바이트로 초당 1억 6천만 번의 연산을 할 수 있어. 그리고 이건 그보다 성능이 8배인 ETA. 슈프레넘은 좀 더 빨라. 서로 연결된 32개의 고성능 노드 컴퓨터로 초당 640 메가플롭스 이상의 성능을 발휘하지. 서방 세계 최고의 데이터베이스야."

알렉스와 올리버, 마크는 감탄하며 고개를 끄덕였다. 그리고 계속해서 구경했다.

"이 슈퍼컴퓨터들은 인간 두뇌의 한계를 극복해내는 과정 중에 있어. 우리 세계의 미래는 이런 기계들의 것이 될 거야."

저스틴이 말했다.

"꼭 '스타워즈'의 한 장면 같네."

올리버가 이렇게 말하자 저스틴은 히죽 웃었다.

"멋지지 않아?"

저스틴이 말했다. 알렉스는 등골이 오싹해지는 것을 느꼈다. 계속 가다보니 커다란 컴퓨터 사이에 있는 어지러운 미로 같은 복도에 이르렀다. 이곳을 지나자 곧 LMI에서 보던 것과 같이 유리창으로 구분된 연구실이 죽 이어진 공간에 이르렀다. 저스틴은 자기 이름이 적힌세 번째 유리칸 안으로 들어갔다. 역시 예상했듯이 그 작은 방은 최신 장비들로 가득했다. 각종 컴퓨터와 프린터, 모니터, 알렉스가 무엇인지 알 수 없는 온갖 기계 장치들이 뒤섞여 있었다. 바닥에는 케이블 선이 어지럽게 널렸다. 저스틴은 모니터 5대와 온갖 잡동사니로 가득한 책상 앞에 앉아 등을 뒤로 기대고 담배에 불을 붙였다. 그리고 어떤 버튼을 누르자 천장에 달린 환풍기가 작동되었다. 알렉스는 저스틴에게 간략하게 자신의 업무 분야에 대해 설명하면서, PBA스틸과 관련 이야기와, 누군가 자기 등 뒤에서 비밀 정보를 이용한 불법 거래를 하고 있다는 의심이 든다고 말했다.

"마크가 주식을 사들인 중개회사와 LMI 사이에 관련이 있다는 사실을 알아냈어요. 그래서 그 배후에 누가 있는지 알고 싶어요."

올리버는 저스틴에게 역외 회사가 무엇인지 설명해주면서, 누가 이런 회사를 설립했는지 알아내는 것은 불가능하다고 말했다.

"음, 그러니까 알렉스 팀장님의 회사가 어떤 다른 회사를 설립했는데, 그 회사는 불법 거래를 하는 또 다른 회사의 소유라는 말이네요. 맞나요?"

저스틴은 머리를 긁적거리며 물었다.

"그렇다고 할 수 있어요. LMI는 시스타프렌즈라는 이름의 벤처캐피털에 투자를 하는 펀드를 조성했어요. 그리고 그 회사는 영국령 버진 아일랜드에 등록되어 있어요."

알렉스는 저스틴의 이해력에 감탄하며 말했다. 저스틴은 손가락으로 책상을 두드렸다.

"내가 어디서부터 시작하면 될까?"

저스틴은 모인 사람들의 얼굴을 번갈아 쳐다보았다.

"LMI부터 시작하자. 그 펀드가 상당히 흥미로울 것 같아."

올리버가 결정을 내렸다.

"LMI 중앙컴퓨터에 들어갈 수 있겠어?"

마크가 궁금해하며 물었다.

"별로 어렵지 않을 거야. 그쪽 업계에서 주로 사용하는 운영체계를 사용하고 있겠지." 저스틴은 고개를 끄덕인 뒤 대답했다.

"그쪽 분야에 대해 잘 아세요?"

알렉스가 궁금해하자 올리버와 마크가 재미있다는 듯 쳐다보았다.

"조금 알죠." 저스틴이 히죽거리며 말했다.

LMI에 대한 정보를 몇 가지 물은 후 저스틴의 손가락은 자판 위를 날아다녔다. 몇 분 후 그는 미소를 지으며 고개를 들었다.

"LMI에 오신 것을 환영합니다."

그는 전문가 특유의 우쭐한 말투로 이렇게 선언했다. "뱅크매니저 (BM)5.3을 사용하고 있군요. 내가 잘 아는 프로그램이라 아주 간단히 해결됐어요."

마크와 알렉스는 믿어지지 않는 듯 앞으로 몸을 숙였고 올리버는 히죽 미소를 지었다.

"LMI에는 컴퓨터 보안을 담당하는 부서가 있어요. 외부에서 컴퓨터에 침입하는 것을 아마 알걸요?" 알렉스가 걱정스럽게 말했다.

"물론이죠."

저스틴이 고개를 끄덕였다. "뱅크매니저는 다른 인터넷 접속 네트워크와 마찬가지로 방화벽(정보 보안 시스템-옮긴이 주)이 있어요. 그런데 우연히도 IBM이 당시 우리에게 이 시스템의 보안 검사를 맡겼죠. 우리가 소프트웨어 제작자들을 위해 자주 하는 일이거든요. 그때 우리는 '뒷문'을 설치해서 일반적인 시스템 보안을 피해 언제든 들어갈 수 있게 만들어놨죠."

"그렇다면 이 프로그램을 사용하는 회사의 중앙컴퓨터에 네가 원하면 언제든지 접근할 수 있단 말이지?" 마크가 물었다.

"그렇지. 하지만 우리의 주된 관심사는 시스템의 보안이야. 순전히 파괴를 목적으로 시스템에 침입하는 해커들로부터 시스템의 보안을 개선하는 것이 우리의 임무지."

저스틴은 흡족한 미소를 지으며 등을 뒤로 기댄 채 말했다. 그리고 다시 모니터를 향해 시선을 돌리며 끊임없이 자판을 두드려댔다.

"그럼 이제 뒷문을 열어서 안으로 들어가 봅시다."

저스틴의 얼굴은 고도로 집중한 표정이었다. "BM5.3은 방화벽이 설치되어 있어. 패스워드를 입력해야 하는 인증 절차를 거쳐야 하지. 보안 접속은 광섬유 디바이스인 '페이저'로 작동을 하는데 네트워크의 내외부 침입을 인식하고 방어를 해."

알렉스는 몸을 앞으로 숙여 엄청난 양의 알 수 없는 숫자와 알파벳이 뒤죽박죽 되어 빠르게 지나가는 모니터를 들여다보았다.

"그런데 모든 침입을 인식한다면서 어떻게 몰래 컴퓨터 안으로 들어간다는 거죠?" 알렉스가 물었다.

"아까 말했듯이 뒷문으로 들어가죠. 제가 관리자 권한을 갖게 되는 명령어가 있어요." 저스틴이 설명해주었다.

"그렇군요."

"BM5.3 같이 크고 복잡한 시스템인 경우에는 당연히 접속이 엄격히 통제되는데, 네트워크 관리자는 시스템에 있는 모든 자료를 읽거나 수정하거나 삭제할 수 있는 권한이 있어요. 그리고 모든 개별 사용자의 접속 권한을 부여하고 감시하는 역할을 하죠. BM5.3은 우리가 '리스팅'이라고 부르는 디렉토리 구조가 있는데, 네트워크 관리자가 이를 통해 권한을 조종할 수 있어요. 또 모든 사용자는 개인 ID 코드가 있는데, 컴퓨터는 이것으로 사용자가 로그인을 한 다음에 어떤 정보를 이용할 수 있는지 인식하죠."

"그러니까 관리자가 제 파일에도 몰래 접근해서 읽어볼 수 있다는 말이죠?" 알렉스가 믿을 수 없다는 듯이 말했다.

"물론이죠." 저스틴은 고개를 끄덕였다.

"정말 말도 안 돼! 내 컴퓨터에 비밀 자료가 다 저장되어 있는데."

알렉스는 격앙되어 고개를 저었다.

"남이 알아서는 안 될 자료는 절대 컴퓨터에 저장하면 안 돼요. 하지만 제가 회사 관리자도 해킹할 수 없도록 비밀 자료를 저장하는 방법을 알려 드릴 수 있어요."

"명령어만 입력하면 완전한 접속 권한을 갖게 된다고?"

마크는 놀라움을 금치 못했다.

"맞아."

저스틴은 고개를 들고 미소를 지었다. "아주 간단하지? 명령어만 알면 돼. 만약 패스워드를 해킹하려고 하면 금방 표가 날 거야. 왜냐하면 패스워드 해킹을 하는 대부분의 프로그램은 엄청난 용량을 잡아먹거든. 우리는 당시 작업할 때 BM5.3에 '스텔스'도 설치했어. 표가 나지 않게 시스템에 들어갈 수 있는 프로그램이지. 레이더망에 잡히지 않는 스텔스기에서 이름을 따왔어. 스텔스는 외부 사용자가 네트워크 관리자에게 잡히지 않고 접속할 수 있게 해주지."

"비밀 명령어가 뭔데?" 마크가 호기심 가득한 표정으로 물었다.

"너희한텐 알려주지. 그냥 단순히 명령어만 알고 있다고 해서 할 수 있는 건 별로 없거든."

저스틴이 미소를 지으며 말했다. 그는 알렉스와 올리버, 마크가 좀 더 잘 볼 수 있도록 모니터를 살짝 오른쪽으로 돌린 뒤 알파벳과 숫자 조합을 입력했다.

RloginBM5.0LMINY.target.com—1—froot〈

화면은 몇 초간 까맣게 되더니 패스워드 입력창이 떴다.

"이제 어떻게 하면 돼?" 마크가 물었다.

"이 시스템에는 패스워드를 피해갈 수 있는 명령어가 있어. 일종의 만능키라고 생각하면 돼."

〉etx/passw/10pht.com.unix〈

컴퓨터가 윙 소리를 내며 바쁘게 돌아가고 화면이 번쩍거리더니 저스틴이 기다리던 메시지가 떴다. 알렉스와 마크는 깜짝 놀랐다.

뉴욕 레비 맨해튼 투자은행에 오신 것을 환영합니다.

"굉장하네요." 알렉스가 중얼거렸다.

"진짜 천재다!" 마크가 열광하며 말했다.

"이제 서버에 맘대로 접속할 수 있어. 너희 문제를 풀 수 있을지 한번 보자고. 뭐부터 찾아보면 되지?"

저스틴은 아주 흡족한 표정을 지었다

"테크놀로지 파트너스 사모펀드." 알렉스가 즉시 대답했다.

"펀드 관리." 올리버가 덧붙였다.

저스틴이 몇 분 동안 LMI 서버의 인터페이스를 요리조리 조작한 끝에 결국 펀드와 유가증권 부서에 관한 정보를 찾아냈다.

"세상에! 수백 개가 넘네요!"

"물론이죠. 투자펀드는 어디까지나 아주 합법적인 일이니까요."

알렉스가 고개를 끄덕이며 말했다. 올리버는 몸을 앞으로 숙여 저스틴의 어깨너머로 모니터를 들여다보았다.

"여기 있네. 내가 직접 들어가 봐도 될까?"

"얼마든지."

저스틴은 순순히 옆으로 자리를 비켜주었다. 알렉스는 집중하는 표정의 올리버를 지켜보았다. 알렉스는 올리버가 일하는 모습을 보고 그가 익숙하고 잘 아는 분야라는 것을 짐작했다. 그러나 기대감에 가득 차서 긴장되어 있던 올리버의 얼굴이 얼마 후에는 체념하는 표정으로 바뀌었다.

"여기가 아닌 것 같아. 여기는 합법적인 펀드만 관리하고 있고, 위험한 투자에 관한 단서는 전혀 없어."

올리버는 생각에 잠겨 아랫입술을 깨물었다. 그리고 다시 저스틴한테 자리를 내주었다.

"서버에서 역외 회사들이 관리되는 부분으로 들어가야 할 것 같아. 아마 본부에서 관리하는 것이 아니라 케이맨 제도나 스위스에 있는 지점을 통해서 관리되는 모양이야."

"알았어. 내가 도움 명령어로 한번 시도해볼게."

저스틴이 고개를 끄덕이며 말했다. 그리고 또다시 숫자와 알파벳을 입력했다.

"아하, 여기 찾았다. 여기 지점에서 관리되는 합자회사가 제법 있네. 선택의 범위가 아주 다양해. LMI 지점은 로스앤젤레스, 시카고, 런던, 프랑크푸르트, 홍콩, 케이프타운, 싱가포르에 있고, 스위스 빌러즈 은행 지점은 제네바, 취리히, 모나코, 리히텐슈타인에 있고, 레비앤빌러즈 지점은 취리히, 바하마 낫소, 그랜드케이맨 제도 조지타운에 있고, LV투자는 사모아와 라부안에 있고, 세비코는 파나마시티,

지브롤터, 영국령 버진 아일랜드 로드타운······."

"잠깐!"

이때 올리버가 소리치자 모두 놀라 쳐다보았다. "자세히 좀 보자. 그러니까 세비코를 LMI의 지점으로 운영하고 있는 거야? 말도 안 돼! 나는 배후에 세르지오만 있는 줄 알았는데, 그런데······."

그는 말을 하다 말고 고개를 들었다. 그는 저도 모르게 소름이 돋은 알렉스와 눈이 마주쳤다.

"세비코는 세르지오와 빈센트의 약자일 수도 있겠네."

알렉스가 중얼거렸다.

"그거야. 그리고 바로 이것이 두 사람이 손을 잡고 있다는 증거가 되겠지."

올리버가 고개를 끄덕이며 말했다. 저스틴은 1시간가량 말없이 고도로 집중해서 작업을 하다가 결국 고개를 저었다.

"막다른 골목이야. 세비코에 대해서는 이제 더는 알아낼 수가 없어. 뭔가 다르게 작동하는 것 같은데 어떻게 된 건지 모르겠네."

저스틴은 머리를 긁적거렸다. 네 사람은 서로 어쩔 줄 모르며 쳐다보았다. 어떤 회사가 어떻게 누구와 관련이 되어 있는지 파악하기에는 너무 복잡하게 얽혀 있었다. 올리버는 자리에서 벌떡 일어나 작은 방 안을 왔다 갔다 했다.

"우리 다시 한 번 정리해보자."

올리버가 제안했다. "알렉스는 누군가 비밀 내부 정보를 가지고 불법 거래를 하고 있다고 의심하고 있어. 마크와 알렉스는 MPM이라는 회사가 인수합병 직전에 있는 회사의 주식을 사들인다는 것을 알아냈고, 상업등기부등본에 따르면 MPM은 벤처캐피털 시스타프렌즈 합자회사의 소유야, 그런데 이 회사는 또 LMI가 만든 테크놀로지 파트너스 사모펀드에 투자하고 있어. 맞지?"

알렉스와 마크는 고개를 끄덕였다.

"시스타프렌즈는 IBC로써 영국령 버진 아일랜드에 있는 역외 금융센터에 설립됐어. 그런데 여기서 돈세탁 냄새가 물씬 난다는 말이지."

올리버는 이맛살을 찌푸리더니 고개를 저었다. "다른 식으로 접근해야겠어. 저스틴, 영국령 버진 아일랜드의 상공회의소 서버에 한번 접속해봐."

"알았어."

저스틴은 다시 작업에 몰두했다. 올리버, 마크, 알렉스는 긴장하며 저스틴이 눈썹을 치켜 올리고 숨을 내쉬는 것까지 지켜보았다.

"돈 받고 세무 조사반을 위해 일하면 좋겠어. 성공했어."

저스틴이 30분 정도 지나자 농담을 던지며 짧게 성공을 선언했다. 세 사람은 전기에 감전된 듯 짜릿했다.

"보안장치가 정말 허술하네. 여기 영국령 버진 아일랜드에 등록되어 있는 모든 회사들의 등록번호가 다 나와 있어."

저스틴은 모니터를 가리켰다. 올리버는 10분 만에 찾으려고 했던 정보를 발견했다.

"벤처캐피탈 시스타프렌즈 합자회사. 1998년 5월 25일 설립. 회사 소유주는 빈센트 아이자크 레비, 주주는 세르지오 이그나치오 비탈리." 저스틴은 의기양양한 미소를 지으며 말했다.

"이런 세상에. 말도 안 돼." 알렉스가 속삭였다.

"MPM은 레비와 세르지오 소유였군. 그러니까 세인트존이 단독으로 벌인 짓이 아니라 이들의 지시를 받고 한 일이야."

올리버가 말했다.

알렉스는 갑자기 너무 비참해졌다. 빈센트 레비와 세르지오 비탈리는 내부 정보를 이용해서 유령회사를 통해 손쉽게 엄청난 돈을 벌어들인 것이다. 그리고 그 내부 정보는 하필이면 바로 알렉스가 제공하는 것이었다. 주식 매수 자료를 일일이 찾아볼 필요도 없었다. MPM이 어떤 회사의 인수합병이 공개적으로 알려지기 직전에 주식을 매입한 것이 분명했다. 알렉스가 제공한 정보를 통해 세르지오는 지난달에 수백만, 아니 어쩌면 수십억 달러를 벌어들였는지도 모른다. 알렉스는 엄청난 분노가 치밀어 올랐다. 세르지오는 지금까지 자신을 이용해왔다. 이제 충격을 당했던 그날 밤 왜 세르지오가 화해를 하자고 했는지, 그리고 청혼을 한 이유도 확실히 알게 되었다. 세르지오는 알렉스와 헤어지면 돈줄이 끊길까봐 두려워했다.

하지만 가장 끔찍한 것은 이 사실을 알았다고 해도 할 수 있는 게 아무것도 없다는 점이었다. 알렉스가 MPM과 시스타프렌즈에 대해 전혀 몰랐다고 해도 아무도 믿지 않을 것이다. 그녀는 세르지오의 애인이기 때문에 당연히 한통속이라고 생각할 것이다.

"셰너헌이 했던 것과 같은 수법이지."

올리버가 말했다. 하지만 알렉스는 이에 대해 아무 말도 하지 않았다. 올리버가 했던 말이 역시 맞았다.

"이런 회사가 존재한다면 이런 비슷한 회사들이 더 있을 수 있다는 얘기고, 또 LMI가 자체 펀드를 통해 이런 회사에 투자를 한다면 레비와 세르지오가 이런 펀드를 통해 돈을 번다는 뜻이잖아. 세금도 내지 않고 말이지." 마크가 곰곰이 생각을 한 후 말했다.

알렉스는 몸이 덜덜 떨렸다. 세르지오와 레비는 알렉스가 LMI에 입사한 시점에 시스타프렌즈를 설립했다. 그들은 처음부터 알렉스가 진행하는 거래를 통해 수익을 얻었다. 하지만 자신이 무슨 일을 하는

지 알았던 셰너헌과 달리 알렉스는 그런 사실을 몰랐다. 세르지오는 알렉스에게 완벽한 거짓말을 한 것이다. 세르지오는 자신이 시인했던 것보다 LMI와 훨씬 깊은 관계를 맺고 있었다.

"그 많은 돈을 가지고 과연 뭘 하는 걸까? 수백만 달러를 가지고 하려는 게 뭘까?" 저스틴이 긴장이 흐르는 침묵을 깼다.

"100만 달러를 가지면 200만 달러를 갖고 싶은 법이지. 200만 달러가 있으면 1,000만 달러를 갖고 싶고, 1,000만 달러를 갖고 있으면 또 1억 달러가 갖고 싶겠지. 인간의 탐욕은 끝이 없지."

올리버가 말했다.

"완벽한 시스템이야. 이런 걸 생각해낸 사람은 정말 대단해."

마크가 말했다.

"정말 혀를 내두를 정도야. 그리고 이 시스템의 배후에 있는 사람들은 아주 안전하지. 어떤 회사가 발각이 되더라도 그 배후에 누가 있는지 추적하는 건 불가능하니까. 당국은 조사를 벌이다가 역외 금융센터를 알게 되어도 자국에서 피라미나 몇 마리 잡고 말겠지."

올리버가 고개를 저으며 말했다.

"그래도 말이야, 저스틴이 한 질문을 생각해볼 필요가 있어. 그자들이 그 많은 돈을 가지고 뭘 하는지 나도 궁금하고 알고 싶어. 세르지오는 이미 돈으로 살 수 있는 건 다 갖고 있잖아. 이런 일을 벌이는 다른 이유가 있을 거야."

알렉스는 속으로 부글부글 끓었지만 겉으로는 냉정함을 유지하려고 애썼다.

"자기 생각은 뭔데?"

올리버는 알렉스를 뚫어지게 쳐다보았다. 하지만 알렉스는 대답하지 않았다. 알렉스는 시티 플라자 호텔에서 열렸던 자선 행사에서 우연히 듣게 된 대화를 떠올렸다. 뉴욕시 건설국장의 부인이 빈센트 레비의 부인에게 세르지오가 비용을 대줘서 케이맨 제도에서 휴가를 잘 보내고 왔다고 이야기했다. 세르지오는 그런 식으로 매킨타이어가 편의를 봐준 것에 대해 감사 표시를 했던 것일까?

"저스틴, 그랜드 케이맨 조지타운에 있는 레비앤빌러즈 서버에 접속할 수 있어요?" 알렉스가 물었다.

"한번 해볼게요." 저스틴이 고개를 끄덕였다.

"그렇게 해서 뭘 알아낼 수 있어?" 올리버가 의아해하며 물었다.

"어쩌면 아무것도 알아내지 못할 수도 있어. 하지만 어쩌면 자기가 퓰리처상을 받을 만한 자료를 찾게 될지도 모르지."

알렉스가 올리버를 쳐다보며 대답했다. 올리버는 히죽 웃었다. 그런데 잠시 후 저스틴의 얼굴이 어두워졌다.

"케이맨 제도에 있는 서버에 접속하기 위해서는 특별한 패스워드가 있어야 하는군."

"그건 왜 그렇지? 다른 운영체계를 사용하고 있기 때문이야?"

마크가 물었다.

"추가적인 보안장치가 되어 있어. 그리고 서버가 뉴욕의 서버와 연결되어 있지 않아."

저스틴이 어깨를 으쓱하며 말했다. 그는 다른 컴퓨터로 옮겨가 작업을 했다.

"됐다. 이제 얼른 뭐 좀 먹고 오자. 운이 좋으면 '크리프트크랙'이 그동안 패스워드를 해킹해놓을 거야."

얼마 뒤에 무언가 작업을 하던 저스틴이 말했다.

"그건 또 뭔데?" 마크가 궁금해하며 물었다.

"크리프트크랙은 내가 얼마전에 개발한 패스워드 해킹 프로그램

이야. 마침 이렇게 시험해볼 기회가 생겨서 좋네."

저스틴이 방에서 나가며 말했다. 이들은 컴퓨터에 막중한 임무를 맡겨놓고 캠퍼스 내 다른 건물에 있는 학생식당으로 갔다. 지하 연구실에서 7시간이나 잔뜩 긴장한 상태로 있다보니 모두 몹시 배가 고팠다.

*

메리 코스티디스는 한숨을 내쉬었다. 남편은 비록 아무 말도 하지 않았지만, 그가 요즘 엄청난 스트레스에 시달리고 있다는 것을 느꼈다. 세르지오 아들의 죽음과 언론의 공격, 이상한 협박 편지, 이 모든 것이 그의 신경을 곤두서게 만들었다. 어제 캐나다 대사를 위한 만찬에서 그는 잠시 유쾌하고 매력적이며 느긋했던 예전의 남편으로 돌아왔다. 하지만 메리는 레이먼드와 함께 있던 그의 집무실로 들어갔을 때 남편의 표정만 보고도 무슨 일이 생겼다는 것을 알았다. 나중에 메리는 무슨 일인지 물어보았지만 그는 별것 아니라는 손짓만 할 뿐이었다. 그는 "당신은 신경 쓸 것 없어"라고 말했지만 무슨 일이 있는 것이 분명했다. 코스티디스는 예전에는 메리와 모든 것을 함께했다. 그는 모든 문제를 상의하고 의견을 물었다. 하지만 최근 몇 주 사이에 무언가 변했다. 그는 메리에게 무언가 털어놓는 법이 없다. 남편이 그런 적은 수십 년간의 결혼생활에서 처음 보는 일이었다. 남편은 무엇 때문에 메리에게 감추는 것일까?

메리는 어제저녁 테라스로 나갔을 때 아주 잠깐이지만 어쩌면 그에게 다른 여자가 있을지도 모른다는 생각을 했다. 남편이 아름답고 지적인 알렉스 존트하임을 쳐다보는 눈빛이 남달라 보였다. 그의 표정은 메리에게 따끔한 상처가 되었다. 남편은 한 번도 메리를 그렇게 황홀하고 매혹적인 눈빛으로 쳐다본 적이 없었기 때문이다. 남편이 혹시 그 젊은 여자와 사랑에 빠진 것일까? 알렉스는 분명히 아주 특별한 여자였다. 자기 분야에서 성공했고, 총명하고 아름다우며, 게다가 세르지오 비탈리의 애인이었다. 코스티디스가 알렉스를 초대한 진짜 이유는 어쩌면 그 때문일까? 그는 알렉스를 통해 마침내 자신의 오랜 적을 잡아넣을 수 있다고 생각한 것일까, 아니면 그 이면에 또 다른 뜻이 숨어 있는 것일까?

*

아직은 공기가 상쾌했지만 몇 시간이 지나면 참기 힘든 무더위가 기승을 부릴 날씨였다. 뉴욕의 7월과 8월은 찌는 듯한 무더위가 계속된다. 그래서 여유가 있는 대부분의 뉴욕 시민들은 이때 시골이나 바다로 피서를 떠난다. 닉 코스티디스는 일요일 아침이면 자주 그렇듯이 두 보좌관인 프랭크 코헨과 레이먼드 하워드와 함께 서재에 앉아 있었다. 이들은 간단하게 아침을 먹고 평소에 상의할 시간이 없던 중요한 사안들에 대한 의견을 나누었다. 프랭크는 곧 방문 예정인 한국 대표단에 대한 의전 계획을 보고했고, 코스티디스는 창문으로 크리스토퍼와 브리트니가 검은 BMW에 짐을 싣는 모습을 지켜보았다. 두 사람이 메리를 데리고 당분간 여행을 떠나서 다행이었다. 여기 돌아가는 상황을 보면 메리가 당분간 이곳에 머물지 않는 것이 나았다. 프랭크는 코스티디스에게 경호를 받아야 한다고 주장했는데, 지난밤에 두 번째 협박 편지를 받자 목소리가 더 커졌다.

코스티디스는 아내에게 아무런 말도 하지 않았다. 최근에는 아내를 쓸데없이 불안하게 하기보다는 혼자 알고 넘어가는 일이 많았다. 메리는 몇 달 사이에 부쩍 초조하고 우울한 모습이었다. 코스티디스는 메리가 멍하니 창밖을 내다보는 모습을 자주 보았다. 늘 에너지가 넘치던 메리는 시들해지는 꽃처럼 점점 움츠러들었다. 그는 혹시 메리가 어디 아픈 것이 아닐까 걱정했지만 의사들은 딱히 분명한 육체적인 질병을 발견하지는 못했다. 의사들은 다만 메리에게 근심거리를 만들거나 걱정을 끼치지 말고 많이 배려해주라고 조언했을 뿐이다. 코스티디스는 메리와 마음을 터놓고 모든 이야기를 허심탄회하게 하지 못하는 것이 아쉬웠지만 그래도 의사들의 조언을 따랐다.

메리는 여러 해 동안 남편이 가정보다 일을 우선시한다는 사실을 묵묵히 받아들였다. 그래서 안 그래도 쇠약해진 그에게 더 부담을 주고 싶지 않았다. 코스티디스는 요즘에 부쩍 아무렇지 않다는 듯 허세를 부리거나 강한 척하는 것이 힘들었다. 내심 의기소침해지고 우울해지는 경우가 잦아졌다. 하지만 그보다 힘든 것은 양심의 가책 때문이었다. 그는 지난 몇 달 동안 은밀히 아내가 아닌 다른 여자를 그리워했기 때문이다. 알렉스 존트하임에게 매혹을 느끼는 이유를 설명할 수는 없었지만 단 하루도 알렉스 생각을 안 하고 지나가는 날이 없었다. 어제저녁에는 알렉스가 지금까지 보였던 노골적인 거부감 대신에 조심스러운 호감을 가지기 시작한 것 같아 가슴이 뛰었다. 하지만 코스티디스는 알렉스를 초대한 것을 조금 후회하기도 했다.

"크리스토퍼 차에 문제가 있는 것 같습니다. 시동이 안 걸리는 모양입니다." 프랭크가 생각에 잠겨 있던 코스티디스를 깨웠다.

"내가 한번 가서 보겠네. 금방 갔다 올게."

코스티디스는 자리에서 일어났다.

"발전기가 완전히 고장 났어요."

아버지가 관저 뒤 주차장으로 내려오자 크리스토퍼가 말했다. 시장의 운전기사인 캐리 로타는 어깨를 으쓱거리며 열린 보닛에서 물러섰다.

"제가 어떻게 할 수가 없네요."

크리스토퍼가 도움을 청한 운전기사가 유감스럽다는 듯 말했다.

"이런, 그럼 어쩔 수 없이 출발 시간을 몇 시간 늦춰야겠네."

메리가 말했다.

"그렇게 빨리는 못 고쳐요. 특히나 오늘 같은 일요일에는 말이죠."

크리스토퍼는 짜증난 얼굴로 자동차 보닛을 쳐다보았다.

"네 차가 튼튼한 미국 차였더라면……."

코스티디스는 장난기 있는 미소를 지었다.

"미국 차라도 새 발전기로 교체하는 건 시간이 걸리죠."

크리스토퍼는 자신이 몹시 아끼는 BMW를 두둔하며 말했다.

"그럼 내 차를 타고 가. 캐리한테 내일 BMW를 정비소에 맡겨달라고 부탁하지 뭐." 코스티디스가 제안했다.

"하지만 당신도 차를 써야 하잖아요." 메리가 말했다.

"난 프랭크나 레이먼드하고 같이 타고 가면 돼요. 난 괜찮소."

"설마 지하철을 타고 시내를 돌아다닐 생각은 아니겠죠?"

메리는 걱정스러운 표정으로 남편을 쳐다보았다.

"아니오. 그러지 않겠다고 약속했잖소."

코스티디스는 웃으며 아내의 허리에 팔을 둘렀다.

"저는 뉴욕시민들이 다 우르르 롱아일랜드로 떠나기 전에 출발하고 싶네요." 크리스토퍼가 시계를 쳐다보았다.

"자! 그럼 어서 짐을 옮겨 실어야겠네!"

코스티디스가 말했다. 메리는 남편의 손을 잡았다.

"며칠이라도 우리하고 같이 가면 안 될까요?"

메리가 물었다. 코스티디스는 미소를 지으며 메리의 얼굴을 양손으로 감쌌다.

"내가 지금 그 생각을 하고 있는 줄 어떻게 알았소? 금요일에 몬탁으로 떠날 수 있을 것 같은데 말이오." 그가 나직이 말했다.

"정말요?" 메리는 믿어지지 않는다는 표정으로 남편을 처다보았다. "그럼 당신 일은요?"

"잘 처리하고 가야지." 그는 아내에게 입맞춤을 했다.

"약속하는 거죠?" 메리의 얼굴에 갑자기 행복한 화색이 돌았다.

"그래, 약속해요. 나도 벌써 기대되는구려."

"어머니, 이제 그만 출발해요!"

크리스토퍼가 말했다. 브리트니는 벌써 리무진 조수석에 앉아 있었다.

"사랑해, 여보. 항상 몸조심하고요!" 메리가 속삭였다.

"그러지. 나도 사랑해요."

메리는 아쉬운 듯 남편을 놓아주고 자동차 쪽으로 걸어갔다.

*

"저기서 뭐 하는 거야?" 레이먼드 하워드는 우연히 창밖을 내다보다가 크리스토퍼가 리무진 운전석에 올라타는 것을 지켜보았다. 그는 갑자기 얼굴이 창백해지더니 자리에서 벌떡 일어났다.

"왜 그래?" 프랭크가 물었다.

"오 이런, 안 돼. 절대 그러면……."

레이먼드는 말을 잇지 못했다. 이마에는 식은땀이 흘렀고 머리에는 온갖 생각이 스쳐 지나갔다. 그는 메리가 남편에게 작별의 키스를 하는 모습을 지켜보았다. 크리스토퍼는 빨리 오라고 손짓을 하고 브리트니는 조수석에 앉아 미소를 짓고 있었다.

"젠장!"

레이먼드는 마치 복수의 여신에게 쫓기듯 문밖으로 뛰쳐나갔다. 프랭크는 의아한 눈길로 그 모습을 지켜보았다.

레이먼드는 그야말로 공포에 사로잡혔다. 그는 온 힘을 다해 긴 복도를 달렸다. 계단을 뛰어 내려가자 리무진이 막 주차장에서 빠져나오고 있었다. 메리와 브리트니가 열린 창문 사이로 손을 흔들었다. 레이먼드는 코스티디스가 미소를 지으며 손을 흔드는 것을 보았다. 레이먼드는 시장이 뭐라고 생각할지 아랑곳하지도 않고 무작정 리무진을 향해 달려갔다.

"멈춰!"

그는 팔을 마구 휘저으며 차를 뒤쫓아 갔다. "멈춰요! 당장 멈추라고요! 어서 차에서 내려요!"

*

다시 책상 앞으로 돌아온 저스틴은 자리를 비운 사이 크리프트크랙이 제대로 잘 작동한 것을 확인하고 마치 어린아이처럼 해맑게 웃었다. 그는 손을 비비며 모니터에 시선을 고정했다. 그동안 다른 일은 완전히 잊은 듯했다. 올리버와 알렉스만 저스틴과 함께 MIT 지하연구실로 돌아왔다. 네 사람은 식사를 하면서 상의한 끝에 마크가 다시 뉴욕으로 돌아가는 것이 좋겠다고 결정했다. 알렉스는 시장 관저의 저녁 파티에 참석한 이후 아무것도 먹지 못했는데도 샌드위치 반쪽

밖에는 넘기지 못했다. 알렉스는 속이 몹시 불편했는데, 그것은 올리버가 계속 살피듯 힐끔힐끔 쳐다보기 때문만은 아니었다. 의심을 품고 있던 모든 것이 사실로 확인되면 어떻게 해야 할까? 어떻게 이런 불법을 저지르는 회사를 위해 계속 일을 할 수 있단 말인가? 그리고 어떻게 세르지오로부터 벗어날 수 있을까? 알렉스는 새장 안의 새처럼 꼼짝 못 하고 남의 결정에 내맡겨야 하는 신세가 된 기분이었다.

"레비앤빌러즈 서버에 특별 보안이 적용되는 부분이 있어. 얼핏 보기에는 별로 특별한 게 없지만 일부 자료에 최고의 보안장치가 되어 있네." 저스틴이 갑자기 말해서 생각에 잠겨 있던 알렉스를 깨웠다.

"그런 곳에 접근할 수 있겠어?"

올리버가 묻자 저스틴은 고개를 끄덕였다. 연구실 안에는 자판을 두드리는 소리만 날 뿐 정적이 흘렀다. 올리버와 알렉스는 저스틴을 말없이 지켜보았다. 마크가 있을 때는 두 사람 사이에 흐르는 긴장감이 어느 정도 완화가 되었지만 이제 마크가 없으니 어색해졌다.

"이상하네. 이름 없이 계좌번호만 있는 무기명 계좌밖에 없어."

저스틴이 얼마 후 입을 열었다.

"어디 한번 보자."

올리버와 알렉스가 거의 동시에 이렇게 말하며 저스틴의 어깨너머로 모니터를 들여다보기 위해 자리에서 일어났다. 알렉스는 저스틴에게 무기명 계좌 개설 절차에 대해 설명했다. 겉으로 보기에는 계좌가 익명으로 보여도 고객은 은행에 신분을 알려야 한다. 유효한 여권이나 인정되는 다른 신분증을 제시하지 않고는 세계 어느 은행에서도 계좌를 개설하는 것은 불가능하다. 계좌는 번호나 별칭을 부여받게 되는데 그것은 오직 고객 본인과 은행 직원만 알 수 있다. 은행은 고객의 비밀을 지켜주기 때문에 고객의 계좌는 당국으로부터 안전하다. 스위스, 리히텐슈타인, 룩셈부르크, 또는 카리브해의 탈세 천국에 있는 이런 은행들은 고객의 비밀을 극도로 유지해주며, 출처가 불분명한 거대 자금을 끌어모은다. 바하마와 케이맨 제도는, 국세청이나 사법 당국의 추적은 피하고 싶지만 유럽까지 멀리 가기는 힘든 고객을 끌어들인다.

"뭘 찾아낼 수 있을 것 같아?" 올리버가 궁금한 얼굴로 물었다.

"그 돈으로 뭘 하는지 알 수 있는 증거. 돈을 개인적으로 챙길 목적으로 MPM을 설립한 건 아냐. 레비도 그렇고 세르지오도 그렇고, 둘 다 돈을 벌려고 내부자 거래를 할 필요가 없는 사람들이지. 이미 충분히 부자니까. 내부자 거래를 하는 다른 이유가 분명히 있을 거야. 난 그걸 알고 싶어." 알렉스가 대답했다.

*

닉 코스티디스는 레이먼드가 갑자기 소리를 지르고 손을 휘저으며 급히 계단을 뛰어오는 모습을 의아해하며 쳐다보았다. 레이먼드의 얼굴은 공포에 질려 사색이 되어 있었다. 평소에 늘 침착하고 냉철한 레이먼드로서는 이해할 수 없는 행동이었다. 레이먼드는 완전히 정신이 나간 사람처럼 소리를 지르고 손을 거칠게 휘저으며 짙은 파란색 자동차를 쫓아갔다. 크리스토퍼는 그런 레이먼드의 모습을 백미러로 보았는지 속도를 늦추었다. 코스티디스는 순간 불길한 예감이 들어 본능적으로 뛰기 시작했다. 어리둥절한 아내의 얼굴이 보였다.

레이먼드가 차문 손잡이에 손을 댄 순간이었다. 갑자기 리무진 엔진룸에서 불꽃이 솟구쳐 오르더니 자동차가 순식간에 화염에 휩싸이면서 육중한 보닛이 장난감처럼 공중으로 날아가 버렸다. 곧이어 큰 폭발음이 일어나며 리무진이 두 동강 났다. 폭발의 위력이 어찌나 엄청난지 관저의 창문이 모조리 박살이 나고, 코스티디스도 폭발음에 튕겨나가 건물 벽에 부딪혔다. 코스티디스는 큰 충격을 받아 정신이 흐릿해졌지만 아비규환이 되어버린 폭발 현장에 본능적으로 엉금엉금 기어갔다.

"메리! 이런 세상에, 안 돼, 메리! 메리!" 그가 울부짖었다.

프랭크 코헨은 현관 앞에서 눈앞에 펼쳐진 끔찍한 광경을 바라보았다. 코스티디스가 화염에 휩싸인 자동차에서 몇 미터 떨어지지 않은 곳까지 기어가는 것을 보자 프랭크는 자신의 안전을 생각할 겨를도 없이 그를 향해 달려갔다. 이때 연료탱크가 폭발했고, 프랭크는 울부짖는 시장을 향해 몸을 던졌다. 코스티디스는 완전히 넋이 나가 누군가 자기를 붙잡고 있는 것도 모른 채 발버둥을 치면서 치명적인 부상을 입은 동물처럼 소리를 지르며 울부짖었다. 이제 어찌 할 방법이 없었지만 코스티디스는 당장 화염 속으로 뛰어들 기세였다. 차에 있던 세 사람은 이미 사망했다. 코스티디스는 화염에 휩싸여 불타는 잔디 위를 비틀거리며 걷는 레이먼드를 보았다. 그리고 오래된 밤나무 가지 위까지 날아가 붉게 이글거리는 차체의 파편을 보았다.

"메리! 메리! 메리! 오, 이런 세상에, 안 돼!"

코스티디스는 애간장이 끊어질 듯 소리쳤다. 그는 엄청난 열기가 살갗을 태우는 것도 느끼지 못했고, 달아오른 쇳조각이 그의 팔에 박힌 것도 느끼지 못했다. 아무런 육체적 고통을 느끼지 못했다. 그저 한없이 끔찍한 경악과 충격만이 그의 머릿속에 가득할 뿐이었다.

두 번의 폭발음을 듣고 놀란 경호원들이 우르르 달려왔다. 그리고 형체도 없이 두 동강 난 채 불에 타고 있는 방탄 리무진을 보고 망연

자실한 표정을 지었다. 그중 침착한 경호원 한 명이 레이먼드를 향해 소화기를 뿌렸다. 레이먼드는 불에 타는 지옥 같은 현장에서 몇 미터 떨어진 잔디 위로 비틀거리며 쓰러졌다. 캐리 로타는 의식을 잃은 채 계단 아래쪽에 쓰러져 있었다. 그는 엄청난 폭발의 위력 때문에 튕겨져 나가 머리를 계단에 부딪쳤다. 사방은 자욱한 연기와 석유 냄새, 살이 타는 냄새로 진동했다. 이글거리는 화염의 폭풍은 모든 꽃나무를 태우고, 우람한 밤나무 가지들을 삼켜버렸다. 주위는 온통 산산조각 난 차체의 잔해가 널브러지고 잔디밭은 회색 잿더미가 되어버렸다. 관저의 직원들은 우왕좌왕하며 비행기 추락 사고가 일어난 것 같은 아비규환의 현장에 할 말을 잃었다.

코스티디스는 몸부림을 멈추었다. 그는 울면서 누워 있었는데, 화상을 입은 손가락으로 바닥을 움켜쥐며 계속해서 아내와 아들의 이름을 중얼거렸다. 얼굴에는 피가 흘러내렸고 왼쪽 팔에 입은 깊은 상처에서 피가 철철 흘러나왔다. 그는 순식간에 눈앞에서 온 가족이 죽음을 당한 불타는 자동차에서 눈을 뗄 수가 없었다.

"시장님을 다른 곳으로 옮겨주세요! 어서요! 집 안으로 옮기세요!"

프랭크가 경호원들을 향해 소리쳤다. 누군가 소방서에 신고를 했는지 여러 대의 소방차가 사이렌을 울리며 달려왔고 경찰과 구급차도 연이어 도착했다. 프랭크는 온몸이 덜덜 떨렸다. 무슨 일이 일어난 것인지 이해할 수 없었다. 협박 편지의 메시지는 단순한 장난이 아니라 진짜였다. 조금 전 누군가 시장을 노렸지만 대신 그의 아내와 아들, 그리고 아들의 약혼자가 죽었다. 그리고 레이먼드…… 프랭크는 불에 탄 끔찍한 자동차의 형상을 바라보았다. 레이먼드는 알고 있었다! 레이먼드가 바로 코스티디스가 찾던 그 내부의 첩자였다. 프랭크는 다리에 힘이 스르르 풀렸다. 그는 바닥에 주저앉아 잃어버린 깨진 안경을 더듬거리며 찾았다. 주위는 여전히 아비규환이었다. 소방관과 경찰, 응급 의료진, 경호원들이 서로 소리를 질러댔다. 이내 소방 호스로 차체의 불길을 잡았지만 이미 늦었다. 너무 늦었다.

*

방금 들어온 소식에 따르면 오늘 오전 11시 10분 시장 관저인 그래시 맨션 공원에서 폭발한 차량에는 닉 코스티디스 뉴욕시장이 탑승하지 않은 것으로 전해지고 있습니다. 아직 공식 발표는 나오지 않았지만 최소한 세 명이 사망한 것으로 보입니다. 신원이 확실히 밝혀지지 않았지만 사망자는 시장의 부인과 아들, 그리고 아들의 약혼녀로 추정되고 있습니다. 그리고 아직 신원이 밝혀지지 않은 남성 한 명이 심한 화상을 입고 보스턴의 화상 전문 병원으로 급히 이송됐습니다……

방송국 기자가 굳은 표정으로 보도했다.

세르지오는 무표정한 얼굴로 화면을 응시했다. 그는 천천히 말없이 뒤에 서 있는 남자 두 명을 향해 몸을 돌렸다.

"일처리를 엉망으로 했군. 그놈 마누라하고 아들이 죽어서 우리한테 득 될 게 대체 뭐야?"

세르지오의 목소리는 빙하 얼음만큼이나 차가웠고 미간에는 언짢은 깊은 주름이 잡혔다. 루카와 실비오는 난처한 듯 바닥만 쳐다보고 있었다.

"이런 빌어먹을! 내 주위에는 정녕 서툴고 무능한 놈들밖엔 없는 거야? 자동차를 폭파한다는 멍청한 아이디어는 대체 누가 냈어?"

세르지오가 버럭 소리를 질렀다.

"레이먼드 하워드가 저희에게 전화를 했습니다. 처음에는 시장이 지하철을 타러 가는 길에 처치할 생각이었는데 레이먼드가 앞으로는 시장이 승용차를 이용해서 이동할 것이라고 말했습니다. 그래서 자동차에 폭탄을 설치하는 것이 가장 확실한 방법이라고 생각을 했습니다."

루카가 결국 입을 열었다.

"그놈 머리에 총알을 박는 게 가장 확실한 방법이었겠지. 제기랄!"

화가 난 세르지오가 루카의 말을 잘라버리고 쏘아붙였다.

"하지만 만약 그랬다면 사고처럼 보이지 않았을 겁니다."

실비오가 조심스럽게 끼어들었다. "그리고 회장님께서는……."

"나도 내가 뭐라고 했는지 잘 알고 있어! 그런데 폭탄도 사고처럼 보이지 않는 건 마찬가지잖아!"

세르지오가 말했다. 그때 전화벨이 울렸다. 그는 루카한테 전화를 받으라는 신호를 보냈다.

"넬슨 변호사입니다."

루카가 말하자 세르지오가 전화기를 들었다. 넬슨은 어제부터 라스베이거스에 가 있었다.

"지금 뉴스를 보고 있네. 난 자네가 이 일과 아무런 관계가 없기를 바랄 뿐일세." 넬슨이 인사말도 없이 다짜고짜 말했다.

"무슨 일 말인가?"

"시장을 겨냥한 폭탄 테러 말일세."

"자넨 왜 내가 관련되어 있을 거라 생각하는 건가?"

세르지오는 화를 억누르며 모른 척 물었다.

"자네가 최근에 코스티디스를 제거하고 싶다는 얘길 했으니까 말이지."

"시장은 나 말고도 적이 많은 자야."

"세르지오, 나는 자네 말을 믿고 싶네. 난 한 번도 자네 하는 일에 토를 단 적이 없었네. 하지만 한 번만 더 묻지. 우리의 오랜 우정을 생각해서 진실을 말해주길 바라네." 넬슨은 한숨을 내쉬며 말했다.

"옆에 누구 있나?"

세르지오가 의심이 드는 듯 물었다. 넬슨은 세르지오가 자신을 의심한다는 생각 때문에 한동안 할 말을 잃었다.

"당연히 아무도 없지. 난 지금 도청 방지 장치가 된 전화로 혼자 말하고 있네. 됐나?" 넬슨이 화가 나서 대답했다.

"나는 이번 테러하고는 아무런 관련이 없어. 코스티디스를 제거하고 싶다는 말은 했지만 이런 식은 생각해본 적도 없네."

세르지오가 차분한 목소리로 가장 오래된 친구의 신뢰를 한 치의 망설임도 없이 저버리며 대답했다. 넬슨은 완전히 납득을 할 수는 없었지만 세르지오가 거짓말을 한다고는 상상할 수 없었다. 통화를 마치고 세르지오는 루카와 실비오를 향해 몸을 돌렸다.

"우리가 이번 일과 관련되어 있다는 사실을 넬슨이 절대 알면 안돼. 그리고 마시모도 이번 일에 대해 모르는 것이 좋겠네."

두 남자는 말없이 고개를 끄덕였다. 보스가 이번에 실패한 작전에 대해 더는 추궁하지 않아 안도했다.

"알겠습니다. 이번에는 비록 실패했지만 다음번에는 반드시 성공하도록 하겠습니다."

루카가 말했다. 또다시 전화벨이 울렸고 루카가 받았다.

"세인트존입니다."

루카는 세르지오에게 전화를 바꿔주었다. 세르지오는 한동안 말없이 전화기를 귀에 대고 듣기만 하더니 얼굴이 눈에 띄게 어두워졌다.

그러고는 전화를 끊었다. 레이먼드 하워드가 죽었다. 뉴스에서 신원을 확인할 수 없는 심한 화상을 입었다는 남자가 바로 레이먼드였다. 세르지오는 실패한 작전보다도 중요한 정보원을 잃었다는 사실이 더욱 뼈아팠다. 그는 레이먼드를 통해 지난 몇 년간 시장의 집무실로부터 흘러나오는 중요한 정보를 직접 전해 들었다. 하지만 세르지오는 이미 바꿀 수 없는 사실에 대해 머리를 감싸고 고민하는 사람이 아니었다. 어차피 코스티디스의 날은 얼마 남지 않았다. 그리고 시장이 죽고 나면 시장 측근에 간첩을 둘 필요도 없다.

*

밤 10시 무렵 저스틴은 그랜드 케이맨 제도에 있는 레비앤빌러즈의 비밀 무기명 계좌 자료에 접근하는 데 성공했다. 이 자료에 접근하기 전에 알렉스와 올리버, 저스틴은 수많은 계좌를 일일이 살펴보았다. 미국 세무 당국에서 큰 관심을 가질 만한 계좌는 여럿 있었지만 알렉스가 찾는 계좌는 없었다. 그러다가 저스틴은 문득 한 번 더 안전장치가 되어 있는 자료를 발견했고 곧장 호기심이 발동했다. 그리고 1시간 반이 걸려 해킹에 성공했다. 작은 연구실 내 공기는 답답했다. 재떨이에는 담배꽁초가 수북이 쌓였고 저스틴의 회전의자 주위에는 빈 콜라 캔, 감자칩 봉지, 초콜릿 껍질 따위가 잔뜩 쌓였다.

"굉장하군. 내가 정말 해냈어! 접속에 성공했어!"

저스틴이 숨죽인 목소리로 말하며 눈을 반짝이고 의기양양한 미소를 지었다. 상당히 까다로운 작업이었지만 저스틴은 이중삼중으로 보안장치가 되어 있는 자료에 접근하는 길을 찾아냈다.

"이 회사 사람들은 보안에 관해서는 정말 철두철미하네. 진짜 전문가들이야."

저스틴은 이런 보안장치를 만든 사람의 전문성에 진심으로 감탄하며 말했다. 오랜 시간 지하 연구실 차가운 형광등 불빛 아래에서 기다리느라 지치고 졸리기 직전인 알렉스와 올리버는 정신이 번쩍 들었다.

"알렉스 팀장님이 원하는 걸 찾은 것 같아요."

저스틴의 말에 알렉스는 의자를 끌고 저스틴 옆으로 다가갔다. 알렉스는 화면을 들여다보면서도 정말 믿어지지 않았다. 그랜드 케이맨의 은행 직원들은 계좌번호나 암호명을 깔끔하게 정리해놓았다. 그밖에 계좌가 개설된 날짜와 계좌 주인의 이름과 주소도 한눈에 알아볼 수 있게 되었다.

"이게 뭐야?" 올리버가 물었다. 알렉스는 대답하지 않았다.

"주소랑 이름을 표기하는 것이 일반적인가요?" 저스틴이 물었다.

"보통 그렇죠. 은행은 고객의 비밀을 지켜줄 의무가 있어요. 그리고 저스틴 씨도 보다시피 이런 자료에 쉽게 접근하는 것은 불가능해요. 이런 정보는 아주 철저하게 지켜지니까요."

알렉스가 고개를 끄덕이며 설명했다.

'amazed'라는 이름의 계좌 주인은 프레데릭 P. 호프만이라는 사람이었다. 알렉스는 그의 계좌 거래 내역을 쭉 훑어보았다. 놀랍게도 주식 펀드나 유가증권 포트폴리오는 없고 엄청난 금액의 현금이 정기적으로 입금된 것을 확인했다.

"그게 뭐야?" 호기심이 발동한 올리버가 물었다.

"내가 우려했던 대로야."

알렉스는 올리버를 쳐다보았다. "무기명 계좌에 현금 뇌물."

올리버의 눈이 휘둥그레졌다. 알렉스는 다시 모니터 화면을 들여다보았다.

"프레드 호프만 상원의원. 내가 아는 사람이야!" 알렉스가 말했다.

그의 계좌에는 180만 달러가 입금되어 있었다. 세금을 내지 않은 불법 뇌물이었다.

"더 살펴볼까요?" 저스틴의 손가락이 자판 위에 떠 있었다.

"재커리 세인트존." 알렉스는 초조해하며 축축한 손바닥을 비볐다.

저스틴이 이름을 입력하자 몇 초 후 거래 내역이 떴다.

"암호명: 골드핑거." 저스틴이 히죽 웃었다.

"딱 어울리네."

알렉스는 경멸적인 투로 말하며 세인트존이 지난 몇 년간 치부한 돈을 살펴보았다. 그의 계좌 역시 현금 입금 내역만 있었는데, 어마어마한 액수에 알렉스는 숨이 턱 막혔다. 세인트존은 역시 통이 컸다! 그의 계좌 잔액은 무려 2,200만 달러나 되었다.

"말도 안 돼."

알렉스는 고개를 저었다. 그리고 2시간 동안 그랜드 케이맨 제도 조지타운에 있는 레비앤빌러즈 은행의 비밀 계좌 54개를 모두 살펴보았다. 이들이 찾아낸 자료는 역사상 최대 규모의 부패 스캔들의 증거가 되고도 남았다. 로버트 랜드포드 로즈 주지사, 존 드 랜시 뉴욕 연방검사, NYSE 임원인 데이비드 노먼, 그리고 제롬 하딩 뉴욕 경찰청장의 이름도 있었다. 그레그 태런스는 증권거래위원회 고위 임원으로, 금융 조사와 관련하여 자주 등장하는 이름이라 알렉스도 알았다. 뇌물을 받아먹는 정치인은 호프만 상원의원뿐만이 아니었다. 모든 계좌의 입금은 같은 날짜에 이루어졌고 항상 현금이었다.

알렉스는 이제 모든 일이 어떻게 돌아가는지 깨달았다. 알고 보면 아주 간단하지만 이런 기발한 시스템을 고안해낸 사람들에게 혀를 내둘렀다. 알렉스가 세인트존에게 성사 직전인 거래를 보고하면, 세인트존은 이런 목적으로 설립된 회사인 MPM의 브로커 잭 랭에게 인수합병을 앞둔 회사의 주식을 사들이라고 지시를 한다. 그리고 인수합병 사실이 발표된 후 주가가 급상승하면 랭은 주식을 팔아치웠고, 이때 발생하는 차액은 현금으로 그랜드 케이맨으로 운반됐는데, 세인트존이 직접 맡았을 가능성이 높다. 세르지오의 전용기로 아무런 문제 없이 세관을 피해갔고, 발각될 가능성도 거의 없다.

이런 방법의 자금 마련은 완전히 불법이지만 만일의 경우에 대비해 대책이 확실하게 마련되어 있었다. 뇌물 수수 명단에는 고위 판사와 검사들의 이름만 올라 있는 것이 아니라 증권거래위원회와 뉴욕 주식 시장 간부들의 이름도 있었다. 만약 실제로 문제가 발생했다고 해도 문제를 파헤치는 데 관심을 가질 사람은 아무도 없었다. 알렉스는 PBA스틸 건을 생생하게 기억했다. 이제 보니 세르지오가 아주 여유를 부리고, 조사도 이틀 만에 아무 성과 없이 흐지부지 끝난 것도 너무나 당연했다. 세르지오는 뉴욕에서 가장 영향력이 있는 인사들을 매수했고 그 연줄은 워싱턴까지 닿았다. 의회와 상원, 사법부, 재무부, 국방부를 가릴 것 없이 그는 모든 곳에 '친구'를 심어놓았고 이 계좌 내역은 아주 환상적인 압박 카드가 되었다. 정치인과 공무원의 금품 수수는 그 자체만으로도 치명적이었다. 더구나 세금도 내지 않았기 때문에 탈세와 세금포탈 혐의로 막중한 처벌을 받을 수 있었다.

"어떤 사람들은 한 달에 10장도 받았네요. 그리고 이 사람은 별로 중요하지 않은 모양이에요. 3장밖에 못 받았네요."

저스틴이 놀라워하며 말했다. 이때 알렉스의 시선이 어떤 이름에 꽂히면서 순간 경직되었다. 레이먼드 하워드. 알렉스는 머리숱이 별로 없는 금발의 남자를 떠올렸다. 시티 플라자에서 처음 보았고, 어제

저녁 그래시 맨션에서도 보았다. 닉 코스티디스가 찾던 간첩이 바로 그자였다. 코스티디스는 부하 중에 비탈리의 첩자가 숨어 있는 것을 알았지만 이렇게 가까운 부하인 줄은 꿈에도 몰랐다. 그 순간 레이먼 드를 또 어디서 보았는지 떠올랐다. 그녀가 맥샘 거래가 성공적으로 이루어진 것을 축하하기 위해 직원들과 함께 루나루나에서 회식을 했을 때 세인트존과 같이 있던 바로 그 남자였다. 레이먼드 하워드는 세인트존을 알고 있었다. 이제 이런 사실을 알게 되었으니 코스티디스에게 알려야 한다. 코스티디스가 계속해서 어둠속을 헤매며 첩자를 찾도록 내버려둘 수는 없다.

*

"이제 어떻게 할 생각인가요?"

알렉스가 도착한 지 16시간 만에 저스틴이 초췌하고 다크서클이 낀 눈으로 미디어랩 건물에서 나가며 물었다. 밖에는 아침이 밝아오고 나뭇가지에 앉은 새들이 노래를 불렀다. 알렉스는 저스틴이 출력해준 모든 자료를 가방 안에 넣었다. 알렉스는 마치 가방 안에 폭탄을 넣고 다니는 기분이었다.

"모르겠어요. 하지만 저는 표적이 되고 싶은 생각은 없어요. 만약 제가 이런 비밀 계좌에 대한 정보를 가지고 있다는 걸 세르지오가 알면 분명히 저를 죽이려고 할걸요."

저스틴은 알렉스를 물끄러미 바라보았다.

"농담이죠?"

"진짜예요. 이건 그냥 단순한 횡령 차원이 아니에요. 이건 초대형 뇌물 시스템이고, 제가 여기 연루되어 있어요. 이제 오늘부터는 제가 아무것도 모른다고 주장할 수 없게 됐어요."

알렉스는 고개를 끄덕이며 말했다. 먼지를 뒤집어쓴 저스틴의 승용차만 덩그러니 서 있는 텅 빈 주차장에 이르렀다. 이 작은 자동차에 끼어 탄 세 사람은 30분 뒤에 공항에 도착했다. 올리버와 알렉스는 저스틴에게 정말 큰 도움을 주어 고맙다는 인사를 몇 번이고 하면서 새로운 소식이 있으면 그에게 알려주겠다고 약속했다. 그리고 올리버와 알렉스는 말없이 국내선 이륙장에 있는 델타항공 창구로 가서 뉴욕으로 가는 다음 편 비행기를 알아보았다. 그리고 6시 20분에 출발하는 좌석 두 개를 예약하고 카페에 앉았다. 그곳에는 이른 시간에 나온 여행객 몇 명과 대기 중인 아시아 비행기 승무원들밖에는 없었다. 알렉스는 올리버가 다른 화제로 이야기를 나누고 싶어 한다는 눈치를 챘지만 지난 몇 시간 동안 새로 알게 된 진실에 관한 생각을 중단하고 싶지 않았다.

두 사람은 말없이 커피를 마시고 도넛을 먹었다. 알렉스는 텔레비전에서 방영되는 CNN 화면을 쳐다보았다. 그러다 갑자기 커피 잔을 내렸다. 기자가 전하는 소식이 무슨 이야기인지 알아차리자 얼굴이 창백해졌다. 알렉스는 자리에서 벌떡 일어나 텔레비전 앞으로 달려갔다.

"소리 좀 높여주시겠어요?"

카페 직원은 어깨를 으쓱하며 리모컨을 쥐고 볼륨을 높였다. 알렉스는 망연자실한 표정으로 기자의 보도에 귀를 기울였다.

…… *FBI 폭발물 전문가의 초동수사에 따르면 닉 코스티디스 뉴욕시장의 관저인 그래시 맨션 공원에서 일요일 오전에 발생한 폭발 사고는 테러 때문인 것으로 밝혀지고 있습니다. 폭발물은 시장의 방탄 리무진 엔진룸*

안에 설치되어 있었습니다. 이번 폭탄 테러로 코스티디스 시장의 부인 메리 코스티디스, 아들 크리스토퍼, 그리고 아들의 약혼녀인 브리트니 에드워즈가 목숨을 잃었습니다. 시신은 형체를 알아보기 힘들 정도로 불에 탔다고 전해집니다. 불길에 휩싸인 세 희생자를 구하기 위해 달려든 또 다른 남성 한 명은 심한 화상을 입고 보스턴 화상 전문 병원으로 이송이 됐지만 도착한 지 1시간 만에 결국 사망했습니다.

폭탄 테러범이 원래 노렸던 범행 대상으로 추정되는 닉 코스티디스 시장은 화상과 심한 쇼크로 병원으로 이송됐습니다. 현재 자세한 상태에 대해서는 알려지지 않고 있습니다…….

"세상에나!"

알렉스가 속삭였다. 심장이 미친 듯이 뛰었고 현기증이 났다. 정말 말도 안 되는 일이었다! 그녀는 불과 24시간 전만 해도 메리와 크리스토퍼와 이야기를 나누었다. 그런데 그들이 죽다니? 올리버가 자리에서 일어나 다가와서 알렉스의 어깨에 팔을 둘렀다.

"내가 토요일 저녁에 그래시 맨션에 있었어! 그런데 이제 죽었다니! 정말 말도 안 돼!"

알렉스는 온몸이 덜덜 떨렸다. 올리버는 알렉스를 더 꼭 안아주고 달래며 머리카락을 쓰다듬었다. 텔레비전 화면에는 그래시 맨션 공원의 영상이 나왔다. 알렉스는 개인적으로 알던 사람이 셋이나 목숨을 잃은 불탄 자동차의 잔해를 보았다. 폭발의 위력으로 육중한 리무진이 두 동강 났고 공원은 전쟁터를 떠올릴 만큼 아수라장이 되었다.

"잠깐만."

알렉스는 올리버의 팔을 떼고 카페에서 뛰쳐나가더니 화장실로 달려가 토했다. 그리고 좁은 화장실 칸막이 바닥에 쭈그리고 앉아 홀쩍거렸다. 온몸이 덜덜 떨렸다. 세르지오가 총격을 당하고 체사레가 죽은 후 코스티디스는 위험한 개인적 추측을 공개적으로 제기했다. 알렉스는 그런 용기에 대해 감탄했지만 그런 말이 이번 폭발물 테러의 씨가 되었다. 코스티디스 시장은 위험한 진실에 너무 가까이 접근했고 위험인물로 찍혀버렸다. 세르지오 비탈리에게 위험한 인물! 알렉스는 얼굴을 손으로 가렸다. 며칠 전에 자신에게 청혼했던 바로 그 자가 한 짓이 분명했다!

알렉스는 볼에 흘러내린 눈물을 닦았다. 코스티디스가 여러 번 도움을 요청했지만 자신은 후환이 두려워서 거부했다. 알렉스는 비겁했고, 이제 그의 가족은 끔찍하게도 세상에서 사라지고 말았다. 알렉스는 눈을 감았다. 나에게도 책임이 있는 것은 아닐까? 지난여름부터 알렉스는 데이비드 주커먼이 세르지오의 지시로 총에 맞아 죽었다는 것을 알았다. 만약 당시 코스티디스에게 이런 사실을 알려주었다면 모든 것이 달라졌을지도 모른다. 그렇지 않았을까? 알렉스는 평생 이렇게 비참한 심정을 느껴본 적이 없었다. 그녀는 자신이 발견한 어두운 진실이 얼마나 파괴력이 있는지 서서히 실감이 났고, 자신의 호기심을 후회하기 시작했다. 이제는 거짓말이나 자존심이 상하는 그런 차원의 문제가 아니다. 알렉스가 알고 있는 진실을 알리면 상상할 수도 없는 엄청난 파문이 일어날 것이다. 이것은 그녀의 직장만 문 닫으면 되는 문제가 아니다. 세르지오는 자신의 제국이 흔들리는 것을 용납하지 않을 것이다. 알렉스는 그가 무슨 짓이든 할 사람이라는 사실을 너무나 잘 알았다. 알렉스는 두려웠다. 너무 끔찍이 두려웠다. 그리고 도와줄 사람은 아무도 없었다.

보스턴에서 출발한 비행기는 7시 반에 착륙했다. 올리버와 알렉스는 함께 택시를 타고 맨해튼으로 향했다.

"이제 어떻게 할 거야?" 올리버가 걱정스럽게 물었다.

"내가 할 수 있는 일은 아무것도 없어."

알렉스는 두려움에 떨었다. 운전석 유리 칸막이가 닫혀 있는 것을 보았음에도 목소리를 낮추어 속삭였다. "난 지난여름에 세르지오가 데이비드 주커먼을 죽이라고 지시했다는 사실을 알고 있어. 그리고 그자는 코스티디스한테 테러를 가했어. 그런데 내가 이런 사실을 조금이라도 안다는 것을 세르지오가 눈치 채면 날 죽이려고 할 거야."

올리버는 어안이 벙벙해서 알렉스를 쳐다보았다.

"난 계속해서 아무렇지 않은 척 내 일을 계속하면서 서서히 발을 뺄 방법을 찾아봐야겠어. 그들이 더는 돈을 벌지 못하도록 내가 형편 없는 실적을 내는 게 좋겠어. 이거 말고 다른 방법이 없어."

"그 자료는 어떻게 할 생각이지?"

"내일 아무 은행이나 찾아가서 일단 금고에 넣어둬야겠어."

"내가 해줄게." 올리버가 알렉스의 손을 잡았다.

"아니야. 난 자기한테 또다시 무슨 일이 생기는 걸 바라지 않아. 이번 일은 나 혼자서 처리할게."

알렉스는 힘차게 고개를 저으며 대답했다. 두 사람은 서로를 말없이 쳐다보았다.

"고마워."

택시가 알렉스의 집 앞에 멈춰 서자 알렉스가 속삭이며 말했다.

"알렉스, 몸조심해. 부탁이야. 그리고 가능한 빨리 나한테 연락해.

우리 함께 무슨 방법을 찾아낼 수 있을 거야."

알렉스는 고개를 끄덕이고 그의 볼에 얼른 입맞춤을 하고 택시에서 내렸다. 알렉스는 지금 자기가 살고 있는 집이 세르지오의 것이라는 생각만으로도 섬뜩했다.

알렉스는 샤워를 하고 옷을 갈아입은 후 무기명 계좌에 관한 출력 자료를 텔레비전 아래 밀어 넣었다. 그리고 지하철로 향하는 길에 〈월스트리트 저널〉을 한 부 사서 다운타운으로 가는 동안 읽었다. 그러다가 5면에 실린 작은 기사가 눈에 들어왔다. 기자는 지난 며칠간 신크로트론의 주식 거래가 눈에 띄게 활발히 이루어졌음에도 어제 파산한 것에 대해 의문을 제기했다. 알렉스는 의미심장한 미소를 지으며 기사를 계속 읽어 내려갔다.

……신크로트론처럼 유동성 위기에 처한 것으로 알려지고 미래의 전망이 밝지 않은 기업의 주식을 누가 매수할지는 의문이다. 전자회로 칩을 제조하는 이 작은 회사는 방만한 경영과 혁신 부재로 인해 비밀 추천 종목에서 부실 종목으로 전락했고, 따라서 위험을 감수한 일부 과감한 투자자에게 악몽이 될 것으로 보인다…….

알렉스는 신문을 접었다. 이제 세인트존도 알 것이다. MPM은 가치가 없는 주식을 잔뜩 떠안게 되었다. 하지만 그렇다고 해서 회사가 심각한 위기에 빠질 것 같지는 않았다. 주식을 사들이는 데는 분명히 LMI나, 아니면 세르지오가 직접 돈을 대주었을 것이기 때문이다. 그렇기 때문에 투자가 실패했을 때 참을성 없는 채권자가 상환을 요구하는 일은 없을 것이다. 문제는 이것이 아니라 증권거래위원회가 조사에 착수할 가능성이 있다는 점이다. 파산 직전인 회사의 주식을 이렇게 대규모로 사들이는 것은 흔치 않은 일이었기 때문이다. 이것이 야말로 내부자 거래를 의심하기에 충분한 증거였다. 알렉스는 마음 같아서는 어디론가 숨어버리고 싶었다. 수면 부족과 폭탄 테러의 충격 때문에 용기를 잃었고, 세르지오나 세인트존과 마주쳐야 하는 것이 자신이 없었다. 자신이 처한 상황이 두렵고 그에 맞서기에는 무기력했다. 아주 작은 실수만으로도 끔찍한 결과를 초래할 수 있었다.

*

9시 반쯤 알렉스는 벽이 파란색 타일로 마감된 월스트리트 웨스트역에서 내려 에스컬레이터로 걸어가면서 삶이 아무렇지 않게 이렇게 계속되는 것이 신기했다. 지금까지 일어난 일련의 사건과 그녀가 알아낸 진실을 생각하면 많은 것이 변했을 법한데, 월요일 아침의 밝은 햇살 아래 보이는 도시는 평소와 다름없이 바쁘게 돌아갔다.

알렉스는 딜링룸 유리문 앞에서 다급하게 그녀를 찾아 두리번거리는 비서를 보았다.

"알렉스 팀장님, 이제야 나오셨네요! 전화벨이 시도 때도 없이 울려대요. 그리고 세인트존 이사님이 팀장님 방에서 기다리고 계세요. 지금 엄청 흥분하셨어요!"

비서는 알렉스를 발견하고 안도하며 다가오더니 말했다.

"알았어, 마르샤." 알렉스는 간단하게 대답했다.

익숙한 사무실 분위기가 혼란스러운 상황을 장악하고 마음을 다잡는 데 도움이 되었다. 알렉스는 딜링룸을 가로지르며 직원들에게 고개를 끄덕여 인사를 했다. 그들은 평소처럼 고함을 지르고 거친 손짓을 주고받으며 통화를 하고 있었다. 알렉스는 힘차게 사무실 유리문을 열었다. 초조하게 방 안을 거닐던 세인트존이 뒤돌아보았다.

"자넨 대체 주말 내내 어디 있었나? 그리고 휴대전화는 왜 안 받는 거야?" 세인트존은 인사 대신에 다짜고짜 소리부터 버럭 질렀다.

"좋은 아침입니다. 시골에 갔었어요. 무슨 일이라도 있었나요?"

알렉스는 애써 태연한 얼굴로 말했다.

"신크로트론에 무슨 일이 있는 거야?"

"신크로트론요?"

알렉스는 의아한 표정을 지으며 그를 쳐다보았다. 그의 얼굴은 사색이 되었고 눈 밑에는 진한 다크서클이 자리 잡았다. 특유의 오만불손한 모습은 찾아볼 수 없었다.

"그래! 귀먹었어?"

"왜 그렇게 흥분하세요?"

알렉스는 책상 앞에 앉아 비서 마르샤가 깔끔하게 정리해서 올려준 전화 메모를 훑어보았다.

"이것 좀 봐!"

세인트존은 알렉스가 조금 전에 읽었던 신문을 책상 뒤로 휙 던졌다. 책상 위에 있던 메모지들이 휘날렸다. 그가 손가락으로 신크로트론 파산 기사를 툭툭 치는 모습이 마치 책상 상판을 뚫어버릴 기세였다. 알렉스는 신문을 흘깃 쳐다보았다.

"과연 어떤 멍청이가 주식을 더 사들였을까요?"

알렉스가 무심한 목소리로 말했다. 세인트존은 할 말을 잃고 얼굴이 새빨갛게 달아올랐다.

"하지만…… 하지만…… 자네가…… 자네가."

세인트존은 말을 더듬다가 무슨 영문인지 알 수 없다는 듯한 알렉스의 눈빛을 보자 말을 멈추었다. 실제로 알렉스는 신크로트론에 대해 한 마디도 한 적이 없다. 세인트존이 그녀의 책상과 컴퓨터에서 마이크로제네틱스가 신크로트론을 인수한다는 자료를 몰래 훔쳐보았을 뿐이다.

"제가 뭐 어쨌다고 그러십니까?"

알렉스는 영문을 모르겠다는 듯 눈썹을 치켜 올리며 물으며 속으로는 쾌재를 불렀다. 세인트존은 탐욕에 눈이 멀어 함정에 빠지고 말았다. 제대로 된 은행가라면 마땅히 알아보아야 할 신크로트론에 대한 정보를 찾아보지도 않았다. 세인트존은 알렉스를 뚫어지게 쳐다보았다. 눈에서 살기 어린 분노가 새어나왔다.

"그런데 왜 그렇게 화가 나셨어요? 우리는 어차피 신크로트론하고는 아무 상관이 없잖아요."

알렉스는 억지로 미소를 지었다. 세인트존은 더는 참지 못했다. 그는 너무나 격분한 나머지 제대로 사리분별을 하지 못했다.

"자네가 신크로트론을 위해 차입매수(LBO) 방식을 고려했잖아! 내가 정확히 알고 있어! 금액도 좋아 보였고 확실한 일 같았어!"

결국 세인트존이 실토를 했다.

"제가 뻔히 파산 직전인 회사를 위해서 LBO 방식의 인수를 고려했다고요? 그랬다면 순전히 시간낭비였을 텐데요. 어떻게 그런 생각을 하셨죠?" 알렉스는 이해할 수 없다는 듯이 고개를 저었다.

"내가…… 내가…… 내가 말이야……."

그는 손등으로 이마에 줄줄 흐르는 땀을 훔치고 숨을 깊이 들이마셨다. "자네 책상에서 그 거래에 관한 자료를 봤거든."

알렉스는 그가 순순히 시인하는 것이 어이없었다.

"제가 이해한 게 맞다면 제 책상을 뒤졌다는 말씀이군요. 그건 정말 몰염치한 행동……."

알렉스는 말을 하다가 말고 불현듯 무슨 생각이 떠오른 듯 손바닥으로 이마를 쳤다. "아, 이제야 무슨 말씀인지 알겠어요! 전 새로운 고객을 찾고 있었거든요. 몇 달 전에 이사님께도 말씀드린 걸로 기억해요. 실제로 그 고객을 위해서 보고서를 작성하기도 했죠. 하지만 실명 대신에 가명으로 작성했거든요. 제가 가명으로 신크로트론이라는 이름을 썼는지 어쨌는지는 잘 모르겠네요. 제가 자주 그러거든요. 누구든 제가 지금 어떤 일을 하고 있는지 바로 알아채는 건 싫거든요."

알렉스는 미소를 지으며 말했다. 세인트존은 순간 실신할 것 같았다. 그는 책상 앞 의자에 털썩 주저앉아 손가락으로 머리카락을 휘저었다.

"그런데 왜 제 책상을……."

알렉스가 입을 열었지만 세인트존이 말을 잘랐다.

"젠장! 이런 망할 것 같으니! 고객에게 가명을 부여한다고? 지금껏 들어본 것 중에 최고의 헛소리네!"

"저는 왜 그렇게 흥분을 하시는지 모르겠어요. 그리고 제가 맡은 프로젝트에 어떤 암호를 부여하든 말든 제 일 아닌가요?"

알렉스는 당황한 척 연기했다. 세인트존은 사무실 안을 두리번거렸다. 주가가 폭락한 검은 월요일에, 하룻밤 사이에 자신이 불쌍한 투자자가 되었다는 것을 알게 된 사람들의 표정이 바로 이랬을 것이다.

"설마 단독으로 투자를 하신 건 아니시겠죠? 그럼 속으신 거죠. 혹시 예전에도 저를 통해서 알게 된 거래 정보를 이용해서 투자를 자주 하신 겁니까? 그건 명백한 내부자 거래잖아요."

알렉스는 등을 뒤로 기댔다.

"네 모가지를 비틀어버리고 싶군."

세인트존은 이를 꽉 물고 으르렁거리더니 자리에서 일어나 나갔다. 세인트존이 나가자 알렉스의 얼굴에서 미소가 사라졌다. 그가 길길이 날뛰는 모습을 보니 그나마 남아 있던 털끝만큼의 희망도 사라졌다. 세인트존은 알렉스가 어떤 작업 중인지 알아내려고 그녀의 컴퓨터에 접속을 하고 책상을 뒤지는 짓조차 서슴지 않았다. 알렉스가 그들의 엄청난 음모의 일부분이라는 것은 이제 명백했다.

알렉스는 전화번호가 적힌 메모지들을 모아서 정리하기 시작했다. 오늘 아침부터 세르지오에 대한 거부감이 두려움으로 변해서 전화를 거는 것이 끔찍이도 싫었지만, 전략적인 이유 때문에라도 해야 했다. 알렉스는 세인트존이 신뢰를 저버리고 불법 거래를 하는 것을 알게 되어 몹시 격분한 척하고 평소와 다름없이 행동해야 했다. 무슨 일이 있어도 절대 세르지오가 어떤 의심도 품게 해서는 안 되었다.

*

폭탄 테러 이후 도시 전체가 마비된 듯했다. 뉴욕 시민들은 시장의 가족이 테러로 희생된 데 대해 한마음으로 아파했고, 심지어 코스티디스의 반대자조차 진심으로 애도를 표했다. 테러 이후 많은 시민이 그래시 맨션 입구와 시청 앞에 꽃을 두고 갔으며, 무더위와 긴 줄도 마다하지 않고 추모 행렬에 동참했다. 텔레비전과 라디오, 신문에서는 열흘 동안이나 이 사건을 주요 뉴스로 다루면서 새로 밝혀지는 아주 사소한 사실에 대해서도 열띤 토론을 벌였다. 이번 테러의 배경에 대해서는 온갖 추측이 난무했다. 하지만 어떤 추측도 진실에 가까이 가지는 못했다. 시청 건물과 닉 코스티디스가 입원한 사이나이 병원 앞에는 사람들이 시장의 쾌유 소식을 학수고대하며 기다렸고, 모든 교회와 유대교 회당에서는 테러의 희생자들과 온 가족을 잃은 시장을 위해 예배를 드렸다.

프랭크 코헨은 인생 최악의 열흘을 보냈다. 끔찍했던 일요일 아침 이후 그는 온갖 사람들로부터 그래시 맨션에서 일어난 사건에 관하여 수없는 질문을 받았다. 그는 폭발 당시의 목격자가 아니었지만 FBI와 뉴욕 경찰, 내무부에서 몇 번이고 같은 질문을 되풀이했다.

"닉 코스티디스에게 원한이 있는 자가 있습니까?"

당연했다. 정말 멍청한 질문이었다. 누구나 그런 위치에 있는 사람이라면 적이 있기 마련인 데다가 코스티디스는 직설적인 화법으로 상대를 궁지에 몰아넣는 일이 자주 있었다. 이렇게 끝도 없이 이어지는 질문 세례에서 프랭크가 가장 힘든 점은 테러의 배후가 누구인지 알면서도 시장과 상의를 하기 전까지는 아무 말도 할 수 없다는 것이었다.

그는 레이먼드 하워드의 처참한 모습을 떠올렸다. 프랭크는 눈을 감을 때마다 형체를 알아보기 힘들 정도로 일그러진 그의 얼굴이 생각났다. 폭발로 양손이 떨어져나간 레이먼드는 차라리 그 자리에서 즉사하는 것이 훨씬 덜 고통스러웠을 것이다. 경호원들이 코스티디스를 집 안으로 옮긴 후 프랭크는 레이먼드에게 달려갔다. 겨우 5분 전만 해도 레이먼드 하워드는 잘생기고 운동으로 잘 단련된 다부진 체격의 건장한 남자였지만 화염이 그를 좀비로 만들어버렸다. 머리카락, 눈썹 할 것 없이 모두 불에 타버려서 피부가 쭈그러들었다. 레이먼드는 미라 같아 보였지만 아직 목숨이 붙어 있었다. 응급구조대원들이 그의 화상 당한 몸을 알루미늄 호일로 뒤덮을 때, 프랭크는 징그럽지만 레이먼드를 향해 몸을 숙였다. 레이먼드는 손이 떨어져나가 뭉툭해진 팔을 프랭크에게 뻗으면서 끔찍하게 일그러진 얼굴로 절망적인 눈빛을 보냈다. 레이먼드는 프랭크가 알아들을 때까지 계속해서 무슨 말을 하려고 애썼다. 그는 테러가 누구의 지시로 이루어 졌는지 말해주었는데, 그리 놀랄 만한 일이 아니었다. 정말 충격적인 사실은 프랭크가 6년 동안이나 거의 매일같이 얼굴을 마주 했던 레이먼드 하워드가, 시장님이 그토록 찾아내려고 애썼던 내부 첩자라는 점이었다.

프랭크는 희생자의 친척에게 연락을 취하는 힘들고 중요한 임무를 맡았다. 그는 메리 코스티디스 부인의 언니인 모린과 부모님, 그리고 브리트니 에드워즈의 부모님에게 연락을 했고, 울고불고 어쩔 줄 몰라 하는 그래시 맨션 직원들과 이야기를 나눈 후 어깨를 묵직하게 짓누르는 막중한 책임을 다하기 위해 시청으로 향했다. 마음 같아서는 어디론가 숨어들어가 울고 싶었다. 닉 코스티디스는 그가 아버지처럼 존경하는 분이었다. 코스티디스는 무슨 일이 일어났는지 아직 몰랐다. 프랭크는 자신이 아무것도 도울 수 없다는 사실이 우울했다. 하지만 그는 그냥 이대로 무너져서 엘리 미첼이나 시청의 다른 직원들처럼 마냥 울고 있을 수는 없었다. 코스티디스에게는 무조건적으로 믿을 사람이 필요하다는 것을 너무나 잘 알고 있었기 때문에 그는 강해야 했다.

시청 직원들은 테러 사건 이후 다들 충격으로 멍한 상태였다. 아무도 웃지 않았고 큰 소리로 떠드는 사람도 없었으며, 모두 이제 앞으로 어떻게 될지 궁금해했다. 모든 공식 일정은 취소되고 뉴욕 전체에 조기가 게양되었다. 매일 수백 통의 조문이 편지와 엽서, 팩스, 전보, 이메일의 형식으로 날아들어왔고, 시장 집무실로는 조문 전화가 걸려오기도 했다. 이런 냉정하고 삭막한 대도시에도 따뜻한 가슴을 가진 사람이 많다는 사실이 프랭크에게 조금이나마 위로가 되었다. 평소 대중 앞에 나서는 것을 꺼리던 프랭크는 스스로를 넘어섰다. 그는 언론 앞에 나서고, 비상대책위원회를 구성했으며, 전체적인 총괄 업무를 맡았다. 경찰 조사가 끝나자 그래시 맨션 공원과 관저에 남은 폭발 흔적을 제거하는 일을 직접 챙겼다.

이렇게 시간이 어느 정도 지나자, 4명이 목숨을 잃고, 어쩌면 한 사람의 인생을 완전히 파괴해버린 끔찍한 비극의 현장을 연상시키는 잔해는 모두 말끔히 제거되었다.

*

빈센트 레비와 세르지오 비탈리는 매디슨 애비뉴에 위치한 작은 레스토랑인 '라코트 바스크'에서 근사한 프랑스 요리를 앞에 두고 마주 앉았다. 레비는 알렉스에게 모든 해명을 전해 듣고 나서 세르지오에게 신크로트론과 관련된 불미스러운 일에 대해 상세히 설명을 해야 했다. 레비는 세르지오가 아무것도 모르는 편이 가장 좋다고 생각했지만, 이제는 세르지오와 함께 새로운 안전 조치에 대해 상의하는 것이 중요하다고 여겼다.

"유감스럽게도 세인트존은 아주 멍청하게 처신을 했어요."

레비는 이런 말로 자세한 설명을 마쳤다.

"그자는 정신이 글러먹었죠." 세르지오가 말했다.

"네, 안타깝지만 그렇습니다. 특히나 알렉스 존트하임과 관련된 일에는 더욱더 냉철함을 잃는 경향이 있어요. 어떤 때 보면 세인트존이 알렉스의 성공을 너무 질투하는 것 같습니다." 레비가 말했다.

세르지오는 생각에 잠겨 이맛살을 찌푸렸다. 알렉스가 몹시 격분해서 그에게 전화를 했다. 그는 차분하게 알렉스가 하는 말을 다 들어주었지만 마음 같아서는 소리를 지르고 싶었다. 알렉스는 토요일 저녁 그래시 맨션에 시장의 손님으로 초대되어 가지 않았던가. 알렉스가 이중 플레이를 하는 것일까? 아니면 왜 그에게 시장의 초대를 받았다는 말을 하지 않았을까? 알렉스는 코스티디스와 어떤 이야기를 했을까? 알렉스는 최근 연일 주요 화제가 되고 있는 폭탄 테러의 배후에 그가 있다는 사실을 알고 있을까?

세르지오는 절대로 알렉스를 과소평가하면 안 된다는 생각이 들었다. 알렉스는 너무 똑똑해서 그가 실수를 저지르면 바로 눈치 챌 것이 분명했다. 그리고 지금은 마치 알렉스가 그런 실수를 저지르도록 그를 부추기는 것 같다는 생각이 들었다. 그리고 세인트존의 멍청한 짓거리 때문에 알렉스가 무언가 이상하게 생각하고 눈치를 챌 수도 있었다.

"우리는 알렉스한테 대항할 수 있는 뭔가가 있어야 합니다. 그런데 뭐가 좋을까요?"

한참 골똘히 생각에 잠겨 있던 레비가 마침 그 순간 입을 열었다. 세르지오는 목소리를 가다듬었다. 그는 며칠 동안 그 생각을 해보았고 레비의 말이 맞는다는 것을 알고 있었다. 그리고 알렉스가 그래시 맨션에 갔다는 말을 들은 뒤부터 알렉스를 의심하기 시작했다.

"알렉스 이름으로 계좌를 개설해서, 알렉스가 LMI를 위해 거래를 성사시키고 들어오는 돈을 그 계좌로 입금하는 게 어떻겠습니까? 알렉스를 닮은 여자를 찾아서 알렉스 이름으로 항공권을 예약한 다음에 바하마로 보내는 겁니다. 알렉스가 바하마에 비밀 계좌를 가지고 있으면 우리한테 꼼짝 못 할 겁니다."

"음, 그거 상당히 괜찮은 생각인데요."

레비는 잠시 생각에 잠기더니 찬성했다. 세르지오는 양복 안주머니에 손을 넣었다.

"여기 알렉스 여권입니다. 전 요즘 처리해야 할 일이 너무 많아요. 회장님이 세인트존에 신경 쓰시고 조용해지도록 해주세요. 전 쓸데 없는 문제가 생기는 건 딱 질색인 사람입니다."

"하지만…… 나는……." 레비는 주저했다.

"뭐요?"

"그러니까…… 나는 알렉스하고 당신이…… 그게 그러니까…… 음……."

"전 알렉스하고 종종 같이 잡니다. 그래서 뭐요? 그렇다고 제 사업 이 위태해지는 것까지 감수할 생각은 없어요. 회장님 마음대로 하세 요. 어떻게 하시든 아무 말 안 할 겁니다!"

세르지오는 아무런 표정의 변화 없이 말했다.

*

방은 크고 밝았다. 철조망처럼 가느다란 쇠창살이 달린 창문 사이 로 센트럴파크가 내다보이는 전망이 환상적인 방이었다. 하지만 코 스티디스는 초록색 나뭇잎도, 은색으로 반짝이는 호수도 보지 못했 고, 반쯤 열린 창문 사이로 들려오는 아이들의 즐거운 목소리와 강아 지가 짖는 소리도 듣지 못했다. 그는 의자에 웅크리고 앉아 멍하니 벽만 쳐다보았다. 평소에 열심히 손짓을 하던 그의 손은 묶여서 힘 없이 무릎 위에 올려져 있었다. 얼굴에 난 화상 상처는 죽은 사람처 럼 창백한 피부색에 비해 유난히 새빨갛게 보였다. 프랭크 코헨은 시 장의 이런 모습을 보고 눈물이 나오려는 것을 간신히 참았다. 어쩌면 코스티디스를 죽이려는 자들은 바라던 목적을 달성한 셈이었다. 프 랭크가 알던 닉 코스티디스는 가족이 재가 되는 그 순간에 죽어버렸다. 지금 여기 앞에 있는 이 사람은 그의 껍데기에 지나지 않았다. 프랭크는 무언가 위로가 되는 말, 힘이 되는 말, 코스티디스가 이런 상황에서 했음직한 말을 해주고 싶었지만 아무 말도 떠오르지 않았다.

"저 왔습니다."

프랭크가 조심스럽게 말했다. 코스티디스가 천천히 몸을 돌렸다. 프랭크는 충혈된 눈의 흐릿하고 희미한 눈빛을 보고 깜짝 놀랐다. 몸에 난 화상 상처는 언젠가는 아물 것이다. 하지만 정신적인 상처는 언제 아물지 아무도 장담할 수 없다.

"프랭크."

코스티디스의 목소리가 거칠고 낯설게 들렸다. 평소에 생기 넘치고 민첩했던 남자가 약물에 취해 한없이 늘어져 있었다. "크리스토퍼 차에 시동이 걸리지 않았어. 그래서 내 차를 타고 가라고 했어. 무더위 때문에 너무 늦게 출발하면 안 좋을 것 같았거든."

그가 갑자기 말했다. 프랭크는 울지 않기 위해 입술을 꽉 깨물었다. "내가 내 차를 타고 가라고 했어. 난 그런 줄 몰랐으니까……."

코스티디스는 말을 하다 말고 힘겹게 숨을 내쉬었다. "그런데 이제 다들 죽어버렸어. 다 내 탓이야."

"그렇지 않습니다." 프랭크가 조용히 말했다.

"내 탓 맞아. 난 협박 편지를 무시했어. 메리 말도 듣지 않았지. 가족들이 죽은 건 다 내 탓이야."

그의 얼굴은 무표정했다. 절망적으로 보이지도 않았고 정신이 무너질 것 같지도 않았다. 그는 완전히 아무 감정이 없는 상태였는데, 바로 그 점이 더욱 걱정스러웠다. "레이먼드가 바로 내가 찾던 첩자였어. 레이먼드는 차에 폭탄이 장착되어 있다는 걸 알았지. 레이먼드는 날 노렸지만 우리 가족이 죽는 건 막으려고 했어."

프랭크는 침을 꿀꺽 삼키고 눈물과 힘겹게 싸웠다.

"왜 그랬을까? 레이먼드가 왜 그랬을까? 나는 레이먼드를 정말 오랫동안 알고 지내면서 믿었는데."

프랭크는 대답할 말이 없었다. 프랭크 스스로도 이런 질문을 수도 없이 했기 때문이었다.

*

코스티디스는 다시 혼자가 되자 의자에서 일어나 무거운 발걸음으로 창가로 다가갔다. 그는 차가운 유리창에 이마를 대고 눈을 감았다. 만약 조금이라도 힘이 남아 있었다면 창살을 뜯어내고 밑으로 뛰어내리려고 했을 것이다. 처음 며칠은 의사들이 처방해준 강한 진정제 때문에 감정이 없고 최면에 빠진 것같이 몽롱한 상태로 보냈다. 하지만 이제 그런 유예 기간은 지나가버린 듯했다. 남은 것은 끔찍한 현실을 직시하는 것이었다. 모든 것을 집어삼키는 검은 해일처럼 차츰 모든 것이 이해되며 그를 덮쳤고, 그는 피할 길이 없었다. 메리는 죽었다. 크리스토퍼도 죽었다. 온 가족이 몇 초 만에 영원히 사라져버렸다. 아내와 아들이 그의 눈앞에서 불길에 휩싸여 회색빛 재가 되었다. 그는 가족의 시신과 작별할 기회조차 없었다. 이 세상에서 가장 소중하게 생각했던 사람들의 흔적조차 이제 남아 있지 않았다. 그는 불에 타는 자동차를 본 순간 느꼈던 경악과 무력감이 여전히 무겁게 짓눌렀고, 그 장면은 영원히 삭제 불가 상태로 뇌리에 깊이 박혔다. 그의 눈앞에는 메리가 미소를 지으며 손을 흔들고, 레이먼드 하워드가 공포에 사로잡힌 눈으로 달려오던 모습이 슬로모션으로 한없이 되풀이되었다. 그리고 번쩍이는 화염을 보았고, 엄청난 폭발의 위력을 느꼈으며, 결국 수천 킬로그램짜리 방탄차가 싸구려 장난감처럼 두 동강 나버렸다.

코스티디스는 화상을 입은 손으로 귀를 막고 눈을 감았지만 그 장면과 소리는 머릿속에 맴돌아서 꺼버릴 수도 약하게 할 수도 없었다. 그런데도 그의 마음속에는 슬픔도 없고 고통도 없고 분노도 없었으며 그저 공허함과 무감각만 존재했다. 그는 자기에게 이야기를 하는 사람들의 말을 들었고, 그들이 하는 걱정과 연민, 자신을 도와주고 싶은 그들의 감정을 느꼈지만 그들이 대체 어떻게 도와주겠다는 말인가? 그들 사이에는 모든 것을 쓸어가는 검은 강이 흐르고 있었다. 그 강은 그의 잘못으로 생겨난 것이다. 그 어떤 위안도 구원도 있을 수 없고 예전의 자신으로 돌아갈 가능성도 전혀 없었다. 메리와 크리스토퍼가 죽은 것은 그의 책임이기 때문이었다. 그는 너무 일에 몰두한 나머지 너무나 멀리 갔고, 결국 그 대가를 치렀다. 그는 이제 평생 이런 죄책감을 안고 살아가야 할 것이다. 운명은 과연 어떤 대가로 그를 살려주었을까? 코스티디스는 고통스러운 듯 몸을 웅크렸다. 그의 심장은 돌덩이처럼 묵직했고, 언젠가 그를 보호해주는 병원 문 밖으로 나가 삶을 다시 직시해야 하는 순간이 두려웠다.

*

프랭크는 병원 지하실에 세워둔 자동차에 올라타면서 결국 눈물을 터뜨렸다. 그는 핸들에 이마를 처박고 충격과 절망에 훌쩍거렸다. 코스티디스의 고통과 고민을 덜어줄 수 있다면 어떤 짓이라도 하련만! 하지만 코스티디스가 받아들이지 않기 때문에 그럴 가능성은 전혀 없었다. 코스티디스는 마음을 꼭꼭 닫아버렸고 아무도 그 안으로 들어갈 수가 없었다. 이때 프랭크는 갑자기 생각을 멈추고 고개를 들었다. 아니, 있었다! 도움을 줄 수 있는 누군가가 있었다! 그는 코스티디스가 브루클린에 있는 성 이그나티우스 수도원의 케빈 오셔너시 신부를 몹시 믿고 의지했던 기억이 떠올랐다. 프랭크는 지난 열흘 동안 완전히 진이 빠져 이제는 쉬고 싶은 생각이 간절했지만 시동을 켜고 지하 주차장을 빠져나왔다. 그리고 곧장 브루클린으로 달렸다. 지푸라기라도 붙잡고 싶었다.

*

"자네도 우리에게 알렉스가 필요한 사람이라는 걸 잘 알지 않은가, 세인트존! 그러니까 이제 피해자 놀음은 그만 하고 자네가 저지른 피해를 어떻게든 최소화하도록 하게!"

빈센트 레비가 언짢은 말투로 내뱉었다.

"알렉스는 왜 고객한테 가명을 붙이는 쓸데없는 생각을 했을까요?" 세인트존은 여전히 화가 나서 주먹을 불끈 쥐고 말했다.

"그러는 자넨 왜 알렉스 책상과 컴퓨터를 뒤지는 것도 모자라서 그 사실을 쓸데없이 불었나?"

레비가 짜증을 내며 말했다. 세인트존이 저지른 실수 때문에 귀중한 돈벌이 시스템 전체가 발각될 수도 있는 위험에 처해 있었다. 알렉스는 똑똑한 여자이기 때문에 한번 의심을 품으면 위험한 결과가 일어날 수도 있었다.

"멍청한 년. 내가 그냥……." 세인트존은 여전히 씩씩거렸다

"자넨 지금 질투에 사로잡힌 프리마돈나 같네."

레비가 날카롭게 그의 말을 잘라버렸다.

"저는 질투를 하는 게 아닙니다!" 세인트존은 완강하게 부인했다.

"어쨌든 우리가 알렉스한테 대항할 압박 수단을 마련해야 한다는 생각이 드네." 레비는 손목시계를 쳐다보며 말했다.

"압박 수단요?" 세인트존은 의아한 눈빛이었다.

"그렇지. 자네의 히스테리컬한 반응 덕분에 알렉스가 의심을 품었을 가능성이 있네. 그리고 알렉스는 모든 상황을 간파할 수 있을 만큼 영리한 사람이야."

LMI 회장의 말투에는 조롱이 깃들어 있었다. 그는 책상 서랍을 열어 독일 여권을 꺼내 세인트존 앞에 있는 책상 위로 던졌다.

"이건 알렉스의 여권일세. 자넨 오늘 오후에 알렉스의 이름으로 여행을 하게 될 젊은 여자와 함께 낫소로 날아가게. 그곳에서 그 여자가 스위스 은행 테이그네르앤필스 지점에서 계좌 개설을 도와주게. 그 계좌에 현금으로 20만 달러를 입금하고 다시 돌아오면 되네."

세인트존은 눈이 휘둥그레지더니 히죽 미소를 지었다.

"그거 정말 좋은 생각입니다! 내가 그런 생각을 했어야 하는데!"

레비는 어깨를 으쓱하더니 항공권 두 장을 내밀었다.

"완벽합니다. 회장님께서 정말 기발한 생각을 하셨군요."

세인트존은 손을 비볐다. 분노는 온데간데없이 다시 기분이 좋아졌다.

"내가 생각해낸 아이디어가 아닐세." 레비가 딱딱하게 대답했다.

"그럴 줄 알았어요. 하긴 회장님은 그렇게 상상력이 좋은 분은 아니니까요."

세인트존은 회장을 무시하는 눈빛으로 쳐다보더니 항공권과 여권을 집어 들었다.

"그런 부적절한 말은 삼가게. 자네가 LMI 경영진에 있는 이유를 잊지 마. 또 한 번 이런 실수를 저지르면 아마도 짐을 싸게 될 걸세."

세인트존의 얼굴이 어두워지면서 증오로 가득한 눈빛으로 변했다.

"그리고 또 한 가지. 월요일에는 LA로 가게. 여기 상황이 정리될 때까지 거기서 당분간 지내게. 알렉스를 화나게 해서 좋을 건 없으니까." 레비가 가벼운 미소를 지으며 말했다.

"회장님 분부대로 하겠습니다. 그리고 우리의 유능한 M&A 팀장님께서 다음 주 목요일에 댈러스에서 화이터스 컴퓨터의 마이클 화이터스와 회의가 잡혀 있다고 들었습니다. 멍청한 짓만 않으면 상당히 좋은 건수가 될 것 같습니다."

세인트존은 과장되게 허리를 굽히면서 말했다.

"지금 멍청한 짓을 할 사람은 딱 한 명밖에 없네. 바로 자네!"

레비가 냉랭한 미소를 지으며 말했다. 세인트존의 얼굴이 일그러졌다. 알렉스는 곧 놀라서 자빠질 만한 일을 겪게 될 것이고, 오만한 멍청이 레비 회장도 계속해서 자신을 이렇게 무시하면 쓴맛을 보게 될 것이다. 그는 얼마든지 회사를 뒤집어엎을 수 있을 정도로 많은 비밀을 알고 있었다.

*

케빈 오셔너시 신부는 프랭크 코헨이 도움을 요청했을 때 단 1초도 망설이지 않았다. 그는 바로 전날 유럽에서 돌아왔고, 그러잖아도 코스티디스를 찾아가봐야겠다는 생각을 하던 참이었다. 사이나이 병원의 의사들은 유명인사 환자인 닉 코스티디스를 정신과 병동으로 옮기지 않는 마지막 희망은 케빈 신부뿐이라고 생각했다.

케빈 신부는 코스티디스와 마주 하자 창가 의자에 앉아 그의 손을 물끄러미 내려다보았다.

"코스티디스."

케빈 신부가 마침내 입을 열었다. 코스티디스가 고개를 들었다. 그의 눈에 관심의 눈빛이 잠깐 나타났다가 이내 다시 사라져버렸다.

"신부님, 오셨군요."

코스티디스가 무덤덤하게 인사했다. 예수회 신부 케빈은 한때 에너지가 넘치고 두려움을 모르던 사람이 가혹한 운명 때문에 이런 처지가 된 것을 보고 불쌍한 마음에 마음이 무거워졌다. 그의 앞에는 피폐해진 남자가 앉아 있었다. 닉 코스티디스는 살아 있기는 했지만 예전의 그가 아니었다. 그의 짙은 눈동자에는 여전히 그를 쫓아다니는 공포와 경악이 깃들어 있었다. 케빈 신부는 이런 표정을 이미 너무나 잘 알았다. 베트남에서 돌아온 군인들의 눈빛이 대부분 이러했다. 그들 가운데는 평생 전쟁의 트라우마를 극복하지 못한 채 자신이 목격한 죽음과 끔찍한 장면이 수시로 떠올라 괴로워한 사람이 많았다. 하물며 자기 가족이 처참하게 죽는 장면을 보았다는 것은 얼마나 끔찍한 일일까? 이런 비극을 당한 사람에게 과연 무슨 말을 해줄 수 있을까?

"코스티디스, 내가 자네 때문에 얼마나 마음이 아프고 메리와 크리스토퍼의 죽음이 얼마나 슬픈지 말로 표현할 수가 없네."

케빈 신부가 코스티디스의 어깨에 손을 올리며 말했다.

"고마워요." 코스티디스가 한숨을 내쉬었다.

"자네를 돕고 싶네. 어떻게 하면 좋을지 알려주게."

"신부님은 절 도와줄 수가 없습니다. 아무도 도와줄 수가 없어요."

코스티디스는 고개를 저었다.

"하느님이 행하시는 일은 우리 인간들이 다 이해하기는 힘드네. 하지만 하느님께서 이유 없이 행하시는 일은 없다네."

"아무 잘못도 없는 세 사람의 목숨을 앗아간 건 무슨 이유입니까?"
코스티디스가 날카롭게 되물었다.

"우리가 언제 죽게 될지 아는 사람은 아무도 없지. 하느님께서는
메리와 크리스토퍼를 하느님 곁으로 부르셨다네. 메리와 크리스토퍼
는 이제 하느님 곁에 있어. 하지만 자네는 계속 이 땅에서 잘살아가
야지." 신부가 부드럽게 말했다.

"제가 과연 그래야 할까요? 메리와 크리스토퍼가 천국에 있다고
해도 제게 위안이 되지 않습니다. 하느님이 있는지조차 의문스럽
네요. 이런 일이 일어나도록 가만히 내버려두시다니. 메리는 한 번
도 나쁜 일을 한 적이 없어요. 그런데도 하느님은 메리가…… 메리
가……."

코스티디스는 끝까지 말을 잇지 못하고 붕대를 감은 손으로 얼굴
을 만졌다.

"예수님조차도 두려움과 절망의 순간에 의심을 하셨네. 의심을 하
는 것은 우리 인간의 본성이지. 누구나 의심을 하네. 의심을 하지 않
으면 믿음도 생기지 않으니까." 신부가 말했다.

"그게 맞는 건지는 잘 모르겠어요. 이제 아무것도 모르겠어요. 더
는 아무 의미가 없어요. 제가 자살할 용기가 있으면 좋겠습니다."

코스티디스는 신부를 쳐다보며 말했다. 신부는 그를 심각하게 쳐
다보더니 어깨에 손을 올렸다.

"난 어떤 작은 소년을 기억하고 있네. 내가 존경하는 아이였지. 그
아이는 용기가 있었거든. 용기와 그의 길을 밝혀주는 밝은 별 같은
커다란 비전을 가졌지. 아이의 삶은 결코 평탄하지 않았어. 아버지와
어머니, 형제들이 죽는 모습을 지켜봐야 했지. 하지만 아이는 결코 포

기하지 않았어. 아버지가 왜 스스로를 포기했는지 결코 이해할 수 없었지. 아이는 싸웠어, 평생 동안."

신부가 조용한 목소리로 말했다. 코스티디스는 얼굴을 찌푸렸다.

"이젠 그렇지가 않아요. 전 이제 힘이 없어요."

코스티디스가 속삭이듯 말했다.

"하느님께서 자네에게 지워주신 짐을 견딜 힘을 주실 걸세. 지금 당장은 하느님께서 왜 메리와 크리스토퍼를 데려가셨는지 이해할 수 없겠지만."

"아뇨! 위안은 없어요! 저한테는요! 제 잘못이니까!"

코스티디스가 거칠게 반박했다.

"사람들이 자네를 도와줄 수 있도록 허락해주게."

신부는 코스티디스를 놓아주고 침대 가장자리에 앉았다.

"제가 대화하기를 바라시겠죠. 하지만 그럴 수가 없어요. 말하고 싶지가 않아요." 코스티디스의 목소리는 고통스러웠다.

"의사들이 자네를 많이 걱정하네. 의사들뿐만이 아니야. 뉴욕 전체가 자네와 함께 슬퍼하고 있네. 시민들이 병원 앞에서 자네가 빨리 회복되기를 기다리고 있고. 시민들은 자네를 사랑하고 신뢰하니까. 자네는 시민들의 모범이 되었고 그들을 이끌어주고 용기를 주는 별이네."

"아니, 아니, 아니요. 그런 얘긴 듣고 싶지 않습니다. 다른 사람들이 저한테 뭔가 바라는 걸 원치 않아요. 저는…… 저는……."

"다들 자네를 도와주고 싶어 한다네."

"젠장! 다들 저한테 뭘 원하는데요? 제가 울고불고 머리카락이라도 쥐어뜯을까요?"

"그래, 뭐 그런 비슷한 것을 기대하고 있다고 생각하게. 자네가 쇼크 상태를 극복했다는 걸 보여주는 아무 반응이라도 기다리고 있지."

신부는 천천히 고개를 끄덕이며 말했다.

"전 쇼크 상태가 아닙니다. 전 그냥 울 수가 없어요. 제 안은 온통 차갑고 모든 것이 죽어버렸어요."

"자네가 허용하지 않기 때문이지. 자네는 통제력을 잃을까 두려운 걸세."

코스티디스는 자리에서 일어나 창가로 다가갔다.

"그럴지도 모르죠. 제가 돌아버릴까봐 두려운지도 모르죠."

그는 어깨를 으쓱하며 말했다.

웨스트사이드 아파트 뒤 반대편 공원으로 붉은 해가 넘어갈 때까지 두 남자는 침묵했다. 코스티디스는 힘들게 숨을 쉬었다. 계속 반복해서 떠오르는 끔찍한 기억에 대해 이야기한다고 해서 어떤 도움이 되겠는가? 아무것도 변하지 않을 것이다. 아무도 그를 도와줄 수 없다. 하느님조차도. 세 사람의 죽음에 대한 책임이 자신한테 있다는 생각을 하면서 어떻게 계속 살아갈 수 있단 말인가? 그는 오만과 야심, 광기에 사로잡혀서 자기가 아닌 다른 사람을 죽게 만들었다. 그는 왜 메리의 말을 듣지 않고 왜 세르지오를 그냥 가만히 내버려두지 않은 걸까? 코스티디스는 너무나 많은 것을 이루었고 대단한 성공을 거두었지만 그것으로 만족하지 못했다. 그는 세르지오를 잡아넣겠다는 생각에 광적으로 집착했다. 그리고 너무 오만한 나머지 스스로를 결코 남이 해칠 수 없는 존재라고 생각했다. 이제 운명은 그에게 가혹한 가르침을 주었다. 그가 가장 사랑하던 것을 빼앗아갔다. 그의 죄에 대한 대가는 고통과 외로움이었다. 그렇다. 그에게 위안은 없다. 그를 위로해줄 수 있는 것은 없다. 하지만 그것을 이해할 사람도 없을 것이다.

"나는 하느님을 사랑하네. 그분은 내 간절한 기도를 들어주시거든. 내가 그분을 간절히 찾을 때 그분께서는 내게 귀를 기울여주셨네! 죽음의 밧줄이 나를 옭아매고, 지옥의 올가미가 나를 덮치고, 나는 두려움과 고통에 빠져 있었지. 그때 하느님을 불렀네. '오 하느님, 내 인생을 구해주소서!' 하느님은 선하시고 정의로우시며 자비로우신 분이지. 하느님께서는 순수한 마음을 지켜주신다네. 내가 곤궁에 처했을 때 나를 구원해주셨어. 그래서 내 영혼은 하느님을 향하고 하느님은 내게 선을 베푸셨네. 하느님은 영혼을 죽음으로부터 해방시켰고 눈물을 닦아주시고 내가 추락하지 않도록 지켜주셨다네. 나는 하느님의 영원한 나라를 영위할 수 있으며……."

케빈 신부가 조용한 목소리로 말했다. 신부가 침대 가장자리에서 일어나자 침대 스프링이 삐걱거리는 소리를 냈다. 예수회 신부는 연민이 가득한 표정으로 코스티디스를 쳐다보더니 다시 그의 어깨 위에 손을 올렸다.

"내가 필요하면 언제든지 찾아오게. 하지만 자네의 마음이 하느님에 대한 분노로 냉담해지지 않도록 하게."

코스티디스는 아무 말도 하지 않았다.

"너무 심하게 자책하지 말게. 하느님은 자넬 탓하시지 않는다네. 자네에게도 다시 햇살이 비칠 걸세. 자네가 원하면 하느님께서 자네를 도와주고 은총을 베풀어주실 걸세." 신부는 자리에서 일어났다.

*

케빈 신부가 시장의 병실에서 나오자 담당 의사들은 기대감에 가득 차서 기다리고 있었다.

"환자가 신부님께 얘기를 했습니까?" 시몬스 박사가 물었다.

"네. 하지만 환자가 고통에 대해 얘기를 할 것이라고는 기대하지 마세요. 내가 그 사람을 40년 넘게 봐왔지만 한 번도 그런 얘길 하는 것을 본 적이 없습니다. 병원에 계속 머무르게 하는 것은 별 도움이 되지 않을 겁니다." 케빈 신부가 대답했다.

"환자가 여전히 쇼크 상태에 빠져 있는데 그냥 퇴원을 시키라는 말씀입니까?"

"그렇습니다. 그리고 저는 코스티디스가 쇼크 상태에 있다고 생각하지 않습니다. 저도 의사였고, 정신적으로 장애가 있거나 트라우마를 겪은 사람들, 특히 베트남에서 돌아온 군인들을 다년간 치료한 경험이 있어요. 코스티디스는 그런 참전 용사들과 비슷합니다. 뒤늦은 애도 반응의 전형적인 증상이죠. 감정 장애여서 겉으로는 별로 놀라지 않은 것같이 보이지만 그 내면을 들여다보면 전혀 다른 모습일 겁니다." 신부의 말에 의사들은 어리둥절한 표정으로 쳐다보았다.

"하지만 자살을 시도할 위험이 있어요! 환자는 여러 차례 자신이 스스로 목숨을 끊을 용기가 있으면 좋겠다고 했습니다."

다른 의사가 우려를 표명했다.

"제게도 그렇게 말했습니다. 하지만 저는 그럴 거라고 생각하지 않아요. 닉 코스티디스는 자살을 할 사람이 아닙니다. 아직은 슬픈 감정을 맘껏 표출할 수 있는 상태가 아니지만, 우리가 슬퍼하라고 강요할 수는 없는 노릇이에요. 그리고 지금은 설사 본인이 아무리 그러고 싶어도 그럴 수가 없습니다. 가족의 죽음이 자기 탓이라고 생각하는데, 옆에서 아무리 아니라고 해도 소용이 없을 겁니다." 신부가 말했다.

"어쩌면 최선의 방법은 환자를 요양소에 보내는 것이……."

"오, 아니에요! 코스티디스는 지금 정신병에 걸린 게 아닙니다! 가족의 죽음을 받아들일 수 있는 시간을 주세요. 지금 그에게 유일하게 도움이 되는 것은 바로 시간입니다. 코스티디스는 언젠가는 이겨낼 겁니다. 제가 잘 알아요."

케빈 신부가 의사의 말에 화들짝 놀라 급히 말했다. 세 의사는 어쩔 줄 몰라 하며 서로를 쳐다보았다.

"신부님의 생각에 따르겠습니다. 시장님은 화요일에 퇴원시키도록 하겠습니다. 아직 상처가 아물지 않아서 고통스러운 얘기를 하고 싶지 않다는 것을 존중하도록 하겠습니다. 어쩌면 신부님의 말씀대로 시간이 약일지도 모르겠군요." 바이스 박사가 결국 결정을 내렸다.

*

브루클린에 있는, 오래되고 나무가 무성한 성 이그나티우스 수도원 묘지에는 프랭크와 마이클 페이지가 코스티디스를 대신해서 초대한 조문객들이 모여 있었다. 코스티디스는 직접 조문객들에게 연락할 수 있는 상태가 아니었다. 80명가량의 조문객 중에는 프랜시스 둘롱 내외, 트레버와 매들렌 부부, 마이클 캠피온과 샐리 부부를 비롯해 크리스토퍼의 친구들도 있었다. 수백 명의 경찰이 수도원 전체를 에워쌌다. 통행권이 없는 사람은 묘지 근처에도 갈 수 없었다. 바리케이드 뒤로는 수많은 기자와 카메라맨, 그리고 시장의 고통을 함께 나누려는 시민들이 모여들었다.

하지만 닉 코스티디스는 아무것도 눈에 들어오지 않았다. 장인장모와 처형 부부 사이에 서서 묘지를 향해 걸어가는 그의 얼굴은 석고상처럼 굳어 있었다. 그는 경직된 눈빛으로 앞만 바라보고 걸어가, 두 개의 관과 아직 열려 있는 무덤의 맨 앞자리 의자에 앉았다. 미리 FBI

폭발물 전문가와 경찰이 정밀 수색을 마친 엄청난 양의 화환이 묘 주위를 빙 둘러싸고 있었다. 다른 조문객들도 자리를 잡고 앉았다. 아무도 입을 열지 않았다. 이들은 메리와 크리스토퍼의 끔찍한 죽음에 큰 충격을 받았다면, 닉 코스티디스의 모습을 보고는 할 말을 잃었다. 조문객들은 코스티디스의 곁을 지켜주고 깊은 애도를 표하기 위해서 왔지만 그럴 기회가 없었다. 코스티디스는 창백한 얼굴로 어떤 감정의 변화도 없이 굳은 자세로 의자에 앉아 단 한 번도 묘에서 눈길을 돌리지 않았다. 잠시 뒤 케빈 신부가 4명의 복사와 함께 가까이 오자 모든 참석자가 자리에서 일어났다. 코스티디스는 사제들을 보지 못했는지 그대로 자리에 앉아 있었다.

"깊은 구렁 속에서 주님께 부르짖사오니 주님, 제 소리를 들어주소서. 제가 비는 소리를 귀 여겨 들으소서. 주님께서 죄악을 헤아리신다면 주님, 감당할 자 누구이리까. 오히려 용서하심이 주님께 있사와 더더욱 당신을 섬기라 하시나이다. 제 영혼이 주님을 기다리오며 당신의 말씀을 기다리나이다. 파수꾼이 새벽을 기다리기보다 제 영혼이 주님을 더 기다리나이다."

신부는 조용하지만 그래도 맨 끝자리까지 들릴 수 있는 목소리로 연도(천주교에서 망자를 위해 드리는 기도-편집자 주)를 했다. 연도를 마치자 신부는 관에 성수를 뿌렸다. 신부의 장례미사는 간단했지만 연민이 가득해서 눈물을 흘리지 않은 조문객이 거의 없었다.

"…… 영원한 안식을 주소서. 영원한 빛을 그들에게 비추소서."

메리의 노모는 훌쩍거리며 큰 소리로 코를 풀었다. 케빈 신부는 '주기도문'을 큰 소리로 외운 뒤 말없이 기도를 하고 다시 관에 성수를 뿌리고 향로로 연기를 내며 분향했다.

"…… 저희를 유혹에 빠지지 않게 하시고 악에서 구하소서. 지옥의 문 앞에서, 주님 이들의 영혼을 구해주소서! 영원한 안식을 주소서……."

"아멘."

조문객들이 화답했다. 수도원 교회에서 장례식에 맞추어 조종을 울렸다. 조문객 몇몇은 조용히 훌쩍거렸지만 코스티디스는 여전히 굳은 표정으로 움직이지 않고 앉아 있었다. 정신이 다른 데 가 있는 사람처럼 보일 정도였다.

"나는 부활이요 생명이니, 나를 믿는 자는 죽음을 영원히 두려워하지 않을 것이다."

예수회 신부는 무덤 옆에 있던 그릇에서 흙을 집어 무덤 위에 세 번 던졌다.

"너는 흙이니 흙으로 돌아갈지라. 하지만 마지막 심판의 날 주가 너희를 다시 깨울 것이다."

조문객들은 망자에게 마지막 애도를 표한 뒤 주최 측의 부탁에 따라 시장에게는 따로 조의를 표하지 않았다. 조문객이 모두 말없이 떠나자 코스티디스 혼자 의자에 덩그러니 남았다. 찌는 듯한 무더위에 그는 검은 양복을 입고도 덥지 않은 듯했고, 1시간 전에 의자에 앉은 이후로 한 번도 움직이지 않았다. 프랭크는 그를 의문스러운 눈초리로 쳐다보았다. 장례식이 끝났다는 것을 알고 계시긴 한 걸까? 매장을 하는 인부들이 다가와서 묘를 흙으로 덮고 그 위에 꽃과 화환을 올려놓았다. 인부들은 유족의 슬픔에는 익숙한 사람들이라 말없이 서둘러 자신들이 할 일을 묵묵히 했다. 마지막 화환을 무덤 위에 올려놓고 마무리가 될 때까지는 1시간 가까이나 걸렸다. 프랭크와 경호원들은 7월의 오후 햇살 아래 몇 미터 떨어진 거리에서 기다렸다. 그제야 코스티디스는 자리에서 일어나 이미 그의 부모와 형제가 묻힌 묘에 다가갔다. 그는 조금 비틀거리더니 다시 어깨를 쫙 펴고 숨을 깊이 들이마셨다. 그는 공원묘지에 담쟁이로 가득한 담장 위로 내리쬐는 무더위를 느끼지 못했다. 그의 고통에도 아랑곳없이 도시 위로 구름 한 점 없이 파랗게 드리운 하늘을 보지 못했다. 그는 오래된 나무 꼭대기에서 새가 부르는 노랫소리를 듣지 못했다.

코스티디스가 지난 몇 년간 이곳에 묻어야 했던 모든 사람과 일일이 말없는 대화를 끝냈을 때 해는 이미 서쪽으로 기울었다. 그는 고개를 푹 숙이고 공동묘지에서 걸어 나왔다. 근심과 절망에 사로잡힌 모습이었다.

〈2권에서 계속〉